ALS DAS BUSCHFERKEL FLIEGEN WOLLTE

MÄRCHEN AFRIKANISCHER VÖLKER

ALS DAS BUSCHFERKEL FLIEGEN WOLLTE

MÄRCHEN AUS ZAIRE

1990
GUSTAV KIEPENHEUER VERLAG
LEIPZIG UND WEIMAR

Herausgeber
der ›Märchen afrikanischer Völker‹:
Rainer Arnold
Herausgeber dieses Bandes:
Wolfgang Hammer, Rainer Arnold
Aus dem Sanga übertragen von Wolfgang Hammer
Mit einem Nachwort und Anmerkungen von Rainer Arnold

ISBN 3-378-00251-4

MÄRCHEN DER SANGA

Der Fischer und der Häuptling

Es war einmal ein Fischer, und der war sehr arm. Eines Nachts erschien ihm im Schlaf ein Jagdgeist und sprach zu ihm: »Du mußt eine Frau finden, die ebenfalls ganz arm ist; mit der wirst du gut leben und wirst es gut haben.« Der Mann fuhr aus dem Schlaf empor und fragte sich: »Wie soll ich denn diese Frau nur finden?« Doch eine Antwort fiel ihm nicht ein.

Im Morgengrauen ging er zum Wasser und fischte. Dabei sah er sich die Frauen an, die vorüberkamen, und fragte eine: »Du, wie ist es, ich hätte Lust, dich zu heiraten.« Die Frau antwortete: »Wie läufst du denn herum, nur mit einem kleinen Schurz und sonst nichts! Wenn du dich nicht einmal selbst erhalten kannst, wie willst du dann noch für mich sorgen? Wie sollte ich bei dir bleiben? Das wäre ja eine Schande!« Und die anderen Frauen verlachten ihn ebenso.

Da traf er eines Tages eine Frau, die war gleichfalls sehr arm; die Kleider, die sie trug, waren dürftig, aber sauber gewaschen. Er dachte: ›Vielleicht ist das die Frau, die der Jagdgeist gemeint hat, mein Schutzgeist, den ich im Traum gesehen habe.‹ Schließlich sagte er sich: »Ich will es noch einmal versuchen.« So sprach er sie an: »Du, Frau, wie ist's denn, sieh mich an, ich bin sehr arm und suche jemanden als Hilfe. Wir könnten zu zweit besser vorankommen.« Die Frau antwortete: »Na ja, ist schon gut, aber sieh doch, wie arm ich bin! Wie sollen wir's zusammen schaffen!« Der Mann meinte: »Ach, wir werden schon irgendwie durchkommen.« Und wirklich, die Frau stimmte zu. Von da an ging sie mit ihm zusammen und begleitete ihn nach Hause. Dort fand sie freilich: ›Der Mann ist mehr als arm.‹ Aber er ging immer zum Fischen, brachte den Fang heim, sie hatten etwas zu braten. Die Frau, so arm sie war, hielt sehr auf Sauberkeit. Sie nahm den kleinen Schurz, den er trug, wusch und nähte ihn. Von da an änderte sich das Aussehen des Mannes. Die Frau hielt seine Sachen sehr sauber und achtete darauf, daß er sich gründlich wusch. Schließlich machte er einen ganz ordentlichen Eindruck, und nach einigen Monaten vergaß man sein früheres Aussehen.

Zu einem gewissen Zeitpunkt bestimmte der Dorfhäuptling: »An dem und dem Tag gehen wir in den Busch und jagen mit Hilfe des Feuers!« Er selbst mußte dabeisein, um die Toten anzuflehen und alles zu leiten. Auch der Fischer wollte mitgehen und sprach darüber zu seiner Frau. Da antwortete sie: »Mach alles genau so, wie ich es dir jetzt sage! Halte dich immer in der Nähe des Häuptlings auf! Sieh, bis in den Busch, wo ihr jagen wollt, ist es sehr weit. Nimm unbedingt einen Flaschenkürbis voll Wasser mit, auch etwas Gutes zum Essen.« Ihm war's recht. So bereitete seine Frau etwas zu, röstete ein bißchen Fisch und gab dem Mann auch andere Wegzehrung, die dem Häuptling gefallen konnte. Der Mann packte alles zusammen und brach auf. Einmal mußten sie unterwegs übernachten, am zweiten Tag kamen sie an.

Nun begann die Jagd; überall wurden Feuer angezündet, der eine ging hierhin, der andere dorthin, und zumal beim Töten des Wildes war jeder für sich; der Mann aber folgte stets dem Häuptling. Genau wie seine Frau es ihm gesagt hatte, hielt er sich ganz in dessen Nähe. Inzwischen waren die Leute müde geworden. Viele machten sich auf den Heimweg, andere gingen auf Wassersuche und tranken, durstig wie sie waren. Auch der Häuptling war völlig erschöpft. Er fand einen Baum, der einem Feigenbaum ähnelte. Müde und durstig setzte er sich nieder. Unter diesem Baum aber hatte ein Jagdgeist seine Wohnung, der darauf bestand, daß man ihn um Erlaubnis bat, sich hier setzen zu dürfen. Doch das wußte der Häuptling nicht.

Bald kam auch der arme Mann dorthin. Der Häuptling fragte ihn: »Hast du vielleicht etwas Wasser?« – »Ja, Häuptling«, antwortete er, »ich bin zwar arm, aber ein bißchen Wasser habe ich, doch ich weiß nicht, ob es dir schmecken wird.« Der Häuptling meinte: »Hier gibt es ja nichts anderes, und ich komme um vor Durst; sieh nur, wie aufgesprungen meine Lippen sind! Gib schon her!« Und er trank, trank, trank, und es schmeckte ihm gut. Aber dann sagte er: »Ich bin ganz schwach vor Hunger«, und ließ sich zurückfallen. Der Arme rief: »Aber freilich, ich habe doch auch ein bißchen Fisch, wie wir Armen ihn essen!« – »Gib nur her!« befahl der Häuptling, »sonst gibt es ja hier nichts.« Und er aß, aß, aß, und es schmeckte ihm gut. Er ließ sich den Namen des Mannes sagen und meinte dann: »Ich will noch ein bißchen ausruhen, dann gehen wir zusammen. Sieh, beim Wassersuchen haben sich alle zerstreut, ich weiß nicht, wo sie hingegangen sind.«

Der Geist, der in dem Baum wohnte, begann zu reden und sagte: »Seht euch das an, der Häuptling liegt in meinem Schatten, ohne zu fragen oder sonst etwas zu tun! Also, meine Bäume, fallt auf ihn, daß er stirbt!« Der Arme hatte das gehört und warnte den Häuptling: »Schnell fort von hier!« Als der Geist das vernahm, meinte er: »Selbst wenn er flieht – ich werde mich in eine Giftschlange verwandeln, die ihn töten wird.« Aber der Arme hörte auch das und warnte den Häuptling wieder: »Schnell fort!« Der Häuptling fragte: »Was ist denn?« – »Wenn du zögerst, dann auf eigene Gefahr!« antwortete der Arme. – »Ach, geh doch!« rief der Häuptling; der Arme aber sagte: »Bei der Totenklage hört man sogar auf das Stimmchen eines Kindes! Wenn du willst, bleib hier; ich laufe weg.« Da meinte der Häuptling: »Dann laufe ich lieber auch davon!« Und kaum waren sie fort, da hörten sie die Bäume bersten und sahen sie genau auf die Stelle fallen, wo sie eben noch gewesen waren.

Die beiden begaben sich nun zum Hof des Häuptlings. Der erste Hof hatte eine Palisade aus sehr starken Bäumen; der zweite war weniger fest umzäunt. Sie begaben sich in den ersten Hof. Da hörte jener Mann wieder, wie der Baumgeist sich vornahm: »Ich werde den Hof zerstören, die Palisade soll stürzen, und der Häuptling mit allen seinen Frauen soll sterben.« Da sagte der Arme zum Häuptling: »Auch hier darfst du nicht bleiben; nimm deine Frauen, wir gehen zu deinem anderen Hof; dort können wir uns aufhalten.« Und kaum waren sie draußen, da stürzte alles mit einen Riesenkrach zusammen. Der Häuptling sprach zu sich selbst: »Nanu, ich staune über diesen Mann; jetzt hat er mich schon zweimal gerettet! Das ist sehr gut.«

Der Geist überlegte: ›Was mache ich denn jetzt? Der Häuptling hat jenen Mann zum Schutz bei sich.‹ Da verwandelte sich der Geist in eine schwarze Speischlange. Der Arme aber kehrte zu seiner Frau zurück und berichtete ihr: »Liebe Frau, wo ich war, geschah dies und das, deshalb komme ich erst nach so vielen Tagen zurück.« Seine Frau war sehr zufrieden und meinte: »Schon gut, ich hab's dir ja gesagt.« Aber dann fügte sie hinzu: »An dem und dem Tag mußt du dich bereithalten; ich werde dir Bescheid geben.« Als es soweit war, kochte sie einen guten Maisbrei und sprach zu ihrem Mann: »Nimm auch dein Schwert mit, es könnte etwas geschehen; denn letzte Nacht im Traum hat mein Schutzgeist mir gesagt, eine Schlange werde kommen und die Häuptlingsfrau beißen. Du mußt bereit sein.« – »Es ist gut«, sagte der Mann und ging davon.

Der Häuptling war sehr froh, als er ihn kommen sah. Die Männer lösten einander beim Wachen an der Tür des Häuptlings ab, doch der Häuptling sagte zu dem Mann: »Komm und wache in dem Zimmer, wo ich schlafe!« So trat der Mann die Wache an, während andere zu Häupten, andere zu Füßen und wieder andere draußen wachten. Gegen Morgen, wenn man am festesten schläft, war der Mann als einziger noch aufmerksam, wie seine Frau ihm geraten hatte. Da sah er die schwarze Speischlange kommen. »Sie wird den Häuptling beißen«, sagte er sich; »was tue ich jetzt?« Er nahm sein Schwert und zerhieb die Schlange. Dabei aber fiel sie dorthin, wo die Häuptlingsfrau schlief, und versuchte noch, sie zu beißen! Als die Frau aus dem Schlaf fuhr, sah sie die Speischlange im Kampf mit dem Mann und bekam einen furchtbaren Schreck. Sie stieß einen gellenden Schrei aus und fiel ohnmächtig nieder. So lag sie nun reglos und war ganz mit dem Blut der Schlange bespritzt. Der Mann aber hieb die Schlange in kleine Stücke und warf sie unter das Bett. Da sagte sich der Geist: »Na so etwas! Dieser Mann ist mir überlegen! Jetzt bleibt mir nur noch ein Versuch; wenn er da auch die Oberhand behält, dann ist Schluß, dann gebe ich auf.«

Inzwischen war der Häuptling erwacht, und die Wächter meldeten ihm: »Deine Frau ist soeben gestorben!« – »Wie denn das?« fragte er und trat zu ihrem Bett. Da sah er sie liegen, die Brust rot von Blut! Nun forschte er nach: »Wer hat hier ein Schwert?« Die Leute sahen nach, und siehe da: Jener Mann, der den Häuptling gerettet hatte, der trug ein Schwert! Der Häuptling sprach: »Du bist es, der den Mord vollbracht hat! Darum wirst du noch in dieser Stunde gehängt werden. Wer bist du denn, daß du es wagst, eine Häuptlingsfrau zu töten! Was hat sie dir nur getan?« Auch die schlechten Ratgeber des Häuptlings fügten ihre Sprüche hinzu. Der Mann aber blieb zu allem stumm, soviel sie auch auf ihn einsprachen. Schließlich fällte der Häuptling noch in derselben Nacht die Entscheidung und befahl, den Mann zu töten: »Bringt ihn dort zum Tor und laßt ihn hinrichten!«

Aber während man ihn gemäß dem Hinrichtungsbefehl des Häuptlings fortbrachte, fragte man: »Was hat er denn getan?« Einige, die ihm feind waren, meinten: »Ach was, töten wir ihn einfach!« Aber die Beauftragten erwogen: »Unsere Bräuche verbieten es, einen Menschen nachts zu töten; wie sollten wir es da tun?« Die anderen erwiderten: »Der Häuptling selbst hat bestimmt, den Mann zu töten. Vorwärts, richten wir ihn!« Der Mann aber sprach: »Nein, Brüder, wartet noch, bevor ihr mich umbringt; ich habe euch eine kleine Geschichte zu erzählen.« Da meinten die Leute: »Gut, soll er zuerst reden, aber dem Strick entgeht er doch nicht. Warten wir mit dem Hängen noch ein bißchen.« Sie legten dem Mann die Schlinge um den Hals und sagten: »Nun erzähl erst deine Geschichte, dabei kannst du gleich deine letzten Verfügungen treffen!« So begann der Verurteilte:

»Nun seht, da war einmal ein Mann, der hatte eine Frau, und die besaß einen Zwergmungo. Das Tierchen hielt sich stets im Hause auf, in der Nähe des Säuglings, der erst einen Monat alt war, und freundete sich sehr mit dem Kindchen an. Eines Tages ging die Frau auf den Markt, etwas Zukost zu kaufen, während der Zwergmungo als Wache bei dem Kind blieb. Da kam eine Schlange und wollte das Kleine beißen; der Mungo jedoch sprang sie an und zerbiß sie in Stücke. Davon hatte er aber das Maul voller Blut.

Weil nun die kleinen Tiere nicht sprechen können, lief er schnell seiner heimkehrenden Herrin entgegen, um ihr seine Freude zu zeigen, und damit sie merke, daß ihr Tierchen sich tüchtig erwiesen hatte. Aber die Frau dachte sofort: ›Der Mungo hat mein Kind getötet, sieh nur das Blut an seinem Maul!‹, und während er um sie herumtänzelte, schlug sie mit einem Holzscheit nach ihm. Einmal, zweimal wich er geschickt aus, aber beim drittenmal traf sie ihn zu Tode. Da nahm sie ihn, um ihn auf den Abfall zu werfen. Bei der Rückkehr fand sie ihr Kind heil und gesund vor und daneben die in Stücke zerbissene Schlange. Da erkannte sie: ›Ach! Ich habe den Mungo umgebracht, und er hat doch mein Kind gerettet, das von der Schlange bedroht war! Was tue ich jetzt nur?‹
Nun seht: Die Frau tötete den Mungo, weil sie dachte, er habe ihr Kind gebissen, und dabei hatte er es vor dem Biß der Schlange gerettet. Ich frage euch«, schloß der Mann: »Wie sehr hat sich wohl jene Frau selbst angeklagt? Aber soviel sie auch jammerte, es war umsonst, denn das Unglück war schon geschehen.«
Die Wachen, die den Mann abgeführt hatten, bedachten sich und meinten: »Nanu, da muß man schon gut im Bilde sein, um diesem Mann antworten zu können; wir sind dazu nicht imstande.« Der Häuptling aber sprach: »Ihr hier, ihr taugt nichts! Bringt den Mann zu denen, die da neben dem anderen Tor wohnen!« In die setzte er sein Vertrauen, weil sie ohne Gnade und Barmherzigkeit waren.
Richtig, kaum waren sie angelangt, da hieß es schon: »Wo ist er, daß wir ihn aufhängen! Hier wird kein letzter Wunsch mehr erfüllt!« Er aber sagte: »Nein, kein Mensch stirbt einfach so, wartet erst!« Sie legten ihm sofort wieder die Schlinge um den Hals, und es fehlte nicht viel, so hätten sie ihn getötet. Sie besannen sich dann aber doch: »Wartet, laßt ihn zuerst sprechen.« So nahm denn der Mann das Wort: »Hört zu! Es war einmal ein Häuptling, der hatte Schafe und Hirten und außerdem einen Papagei, den er gezähmt hatte. Aber die Hirten waren schon sehr alt und kamen mit dem Hüten der Schafe nicht mehr zurecht; es war ein großes Elend! Da geriet eines Tages der Papagei in den Wald, wo sie sich aufhielten, an einen Ort,

an dem die verschiedenartigsten Pflanzen wuchsen. Nun war der Papagei auch schon sehr alt, und seine Federn waren ausgefallen. Aber er fraß von einer der Pflanzen, und als er zurückkehrte, hatte er wunderschöne Federn, gerade wie damals, als er noch jung war! Der Häuptling fragte ihn: ›Papagei, woher hast du denn die schönen Federn, deine waren doch schon alle ausgefallen?‹ Der Vogel antwortete: ›Dort, wo ich war, habe ich von einem herrlichen Baum gefressen.‹ Der Häuptling befahl: ›Bringt mir den Baum her!‹ Er dachte: ›Wenn nur ich als Häuptling davon esse, dann wird es nur mir allein gut gehen; wir wollen ihn lieber umpflanzen, damit er wächst, Früchte trägt und wir alle davon essen können und alles gut wird.‹ Alle Leute waren damit einverstanden. So pflanzten sie denn den Baum um. Er begann zu blühen und zu wachsen; die Hirten des Häuptlings aber wurden unterdessen immer älter. Nur der Papagei alterte nicht! Er blieb einfach, wie er war, und seine Schönheit war wunderbar.
Inzwischen reiften auf jenem Baum die ersten Früchte. Da kam ein Ungeheuer in das Dorf, verwandelte sich in eine schwarze Speischlange und biß in den Baum, so daß ihr Gift aus den Zähnen auf den Baum überströmte und in die Erstlingsfrüchte stieg.
Der Häuptling war sehr froh, daß die Früchte nun reif waren, aber er sagte sich: ›Ich will sie lieber nicht als erster kosten, sondern werde zwei Leute rufen, die sollen davon essen, dann werde ich's ja sehen.‹ Gesagt, getan. Er rief zwei Leute heran und befahl ihnen: ›Kommt und eßt!‹ Aber kaum hatten die beiden gegessen, da starben sie an dem Gift der Speischlange. ›Aha!‹ rief der Häuptling, ›so steht es also, Papagei?‹ Der antwortete: ›Als ich aß, bin ich nicht gestorben; denkt nur gut nach!‹ Aber der Häuptling befahl: ›Bringt mir den Papagei her!‹ Und er tötete ihn, wobei er sprach: ›Er ist schuld am Tod der beiden Männer. Diesen Baum aber sollte man fällen!‹ So dachten denn alle, es sei ein Giftbaum, und nur ein Selbstmörder hätte davon essen mögen; aber auch das verbot der Häuptling den Leuten.
Inzwischen verging ein Jahr, und der Baum trug zum zweitenmal Früchte. Die Hirten des Häuptlings waren inzwischen so

furchtbar alt geworden, daß sie kaum mehr laufen konnten. Da sagte eine Frau zu ihrem Mann: ›Du, Mann, ich merke, daß wir ganz erschöpft sind. Statt immer so weiter zu leiden, gehen wir doch, pflücken eine Frucht von jenem Baum, damit wir auch so schnell sterben, wie die Leute des Häuptlings gestorben sind.‹ Der Mann fragte: ›Meinst du das im Ernst?‹ – ›Ganz im Ernst‹, sagte die Frau. Also brachten sie ihre Schafe in den Stall, und als es Abend geworden war, machten sie sich auf den Weg, mühselig genug! Nachdem sie angekommen waren, pflückten sie eine Frucht, und der Mann schlug vor: ›Laß mich anfangen!‹, aber seine Frau hatte dasselbe vor. So sagten sie schließlich: ›Essen wir doch zugleich, einer hier, der andere da.‹ Kaum hatten sie in die Frucht gebissen, da fühlten sie sich besser, ihre Jugend kehrte zurück. Es war ganz wie früher! Denn das Gift jener Speischlange war mit den ersten Früchten vergangen, und nur der Saft des Baumes selbst war geblieben.
Als der Häuptling kam und seine Leute ansah, staunte er sehr und fragte: ›Was denn, seid ihr jene Alten?‹ – ›Ja‹, antworteten sie. ›Aber wovon seid ihr wieder so jung geworden?‹ Sie sagten: ›Häuptling, wir haben einfach von dem Baum gegessen, den ihr gepflanzt habt, von dem der Papagei gesprochen hatte!‹ – ›Ist das wahr?‹ rief der Häuptling. ›Jawohl!‹ beteuerten sie. Da befahl er: ›Dann pflückt mir auch davon, auch ich will davon essen!‹
So rief der Häuptling viele Leute zusammen, und man begann zu pflücken. Er gab einem eine Frucht und befahl: ›Koste zuerst!‹, aber dann meinte er: ›Ich werde selbst kosten; wenn ich sterben soll, dann sterbe ich eben.‹ Doch kaum hatte er gekostet, da stand er als Jüngling da! Er staunte mächtig und fragte: ›Was ist das nur?‹ Auch seine Frau kam kosten und fühlte sich sofort prächtig. So aß denn jeder, man fühlte sich wohl, und von Alter war keine Rede mehr; es ging ihnen allen wieder gut. Dann aber dachten sie nach: ›Was hat wohl den Tod jener beiden Männer verursacht?‹ Sie beschlossen, einen Wahrsager aufzusuchen und es sich erklären zu lassen. Als sie ihn fragten, erfuhren sie: ›Damals handelte es sich um die Zauberei eines Ungeheuers, das gekommen war und in den Baum gebissen hatte; aber das Gift ist mit den ersten Früchten vergangen. Die

Männer, die als erste aßen, empfingen das Gift der Speischlange, darum starben sie. Nachdem nun der Giftsaft vergangen ist, bleibt nur der Saft des Baumes, der neue Jugend verleiht, gerade wie der Papagei es gesagt hat.‹

Als der Häuptling das erfahren hatte, ließ ihn der Gedanke an den Papagei nicht mehr los: ›Warum habe ich ihn nur getötet? Er hat mir doch die reine Wahrheit gesagt, warum habe ich nur so überstürzt gehandelt!‹ Nachdenklich und in Erinnerung an das, was er getan hatte, voller Gram, verbrachte er viele Tage, ohne zu essen.«

Als der Mann seine Geschichte beendet hatte, sagten die Wachen: »Hört mal, unter diesen Umständen wäre es besser, sich mit diesem Mann gut vorzusehen!« So schickten sie dem Häuptling die Botschaft: »Wir sehen uns außerstande, ihn zu töten.«

Inzwischen war die Häuptlingsfrau wieder zu sich gekommen, und die Leute forderten sie auf: »Nun erzähl du uns doch mal, was los war!« Sie sagte: »Na, ich lag und schlief, und da träumte ich von einem Mann mit einem Schwert und von einer Schlange, die mich beißen wollte. Aber der Mann kämpfte mit ihr und schlug sie in Stücke; doch als ich auffuhr und das sah, wurde ich vor Furcht ohnmächtig.«

Man fragte: »Wer ist denn der Mann?« und rief: »Bringt ihn her!« Als der Mann kam, hieß es: »Nun erzähl du uns, wie es war!« Da gab er seinen Bericht und schloß: »Das Blut, das ihr seht, kommt nicht daher, daß ich die Frau verwundet hätte; wo wäre denn die Wunde? Seht doch mal unter dem Bett nach, da werdet ihr die Antwort schon finden!« Und richtig, die Leute zogen unter dem Bett furchterregend große Stücke jener schwarzen Speischlange hervor, die der Mann zerhauen hatte, als sie die Häuptlingsfrau beißen wollte. Als der Häuptling und alle Leute das sahen, da freuten sie sich über diesen Mann, und er wurde in jenem Lande der Zweite nach dem Häuptling. Man ließ auch seine Frau kommen, und die beiden wohnten am Hof des Häuptlings in Frieden und Glück.

Der Arme war nun reich geworden, und er war auch sehr weise. Der Häuptling trennte für ihn ein Dorfviertel ab, so daß der Mann seine eigenen Leute hatte; und in seinem Teil des

Dorfes wohnten sehr viele Menschen, denn er verstand es dank seiner großen Klugheit, die Leute dort zu halten. Alles war so geschehen, wie es sein Schutzgeist ihm einst im Traum vorhergesagt hatte.

Das unlösbare Rätsel

Es war einmal ein Mann, der war sehr reich; im ganzen Land sprach man nur von ihm. Er hatte Schafe, Ziegen, Schweine, Felder und viel Geld. Aber trotzdem war keine Freude in seinem Herzen, denn obwohl er schon alterte, hatte er keinen einzigen Sohn. Der Mann und seine Frau klagten ständig über ihre Kinderlosigkeit: »Wenn wir einmal sterben, wer wird dann unseren Besitz bekommen?« Schließlich gingen sie, um die Totengeister zu befragen und sie um einen Sohn zu bitten. Und siehe da, nachts im Schlaf kamen die Geister und sprachen zu dem Mann: »Wir haben euer Bitten gehört und werden euch einen Sohn geben!« Von da an waren die beiden Eheleute voller Freude.

Und wirklich, die Frau wurde nach wenigen Tagen schwanger. Mann und Frau fuhren fort, die Geister zu bitten, diesmal, daß alles gut ablaufen möge. Das Kind wuchs und wuchs; nach neun Monaten war es dann soweit, und gemäß dem Versprechen der Geister wurde ein Sohn geboren. Der wuchs prächtig heran, denn ihr wißt ja: Wenn die Geister jemandem beistehen, dann kann ihm nichts Schlimmes zustoßen.

Aber hört nur, was der Junge tat, als er herangewachsen war: nichts als Schlechtes! Ihr wißt selbst sehr wohl, wenn jemand unfruchtbar ist und keine lebenden Kinder bekommt, aber mit allerlei Mitteln unbedingt ein Kind erzwingen will, dann sind seine Kinder oft entweder Narren oder Bösewichter. Auch dieser Junge fing an, die Güter seines Vaters durchzubringen. Zuerst verkaufte er alle Schafe, Ziegen und die anderen Haustiere. Danach verkaufte er die Felder und Hausgeräte und verschwendete alles Geld seines Vaters. Die alten Leute verarmten und kleideten sich nur noch im Lumpen. Jetzt beklagten sie sich bitter: »Da wären wir besser ohne Kind geblieben, denn so ein Sohn ist schlimmer als gar keiner!« Aber der Junge kümmerte sich nicht darum. Auch die Leute im Dorf verspotteten die Eltern: »Was ist denn das für ein Nachkömmling? Da ist doch die Kinderlosigkeit besser!« Einige sagten: »Wundert euch nicht, im Alter geborene Kinder sind eben so.« Um etwas zu essen zu bekommen, waren die beiden Alten gezwungen, in fremden Häusern zu arbeiten; denn sonst mußten sie hungrig schlafen gehen.

Nun verbreitete sich in jenem Land das Gerücht, daß in einer gewissen Gegend eine wunderschöne Königstochter lebe. Viele schon hatten alles darangesetzt, sie zu heiraten, waren aber gescheitert und getötet worden, denn der König selbst hatte bestimmt: »Wer meine Tochter heiraten will, muß uns ein unlösbares Rätsel aufgeben; lösen wir es aber, verliert er den Kopf!«

Der Junge also hörte die Schönheit jener Königstochter rühmen, und so kam er eines Tages zu seinen Eltern und sagte: »Ich will die Königstochter heiraten, die so schön sein soll.« Die Eltern antworteten: »Junge, du bist nicht bei Sinnen; all das Böse, das du getan hast, genügt dir wohl noch nicht, nun willst du dich auch noch selbst umbringen!« Er beharrte: »Ich muß jenes Mädchen unbedingt heiraten, denn hier finde ich keine, die meiner würdig ist.« Aber weil er keine Kleider und keinen Reitesel für seine Reise hatte, fand er es sehr schwierig aufzubrechen. Da traf er einen Mann mit Eseln und bat ihn: »Gib mir doch einen davon; ich lasse dir dafür meinen Vater als Diener da, bis ich zurückkomme.« Danach traf er einen Kleiderverkäufer und sagte: »Gib mir doch Kleider, ich lasse dir dafür meine Mutter als Dienerin, bis ich zurückkomme.« So wurden seine Eltern zu Sklaven jener Leute, von denen er etwas geborgt hatte. Er aber stieg auf den Esel und brach auf.

Nach langer Reise kam er in ein Dorf und fragte: »Kennt ihr den Ort, wo die Königstochter wohnt, von deren Schönheit man überall hört?« – »Ja«, hieß es, »aber das ist noch sehr weit; bis du dahin kommst, mußt du unterwegs siebenmal übernachten.« So setzte er seine Reise fort. Als er in eine Einöde kam, litt er großen Durst, aber sein Wasservorrat war erschöpft. Weil

ihm die Kehle ausgedörrt war, trank er vom Speichel seines Esels und rettete so sein Leben.
Nach zwei weiteren Tagen hatte er solchen Hunger, daß es wie Donnergrollen aus seinen Eingeweiden klang, aber all sein Mundvorrat war verbraucht, er hatte nicht den kleinsten Bissen mehr. Als er um sich blickte, sah er ein totes Schwein, das trächtig gewesen war; er schnitt es auf, nahm das Ferkel heraus, aß es, trank das Blut und setzte seine Reise fort.
Nach langem Weg kam er endlich in das letzte Dorf und fragte: »Ist es bis zu dem König mit der wunderschönen Tochter noch weit?« – »Nein«, sagten die Leute, »es ist ganz nah; aber was suchst du denn dort?« – »Ich will die Königstochter heiraten«, antwortete er. »Kehr um, Junge, wenn du nicht sterben willst!« rieten ihm die Leute, aber er hörte nicht auf sie, sondern bestand darauf: »Ich muß sie unbedingt heiraten!« Da sagten sie: »Dann tu, was du nicht lassen kannst; guten Weg, Prinz!« Und er setzte seine Reise fort.
Gegen Abend kam er zum Eingang des Ortes. Dort traf er einen Greis, der ihn fragte: »Was suchst du denn, junger Mann?« Er antwortete: »Ich komme die Königstochter heiraten.« Da sagte der Alte: »Du hast aber Glück gehabt, mich hier am Ortseingang zu treffen! Kehr um, mein Kind, denn wegen des Mädchens, von dem du sprichst, sind schon viele Könige, Fürsten und andere Edle umgekommen.« Aber der Jüngling rief: »Ganz ausgeschlossen, daß ich umkehre!« Doch am Königshof angekommen, sah er mit eigenen Augen, daß der rings von Totenschädeln umgeben war. Man bedeutete ihm, zuerst zu übernachten; morgen werde man zu seiner Sache kommen.
Man wies ihm ein Haus zum Schlafen an, aber als er so dalag, überlegte er nur dauernd, was er nun am entscheidenden Tag tun solle. Er suchte und suchte nach einem passenden Rätsel, aber auch nicht eines fiel ihm ein. Er begann an seine Eltern zu denken und alle, die ihn gewarnt hatten. Schließlich sagte er sich: ›Ich bin ein Mann und werd's versuchen, und wenn ich sterben soll, dann sterbe ich eben; was tut's schon!
So war die Nacht bald vergangen, und der große Tag ließ nicht auf sich warten. Schon kamen Soldaten, um ihn zum Königshof zu führen. Aber der junge Mann war noch sehr müde

von der Reise, seine Kleider waren ganz beschmutzt, und auch sein Körper war vom Wegstaub bedeckt.
Als er zum Hof kam, warteten schon viele Leute auf ihn: Richter, Würdenträger, Soldaten; auch alle Leute des Ortes wollten dabeisein, wenn er sein Leben verlöre. Als man seiner ansichtig wurde, brachen alle in Lachen aus und riefen: »Was will denn dieser Lump hier? Schlagt ihn nur gleich tot, der hat ja doch nichts zu sagen!« Und als der Jüngling zur Seite blickte, sah er den Henker mit seinem Beil dort wartend stehen. Da wurde es ihm angst, und er dachte: ›Ach, da büße ich nun mein Leben ein, um eine Königstochter zu heiraten!‹ Aber dann faßte er sich ein Herz und sprach: »Macht euch nur fertig, ihr könnt mich gleich töten. Nur laßt mich vorher sagen, was ich zu sagen habe!« Die Umstehenden stimmten zu: »Laßt es ihn nur auch versuchen; wenn er versagt, dann könnt ihr ihn bestrafen.«
Inzwischen kam die Königstochter selbst. Sie war tatsächlich so schön, daß man sie nur anzuschauen brauchte, und schon merkte man, wie einem das Herz heftig zu klopfen begann. Als der Jüngling sie sah, verliebte er sich sofort in das Mädchen und beschloß: »Ich muß sie unbedingt heiraten!«
Das Mädchen trat zu seinem Vater, und einer der Ältesten erhob sich, ergriff das Wort und sprach: »Kommen wir jetzt zu unserer Angelegenheit, damit es bald vorbei ist und die Leute wieder nach Hause zu ihrer Arbeit zurückkehren können.« Noch ein anderer stand auf und forderte den jungen Mann auf: »Nun gib uns mal ein oder zwei Rätsel auf, die wir nicht lösen können!« Aber der Junge blieb einfach stumm! »Sprich doch«, drängte man ihn, »wenn du versagst, schlagen wir dir den Kopf ab; die Zeit vergeht!« Er bat: »Wartet ein wenig, ich sag's euch gleich!« Und schließlich fragte er sie: »Habt ihr schon einmal jemanden gesehn, der auf seinem Vater reiste und seine Mutter anhatte?«
Der König und all seine Leute blieben stumm und dachten nach, lange, lange Zeit. Sie kratzten sich die Glatzen, aber eine Antwort fanden sie nicht. Da bekam der junge Mann Mut und rief: »Wenn ihr's nicht wißt, dann sagt es mir, damit ich meine Frau nehmen kann!« Das erzürnte den König, und er sprach: »Ihr Ältesten alle, wie kommt's, daß wir versagen? Wollt ihr

meine Tochter einen Lumpen heiraten lassen?« Sie antworteten: »Nein, König, bitte gib uns den heutigen Tag zum Überlegen, und morgen werden wir dann gut antworten.« So wurde die Versammlung vertagt, damit die Ältesten erst nachdenken konnten.

Den jungen Mann brachte man im Königshofe unter und gab ihm Wasser. Er wusch seine Kleider, so daß sie wieder vornehm aussahen, und dann führte man ihn in ein sehr schönes Haus, damit er dort übernachten und die morgige Verhandlung erwarten möge. Am Abend gab man ihm sehr gut zu essen und behandelte ihn mit großer Ehrerbietung, ja man sagte: »Du, Jüngling, hast die Königstochter so gut wie geheiratet; denn niemand kann dein Rätsel lösen, alle versagen.« Als es Zeit zum Schlafen war, ging er in das ihm zugewiesene Haus am Königshof. Da fand er sein Bett bereitet wie für einen König. Er zog sich aus und legte sich schlafen.

Aber kaum lag er, da hörte er jemanden an der Tür husten. ›Vielleicht wollen sie mich während der Nacht ermorden!‹ meinte er und tat, als ob er schon schliefe. Da hörte er es zum zweitenmal husten und dachte bei sich: ›Wenn ich sterben muß, dann sterb ich eben!‹ Aber als er öffnen ging, sah er die Königstochter! »Mach doch auf und laß mich ein«, bat sie. »Warum willst du denn nicht aufmachen; liebst du mich etwa nicht?« – »Aber sicher, meine Königin, ich liebe dich sehr; wäre ich denn sonst hierhergekommen, um mein Leben zu wagen? Ich liebe dich, komm herein!«

Kaum war sie eingetreten, legte sich die Königstochter sogleich auf das Bett. Der junge Mann wußte nicht, wie ihm geschah: »Träume ich«, fragte er sich, »oder ist es wahr, was ich da sehe?« Das Mädchen fragte wieder: »Liebst du mich nun oder nicht?« – »Womit soll ich dir denn meine Liebe beweisen?« fragte er zurück. Das Mädchen antwortete: »Wenn du mich wirklich so sehr liebst, dann lös mir das Rätsel, das du aufgegeben hast.« Da verriet der junge Mann ihr alles: »Der Mann bin ich, denn den Esel, auf dem ich gekommen bin, habe ich gegen meinen Vater eingetauscht, und die Kleider, die ich trug, gegen meine Mutter.« Kaum hatte er das gesagt, da sprang das Mädchen vom Bett auf und wollte fliehen, aber der junge

Mann griff nach ihr und faßte die Perlenkette, die sie um den Hals trug. Die Kette zerriß und blieb in seiner Hand zurück.
Am nächsten Tag wurde das Gericht erneut einberufen. Die Ältesten sprachen: »Ihr alle, hört, was wir gestern herausgefunden haben«, und erklärten alles. Da schrie die Menge: »Schlagt den Lumpen tot!« Schon ergriff man ihn, da rief er: »Ich habe ein Wort zu sagen.« Er zog die Perlen der Königstochter hervor und berichtete, was er nachts erlebt hatte. Die Leute gaben ihm Recht, aber die Ältesten sagten: »Wenn es so steht, dann mußt du ein anderes Rätsel aufgeben.«
Also sprach er: »Habt ihr schon einen Menschen gesehen, der das Fleisch eines Tieres gegessen hat, das weder auf dem Boden läuft, noch in der Luft fliegt, noch im Wasser schwimmt? Oder habt ihr einen Menschen gesehen, der Wasser getrunken hat, das weder vom Regen noch aus einem Fluß noch vom Tau herkam?« Wieder versagten sie. Nun erklärte er ihnen: »Das bin ich, denn ich habe ein Ferkel gegessen, das noch im Mutterleib war. Ferner habe ich den Speichel meines Esels und das Blut des Ferkels getrunken.«
Da entschied der König: »Du bist der rechte Mann, so nimm deine Frau!« Er gab ihm auch einen Teil seines Reiches, und als der alte König starb, wurde der Jüngling dessen Nachfolger. Aber da hatte er schon längst seine Eltern ausgelöst und zu sich geholt, damit sie es auch gut hatten. Mit seiner Frau aber lebte er sehr zufrieden, und sie zeugten in Freuden viele Kinder.

Der Schwiegersohn ohne Herz

Es war einmal ein Vater, der hatte eine sehr schöne Tochter, und so kamen auch bald die Freier. Zum ersten Freier sagte der Vater: »Was, mein Freund, du willst meine Tochter heiraten? Dann mußt du mir dein Herz zu essen geben, das ist der Brautpreis. Sobald ich dein Herz gegessen habe, bist du mein rechter Schwiegersohn.« Der junge Mann antwortete: »Nein, guter Mann, kommt nicht in Frage«, und ging davon.

Tags darauf kam ein anderer junger Bursche und hielt um das Mädchen an: »Nun, wie ist's?« Auch ihm antwortete der Vater: »Gut, mein Freund; aber nur, wenn ich dein Herz gegessen habe, dann weiß ich: Das ist mein Schwiegersohn.« – »In Ordnung«, sagte der junge Mann und brachte die Anzahlung auf den Brautpreis. Dann aber ging er zu seinem eigenen Vater und berichtete ihm: »Vater, ich habe um ein Mädchen angehalten, und man sagte mir: ›Erst müssen wir dein Herz essen, dann kannst du sie heiraten. Es ist ein Teil des Brautpreises, dein Herz zu essen.‹ Die Anzahlung habe ich schon geleistet.« Der Vater meinte: »Gut, geh nur hin und frag, an welchem Tag du deine Frau heimholen kannst.« Als er hinging, antwortete man: »Am Sonnabend.« – »Also werde ich am Sonnabend kommen«, versprach er. Der Schwiegervater stimmte zu: »Komm nur, mein Freund; wenn ich dein Herz zu essen bekomme, geht das in Ordnung.« Der junge Mann ging seinen Eltern Bescheid sagen, und die waren's zufrieden.

Tags darauf befahl der Vater: »Fangt eine Ziege ein!« Sie fingen eine und sperrten sie in eine Kiste. Am Sonnabend machten sie sich früh auf den Weg, und als sie im Dorf angekommen waren, schnitten sie der Ziege den Hals durch. Als sie am Haus angelangten, empfing der Vater des Mädchens sie mit den Worten: »Schön, daß ihr kommt, liebe Schwiegerleute, vorausgesetzt, ihr bringt mir das Herz eures Sohnes zu essen; dann könnt ihr noch ein Kind mit heimnehmen.« Während nun der Sohn eintrat, schnitten die Schwiegereltern die Ziege auf, nahmen das Herz und brachten es dem Schwiegervater in einem Schüsselchen. Der rief: »Fein, er ist mein Schwiegersohn, wenn ich das Herz gegessen habe!« Man briet es gut durch, und der Schwiegervater aß es zum Maisbrei. Lange, lange wurde gefeiert, ehe die Braut heimgeführt wurde.

Am folgenden Morgen brachte man der Mutter des Mädchens die Nachricht: »Deine jüngste Schwester ist gefährlich erkrankt.« Nun war es aber zur Regenzeit, so daß sie nicht hätte allein gehen können. »Wer kann mich denn dorthin begleiten?« fragte sie. »Sag doch deinem Schwiegersohn, er soll dich hinbringen«, hieß es. Man gab ihm Bescheid, und die beiden machten sich auf den Weg; denn gewöhnlich ist ein

Schwiegersohn ein Jahr lang zu allerlei Dienstleistungen verpflichtet.
Als sie die Hälfte des Weges zurückgelegt hatten, fing es heftig an zu regnen. Der Schwiegersohn baute eine Hütte und deckte sie mit Stroh; dann sagte er: »Mutter, komm herein und bleib hier, bis der Regen vorübergeht; ich werde mir da drüben ein Hüttchen bauen.« Als die Schwiegermutter das hörte, antwortete sie: »Was du da vorhast! Dir ein Hüttchen zu bauen! Wozu denn das? Schlaf nur auch hier, wir sind doch im Busch.« So trat er bei seiner Schwiegermutter ein und zündete ein Feuer an. Als es Nacht wurde, regnete es immer noch. Der junge Mann machte ein Lager für die Schwiegermutter, dann sagte er: »Nun will ich mir auch eins machen.« Aber sie war dagegen: »Was denn, wozu noch ein Lager bereiten? Wir schlafen einfach hier.« – »Wieso, wir beide zusammen?« fragte er. – »Ja, einfach hier!« So legten sie sich schlafen, aber der junge Mann wollte genügend Abstand lassen. Als die Schwiegermutter das merkte, fragte sie: »Was denn, schläfst du etwa auch so mit meiner Tochter? Wenn ich schlafen soll, muß ich jemanden neben mir fühlen; dann ist's gut.« So legten sie sich denn zueinander.
Als die Schwiegermutter am nächsten Morgen aus der Hütte kam, wollte sie ihre kranke Schwester nicht mehr besuchen gehen! Sie kehrten in ihr Heimatdorf zurück, und während sie liefen, schrie die Frau: »Mein Schwiegersohn hat mich entehrt! Mein Schwiegersohn hat mich entehrt, ihr Leute! Mein Schwiegersohn hat mich entehrt!« Im Dorf erzählte sie allen: »Hört nur, im Busch hat mein Schwiegersohn mit mir geschlafen, hört!«
Die Leute sagten: »So einer bringt uns Unglück! Sohn und Mutter, wem ist das schon einmal begegnet? Schlagt ihn tot!«
Als der Häuptling davon hörte, sprach er: »Jawohl, aber wenn es ums Leben geht, dann ruft auch den Vater des jungen Mannes herbei. Es ist mißlich, wenn jemand aus einer anderen Familie allein vor Gericht steht.« So berief man denn den Vater des Mannes und sagte ihm, als er kam: »Höre, dein Sohn hat mit seiner Schwiegermutter geschlafen; wir müssen ihn töten.«
Als der Vater das hörte, meinte er: »Ja, wenn er so etwas getan

hat, dann ja. Aber sagt mir doch eins: Wenn ein Mann auf dem Felde ist, was sagt ihm dann, daß er jetzt Feierabend machen und ins Dorf heimkehren soll? Was wohl?« Sie riefen: »Das Herz! Sein Herz allein sagt es ihm.« Er fragte: »Und mein Sohn, dessen Herz man gegessen hat?« Die Leute staunten: »He! Was denn, Freund«, fragten sie dann den Schwiegervater, »du hast das Herz dieses Jungen da gegessen?« Er gab es zu: »Jawohl, ich hab's gegessen.« – »Aber sieh doch, weil du sein Herz gegessen hast, hast du ihm alle Verantwortung genommen, er gleicht jetzt einem Narren. Also laßt ihn nur zufrieden!«
So lebte der junge Mann denn weiter mit seiner Frau und der Schwiegermutter, mit der er geschlafen hatte. Er hielt sich aber nur an seine Frau, und warum? Weil man sein Herz gegessen hatte.

Der Rat des Vaters rettet vom Tode

Es war einmal ein Mann, der nahm eine Frau und hatte von ihr einen Sohn; aber die Ehe ging auseinander: Der Vater wohnte hier, die Mutter dort, wenn auch im gleichen Dorf. Der Sohn aber verachtete seinen Vater und gehorchte nur der Mutter. Wenn er den Vater auf der Straße traf, dann sah er ihn nicht an und grüßte auch nicht, und wenn er auf der Jagd etwas fing, dann gab er nur der Mutter davon ab. Eines Tages sagte er zu ihr: »Nach dem Vater, da frage ich nicht! Der taugt nichts.« – »Nein«, meinte die Mutter, »er ist immerhin dein Vater!« Aber der Sohn wollte nichts davon hören, und so sah ihn auch sein Vater nicht mehr an.
Als der Sohn erwachsen war, nahm er eine Frau aus einem anderen Dorf. Dort in der Nähe legte er eine Fallgrube an, in der er oft Wild fing; das aß er dann mit seiner Frau, und wenn er ins Heimatdorf ging, dann brachte er immer nur der Mutter etwas mit, bei seinem Vater ging er nicht einmal vorbei. Er sagte: »Der ist nicht mein Vater; er hat zwar meine Mutter geheiratet, aber trotzdem ist er nicht mein Vater.«

So war er eines Tages wieder in seinem Heimatdorf und hielt sich dort länger als gewöhnlich auf. Da sagte seine Frau: »Ich will doch einmal dorthin gehen, wo mein Mann immer das Wild holt, das wir essen, und will nachsehen, vielleicht hat sich etwas verfangen.« Und richtig, sie findet die Hecke mit den Fallen, läuft daran entlang, sieht eine freie Stelle und meint, dort ginge ihr Mann immer hindurch; aber in Wirklichkeit befand sich gerade dort die Fallgrube! Sie will hinübergehen, stürzt hinein und stirbt in der Grube, die ihr Mann gegraben hatte.
Inzwischen war der Mann auf dem Rückweg. Unterwegs sagte er sich: »Ich will schnell noch mal die Fallen nachsehen, vielleicht hat sich ein kleines Tier verfangen, das ich gleich mitnehmen kann.« An der Fallgrube stellte er fest, daß die Abdekkung eingebrochen war. Er blickte hinein – da liegt seine Frau in der Grube und gibt kein Lebenszeichen mehr! »Ach du Schreck, was tue ich jetzt? Wenn die Schwiegerleute das erfahren, schlagen sie mich tot; ich darf mich nicht ins Dorf wagen. Schnell zurück nach Hause!«
Im Heimatdorf berichtete er sofort seiner Mutter: »Mutter, in der Fallgrube, die ich gegraben habe, liegt meine Frau, tot! Was tue ich jetzt?« Die Mutter riet ihm: »Mein Sohn, geh zu deinem Vater. Ich bin nur eine Frau, ich weiß dir nicht zu raten.« – »Was, Mutter, wirklich?« – »Geh zu deinem Vater!« – »Aber ich bin doch so lange nicht bei ihm gewesen; was soll ich da nur tun?« – »Geh zu ihm!« So machte er sich denn auf, zögernd und ohne zu wissen, wie.
Der Vater saß mit seinen Brüdern beim Bier. Der Sohn blieb an der Tür stehen und rief: »Vater, Vater...« Die anderen machten den Vater aufmerksam: »Dein Sohn ist da und ruft dich.« – »Ich habe keinen Sohn!« widersprach er. »Hätte ich einen Sohn, dann wäre ich ihm schon einmal begegnet. Jetzt, beim Biertrinken, soll ich wohl einen Sohn gezeugt haben, weil mich da einer ›Vater‹ ruft! Nein, ich habe keinen Sohn.« Die anderen wiederholten: »Doch, dein Sohn ruft dich«, und der junge Mann rief wieder: »Vater, Vater!« – aber der Vater blieb stumm. »Ihr anderen könnt euch ja diese Frage stellen, für mich ist sie beantwortet: Ich habe keinen Sohn!« Dann wandte er sich dem Jungen zu und warf ihm vor: »Du hast mich immer

schon verachtet. Hättest du daran gedacht, daß ich dein Vater bin, dann wäre es gut; aber du besaßest nur Verachtung für mich; und jetzt ist Schluß.« Da fing der Sohn zu weinen an; ohne einen Laut von sich zu geben, ließ er seine Tränen fließen. Schließlich setzten sich die anderen ein: »Du darfst das alles nicht so ansehen, du solltest nicht nachtragend sein, gib doch nach!« Und wirklich ließ der Vater sich zureden und fragte seinen Sohn: »Na, was gibt's denn?« – »Weißt du, ich hatte eine Fallgrube gegraben, und jetzt ist meine Frau da hineingefallen und ist tot!« – »Ihr jungen Leute seid doch zu dumm«, sagte der Vater. »Nimm die Axt und das Messer, gehen wir!«
Am Ort des Unglücks schnitten sie Bambus und flochten einen großen Korb; da hinein legten sie die Tote und deckten sie gut zu. Dann erkundigte sich der Vater: »Junge, in dem Dorf, in das du geheiratet hast, gibt es da nicht unter den Häuptlingssöhnen einen, den sein Vater ganz besonders liebt?« – »Ja, es gibt einen, den er allen vorzieht.« – »Aber seinen Namen, weißt du den auch?« – »Ja.« – »Na, dann ist's gut.« So brachen sie auf und kamen mit dem Korb und der Toten darin bis in die Nähe des Dorfes; dann verbargen sie sich, bis die Nacht anbrach.
Als es völlig dunkel war, schlichen sie sich ins Dorf bis zum Tor des Häuptlingshofes; dort begehrten sie Einlaß. »Wer ist da?« fragte man. »Sag den Namen jenes Häuptlingssohnes, den du genannt hast!« flüsterte der Vater. Der Sohn tat das, und man ließ sie ohne weiteres mit ihrem Korb ein. Im Namen des Häuptlingssohnes gaben sie den Korb ab, den der Häuptling auf den Speicher stellen ließ. Die beiden aber, Vater und Sohn, gingen wieder fort, ohne daß jemand etwas in der Dunkelheit gemerkt hätte, übernachteten im Busch und kehrten tags darauf in ihr Heimatdorf zurück. Dort verabschiedete sich der Sohn von seinem Vater und ging nach Hause.
Der Häuptling aber sagte am selben Morgen: »Ich will doch erst mal sehen, was mein Sohn uns da gestern abend gebracht hat, vielleicht ein Ferkel?« Er ging und schnitt mit dem Messer den Deckel des Korbes ab, blickte hinein und erschrak: eine Tote! »Ihr Leute alle, kommt zusammen!« rief er. Alles strömte herbei, auch die Mutter der Toten. Die rief: »Ihr Leute, seit drei Tagen suche ich mein Kind, suche und suche,

weine, aber ich finde es nicht. Jetzt weiß ich's: Du, Häuptling, hast mein Kind umgebracht!« – »Nein, nicht ich«, sagte der Häuptling, zeigte mit dem Finger auf seinen Lieblingssohn und fuhr fort: »Der ist's, der hat mir den Korb in der Nacht gebracht.« Als der Sohn widersprach: »Nein, ich nicht!«, sagte der Häuptling: »Mein Sohn, leugne nicht, gib es lieber zu, du hast deinen Namen genannt. Was recht ist, muß recht bleiben!« Im Dorf herrschte nun große Verwirrung. Man beschloß, den Mann der Toten rufen zu lassen. Als er kam und sah, wie es stand, rief er: »Sie haben meine Frau getötet!« Es gab ein langes Palaver, und nach vielem Hin- und Herreden übernahm der Häuptling die Verantwortung und gab für die Tote zwei Sklaven, einen Mann und ein junges Mädchen. Der Mann blieb als Entschädigung bei den Eltern der Toten, und das Mädchen gab man dem jungen Manne und sagte: »Das ist für deine Frau.«
Seht, so geht es zu; ein Sohn muß seinem Vater gehorchen.

Der Zauberer und der Dieb

Ein Zauberer und ein Dieb waren enge Freunde. Eines Tages beschlossen sie, eine Reise zu machen. Sie wanderten lange Zeit, bis sie an einen Ort kamen, wo sie der Hunger sehr plagte. Da sagte der Zauberer zum Dieb: »Du, Dieb, stiehl uns doch etwas zu essen!« Der antwortete: »Ach, hier kann ich nicht so einfach stehlen. Warte, ich will sehen, was sich machen läßt.« Sie liefen weiter und weiter, bis sie zu einem Maniokfeld kamen. Dort hatte eine Frau eben ein paar Maniokwurzeln herausgezogen; sie war jedoch schon wieder auf dem Weg zurück ins Dorf. Der Dieb sagte: »Jetzt sieh einmal, wie ich stehle.« Er betrat das Feld und zog eine Wurzel heraus. An der hatten sie erst einmal etwas zu kauen! »Na, wie habe ich gestohlen?« fragte der Dieb. »Du bist auf ein Feld gegangen, dessen Besitzerin etwas Maniok geerntet hatte und dann fortgegangen ist.« – »Na, siehst du?« Dann setzten sie ihren Weg fort, wanderten und wanderten.

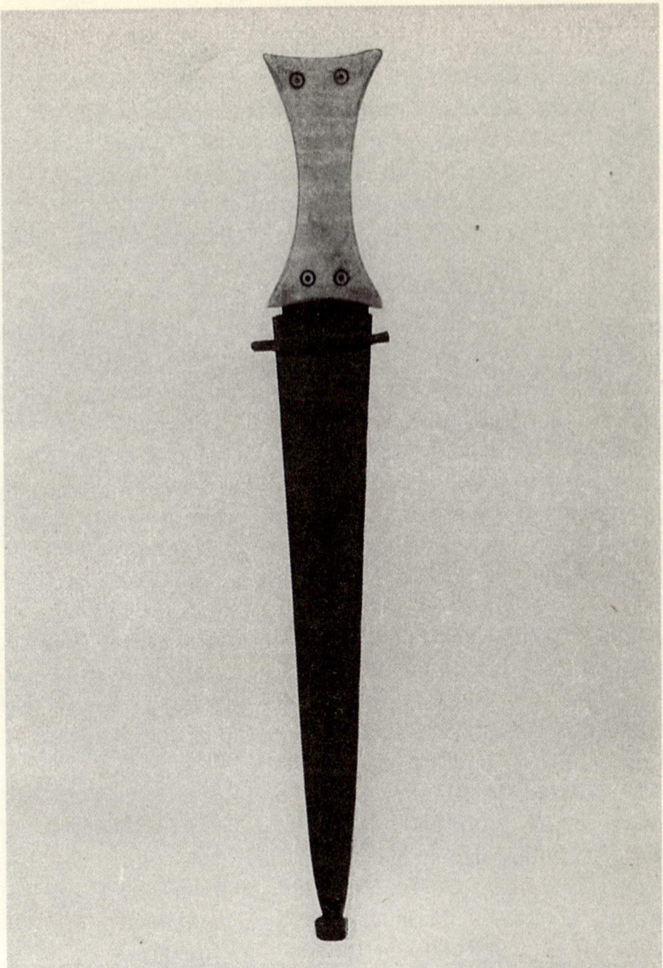

Als sie die halbe Strecke geschafft hatten, sagte der Dieb zum Zauberer: »Du, jetzt zaubere doch mal, laß etwas sehen!« Der Zauberer antwortete: »Ach, hier kann ich nicht so einfach zaubern. Warte, ich werde schon noch zaubern, du wirst es schon sehen.« So liefen sie weiter und weiter, bis sie in ein Dorf kamen, wo sie Leute beim Biertrinken antrafen. Die gerieten in Streit, beschuldigten einander und schimpften sich gegenseitig aus. Da sagte der Zauberer zum Dieb: »Jetzt kannst du sehen, wie ich zaubere!«

Als sie näher kamen, entbrannte der Streit von neuem. Der eine ohrfeigte den anderen, so daß der umfiel. Dieb und Zauberer liefen hinzu und riefen nach Wasser. Man bespritzte den Gefallenen damit, aber er rührte sich nicht. Da halfen sie den andern, den Toten zum Medizinmann zu schaffen, und man stimmte die Totenklage an. Die beiden sagten: »Ihr Leute, da er erst gegen Abend gestorben ist, können wir ihn jetzt noch nicht begraben. Wir werden Feuerholz schlagen gehen, damit wir die Nacht über ein Feuer unterhalten können.« Sie nahmen Äxte, gingen in den Wald, schlugen Reisig und brachten es herbei.

Als die Dorfleute das sahen, sagten sie: »Gebt doch den beiden Männern, die da kommen, etwas zu essen. Sie haben uns schon geholfen, den Toten zum Medizinmann zu schaffen!« So kochte man Maisbrei und gab ihn den beiden; sie aßen sich satt und legten sich dann schlafen.

Am nächsten Morgen fragten Zauberer und Dieb: »Ihr Leute, was können wir tun? Gebt uns doch Picken und Hacken, damit wir das Grab ausheben können.« Man brachte ihnen das Verlangte, und sie hoben das Grab aus; dann wurde der Tote bestattet. Man wollte sie danach verabschieden, aber sie sagten: »Nein, wir müssen erst schlafen, denn wir haben gewacht.« So brachte man ihnen noch einmal zu essen, und danach schliefen sie ein.

Am nächsten Morgen bedankten sie sich herzlich für das Essen, das sie bekommen hatten, und die Dorfleute dankten ihnen für die Hilfe, daß sie ihnen als zufällige Besucher so beigestanden hatten, und wünschten ihnen gute Reise. So setzten die beiden Freunde ihren Weg fort. Auf der Straße fragte der

Zauberer den Dieb: »Du, hast du nun gesehen, wie ich zaubere? Nicht alles war gezaubert: daß die Leute dasaßen, daß sie sich stritten, einander beschimpften, aufeinander zeigten und sich schlugen – alles habe ich nur benutzt. Aber daß der eine starb, das habe ich durch Zauberei bewirkt; und sofort war der Lärm zu Ende!« Der Dieb stimmte zu und sagte: »Aha, das ist gut; ich danke schön!«

Wie drei Brüder einen Häuptlingssohn vom Tode retteten

Es war einmal ein Mann, der hatte drei Söhne. Sie wuchsen prächtig heran, und als sie stattliche junge Männer geworden waren, sprach der Vater eines Tages zu ihnen: »Ihr Jungen seid jetzt groß, und es gehört sich, daß ihr einen Beruf ergreift, jeder nach seinem Wunsch. Ich kann euch nichts vorschreiben, aber das Geld für den Beginn will ich euch geben.« Der Vater nahm sein Geld, und jeder von den Jungen bekam einen Teil.
Da sprach der Älteste: »Ich werde mir ein Auto kaufen und damit Leute befördern, so kann ich mein Geld verdienen.« Der Zweitälteste sagte: »Ich kaufe mir einen Wahrsagekorb. Über alles, was im Lande geschieht, weiß ich dann Bescheid und kann den Leuten weissagen.« – »Und ich will für mein Geld alle Arten von Arznei beschaffen«, teilte der Jüngste mit.
Am nächsten Morgen, als es zu tagen begann, brachen die drei Brüder auf, um zu kaufen, wofür sie sich entschieden hatten. Nach einem langen Marsch erreichten sie eine Stelle, an der drei Wege auseinanderliefen. Da sprachen sie zueinander: »Hier wollen wir bei der Rückkehr wieder zusammentreffen, um gemeinsam nach Hause zu kommen.«
Der Älteste kaufte nun sein Auto und kehrte zu der Weggabelung zurück. Er war zuerst dort, denn als Autobesitzer war er schnell, und niemand mußte auf ihn warten. Der zweite hatte einen Wahrsagekorb erworben und schaute hinein. Da sah er

den ältesten Bruder mit seinem Auto schon an der vereinbarten Stelle auf seine Brüder warten. Und als er nach dem Jüngsten ausspähte, entdeckte er ihn beim Einkauf aller möglichen Arzneien. Nun hob er sich den Korb auf die Schulter und machte sich auf den Weg. Der Schweiß floß bald nur so an ihm herab, denn der Korb hatte ein ziemliches Gewicht. Als endlich alle drei wieder beisammen waren, zeigten sie einander, was sie gekauft hatten, und stiegen dann in den Wagen, um nach Hause zu fahren.

Auf halber Strecke blickte der zweite in seinen Wahrsagekorb. Er sah, daß es den Eltern daheim im Dorf gut ging, und teilte das seinen Brüdern mit. Aber als er wieder in den Korb schaute, beobachtete er, wie Häuptling Mufunga vor seinem Haus die Totenklage anstimmte und viele Leute sich um ihn drängten. Da sprach er zu seinen Brüdern: »Ich sehe Häuptling Mufunga. Er beweint seinen Sohn, der tot daliegt. Viele Leute strömen zur Beerdigung herbei.« Da rief der Jüngste: »Das trifft sich gut, Brüder! Bringt mich dorthin, damit ich den Toten untersuchen kann!« Der Älteste gab Gas. Der Wagen schoß nur so dahin, eine gewaltige Staubwolke hinter sich lassend. Schon nach kurzer Zeit langten sie am Trauerhaus an.

Das ganze Dorf trafen sie in Trauer. Der Häuptlingssohn, von dem man gehofft hatte, er werde die Nachfolge seines Vaters antreten, war tot, und man hatte ihn schon aufgebahrt. Die Frauen stießen ohrenbetäubende Klageschreie aus, wie es der Brauch verlangt. Da fragte der Jüngste: »Warum trauert ihr?« Man antwortete ihm: »Wir trauern, weil der Sohn des Häuptlings an Rheumatismus gestorben ist.« Da begab sich der Jüngste zum Haus des Häuptlings und sprach: »Öffnet mir und laßt mich meine Arznei versuchen, vielleicht gelingt es mir, den Häuptlingssohn ins Leben zurückzurufen.« Aber die Würdenträger und die Hauptfrau des Häuptlings gerieten in Zorn und riefen: »Du junger Kerl, willst du uns etwa für dumm verkaufen? Der Häuptling hat große Summen ausgegeben und viele Ärzte befragt, um seinen Sohn zu retten. Alle haben sie versagt! Und du erdreistest dich, machst dich wohl über uns lustig!« Ein paar Leute schrien: »Ergreift die frechen Kerle, schlagt sie und sperrt sie ein!« Schon machten die Leute

Miene, handgreiflich zu werden, da gebot ihnen Häuptling Mufunga Schweigen und sprach: »Mein Sohn ist nun einmal gestorben. Wenn die drei noch einen Versuch unternehmen wollen, ihn ins Leben zurückzubringen, so laßt sie gewähren. Schaden kann es ja nicht.«
Nun befahl der Jüngste: »Tretet zurück von dem Toten!« Die Leute machten ihm Platz und verhielten sich still. Bei sich dachten sie: ›Gelingt es diesem Jungen, den Häuptlingssohn zu retten, dann ist das ein Wunder, so groß, wie wir noch keines erlebt haben, solange wir leben.‹ Inzwischen hatte der Jüngste seinen Korb voller Arzneien aus dem Auto geholt und war wieder zu dem Toten gegangen. Er nahm etwas aus seinem Korb, brachte dem Toten einen Einschnitt bei und legte etwas von seiner Medizin in die Wunde. Eine andere Arznei steckte er dem Toten in die Nase. Es dauerte nicht lange, und man hörte den Toten kräftig niesen. Der Junge verdünnte nun einen Absud mit etwas Wasser und besprengte den Toten damit. Der Häuptlingssohn fuhr auf und sah sich verwirrt um. Dann rief er: »Vater, ich war weit weg, aber jetzt fühle ich mich wohl. Meine Schmerzen sind verschwunden!« Einige Leute eilten davon, brachten dünnen Brei, und der Häuptlingssohn trank tüchtig. Die Leute wußten sich nicht zu fassen vor Staunen. So etwas hatten sie noch nie erlebt! Sofort wurde jemand ausgeschickt, der in dem Grab, das man ausgehoben hatte, eine Banane pflanzen mußte, denn so ist es üblich, wenn der, für den das Grab gedacht war, doch noch einmal mit dem Leben davonkommt. Danach ergriff Häuptling Mufunga das Wort: »Ihr Jungen«, sprach er, »habt eine große Tat vollbracht! Daß ihr meinen Sohn gerettet habt, ist so, als hättet ihr mich selbst vor dem Tod bewahrt. Ich weiß nicht, wie ich euch das vergelten soll. Eins aber kann ich tun: Die Hälfte von meinem Dorf schenke ich euch.«
Da entbrannte unter den Brüdern ein Streit. »Mir gehört das Dorf«, sagte der Zweitälteste, »denn in meinem Wahrsagekorb habe ich Häuptling Mufunga und seinen Sohn gesehen. Wenn ich nicht gewesen wäre, ihr hättet von alledem nichts gewußt!« – »Und ohne mich«, widersprach der Älteste, »wäret ihr heute nicht mehr hierhergelangt!« – »Aber ohne mich wäre es euch

nicht gelungen, den Sohn des Häuptlings zu erwecken!« hielt nun der Jüngste dagegen. Die Sache begann Staub aufzuwirbeln, da schlug der Jüngste vor: »Hört mal, Brüder, weder mir noch euch gehört das Dorf! Es gehört unserem Vater, denn schließlich gab er uns das Geld, mit dem wir all das kaufen konnten, was uns so geholfen hat!« Da übergaben sie das halbe Dorf ihrem Vater. Der Vater übernahm dort die Herrschaft, und alles nahm ein gutes Ende.
So muß man in allem an seine Eltern denken, denn ihnen verdanken wir alles. Sie zu mißachten wäre eine große Sünde.

In der Haut des Wasserbocks

Es war einmal ein sehr erfolgreicher Jäger. Überall im Dorf sprach man nur von ihm, und immer wieder hörte man sein Gewehr knallen, wenn er im Busch auf der Jagd war. Kehrte er abends heim, konnte er alle Dorfbewohner mit Fleisch versorgen, niemand mußte Mangel leiden.
Dieser Jäger hatte einen Sohn. Als der Junge alt genug war, um mit auf die Jagd zu gehen, bat er seinen Vater: »Vater, ich möchte dich gern begleiten!« Dem Vater war das recht. Er gab seinem Sohn Gewehr, Patronentasche, Messer, Jägeraxt und Speer und sprach zu ihm: »Du bist jetzt erwachsen, mein Sohn, und so will ich dich das Jagen lehren, wie ich es einst von meinem Vater erlernt habe.«
Am anderen Morgen brachen sie gemeinsam auf. Sie hatten reichlich Mundvorrat eingepackt, denn es war weit zu laufen. Der Abend nahte schon, da kamen sie endlich am Jagdlager an. Sie kochten sich Brei und legten sich dann schlafen.
Der Vater erwachte, als es eben zu tagen begann, und weckte seinen Sohn. Sie machten sich fertig, und dann erklärte der Vater seinem Jungen: »Hör mal, hier, wo wir jetzt sind, gibt es viel Geheimnisvolles! Du mußt deshalb unbedingt im Westen bleiben, auf keinen Fall darfst du nach Osten gehen.« – »Ich habe gut verstanden«, antwortete der Sohn, und dann brachen sie auf.

Nach einer Weile trennten sie sich. Dem Jungen aber kam auf seinem Weg nicht einmal eine kleine Ratte vor die Büchse, während der Vater bei seiner Rückkehr viel Wild an seiner Tragstange ins Lager schleppte. Und als er seinen Sohn zum Jagdglück gratulieren wollte, konnte dieser nur antworten: »Alles umsonst!«
So ging das nun Tag für Tag, und der Junge fühlte sich immer unglücklicher. Wenn man mit einem anderen auf die Jagd geht, und nur der andere hat Erfolg, ärgert man sich schließlich so sehr, daß man am liebsten alles hinwerfen möchte. Und so wandte sich der Junge eines Tages an seinen Vater mit den Worten: »Vater, laß mich doch auch dorthin gehen, wo du herumstreifst. Hier, wo ich jage, gibt es ja nicht die Spur von Wild!« Aber der Vater erwiderte: »Nein, mein Junge, das ist unmöglich!«
Der Sohn schien sich damit abzufinden. In Wirklichkeit aber tat er diesmal nur so, als liefe er nach Westen. Als sein Vater verschwunden war, machte er kehrt – und wandte sich nach Osten. Dabei sagte er zu sich: »Mein Vater läßt mich nur deshalb nicht dort jagen, wo es viel Wild gibt, weil er allein den Ruhm ernten will!«
Der Junge war erst eine kleine Strecke gelaufen, da sah er doch tatsächlich jenseits eines Termitenhügels einen Wasserbock das junge Grün abweiden. Vorsichtig schlich er sich an, voller Hoffnung, heute sein erstes Wild zu erlegen. Im Verdacht gegen seinen Vater fühlte er sich bestätigt. Der Wasserbock aber setzte sich auf einmal in Bewegung, lief zu einem großen Termitenhügel, stellte sich auf die Hinterbeine, schlüpfte aus seiner Haut und rannte dann mitten auf die Wiese.
Vor Staunen außer sich, kam der Junge näher, um die Sache genauer zu betrachten. Er fand das Fell des Wasserbocks. Es dampfte noch. Da kam ihm der unsinnige Gedanke, es einmal überzustreifen, um herauszufinden, wie die Tiere sich fühlen. aber kaum war er hineingekrochen, saß das Fell fest an seinem Körper. Vergeblich mühte er sich, es wieder loszuwerden. Er wollte schreien, war aber außerstande, einen menschlichen Laut hervorzubringen, nur noch »Määäh« konnte er machen.
Nachdem sich der Junge lange abgemüht hatte, ohne auch nur

den geringsten Erfolg zu haben, beschloß er, ins Lager zurückzukehren. Als er dort aber plötzlich als Wasserbock auftauchte, griff der Vater nach seinem Gewehr und rief: »Habe ich heute ein Glück, sogar ins Lager folgen mir die Tiere!« Dann schoß er, verfehlte aber sein Ziel, denn der vermeintliche Wasserbock hatte sich sofort ins Gras geworfen. Nur der Pulverqualm hatte ihn gestreift, dann war er eilends geflüchtet.
Lange wartete der Vater, aber sein Sohn kam nicht. »Vielleicht ist er auf die Seite jagen gegangen, die ich ihm verboten habe?« fragte er sich. »Warum kommt er denn nur nicht zurück?«
Dem Jungen ging es inzwischen schlecht. Der Hunger plagte ihn, und er wollte grasen. Aber das Gras blieb ihm in der Kehle stecken. Schließlich war er nur äußerlich ein Tier, im Innern war er ein Mensch geblieben. Da entschloß er sich zur Rückkehr ins Dorf. Kaum zeigte er sich aber dort, liefen die Leute nach ihren Gewehren und schrien: »Da kommt ein Wasserbock!« In seiner Ratlosigkeit wandte sich der Junge zum Hause seines Vaters, und dort wurde er dann auch erschossen. Ohne einen Laut von sich zu geben, fiel er um, zuckte nur noch mit den Hufen, dann war er tot.
Die Leute machten sich ans Häuten, merkten aber schon nach den ersten Schnitten, daß in der Haut ein junger Mann steckte. Erschrocken über das Unglück, das da geschehen sein mußte, gingen sie schnell weg. Als der Jäger heimkehrte und seinen Sohn erkannte, trauerte er sehr um ihn. Dann aber sprach er: »Mein Sohn ist gestorben, weil er nicht auf die Worte der Erwachsenen hören wollte.« Man begrub den Jungen. Die Leute aber wunderten sich noch lange und fragten sich, wie das wohl geschehen sein mochte.

Nsingise und Ntamani

Es war einmal ein Mann, der hatte zwei Frauen. Die erste gebar ihm ein Mädchen, das sie Ntamani nannte; die zweite gebar ihm ebenfalls ein Mädchen, das den Namen Nsingise be-

kam. Die beiden Kinder liebten einander über alle Maßen. Die Leute merkten überhaupt nicht, daß die Mädchen verschiedene Mütter hatten. Die Mütter aber mochten einander keineswegs, die erste war vielmehr voller Eifersucht. Darum haßte sie auch das Kind ihrer Rivalin, und wenn die beiden Mädchen zusammen gingen, sah sie es gar nicht gern.
Nach einiger Zeit erkrankte die zweite Frau schwer und starb schließlich, ihren Mann und ihr geliebtes Kind zurücklassend. Die erste Frau war sehr zufrieden, daß ihre Rivalin tot war; aber damit war ihre Eifersucht keineswegs erloschen. Sie übertrug sie vielmehr auf das Kind, das die andere hinterlassen hatte, und begann es zu quälen. Besonders wenn der Vater fern war, hatte die Kleine sehr zu leiden: Die Frau schickte sie vor Tau und Tag aufs Feld, die Papageien zu verjagen, schickte sie morgens Wasser schöpfen, schickte sie weit fort, Brennholz zu schlagen, und verweigerte ihr die Nahrung. Das arme Mädchen weinte alle Tage über seine Leiden und über den Tod seiner Mutter, aber das Scheusal von Stiefmutter kümmerte sich nicht darum. Jedesmal, wenn der Mann nach Hause kam, zürnte er seiner Frau heftig und befahl ihr, beide Kinder gut zu behandeln; aber kaum war der Vater wieder fort, da fing die Frau aufs neue an, Nsingise zu schelten und zu schlagen.
Eines Tages war der Mann sehr weit weggegangen, um ein Jagdlager aufzuschlagen. Allein geblieben, grub die Frau auf dem Feuerplatz eine tiefe Grube und schickte dann ihre Tochter Ntamani fort, Wasser zu holen, um sie aus dem Wege zu haben. Dann nahm sie Nsingise, warf sie in die Grube, häufte Erde darauf, baute die Scheite wieder auf, zündete Feuer an und setzte den Kochtopf darauf. Als Ntamani zurückkam, suchte sie überall nach ihrer Schwester, aber vergeblich. So fragte sie ihre Mutter: »Wohin ist denn Nsingise gegangen?« Die antwortete ihr zornig: »Was fragst du mich? Ich weiß nicht, wo sie hin ist. Daß du nicht noch einmal fragst!«
Ntamani fuhr fort, ihre Schwester zu suchen, bis der Abend anbrach; aber sie konnte sie nicht finden. Da fing das Kind an, zu jammern und unter Tränen zu singen:

»Nsingise, Schwesterchen, Nsingise,
Nsingise, Schwesterchen, Nsingise,
wir waren immer zusammen, Nsingise,
jetzt bin ich ganz allein, Nsingise;
ich bin ganz verzweifelt, Nsingise!«

Und während ihre Tränen wie Wasser flossen, weigerte sich die Kleine, ihren Maisbrei zu essen. Sosehr die Mutter sie auch drängte, sie aß nichts, sondern suchte nur immer ihre Schwester, die sie über alles liebte. Aber als sie zum zweitenmal ihr Lied sang, hörte sie eine Stimme, die ihr ebenfalls mit einem Lied antwortete:

»Ntamani, Schwesterchen, Ntamani,
Ntamani, Schwesterchen, Ntamani,
wir waren immer zusammen, Ntamani,
jetzt bin ich ganz allein, Ntamani;
ich bin ganz trostlos, Ntamani!«

So blieb es, bis der Mann von seiner Jagd zurückkam. »Was singt denn das Kind da?« fragte er. Die Frau antwortete zornig: »Sie bejammert ihre Schwester; wir wissen nämlich nicht, wo sie hingegangen ist; das ist jetzt schon zwei Wochen her.« Da suchte auch der Mann sein Kind unermüdlich, ohne es zu finden.

Eines Tages weinte Ntamani wieder sehr, während sie dabei sang, und ihre Schwester, unter dem Feuerplatz, antwortete ihr. Der Vater aber saß in einem Klappstuhl auf der Veranda und wärmte sich in der Sonne. Da hörte auch er das Lied seiner Tochter Nsingise unter dem Herd heraufklingen. Gleich griff er zur Hacke und begann zu graben, sosehr seine Frau ihn daran zu hindern suchte. Nach langem Graben fand er sein Kind noch lebend vor, aber ganz blaß von der Hitze des Feuers, das man auf dem Herd angezündet hatte. Der Vater und Ntamani freuten sich sehr, ihre liebe Nsingise wiederzusehen.

Dann aber stellte der Mann seine Frau wegen ihres bösen Herzens zur Rede. Er geriet in großen Zorn, verstieß sie, nahm seine beiden Kinder und zog in ein anderes Dorf. Dort wuchsen Nsingise und Ntamani gemeinsam heran und hatten große Freude aneinander.

Ein unmögliches Tabu

In einem Dorf wohnte einmal ein Mann, der ließ sich lange Zeit mit dem Heiraten. Aber schließlich sagte er sich: »Jetzt heirate ich besser, sonst sterbe ich einfach so, ohne Nachkommen zu hinterlassen.« Aber bevor er sich verheiratete, erklärte er allen Leuten: »Auch wenn ich heirate, kann ich doch niemals bei der Schwiegerfamilie auf das gewisse Örtchen gehen. Immer, wenn ich muß, komme ich hierher zu uns zurück, wenn's auch noch so drängt!« Die Leute stritten sich ernstlich mit ihm und sagten: »Du, das kannst du so nicht machen; was du dir da vornimmst, das ist menschenunmöglich!«

Nach kurzer Zeit brachte der Mann, Kibelengwe hieß er, den Brautpreis in das Dorf seiner Erwählten, das nicht weit von seinem Heimatdorf entfernt lag, und dann fand bald die Hochzeit statt. Aber die ganze Zeit erklärte er den Angehörigen seiner Braut: »Hier, wohin ich mich verheirate, kann ich nie das gewisse Örtchen aufsuchen, sondern wenn ich muß, dann bin ich gezwungen, zu uns zurückzukehren.« Die Angehörigen wunderten sich sehr darüber und meinten: »Dieser Mann ist ein Narr; warum redet er nichts Vernünftiges, sondern immer nur diesen Unsinn vom Örtchen?«

Und wirklich, alle Tage, wenn er mußte, ging er in sein Heimatdorf! Eines Tages aber bekam er Durchfall; ich weiß nicht, hatte er enthülste Bohnen gegessen oder hatte es eine andere Ursache; jedenfalls fing er an, aus Leibeskräften zu rennen, um es bis zur Heimat zu schaffen. Aber als er auf halbem Wege zwischen beiden Dörfern war, ergriff es ihn mit Gewalt, es zerriß ihm fast die Eingeweide, und er sagte sich: »Macht nichts, hier findet mich niemand; denn wenn ich weiterlaufe, geht's in die Hose.« So hockte er sich an Ort und Stelle nieder, als es ihm leichter geworden war, machte er sich auf den Rückweg.

Aber kaum war er ein Stückchen gegangen, da hörte er hinter sich ein Lied ertönen:

»Du hast gesagt, Kibelengwe,
du hast gesagt, Kibelengwe,
ich darf nicht aufs Örtchen, Kibelengwe,

bei den Schwiegerleuten, Kibelengwe!
Heut hast du uns gemacht, Kibelengwe,
wir gehen mit dir, Kibelengwe!«

Und als er zurücksah, da erblickte er ein Häufchen, groß wie ein kleiner Termitenbau, das sich hinter ihm herwälzte. Er wunderte sich sehr und fragte sich: »Was soll denn das bedeuten?« Es war aber nur sein Häufchen, das sich noch vergrößert hatte und ihm nun folgte.

Der Mann sagte sich: »Wenn das Ding da wirklich mit zu den Schwiegerleuten kommt, dann bin ich vor aller Augen beschämt.« Also kehrte er um und zerstreute das Häufchen in lauter winzige Teile; dann nahm er seinen Marsch wieder auf. Er kam auch ein gutes Stück weiter, aber dann hörte er wieder dasselbe Lied:

»Du hast gesagt, Kibelengwe...«

Fast verlor er den Mut und wußte nicht, was er tun sollte. Er blieb stehen und sah das Ding näher kommen, es war noch größer geworden! Schließlich ergriff er einen Ast, drosch damit drauflos, zerstreute alles auf einer Brandstelle im Busch, so daß nichts mehr zu sehen war, und ging dann wieder weiter. ›Jetzt wird es mir aber nicht mehr folgen können!‹ dachte er dabei. Wirklich kam er eine gute Strecke weiter, und als er nach hinten lauschte, war alles still. Da faßte er Mut und dachte: ›So entgehe ich doch wenigstens der Schande vor der Schwiegerfamilie!‹

Aber ach, als er wieder hinhörte, da vernahm er doch dasselbe Lied! Fast traf ihn der Schlag, er konnte nur noch blinzeln. Aber dann ging er mit sich zu Rate: ›Das Ding da muß jetzt völlig verschwinden, sonst komme ich bei der Schwiegerfamilie und allen Verwandten in Verruf; denn wie ich mit ihnen gestritten habe, das war nicht gut.‹ Also ergriff er das Häufchen, sah sich nach einem Bach um und warf es dort ins Wasser, so daß es sich auflöste und verschwand. Aufatmend sagte er sich: »Jetzt hat es ein Ende damit, das Ding kann mir einfach nicht mehr folgen, denn die Strömung nimmt es mit fort!« So nahm er seinen Marsch wieder auf.

Doch als er sich dem Dorf der Schwiegerfamilie näherte, hörte er wieder das elende Lied ertönen! Der Verstand blieb ihm stehen, und er setzte sich auf einen kleinen Termitenbau, um nachzudenken, was ihm zu tun bliebe. Nach kurzer Zeit sah er das Häufchen herankommen. »Du Unglücksding«, rief er, »was habe ich dir denn getan, daß du mich so unmöglich machen willst?« Und er sagte sich: »Wenn ich's diesmal entwischen lasse, dann ist's um mich geschehen.« Er begann Holz zu schlagen, zündete ein gewaltiges Feuer an und stieß das Häufchen hinein. Die Asche warf er in einen Bach, der da vorbeifloß, und das Wasser nahm sie mit fort. »Jetzt habe ich ganze Arbeit geleistet«, sagte er sich, »denn mit dem Feuer ist nicht zu spaßen.« Er zog den Gürtel zurecht, nahm seinen Marsch wieder auf und pfiff sich ein Liedchen, so froh war er.

Bald tauchten schon die Dächer der Häuser, in denen die Schwiegerleute wohnten, vor ihm auf, und er begann, sich Vorwürfe zu machen: »Wenn ich nicht die Lösung gefunden hätte, das Unglücksding zu verbrennen, dann zögen sie jetzt alle über mich her. Aber diesmal habe ich ja ganze Arbeit geleistet.« Als er ankam, wurde er auch freundlich aufgenommen, denn alle kannten seine Eigenheit. Er setzte sich auf die Veranda seines Hauses. Man brachte ihm Süßkartoffeln zu essen – da hörte er doch schon wieder vom Wege her das Lied ertönen! Die Süßkartoffeln, die er gerade aß, wurden ihm plötzlich gallebitter: Jetzt kommt das Unglück! Er tastete nach einem Halt und kratzte sich hier und dort. Noch hatten die anderen Leute das Lied nicht gehört, und seine Frau fragte: »Was ist dir denn, daß du nicht ißt?« Aber ihr Mann blieb ihr die Antwort schuldig.

Du Schreck, nach kurzer Zeit hörten alle Leute das Lied näher kommen, eine Melodie, die zu Tränen rührte. Aber noch war es zu weit, als daß sie die Worte hätten verstehen können. Als es etwas näher heran war, fragte man sich: »Hört doch, was da singt; ist das ein Sterbelied, oder was?« Noch waren sie am Reden, da sahen sie das Häufchen, noch größer als vorher, wie es sich vorwärtswälzte und dazu sang:

»Du hast gesagt, Kibelengwe,
du hast gesagt, Kibelengwe,
ich darf nicht aufs Örtchen, Kibelengwe,
bei den Schwiegerleuten, Kibelengwe!

Heut hast du uns gemacht, Kibelengwe,
wir gehen mit dir, Kibelengwe!«

Was meinst du, wie die Leute zusammenliefen, um zu sehen, was da ankam, und wie sie sich wunderten: »Solange wir leben, haben wir so etwas noch nicht gesehen. Was wir da heute erleben, das ist ein ganz großes Wunder!« Und die Alten schüttelten nur den Kopf. Tatsächlich, das Häufchen rollte genau dort entlang, wo der Mann gegangen war, und sang dabei sein Lied. Ihr wißt ja selbst, wenn im Dorf so etwas geschieht, wie dann die Kinder alle hinterherlaufen! Dicht bei dem Mann hielt das Häufchen an und sang immer weiter. Der arme Mann war in einer ausweglosen Lage. Schon begannen die Kinder, ihn zu verspotten, und er blinzelte dazu nur wie ein Affe, den man auf einen Baum steigen läßt.

Von diesem Tag an wollte seine Frau nichts mehr mit ihm zu tun haben. »Ich kann nicht bei einem Manne bleiben«, sagte sie, »dessen Schande das ganze Dorf kennt. Verschwinde!« Wirklich kehrte er nach Hause zurück, unglücklich darüber, wie der Bruch seines Tabus offenbar geworden war.

Das Ende des Menschenfressers

Es war einmal ein alter Mann, dessen Söhne waren wahre Helden und große Jäger. Sie zogen mit ihrem Vater weit hinaus in den Busch und bauten dort ein Haus. Zu ihrem Vater sagten sie: »Hier im Busch, wohin wir dich gebracht haben, darfst du nicht daran denken, mit anderen Leuten zu plaudern; denn hier gibt es Menschenfresser, und wir gehen nicht immer nur in die nähere Umgebung, so daß wir dir schnell zu Hilfe kommen könnten.« Der Vater hörte sich das alles gut an und blieb die ganze Zeit in dem Haus, das sie ihm gebaut hatten.

Eines Tages gingen seine Söhne im Busch jagen, und er blieb mutterseelenallein zurück. Kommt doch ein Alter ganz aus der Nachbarschaft, bleibt draußen stehen und begrüßt ihn mit den Worten: »Du, was ist denn das: Du kommst hierher und be-

suchst mich nicht einmal? Aber mach doch erst einmal auf, dann können wir essen, was deine Söhne dir bringen, und wir beiden Alten können über unsere Vergangenheit plaudern.« Als der Vater hörte, wie ihm der Alte gut zuredete und schmeichelte, dachte er: ›Da habe ich doch einen guten Kameraden hier im Busch gefunden‹, und er machte ihm auf und ließ ihn eintreten.
Ach du Schreck! Kaum war der Alte drin, da fuhr er auf den Vater los, zog ihn nach draußen und fing an, ihn zu seiner Behausung zu schleppen, wobei er sang: »Hau ruck, hau ruck! Bringen wir ihn zum schweren Fels!« Wo sie hinkamen, stieg eine große Staubwolke auf; denn der Vater versuchte, sich an Sträuchern festzuhalten; die aber wurden dabei nur herausgerissen. Der Menschenfresser war eben viel stärker als der alte Mann. Da begann er, seine Söhne zu rufen, die in den Busch gegangen waren: »Kikolo, großer Jäger, heute sterbe ich! Kashinde, großer Schütze, heute sterbe ich! Kikolo, schwebender Adler, heute sterbe ich, ihr meine Söhne!«
Glücklicherweise waren die Söhne an jenem Tage nicht weit gelaufen. Als sie ihren Vater rufen hörten, kamen sie sofort angerannt, ehe der Menschenfresser ihn weit fortgeschafft hatte. Als der die Söhne kommen sah, zitterte er vor Furcht und verschwand augenblicklich im Busch. Der greise Vater blieb allein zurück, keuchend von der vergeblichen Anstrengung, mit Hautabschürfungen am ganzen Leibe. So trafen ihn die Söhne an und zürnten sehr: »Vater, was haben wir dir gesagt? Du solltest keinem Menschen öffnen, haben wir gesagt, denn hier gibt es Menschenfresser!« Dann brachten sie ihn nach Hause und verbanden seine Wunden. Zuletzt drängten sie ihn wieder: »Jetzt mußt du aber gut auf unsere Worte hören; denn ein andermal, wenn wir weiter fortgehen, ist es uns unmöglich, dich zu retten. Mach ja niemandem auf, er sei, wer er sei!« Der Vater antwortete: »Ja, liebe Söhne, jetzt hab ich's gut verstanden. Wenn ihr nicht gekommen wäret, dann hätte mich der Kerl wer weiß wohin geschleppt.«
Am anderen Tag gingen die Söhne wieder in den Busch auf die Jagd, und der Vater blieb ganz allein zurück. Da kam auch jener Alte wieder hervor, wobei er immerfort fröhlich lachte. Er grüßte den greisen Vater und redete geschickt auf ihn ein: »Na

du, wie geht's denn? Ich war doch gekommen, um mit dir zu plaudern, und wollte dich mit zu mir heimnehmen; aber als wir dabei ein bißchen spielten, hast du gleich deine Söhne gerufen, damit sie mich totschlagen sollten! Du bist ein ganz böser Mensch!«

Der Vater antwortete: »Heute wird auf keinen Fall aufgemacht! Sieh doch nur mal die Narben an meinem Leib; nennst du das etwa spielen?« – »Nein, mein Freund«, sagte der andere, »ich habe gar nicht gemerkt, daß ich dir weh tat. Verzeih mir doch, vielleicht habe ich es zu toll getrieben; aber soll darum unsere Freundschaft in die Brüche gehen?« Als der Vater noch zögerte, begann der Alte zu betteln: »Du, wir sind doch beide in derselben Lage; auch ich habe viele Kinder gehabt, aber sieh nur, wie allein ich jetzt bin! Eines Tages werden meine Kinder kommen, du wirst's sehen. Hier im Busch braucht man einen Freund; wir müssen einander helfen und uns besuchen. Du, ich bitte dich herzlich, tu mir auf, damit ich hineinkommen kann; ich werde dir auch nicht das geringste zuleide tun; ich bin doch dein Freund!«

Als der greise Vater das hörte, spürte er Mitleid und sagte sich: »Vielleicht habe ich mich an jenem Tag wirklich getäuscht, vielleicht wollte mich der Freund da wirklich nur zum Plaudern mit zu sich nach Hause nehmen.« Und so machte er auf. Aber kaum war der Alte drin, packte er den Greis und zog ihn am Fuß nach draußen, wobei er wieder sein Lied anstimmte: »Hau ruck, hau ruck! Bringen wir ihn zum schweren Fels!« Zwischendurch sagte er zu ihm: »Mensch, du bist doch wirklich zu dumm! Warum hast du denn nicht auf das gehört, was dir deine Söhne gesagt haben! Heute stirbst du wegen nichts anderem als deiner Dummheit!«

Auch der greise Vater merkte, daß er sterben mußte, weil er es nicht mit einem gewöhnlichen Menschen zu tun hatte. Seine Söhne waren weit fort auf die Jagd gegangen, und auch der Alte bestätigte ihm: »Heute ist dein Todestag; hier gibt es auch nicht einen Menschen, der dich retten könnte.« Trotzdem begann der Vater, seine Söhne zu rufen, während ihn der andere über abgebrannte Stellen schleifte, so daß ihm alle Knochen weh taten: »Kikolo, großer Jäger, heute sterbe ich! Kashinde, großer Schütze, heute sterbe ich! Kikolo, schwebender Adler, heute sterbe ich, ihr meine Söhne!« Aber seine Söhne waren zu weit entfernt und konnten die schwache Stimme ihres Vaters nicht hören. Doch irgend etwas sagte ihnen: ›Zu Hause ist was nicht in Ordnung! Es ist, als hörten wir unseren Vater wehklagen.‹ Darum machten sie sich eilig auf den Rückweg, aber ach, als sie ankamen, war es zu spät. Eine Zeitlang konnten sie an den Kampfspuren sehen, wo entlang jener schreckliche Alte ihren Vater geschleift hatte; aber dann verloren sich die Spuren, und es blieb ihnen nichts übrig, als heimzukehren und ihren Vater zu beweinen.

Der Alte aber hatte den Vater getötet und gefressen. Dabei war er voller Freude, denn viele Tage waren vergangen, seit er zum letztenmal einen Menschen gefressen hatte. Was übrigblieb, räucherte er sorgfältig und hob es auf, um davon noch viele Tage zu essen. Aber, meine Freunde, es gibt keine dauernde Freude; auch wenn du dich heute freust, wisse, daß du morgen trauern wirst. Dabei hilft dir all deine Schlauheit nichts; auch wenn du noch so schlau bist, es kommt ein Tag, da warnt sie dich nicht, du begehst eine Dummheit und wirst ertappt. So meinte auch jener Menschenfresser: ›Ich bin schlau genug, mich kann niemand fassen.‹ Aber im Leben ist es so: Wenn du einen Menschen gefressen hast, läßt es den anderen keine Ruhe, bis sie eine Möglichkeit gefunden haben, dich zu fassen.

So gingen die Söhne zum Wahrsager, um zu erfahren, wie sie den Menschenfresser ergreifen könnten. Der sagte ihnen: »Ihr müßt eine Menge Wachs besorgen; davon fertigt ihr ein Ebenbild eures Vaters an und stellt es an die Tür des Hauses, wo er wohnte.« Also machten sich die Söhne auf und suchten überall im Lande Wachs. Nach einigen Tagen kehrten sie heim und trugen genug Wachs bei sich, um auszuführen, was ihnen der Wahrsager geraten hatte. Sie formten einen Mann, der ihrem Vater genau glich, und stellten ihn an die Tür des Hauses, das er bewohnt hatte. Außerdem suchten sie Honig und gaben ihn dem Wachsbild in die Hände. Dann legten sie sich schlafen. Früh am nächsten Morgen brachen sie in den Busch auf zur Jagd, genau wie alle Tage. Aber an diesem Tag liefen sie nicht weit fort, denn sie wußten: Heute ist der Tag der Rache.

Der Menschenfresser hatte inzwischen sein Opfer bis auf den letzten Rest verzehrt. Da dachte er: ›Es wäre gut, wenn ich mal wieder zu dem Haus ginge; vielleicht ist jemand anderes da eingezogen, den ich mir zwischen die Zähne schieben kann.‹ Also machte er sich an ebenjenem Tage noch auf den Weg und kam zu dem Haus. Er grüßte, aber niemand antwortete ihm. Aber siehe da, dort stand ja ein Mann, der genau dem glich, den er gefressen hatte! Also steckte er sofort sein verführerisches Lachen auf; aber der Wachsmann antwortete ihm natürlich nicht.
Plötzlich sah der Alte den Honig in dessen Händen, und sogleich lief ihm das Wasser im Munde zusammen beim Gedanken, wie gut der schmecken würde. So begann er, auf den anderen einzureden: »Du da, wie geht's denn so? Ich bin ein bißchen zum Plaudern gekommen, aber du antwortest überhaupt nicht; warum denn nur?« Doch die Wachsfigur hielt nur die Augen starr auf ihn gerichtet. Also fuhr er fort zu reden: »Du, Kamerad, wie geht's dir denn? Ich bin dein Freund; gib mir doch ein bißchen Honig zu essen, denn ich komme von weit her.« Als der Wachsmann immer noch nicht antwortete, geriet der Menschenfresser in Wut und rief: »Hältst du mich etwa für deinen Narren? Mit mir ist nicht zu spaßen! Ich werde dich jetzt schlagen und dir deinen Honig nehmen; da werden wir sehen, was du tun wirst!«
Gesagt, getan: Er ballte die Faust, trat näher und versetzte der Wachsfigur einen Schlag. Aber als er seinen Arm zurückziehen wollte, ging das nicht: Er blieb an seinem Opfer kleben! Sosehr er versuchte, sich loszureißen – das Wachs hielt ihn fest. Da dachte er: ›Wenn ich mich jetzt dumm anstelle, dann sitze ich ein für allemal fest.‹ Und da er als Unhold durchtrieben genug war, versuchte er den Wachsmann mit Gerede abzulenken. Er brach in Lachen aus und sagte: »Du, ich habe dich sehr gern, aber wie ist's denn mit dir? Ich gebe dir nur einen kleinen Schlag, wie es unter Vettern üblich ist, und du bist gleich verärgert! Nicht doch, laß mich nur los!« Da stieß der Wachsmann einen einzigen Satz hervor: »Nein, ich halt dich fest!«
Mit Hilfe seiner linken Hand, die noch frei war, schleckte der Alte etwas von dem Honig und sagte dann: »Du, laß mich los, ich flehe dich an!« Aber das Wachsbild sagte wieder nur: »Nein, ich halt dich fest!« Da geriet der Menschenfresser von

neuem in Wut: »Dann werde ich dich mit der andern Hand schlagen, die noch frei ist!« Aber zuerst versuchte er's mit Kitzeln, und schon hing auch die linke Hand fest, und er zappelte nur herum. Wieder half er sich mit einer Ausrede: »Du, ich wollte dich nur ein bißchen kitzeln, als wären wir verwandt; wie kannst du das derart ernst nehmen?« – »Nein, ich halt dich fest!« antwortete das Wachsbild. Wütend rief er: »Wenn du jetzt nicht hörst, was ich dir sage, dann stoße ich dich mit dem Kopf!« Schon hatte er zugestoßen, und da hing auch sein Kopf fest; trotz allem Zappeln konnte er sich nicht wieder losreißen.
»Laß mich jetzt sofort los, hörst du!« rief er, »wenn nicht, dann kriegst du einen Tritt!« Und gleich trat er zu, mit dem rechten Fuß. Und richtig, er blieb mit der ganzen Sohle kleben; unmöglich, den Fuß zurückzuziehen! So hampelte er auf einem Fuß herum. Gleichwohl schrie er: »Du, wenn ich mit dem linken Fuß zutrete, geht's dir schlecht! Laß mich los, ich sag dir's im Guten; sonst ist's dein Tod!« Aber das Wachsbild sagte nur wieder: »Nein, ich halt dich fest!« Da trat er auch mit dem andern Fuß zu, und sofort hing der auch fest.
Nun war guter Rat teuer; er wand sich wie eine Schlange. Auch kam die Zeit heran, wo die Söhne des alten Mannes, den er gefressen hatte, aus dem Busch zurückzukehren pflegten. Jetzt fing der Alte an zu weinen: »Bitte, bitte, laß mich doch los; ich bin wirklich dein Freund!« Aber das Wachsbild sagte nur: »Nein, ich halt dich fest!« Wütend rief er wieder: »Du, hör mal, ich sag's dir im Guten: Wenn du mich noch nicht richtig kennengelernt hast – meine Zähne sind überaus scharf, und außerdem bin ich giftig: Wenn ich dich beiße, dann sind deine Tage auf Erden zu Ende. Also laß mich gehen!« – »Nein, ich halt dich fest«, sagte das Wachsbild. Da biß er zu, und schon saßen auch seine Zähne im Wachs fest, und er konnte nicht mehr sprechen; doch zappelte er so, daß beide zu Boden fielen.
Inzwischen war die Stunde da, in der die Söhne zurückkommen würden. Schon hörte der Menschenfresser sie auf dem Wege durch den Busch reden und sagte sich: »Jetzt geht meine Zeit hier in der Welt zu Ende.« Als sie herankamen, blickte er sie flehend an, als wollte er ihr Mitleid erregen; aber sie sahen in ihm nur einen widerlichen Nichtsnutz. Der Älteste sagte:

»Gebt mal meinen Speer her; ich werd's ihm geben, wie er's verdient hat.« Als der Alte das hörte, schlug ihm das Herz vor Furcht bis zum Halse. Aber die Söhne stießen ihm den Speer durch die Lunge, so daß er starb. Sie waren froh, daß sie ihren Vater gerächt hatten, und es ging ihnen weiterhin gut.

Ein Vater findet seinen Sohn

Es war einmal ein Vater, der mit seinem Sohn Erdnüsse enthülste. Da fragte der Junge: »Vater, wenn ich mich verstecke, kannst du mich dann finden?« – »Mein Sohn«, erwiderte der Vater, »ich werde dich überall finden, wo du dich auch versteckst.« Das wollte der Sohn nicht wahrhaben, und so stritten sie lange Zeit. Schließlich sagte der Vater zu ihm: »Gut denn, mein Junge, wer's versucht, der wird's erfahren: Versteck dich, und wir werden sehen, ob ich dich finden kann.« Und sofort, im selben Augenblick, versteckte sich der Junge in einer Erdnuß. Gleich darauf kam ein Huhn heran, pickte die Erdnuß auf und verschluckte sie; dann flog es auf den Misthaufen und scharrte. Da lief eine große Katze dicht vorbei, die packte das Hühnchen und verschlang es. Dann sprang sie ins hohe Gras und streunte da herum, aber ein Flußpferd fraß sie auf. Als es aber weiter nach Beute suchte, fiel es in eine Fallgrube, die jener Mann angelegt hatte.

Inzwischen suchte der Mann seinen Sohn, durchstöberte das Haus, ging ans Wasser, sah überall nach, wo sein Sohn sonst spielte, aber er fand ihn nicht. Schon begann der Sohn, sich zu rühmen: »Da sieht man doch, daß ich klüger bin als mein Vater: Er hat mich nicht gefunden! Obwohl er erwachsen ist, bin ich ihm doch überlegen!«

So verging ein Tag; da sagte sich der Vater: »Das Fleisch ist alle; ich will doch mal nach der Fallgrube sehen, die ich angelegt habe.« Er nahm Speer und Axt und machte sich auf in die Ebene. In der Grube fand er das Flußpferd. Da es sich um ein großes Tier handelte, kehrte er ins Dorf zurück und rief die

Leute zusammen: »Ihr da, kommt Fleisch holen!« Sie kamen gleich mit, fanden das Flußpferd, töteten es, holten es aus der Grube und zerlegten es. Dabei fand ein zweiter Sohn jenes Mannes die Katze im Magen des Flußpferdes. »Sieh doch, Vater«, rief er, »eine Katze im Flußpferd!« Der Vater antwortete: »Das ist gut, mein Sohn; eine Katze ist auch Fleisch!« Der Junge schnitt die Katze auf und fand dabei das Hühnchen im Magen der Katze: »Vater, sieh nur, in der Katze ist ein Hühnchen!« – »Das ist gut, mein Sohn; ein Hühnchen ist auch Fleisch.« Der Junge nahm das Hühnchen, schnitt es auf und fand im Magen die Erdnuß. »Vater, sieh mal, diese Erdnuß war im Magen des Hühnchens!« – »Das ist gut, mein Sohn; eine Erdnuß ist auch Gemüse.« Der Junge nahm die Erdnuß und enthülste sie; da sprang sein Bruder heraus, der sich versteckt hatte! Der Vater fragte ihn: »Na, mein Sohn, habe ich dich etwa nicht gefunden? Vor mir kannst du dich nicht verstecken!« Der Junge wunderte sich sehr und dachte: ›Es sieht zwar so aus, als wäre mein Vater nicht sehr klug, aber er hat doch den größeren Verstand.‹
Darum sagt das Sprichwort: ›Die Schultern sind nicht höher als der Kopf.‹

Ratte, Kröte und Grille auf Brautschau

Die Ratte, die Kröte und die Grille waren noch Junggesellen. Alle drei wohnten im gleichen Dorf, aber keiner von ihnen hatte eine Frau. Da besprachen sie sich eines Tages und fanden: »Es ist nicht gut, wie wir leben, besser wär's, wir suchten uns Frauen, die für uns kochen und die mit uns schlafen!« So beschlossen sie, ins Dorf des Häuptlings Mununu zu gehen und Brautschau zu halten.
Häuptling Mununu nahm sie gut auf. Er gab ihnen Bier zu trinken, und die drei wurden zuversichtlich. Dann fragte er sie: »Nun, ihr jungen Männer, warum seid ihr denn gekommen?« Sie antworteten: »Kälte und Einsamkeit führen uns zu dir, Häuptling. Wir sind gekommen, um uns Gefährtinnen zu su-

chen.« – »Nun, meine Kinder«, meinte da Häuptling Mununu, »wenn ihr schon mal hier seid, wartet einen Augenblick, ich lasse die Frauen rufen.« Sogleich schickte er einen Läufer los, und es dauerte nicht lange, da versammelten sich die jungen Frauen. Sie machten alle einen sehr guten Eindruck. Nachdem sie sich gesetzt hatten, sagte der Häuptling zu ihnen: »Die drei jungen Männer sind gekommen, um sich zu verheiraten.« Als die Mädchen sahen, wie häßlich Ratte, Grille und Kröte waren, lehnten sie rundweg ab: »Es ist eine Schande, Häuptling! Hätten wir gewußt, daß du uns deshalb rufen ließest, wären wir nicht gekommen!« Dann gingen sie wieder, wobei sie laut ihrem Unwillen Luft machten.

Ratte, Kröte und Grille beklagten sich bitter: »Was für ein Reinfall!« sagten sie. »Wohin aber gehen wir jetzt?« – »Laßt uns Häuptling Kapenga aufsuchen«, schlug die Ratte vor. »Ich habe gehört, daß es bei ihm sehr viele Mädchen gibt.« – »Einverstanden«, antworteten die anderen, und sie brachen auf. Nach einer kurzen Wanderung langten sie wohlbehalten bei Häuptling Kapenga an. Auch er nahm sie gut auf und erkundigte sich: »Ihr jungen Männer, was führt euch denn zu mir?« – Sie antworteten: »Wir kommen, um uns Frauen zu suchen, denn wir sind es leid, selbst zu kochen und allein zu schlafen.« Der Häuptling meinte: »Nun, bei mir gibt es Mädchen, so viele wie Ameisen. Wenn ihr da keine findet, seid ihr selbst schuld. Setzt euch nur hierher.« Dann schickte er nach drei Fäßchen Bier, eins für die Ratte, eins für die Kröte, eins für die Grille. Bald sammelten sich auch die Frauen, um mitzutrinken. Der Häuptling ermunterte die Freier: »Seht euch die Frauen nur gut an, und sucht euch selber die aus, die euch gefallen.«

Während sie so tranken, bekamen die Ratte und ihre beiden Freunde bald einen kleinen Rausch. Schließlich ging die Ratte einmal austreten. Kaum waren Kröte und Grille allein, fingen sie an, schlecht über ihren Freund zu reden und ihn lächerlich zu machen. »Du, Grille«, sagte die Kröte, »wie kommt es nur, daß die Ratte so stinkt. Sie macht uns wirklich Schande hier bei den Leuten.« Die Frauen hatten gehört, was die Kröte gesagt hatte!

Als die Ratte zurückgekehrt war, ging die Kröte austreten. Kaum aber waren nun Ratte und Grille unter sich, begannen auch sie schlecht von ihrem Freund zu reden. »Was meinst du, Ratte«, sprach die Grille, »diese Kröte macht uns Schande; was soll es denn bedeuten, daß sie dauernd schluckt? Mit einem solchen Menschen sollte man nicht zusammen gehen!« Auch diesmal hatten die Frauen mit angehört, was gesprochen worden war, und sagten zueinander: »Hört ihr, wie die jungen Männer einander lächerlich machen?« Dann kam die Kröte zurück, setzte sich wieder und trank aus ihrem Krug.

Wenig später ging die Grille austreten, und nun zogen Kröte und Ratte über sie her. »Du, Kröte, ich schäme mich richtig, mit jemandem wie dieser Grille zusammen gesehen zu werden«, sagte die Ratte. »Sicher wird keine von den Frauen sie haben wollen. Woher hat sie nur so einen dicken Bauch?« Kaum hatte die Ratte ausgesprochen, trat die Grille wieder ein, setzte sich und trank.

Nun begannen die Frauen, den jungen Männern Fragen zu stellen. Von der Ratte wollten sie wissen: »Freund, warum stinkst du so schrecklich?« Sie antwortete: »Wie sollte ich nicht stinken, wo doch alle, die sterben, auf meinem Leib verfaulen?« An die Kröte wandten sie sich mit der Frage: »Freund Kröte, warum schluckst du denn dauernd?« – »Wie könnte ich anders«, antwortete sie, »wo ich doch alle beweine, die sterben. Deshalb muß ich dauernd schlucken.« Und bei der Grille erkundigten sie sich: »Warum ist denn dein Bauch so dick, Freund Grille?« – »All die Beleidigungen, die man mir zuwirft, muß ich hinunterschlucken«, erwiderte die Grille. »Davon muß mein Bauch ja dick werden!«

Der Häuptling erklärte nun den Mädchen: »Diese jungen Männer hier möchten heiraten«, und zu Grille, Kröte und Ratte sprach er: »Sucht euch die Frauen aus, die euch gefallen.« Aber die Mädchen wehrten ab: »Kommt ja überhaupt nicht in Frage, daß wir Männer heiraten, die einander lächerlich machen und in Verruf bringen, wie diese hier.«

Da schämten sich die jungen Männer sehr. Sie brachen auf und kehrten heim, ohne zu heiraten. Wie das Sprichwort sagt: Spiel zu dritt ist schwierig!

Der mit nur einem und der mit den vielen Herzen

In einem Dorfe lebte einmal ein Mann, der hatte eine Tochter. Die war wunderschön und gefiel den Männern nur zu gut. Daher kamen denn eines Tages gleich zwei auf einmal und wollten um sie anhalten, und zwar am selben Tage, einem Sonnabend, und zur selben Stunde. Sie begrüßten den zukünftigen Schwiegervater, und der fragte sie nach ihrem Begehr. Sie antworteten: »Wir kommen nur wegen unserer Freundin, wir möchten sie nämlich gern heiraten.« – »Ihr beide wollt meine Tochter heiraten?« fragte der Schwiegervater. Sie bestätigten das: »Jawohl, alle beide, aber du sollst entscheiden, wen du haben willst.«
Der Vater besah sich die beiden, aber sie sahen gleich stattlich aus, so daß ihm die Wahl sehr schwer fiel. Da fragte er den ersten: »Freund, wieviel Herzen hast du?« – »Ich habe nur ein einziges, Herr«, antwortete er. Der Vater fragte den zweiten: »Und du, mein Freund, wieviel Herzen hast du?« Der antwortete: »Herr, ich will nicht lügen, ich habe viele Herzen.« Da sagte der künftige Schwiegervater: »Ihr seid mir beide recht, meine Tochter zu heiraten! Darum setze ich als Brautpreis fest, daß ihr eine Antilope fangt und sie mir lebend herbringt. Wer das schafft, soll meine Tochter haben.«
Sie übernachteten, und am nächsten Morgen nahm der Vater beide mit in den Busch. Dort angekommen, stöberten sie eine Antilope auf. Der mit nur einem Herzen setzte ihr eilends nach; aber der mit den vielen Herzen lief nur eine kurze Strecke, dann gewann ein anderes seiner Herzen die Oberhand, und er sagte: »Soll ich mich etwa wegen einer Frau totrennen? Kommt nicht in Frage, ich heirate lieber eine andere.« Inzwischen jagte der mit dem einen Herzen unermüdlich der Antilope nach, fing sie auch schließlich und brachte sie dem Schwiegervater.
Ins Dorf zurückgekehrt, rief der die Ältesten zusammen und

sagte zu ihnen: »Seht, hier sind zwei Bewerber um meine Tochter, die habe ich einzeln gefragt: ›Wieviel Herzen hast du?‹ Der erste hat mir geantwortet: ›Ich habe nur ein Herz‹, und der andere: ›Ich habe viele Herzen.‹ Ich habe ihnen dann gesagt: ›Derjenige, der eine Antilope im Laufe fängt, soll meine Tochter heiraten.‹ Als sie die Antilope verfolgten, blieb der mit den vielen Herzen bald stehen und rief: ›Was denn, wegen einer Frau soll ich mich totrennen? Ich heirate eine andere.‹ Der mit dem einen Herzen dagegen jagte die Antilope, fing sie und brachte sie mir. Aber nun hört, ihr Ältesten, was ich sage: Der die Antilope gefangen hat, soll das Tier mitnehmen und nach Hause zurückkehren; aber der sie nicht gefangen hat, der soll die Frau bekommen, weil er viele Herzen hat. Wenn nämlich seine Frau etwas Böses tut und er sie schlägt, dann wird es dem anderen Herzen schnell leid tun; er sagt sich: ›Ich schlage sie noch tot!‹, und wird sie laufenlassen. Dagegen der mit nur einem Herzen wird sie einfach immer weiter schlagen und sie umbringen.«

So sagte der Mann dem, der die Antilope gefangen hatte: »Mein Freund, nimm die Antilope und geh!« Dann nahm er seine Tochter und gab sie dem mit den vielen Herzen zur Frau.

Man muß also viele Herzen haben, weil man sich so eines andern besinnen kann; aber wenn du nur ein einziges Herz hast, dann bist du nur zu leicht ein sturer Kerl.

Wie der Arme die Tochter des Herrschers bekam

Es lebte einmal ein großer und berühmter Herrscher, der hatte eine wunderschöne Tochter. Die Kunde von ihrer Schönheit verbreitete sich in allen Landen, fern und nah, und die Leute, die davon hörten, sprachen: »Laßt uns hingehen und dieses Wunder von einem Mädchen heiraten.« In großer Zahl zogen sie zum Hof jenes Herrschers: Zauberer, Söhne von anderen Herrschern, Krieger und Edle. Beim Anblick der riesigen Menschenmenge fragte sich der Herrscher besorgt: »So viele

Freier! Wie soll ich da meine Wahl treffen?« Er sann und sann die ganze Nacht, dann hatte er eine Lösung gefunden. Seine Tochter konnte sehr gut Brett spielen. Niemand im Lande tat es ihr darin gleich, einen jeden hatte sie geschlagen und war nie besiegt worden. Darauf baute der Herrscher seinen Plan. Den Freiern erklärte er: »Hört alle gut zu! Wer meine Tochter im Brettspiel besiegt, bekommt sie zur Frau. Aber wer verliert, den kostet es den Kopf!« Mit dieser Bedingung waren die Freier einverstanden.

Es kam, wie es kommen mußte. Die Tochter des Herrschers spielte erstaunlich gut. Alle, die gegen sie antraten, ob Zauberer, Herrschersohn, Krieger oder Edelmann, alle wurden sie besiegt. Dabei tat sie immer so, als wäre das Spiel für sie bald verloren. Drei Steine blieben ihr noch, und ihr jeweiliger Gegner sah sich schon als Sieger. In Wahrheit aber ging es zu wie beim Vogelfangen: Du denkst, der ist eingeschlafen, den kriege ich, und kaum willst du zugreifen – schon ist er fort. So waren auch die Brettspieler immer dann bald überwunden, wenn sie selbst den Sieg in greifbarer Nähe wähnten. Man schlug ihnen die Köpfe ab und spießte sie auf die Umzäunung des Herrscherhofes. Es dauerte gar nicht lange, da steckte dort ein Kopf mit gefletschten Zähnen neben dem anderen. Nun lebte damals in einem weit entfernten Land ein schöner Jüngling. Er war sehr arm, genau wie seine Eltern. Nur in Lumpen gekleidet ging er, so daß es in den Augen der Leute eine Schande war. Aber etwas konnte der junge Mann, er konnte wunderbar Brett spielen. Ihr wißt ja selbst, kein Armer ist ohne irgendeine Kunstfertigkeit. Eines Tages sprach der junge Mann zu seinen Eltern: »Ich möchte die Tochter jenes berühmten Herrschers heiraten.« Aber seine Eltern und auch die anderen Leute rieten ihm ganz entschieden ab und sagten: »Junge, was ist in dich gefahren, daß du daran denkst, das Land zu verlassen? Welcher böse Geist spricht aus dir?« Einige verspotteten ihn: »Du bist ein Narr! Was machst du dir nur vor? Glaubst du vielleicht, du wärst imstande, jene Spielerin zu schlagen? Selbst Herrscher haben versagt, was willst du da schon ausrichten!« Aber der Junge erwiderte: »Ich muß einfach gehen. Und kommt es zum Sterben, nun gut, dann muß ich eben sterben.«

Tatsächlich machte er sich voller Eifer auf den Weg. Tag für Tag wanderte er, von einem Rastplatz zum nächsten, bis er schließlich eines Abends, als es schon dämmerte, die Stadt erreichte. Am Tor traf er einen alten Mann. Der Junge grüßte. Höflich erwiderte der Alte den Gruß und erkundigte sich dann: »Mein Enkel, was suchst du hier, jetzt, wo es Abend wird?« Der junge Mann antwortete: »Ich komme, weil ich die Tochter des Herrschers heiraten will.« Da flüsterte ihm der Alte ins Ohr: »Kehr um, lieber Enkel, es ist zu schwierig, das Mädchen zu bekommen, du schaffst es nicht. Und verlierst du, heißt es: Kopf ab!« Aber der junge Mann blieb fest: »Ich muß einfach hingehen!« Er trat durch das Tor, in der Stadt gab man ihm eine Unterkunft, und er ging schlafen.

Am nächsten Morgen berief der Herrscher alle Großen zu sich, und auch eine riesige Menge andere Leute versammelten sich. Der Herrscher nahm das Wort und sprach: »Wieder haben wir einen Gast aufgenommen, der meine Tochter heiraten möchte.« Als die Leute sahen, daß der neue Bewerber nur in Lumpen gekleidet war, brachen sie in lautes Gelächter aus, und Spott war zu hören. Der Herrscher aber wies sie zurecht: »Nein, ihr Leute«, sprach er, »laßt es auch ihn versuchen. Aber wenn er verliert, muß er sterben.« Da führte man den jungen Mann nach vorn und danach, unter ohrenbetäubendem Beifall, auch die Tochter des Herrschers. Als der junge Mann sah, wie freundlich ihn das Mädchen ansah, da brach ihm das Herz. Sie war aber auch wirklich wunderschön. Ihre Augen glänzten hell, wie der Mond leuchteten ihre Zähne, ihre Lippen waren herrlich geformt, und das Haar war rabenschwarz.

Man brachte nun das Spielbrett und fragte den jungen Mann: »Kannst du denn überhaupt spielen?« – »Nun ja, ein wenig habe ich es schon versucht«, antwortete er. Da wandte sich der Herrscher noch einmal an ihn: »Was siehst du da rings um den Hof?« – »Lauter Totenschädel«, erwiderte der junge Mann. »Nun gut«, schloß der Herrscher, »besiegst du meine Tochter nicht, wird auch dir der Kopf abgeschlagen!«

Jetzt begann das Spiel. Absichtlich hielt sich der junge Mann zurück, und so verlor er bald viele Steine. Als ihm nur noch drei geblieben waren, fingen die Leute schon an zu lachen, und

der Henker machte sich daran, sein Schwert zu schärfen. Der junge Mann aber behielt die Ruhe. Er überlegte genau, und als er wieder am Zuge war, da brach das Unglück über die Tochter des Herrschers herein. Alle Steine nahm er ihr ab, auch den allerletzten! Und nun gab der Herrscher den Befehl: »Badet ihn und kleidet ihn hoheitsvoll. Er bekommt meine Tochter zur Frau!« Ein Jubel war zu hören, alles, was einen Mund hatte, stieß laute Freudenschreie aus. Und so kam es, daß der Arme tatsächlich die Tochter des Herrschers zur Frau bekam, und dazu noch die Hälfte des Landes. Er holte seine Eltern zu sich, und alle lebten in Freuden miteinander. Seine Frau liebte ihn sehr, und die beiden bekamen viele Kinder. Als der Herrscher schließlich starb, wurde der junge Mann sein Nachfolger und regierte über das ganze Land.
Es ist schon so, wie unsere Väter gesagt haben: ›Will man ein großes Stück essen, muß man es fest ins Auge fassen‹, ›Die kleine Wolke, die du unterschätzt, macht dich naß‹.

Das blinde Ehepaar

Vor langer, langer Zeit lebte einmal ein blindes Ehepaar. Sie wohnten ganz für sich und hatten große Mühe mit dem Wasserholen, dem Brennholzschlagen und all dem andern, was getan werden mußte. Eines Tages sahen sie ein, daß es dort, wo sie wohnten, sehr schlecht für sie war, denn es gab da viele wilde Tiere. Darum versuchten sie fortzuziehen, um eine bessere Bleibe zu finden. Sie standen ganz früh am Morgen auf und tasteten sich dann vorwärts. Schließlich kamen sie ans Ufer eines Flusses, aber wie sie übersetzen sollten, wußten sie nicht.
Um dieselbe Zeit war auch Gott mit einem Boot auf dem Wasser unterwegs. Als er die beiden sah, regte sich sein Mitleid, und er fragte sie: »Wohin wollt ihr denn, ihr Leute?« Sie antworteten: »Wir suchen eine Gelegenheit überzusetzen, um ans andere Ufer zu gelangen und dort zu wohnen.« Gott sprach: »Bleibt stehen, ich komme mit dem Boot.« So warteten sie, bis er sie holen kam. Aber das Boot konnte außer dem Fährmann

nur eine Person tragen. Darum nahm Gott zuerst den Mann mit, ließ ihn einsteigen und legte ab.
In der Mitte des Flusses fragte er den blinden Mann: »Woher kommt es wohl, daß du blind bist?« – »Das muß von den Menschen kommen«, antwortete er; »denn Gott ist gut, er hätte mir das nicht angetan.« Als sie am anderen Ufer ankamen, da konnte der Mann plötzlich sehen! Seine Blindheit war völlig vergangen. Gott aber kehrte zurück, um auch die Frau zu holen. Ihr Mann rief ihr zu: »Liebe Frau, sag dasselbe wie ich, damit auch du gut über den Fluß kommst!« Gott nahm also die Frau, ließ sie ins Boot steigen, dann legte er ab. In der Mitte des Flusses hielt er das Boot an und fragte die Frau: »Woher kommt es wohl, daß du blind bist?« – »Von Gott, der hat mir das angetan«, antwortete sie; »soll ich etwa sagen, es käme von den Menschen, die ich nie gesehen habe?« Sie fuhren weiter und kamen zum Ufer, aber die Frau konnte immer noch nicht sehen; sie blieb weiterhin blind, weil sie Gott angeklagt hatte. Bis zum heutigen Tage streiten sich Mann und Frau oft, weil sie nicht gelernt haben, dasselbe zu sagen: Einer sagt dies und der andere das.

Warum das Krokodil Menschen angreift

Es geschah einmal, daß die Ginsterkatze durch den Busch streifte. Sie lief und lief, und endlich kam sie dicht bei dem kleinen Bach heraus. Da hörte sie jemanden hämmern wie in einer Schmiede. »Was hämmert denn da?« fragte sie sich; »bei uns tut man so etwas nicht!« So ging sie langsam dem Lärm nach, und als sie nahe genug gekommen war, fand sie dort einen Mann vor, der war außergewöhnlich schön. Er grüßte sie höflich, und sie bedankte sich. Dann fragte er sie: »Du, was führt dich denn hierher?« Die Ginsterkatze antwortete: »Ach, Herr, ich hörte Schmieden, als ich hier vorbeikam, und sagte mir: ›Ich will doch einmal sehen, wer da schmiedet.‹« Dabei sah sie den Mann unverwandt an und staunte über seine Schönheit, ohne etwas zu sagen. Schließlich machte sie sich wieder auf den Weg und kehrte heim, verriet aber niemandem, was sie gesehen hatte.

Als es tags darauf dämmerte, sagte sich die Ginsterkatze: »Ich will doch wieder jenen Mann anschauen, den ich getroffen habe, um mich an seiner Schönheit zu freuen.« Also machte sie sich ganz früh auf, folgte demselben Weg wie am Vortage und kam wieder zu dem Mann. Der hämmerte in seiner Schmiede. Er nahm sie gut auf und grüßte sie freundlich: »Willkommen!« Sie dankte höflich, und dann fragte der Mann: »Nun, mein Freund, was suchst du denn hier?« – »Ach, Herr«, antwortete sie, »ich komme nur wegen deiner Schönheit.« Da fragte der Mann sie: »Möchtest du wohl ebenso schön werden wie ich?« Der Ginsterkatze verschlug es die Sprache, aber schließlich antwortete sie: »Ach ja, Herr, genau das möchte ich!« Der Mann sagte: »Wenn du werden möchtest wie ich, schaff mir Erdratten heran; dann werde ich dir auch helfen.« – »Und wären es Schätze, ich gäbe sie dir!« rief die Ginsterkatze. »Nein, mein Freund, ich will nichts als Erdratten«, sagte der Mann; »denn hier bei uns fehlt es an Fleisch.«

Die Ginsterkatze war damit sehr zufrieden und lief sofort los, um Erdratten zu suchen. Sie fand einen Bau, grub ihn aus und sagte sich: »Morgen werde ich die Tiere dem Mann bringen, damit er mir von seiner Schönheit abgibt.« Darüber brach die Nacht herein.

Am nächsten Morgen machte sich die Ginsterkatze beizeiten mit ihren Erdratten, die sie gut eingepackt hatte, auf den Weg. Bei dem Mann angekommen, packte sie die Erdratten aus, und er freute sich sehr. »Danke vielmals«, sagte er, »aber setz dich und warte ein Weilchen.« Er ging ins Haus, verwahrte die Erdratten gut, dann nahm er Tücher und bemalte sie mit lauter Streifen. Vorzeiten hatte die Ginsterkatze nämlich keine Streifen, sondern war vom Kopf bis zum Schwanz ganz schwarz. Der Mann nahm die Tücher, bedeckte die Ginsterkatze damit und sagte zu ihr: »Jetzt lauf!« Sofort lief sie los, und dabei sah sie, daß sich ihr Fell verwandelt hatte und voll der schönsten Streifen war, so wie es heute noch ist. Sie war damit sehr zufrieden und freute sich, kehrte um, bedankte sich bei dem Mann und verabschiedete sich. Als sie ging, drehte sie sich beim Laufen nach allen Seiten, um ihre Schönheit so recht zur Geltung zu bringen.

Eines Tages ging die Ginsterkatze spazieren und traf den Leoparden. Der sah sie staunend an und wäre auch gern so schön gewesen wie sie. Er war einfach hingerissen und rief: »Komm doch mal näher, damit ich deine Schönheit betrachten kann! Von wem hast du denn das?« Sie antwortete: »Von dem Mann, den man immer hämmern hören kann; von dem habe ich das.« Der Leopard fragte weiter: »Sag mal, mein Kind, wenn ich nun auch dorthin gehe, ob er mich wohl auch verschönern kann?« – »Sicher kann er das«, antwortete sie; »aber vielleicht wird er dir's auch abschlagen, weil ihr Leoparden so gern streitet. Doch geh nur hin!«

Am folgenden Tag wollte der Leopard jenen Mann aufsuchen, wie ihm die Ginsterkatze geraten hatte. So machte er sich auf den Weg und folgte genau ihren Anweisungen. Auch er hörte den Mann hämmern und näherte sich langsam. Als er nahe genug gekommen war, traf er den wunderschönen Mann beim Schmieden einer Axt. Der Mann begrüßte den Leoparden freundlich, und der bedankte sich. Dann fragte der Mann: »Wo kommst du denn her?« – »Ich komme aus dem Busch«, antwortete der Leopard. »Und was führt dich hierher?« Der Leopard blieb zuerst stumm, aber schließlich sagte er: »Herr, es geht mir um deine Schönheit.« – »Wer hat dir denn davon erzählt?« Er antwortete: »Niemand, Herr, ich bin von mir aus gekommen. Als ich hörte, daß da jemand hämmert, kam ich näher, um zu sehen, wer das sei, und wirklich, ich finde, du bist sehr schön.« Der Mann fragte wieder: »Und was möchtest du nun?« – »Ich möchte gern etwas von deiner Schönheit haben.« Da sagte der Mann: »Wenn ich dir von meiner Schönheit abgeben soll, dann mußt du mir Fleisch bringen; denn hier bei mir herrscht ein großer Hunger danach!« – »Und wäre es Geld«, rief der Leopard, »ich bezahlte gern!« – »Nein, Herr«, sagte der Mann, »mir ist nur mit Fleisch gedient.« Der Leopard antwortete: »Dann ist's gut, morgen werde ich das alles besorgen.« Damit lief er davon.

Im Busch tötete er viele Tiere und kam am nächsten Tag damit zu dem Mann. Als der die Tiere sah, sagte er: »Es ist sehr schön, daß du bringst, um was ich dich gebeten hatte. Und jetzt setz dich hierher, wo auch deine Freundin, die Ginsterkatze, gesessen hat.« Damit trat er ins Haus, holte ein Tuch voller Tupfen, bedeckte damit den Leoparden und sagte dann zu ihm: »Jetzt lauf!« Er lief los, und siehe da, auch er wurde wunderschön: Sein Fell war nicht mehr rein schwarz, sondern hatte nur noch schwarze Tupfen, was ihm sehr gut gefiel. Er sagte sich: »Jetzt bin ich sehr schön, nicht mehr nur einfach schwarz vom Kopf bis zum Schwanz.« Er bedankte sich bei dem Mann und ging davon.

Lange lief er im Busch umher, und gegen Abend überquerte er einen kleinen Fluß. Dabei traf er ein Krokodil, das sich am Ufer sonnte. Als das Krokodil ihn sah, wunderte es sich sehr und rief: »He, Junge, komm doch mal her!« – »Nein, ich nicht«, antwortete er; »denn wenn ich näher komme, willst du mich packen, und dann ist es um mein Kleid geschehen.« – »Wo hast du denn dieses Kleid her?« fragte das Krokodil. Er antwortete: »Von dem Mann, den du hämmern hörst; der hat mich so verwandelt.« Da beschloß das Krokodil: »Ich muß unbedingt auch dorthin gehen, damit mich dieser Mann genauso verwandelt wie dich.« Es verabschiedete sich von dem Leoparden und machte sich auf den Weg.

Es traf den Mann beim Hämmern in seiner Schmiede. Er sagte zu dem Krokodil: »Kein Wildschwein läuft tagsüber herum, ohne daß jemand es aufgestöbert hätte. Was führt dich denn hierher?« Das Krokodil antwortete: »Ich bin nur so hier vorbeigekommen, und als ich es hämmern hörte, kam ich näher, um zu sehen, wer das ist. Und wirklich, jetzt, wo ich da bin, sehe ich, daß du sehr schön bist!« Der Mann fragte: »Und was willst du?« – »Ach, mein Lieber«, antwortete es, »ich möchte etwas von deiner Schönheit haben.« – »Gut«, sagte er, aber bei sich dachte er: ›Ist das nicht das Krokodil, das meinen Sohn gebissen und ihm ein Stück Fleisch ausgerissen hat? Na, das soll heute was erleben!‹ Darum befahl er: »Setz dich erst mal hierher, wo auch deine Freunde, die Ginsterkatze und der Leopard, gesessen haben.« Das Krokodil setzte sich also und war-

tete, bis der Mann alles vorbereitet hatte. Der aber machte Eisen im Feuer rotglühend, dann rief er das Krokodil heran und sagte zu ihm: »Hab keine Angst, es geschieht dir jetzt dasselbe wie deinen Freunden.« Vom Krokodil aber hatte er keine Gegenleistung gefordert! Er zog das rotglühende Eisen aus dem Feuer und drückte es dem Krokodil auf den Leib. Das heulte auf: »Das brennt, das brennt!« – »Schrei nicht«, sagte der Mann; »genauso habe ich es auch mit deinen Freunden gemacht.« Als er sein Werk vollendet hatte, wie sah da die Haut des Krokodils aus! Alles voller Narben und Schuppen; das war die Veränderung, die der Schmied bewirkt hatte.
Als das Krokodil fortging, war es voller Wut und sagte: »Von jetzt an ist es aus zwischen mir und dir, Schmied! Wenn du zum Wasser kommst und ich sehe dich, dann werde ich dich beißen und dein Fleisch fressen.«
So sehen wir bis heute, daß das Krokodil die Menschen nicht liebt und auch die Menschen das Krokodil meiden.

Zu große Schönheit ist gefährlich

Eine Ginsterkatze, und zwar ein Kater, war schöner als alle anderen Tiere; wo auch immer er sich zeigte, wurde er bewundert und beneidet. Eines Tages suchte er sich eine Frau und brachte den Brautpreis dar. Die Frau liebte ihren Kater, und die ganze Schwiegerfamilie war ihm nicht minder wohlgesonnen. Auch als der Ginsterkater seine Frau heimgeholt hatte, dauerte die Liebe an; aber der Kater war nicht davon überzeugt, daß es sich um wahre Liebe handelte. So überlegte er: ›Was fange ich an, um zu erfahren, ob sie mich wirklich alle lieben?‹ Schließlich kam ihm ein guter Gedanke: ›Ich werde tun, als sei ich tot, da werde ich ja sehen, ob sie mich wahrhaft lieben.‹
In der nächsten Nacht begann der Ginsterkater zu stöhnen: »Mein Kopf, mein Kopf!« Gegen Morgen wurden die Schmerzen immer schlimmer, und als es tagte, tat er, als hauche er sein Leben aus. Als seine Frau, die neben ihm im Bett lag, sah, daß

ihr Mann dalag, ohne zu atmen, da schüttelte sie ihn, aber er bewegte sich nicht. Nun stimmte die Frau die Totenklage an.
Die Schwiegereltern, die ihre Tochter schreien hörten, standen auf, kamen zu ihr und fragten: »Was ist denn los?« – »Mein Mann ist gestorben!« schluchzte sie. Da lief die ganze Familie zusammen, um zu klagen; die Eltern und alle Frauen weinten, wie es sich gehört. Aber die Männer sagten: »Der Tod ist doch wirklich etwas Schlimmes; er hat unsern Schwager trotz seiner Schönheit hingerafft. Woran ist er nur gestorben? Und sein schönes Fell, das ihm so gut stand, soll das etwa in der Erde verderben? Wir wollen es ihm lieber abziehen, bevor wir ihn begraben.«
Da fuhr die Ginsterkatze empor und rief: »Eure Liebe zu mir ist nicht aufrichtig, weil ihr mir das Fell nehmen wollt, wenn ich sterbe! Und blieben wir auch zusammen, eines Tages würdet ihr mich umbringen, um mir das Fell über die Ohren zu ziehen und es selbst zu tragen. Wenn es so steht, behaltet eure Schwester; ich gehe fort!« Und damit ging sie.
So ist es nun einmal: Zu große Schönheit oder zu großer Reichtum können ihrem Besitzer Unglück bringen.

Wie der Hase den Hund um die Königswürde brachte

Vor langer Zeit hatten die Tiere nur einen einzigen König, und das war der Löwe. Er herrschte mit Kraft und Ruhm über alles Getier auf Erden. Leopard, Steinbock, Zebra, Buschbock, Duiker, Elen, kurz, alle Tiere, soviel ihrer waren, brachten ihre Geschenke dar und erwiesen ihm große Ehre. Auch liebten sie den König Löwe, denn er war klug und herrschte weise über das gesamte Tierreich.
Aber eines Tages wurde König Löwe sehr krank, und seine Krankheit wurde immer schlimmer. Bald konnte man sehen, daß es keine Rettung für ihn gab, denn er magerte immer mehr ab und war schließlich nur noch Haut und Knochen. So kam es,

daß nach langer Krankheit König Löwe mit dem Tode rang, bis er schließlich den letzten Atemzug tat und ganz still dalag.
Als man den Trauerfall all den Tieren im Walde, in der Steppe und im Grasdickicht meldete, waren sie völlig ratlos. Alle stimmten ein lautes Klagelied um die Königswürde des Löwen an. Bitter wehklagten sie und jammerten über ihren Verlust: »Welcher andere König wird uns so gut schützen wie der Löwe, der aller Welt Furcht einflößte?« Überall konnte man solche Klageschreie vernehmen, und alle Tiere versammelten sich bei dem Toten, um ihren König noch einmal zu ehren.
Als die Trauerzeit vorüber war, kam der Tag der Neuwahl eines Königs heran; denn das Land konnte ja nicht gut ohne König bleiben. Darum schickte man Nachricht ins Gebirge, in die Wälder, ins Grasdickicht und in die Steppen, auf daß alle Tiere kommen sollten, um einen neuen König zu wählen. Die Ältesten und die gesamte Tierwelt versammelten sich im Rat der Großen, um ein anderes Tier zu suchen, das an Stelle des Löwen König werden könnte. Sie suchten und suchten, fanden aber keinen, der würdig gewesen wäre, Nachfolger des Löwen zu werden. Schließlich verfielen sie auf den Hund und meinten: »Es wäre gut, den Hund zu wählen, denn er hat etwas Königliches an sich: Er hat eine Mähne und lange Reißzähne.« Als dieser Vorschlag allen Tieren verkündet wurde, waren sie sehr zufrieden und riefen: »Sehr gut, der Hund soll unser König werden!« Nur der Hase war damit gar nicht einverstanden. Er dachte an den Heißhunger des Hundes, der ihn Dinge vom Misthaufen fressen und verfaulte Knochen benagen ließ, ohne an sein Ansehen zu denken. Aber weil so viele den Hund wählten, wartete der Hase eine Gelegenheit ab, dessen Königswürde zunichte zu machen.
Und schon kam der Tag heran, an dem der Hund gekrönt werden sollte. Wieder wurden alle Tiere zusammengerufen. Man braute verschiedene Arten Bier und Honigschnaps, um die Krönung des Hundes mit Freunden feiern zu können. Als die Tierwelt versammelt war, begann man Freudenschreie auszustoßen und zu trillern. Da trat der Hund, geschmückt mit seinen königlichen Kleidern, hervor und setzte sich auf den Eh-

renplatz. Alle Tiere nahten, um vor ihm niederzufallen; nur der Hase war nicht dabei.
Er war nämlich mit einem Sack gekommen, in dem ein ganz fetter Knochen steckte. Als er nun als letzter vor König Hund hintrat, warf er den Knochen in den Staub. Kaum sah der Hund den Knochen, da vergaß er seine Königswürde, stürzte sich in den Staub auf den Knochen, benagte ihn und beschmutzte sich so mit Fett und Staub: alle seine Kleider waren verdorben! Als die Tiere das sahen, wurden sie zornig und riefen: »Was ist denn das für ein König! Weg mit ihm, der ist's nicht wert, König zu sein!« So setzten sie ihn ab, und er konnte weiter bellen und auf dem Misthaufen herumschnüffeln.
So brachte der Hase den Hund um die Königswürde.

Gibt es wahre Liebe?

Es war einmal ein Mann, der hatte einen Sohn. Der Sohn wuchs zu einem stattlichen jungen Mann heran und war schließlich alt genug zum Heiraten. Die Eltern ermahnten ihn: »Es gehört sich, daß du nun eine Frau nimmst, Kinder zeugst und das Volk vermehrst!« Aber der Sohn antwortete: »Ich werde nur ein Mädchen heiraten, das mich alle Zeit liebt.« Die Eltern wunderten sich sehr über die Worte ihres Sohnes und entgegneten ihm: »Junge, wahre Liebe gibt es nicht; wir alle tun nur so, als liebten wir einander. Vielleicht belügt dich deine Frau ab und zu, um an dein Geld zu kommen, und sagt: ›Ich liebe dich.‹ Bist du aber arm, dann wird sie sich wer weiß wohin flüchten.« Doch der Sohn blieb dabei: »Ich werde nur eine heiraten, die mich wirklich liebt.«
So begann der junge Mann denn, von Dorf zu Dorf auf die Suche zu gehen; aber nirgends fand er eine Frau, die ihn so liebte, wie er es sich vorgestellt hatte. Eines Tages traf er in einem Dorf das rechte Mädchen, das noch dazu schön war. Als sein Auge auf sie fiel, tat sein Herz einen Sprung: ›Mutter, hab ich ein Glück!‹ Er näherte sich dem Mädchen und fragte: »Du, ich

möchte dich liebend gern bei mir haben, damit wir zusammen leben können; wäre dir das wohl recht?« Sie machte ihm schöne Augen und nahm schließlich an.

Der junge Mann kam also mit der Nachricht nach Hause: »Ich habe ein Mädchen gefunden, das mich sehr liebt; es sagt, es werde mich immer und ewig liebhaben!« Die Eltern meinten: »Das ist sehr gut.« Und als ein paar Monate vergangen waren, wurde die Hochzeit gefeiert.

Nun wißt ihr ja, daß jeder Mann ein oder zwei Jahre bei seinen Schwiegereltern wohnen muß, um für sie die Feldarbeit zu verrichten. So arbeitete auch dieser junge Mann für seine Schwiegereltern. Alle Tage, solange er dort war, fragte er seine Frau: »Liebst du mich auch?« – »Nur der Tod kann uns scheiden«, sagte sie dann. Und wirklich, wie ihr selbst gut wißt, hört man ja in einer jungen Ehe nur fröhliches Lachen aus dem Hause schallen.

Aber eines Tages ging der junge Mann zu seinem Vater und berichtete ihm: »Vater, meine Frau liebt mich sehr, nur der Tod kann uns trennen.« Der Vater antwortete: »Das läßt du dir nur vormachen, mein Junge; unter den Menschen gibt es keine wahre Liebe. Wenn du es genau wissen willst, dann komm, ich werde dir sagen, wie du dich überzeugen kannst.« Und so teilte ihm sein Vater mit, was er zu tun hatte.

Der Sohn kehrte zu den Schwiegereltern zurück. Seine Frau kam ihm ganz lieb und freudig entgegen. Sie legten sich schlafen, und am anderen Tag ging der Mann zum Fluß und fing einen großen Wels mit einem langen Bart. Den verbarg er am Kopfende seines Bettes. Als es Abend wurde, sagte er zu seiner Frau: »Mein Kopf tut weh, und ich habe Fieber.« Seine Frau umarmte ihn, dann rührte sie ihm einen Brei an. Ja, noch war die Liebe groß! Als es Nacht wurde, klagte der Mann: »Jetzt tut mir auch noch das Herz weh.« Da rief die Frau ihre Eltern: »Uns geht es nicht gut!« Dann nahm sie ihren Mann auf den Schoß. Der dachte: ›Meine Frau liebt mich wirklich, mein Vater hat da eine große Lüge gesagt!‹

Aber am nächsten Tag nahmen die Schmerzen des Mannes scheinbar zu; er sprach nicht und stand nicht mehr auf, und seine Frau blieb den ganzen Tag im Hause. Aber sie merkte,

daß von dort, wo ihr Mann lag, Verwesungsgeruch hervordrang, und sie berichtete ihren Eltern davon. Als die Eltern kamen, bemerkten sie ebenfalls einen fauligen Geruch.
Am folgenden Tag war das ganze Haus von dem Gestank erfüllt! Alle, die den Kranken besuchen wollten, blieben auf der Veranda und zeigten nur noch mit dem Daumen auf ihn, wie man es tut, wenn ein Kranker hoffnungslos darniederliegt. »Hier herrscht das Unglück«, sagten sie; »der hat ja kaum mehr Leben, er ist ja schon verwest!« Es kam so weit, daß selbst seine Frau sich nur noch bis an die Tür wagte, und schließlich vertrieb der Gestank sie sogar von dort, und sie blieb ihrem Manne fern.
Als der junge Mann merkte, daß alle ihn aufgaben, da wußte er: ›Es ist tatsächlich so, man liebt dich nur, solange es dir gut geht; hast du aber Unglück, dann verleugnen dich alle.‹ Darauf erhob er sich, rief seine Frau und fragte sie: »Wo ist nun deine Liebe?« Damit zog er den verfaulten Wels unter dem Kopfende des Bettes hervor...

Die kluge Häuptlingsfrau

In einem gewissen Land lebte einmal ein Häuptling, der hatte viele Frauen, die er aber nicht alle in gleichem Maße liebte. Es gab eine, die er allen anderen vorzog. Die Frauen aber versuchten, die eine wie die andere, vom Häuptling gleichermaßen geliebt zu werden; aber das war sehr schwierig, und so kam es immer wieder zu Zank und Streit im Häuptlingshof.
Unter den anderen war eine junge Frau, die auch gern vom Häuptling geliebt worden wäre. Darum ging sie zu der einzigen Zauberin, die es im Dorfe gab, und erbat sich einen Liebeszauber, um das Herz des Häuptlings umzustimmen. Die Zauberin gab ihr auch ein Mittel, das sie dem Häuptling ins Essen geben sollte. Aber der jungen Frau war dabei nicht wohl zumute; sie dachte: ›Vielleicht ist das Mittel tödlich.‹ Die ganze Nacht über lag sie wach und überlegte, bis es dämmerte.
Als der Tag anbrach, war ihr ein wirklich guter Gedanke ge-

kommen. Sie sagte sich: »Es wäre gut, erst auszuprobieren, ob das Mittel unschädlich ist. Wenn ja, verabreiche ich es dem Häuptling, wenn nicht, werfe ich's fort. Aber an wem kann ich es denn ausprobieren?« Schließlich fand sie die Lösung: »Am besten, ich versuche es an ebender, die es mir gegeben hat.« Gesagt, getan; sie kochte reichlich Maisbrei mit Huhn und gab jenes Mittel hinein. Dann trug sie ihn zur Zauberin und sagte: »Hier bringe ich ein bißchen Essen für die Hilfe, die du mir gewährt hast.« Die Zauberin war sehr zufrieden, als sie den Maisbrei sah, und ahnte nicht, daß sich ihr Mittel darin befand. Nachdem die Häuptlingsfrau heimgekehrt war, aß die Zauberin den Maisbrei; aber kaum hatte sie ihn verzehrt, da fühlte sie sich schlecht und fiel ein übers andere Mal in Ohnmacht.
Da eilten ihre Kinder zum Häuptling und meldeten ihm: »Deine Frau hat unsere Mutter vergiftet!« So wurde die Häuptlingsfrau vor Gericht gerufen, und dort erzählte sie alles. Daraufhin entschied der Häuptling: »Du bist wahrhaftig eine kluge Frau; ich setze dich hiermit als oberste über alle meine Frauen ein!« Die Zauberin aber starb nach einiger Zeit.
So steht es also um den Liebeszauber: Das ist etwas ganz Schlimmes! Oft führt er zum Tode oder dazu, daß Mann oder Frau den Verstand verlieren.

Die Schüsseln der Schlange

Vor langer Zeit starb der Häuptling eines Landes. Nachdem man seinen Sohn als Nachfolger eingesetzt hatte, bestimmte dieser: »In meinem Land ist jeder verpflichtet, mir den Ertrag seiner Felder, die Jagdbeute und die Fische zu bringen; er darf nichts im Hause behalten. Zuerst muß er alles abliefern, und dann gebe ich ihm seinen Anteil zurück. Jeder, der sich nicht danach richtet, wird mit dem Tode bestraft, damit die andern daraus lernen.«
Tatsächlich befolgten alle das Gebot des neuen Häuptlings. Aber jetzt arbeiteten sie nicht mehr freudig, denn auch wenn

jemand viel ablieferte, gab man ihm nur wenig zurück, so daß er sich nicht einmal satt essen konnte, wenn er allein im Haus war. Daher wurden die Leute nachlässig und arbeiteten nicht mehr mit aller Kraft, und es begann in jenem Lande an Nahrung zu mangeln. Schließlich brach eine Hungersnot aus, daß einem schwarz vor Augen wurde. Auch der Häuptling nährte sich nur noch von Hausmäusen, und wenn jemand eine Maus fing, ohne sie abzuliefern, dann wurde über ihn Gericht gehalten, und er wurde gehängt. Auf den Feldern stand nichts mehr, und auch auf die Jagd ging niemand mehr, denn man hatte ja doch nichts davon; alles ging immer nur an den Häuptling.
Nun gab es in diesem Land einen Jäger, der ging eines Tages in den Busch, um zu jagen. Dort traf er auf einen Steinbock. Sofort legte er auf ihn an, aber dann dachte er: ›Vom Fleisch dieses Tieres bekomme ich ja doch nichts zu essen‹, setzte ab, nahm das Gewehr über und lief weiter.
Als er sich einem vom letzten Buschfeuer verschonten Grasfleck näherte, hörte er plötzlich eine Stimme, die ihm zurief: »Hallo, du da!« Er antwortete sofort: »Ja, Herr?« Die Stimme befahl ihm: »Komm näher, aber schnell!« Er ging also näher heran. Wieder befahl ihm die Stimme: »Dring hier in das Gras ein!« Er gehorchte, betrat den Grasfleck, und – ach du Schreck, da stand er schon in den Windungen einer riesigen Schlange! Sie befahl ihm: »Steck deinen Arm in mein Maul, aber schnell!« Der Mann machte sich vor Angst in die Hosen und versuchte, sich zu weigern: »Aber nein, Herr König, eine solche Schande kann ich Euch nicht antun! Ich ließe es doch an jeder Ehrerbietung fehlen, wollte ich in Euer Maul eindringen! Verzeiht mir bitte!« Aber die Schlange wußte sehr wohl, daß er nur Angst hatte. Darum befahl sie noch einmal nachdrücklich und zornig: »Steck sofort deinen Arm in mein Maul; wenn du dich weigerst, erdrücke ich dich!« Da schloß er einfach die Augen und tat, wie ihm geheißen war. Die Schlange befahl: »Zieh alles heraus, was du darin findest!« Tatsächlich stieß der Mann an etwas, und als er es herauszog, sah er, daß es eine Schüssel war. Wieder befahl ihm die Schlange: »Los, noch einmal!« Er gehorchte und zog noch eine Schüssel heraus. Dann fragte ihn die Schlange: »Was möchtest du gern essen?« – »Maisbrei mit

Huhn, Herr«, sagte er. Auf Anweisung der Schlange rief er darauf mit großer Angst: »Meine Schüsseln, tut etwas!« Sofort füllten sich die Schüsseln mit Brei und Huhn. »Iß!« befahl die Schlange, und das brauchte sie ihm nicht zweimal zu sagen! Trotzdem ließ er etwas übrig: »Das will ich meinen Kindern bringen«; aber die Schlange sagte: »Nein, iß alles auf! Für deine Kinder kannst du dir wieder etwas bestellen.« Da verzehrte er das Huhn bis auf den letzten Rest; ganz allein schaffte er die große Mahlzeit! Dann wünschte ihm die Schlange einen guten Weg, und er ging mit seinen Schüsseln, die er sorgfältig eingepackt hatte, davon. Unterwegs mußte er von dem guten, fetten Essen immer wieder aufstoßen.

Im Dorf angekommen, rief er Frau und Kinder: »Kommt schnell ins Haus!« Als sie alle drinnen waren, packte er seine Schüsseln aus der Tragetasche und befahl: »Meine Schüsseln, tut etwas!« Und schon waren sie randvoll von Maisbrei mit Fleisch. Sie aßen und aßen, wurden satt, stießen auf von dem guten, fetten Essen und hatten den Bauch so voll, daß sie sich hinlegen mußten! Danach erzählte der Jäger seiner Frau und den Kindern, wie er die Schlange getroffen hatte, und schärfte ihnen zum Schluß ein: »Sagt ja keinem andern Menschen etwas davon; denn wenn der Häuptling uns die Schüsseln fortnimmt, dann können wir verhungern.«

Aber als einige Tage vergangen waren, ließ es der Frau keine Ruhe mehr, und schon war sie zur Nachbarin gegangen und hatte ihr erzählt: »Meine Liebe, wir haben Schüsseln, die alles mögliche Essen hervorbringen, sogar mit Fleisch!« Die Nachbarin trug natürlich diese Neuigkeit im ganzen Dorf herum, bis sie schließlich dem Häuptling zu Ohren kam. Der befahl seinen Leuten: »Geht und nehmt diesen Mann fest, bringt ihn zu mir mitsamt seinen Schüsseln! Warum sterbe ich vor Hunger, während er satt zu essen hat?« So schleppten sie den Mann herbei, und der Häuptling prügelte ihn tüchtig und befahl dann: »Nun sag, wie du Maisbrei und anderes Essen bestellst!« Er antwortete: »Ach, Häuptling, ich sage einfach: Meine Schüsseln, tut etwas!« Sofort rief der Häuptling: »Meine Schüsseln, tut etwas!« Augenblicklich waren die Schüsseln voller Essen, und sie aßen sich satt. Der Häuptling befahl: »Bindet den

Mann tüchtig fest, denn er hat eine Frechheit begangen.« So ging es dem Jäger erbärmlich, bis die Kinder kamen und seine Fesseln zerschnitten. Ohne zu zögern, ergriff er mit seiner Familie die Flucht durch Gras und Busch, immer weiter, bis sie in ein weit entferntes Dorf kamen; dort blieben sie.

Eines Tages sagte der Mann: »Ich will jagen gehen, denn meine Kinder sterben vor Hunger.« So ging er in den Busch, lief und lief, bis der Abend nahte. Da hörte er eine Stimme, die ihn zu einem vom Buschfeuer verschonten Grasfleck rief. Er ging näher, und schon stand er wieder innerhalb der Windungen der Schlange, wie das erstemal. Zitternd vor Angst fragte er sich: »Was soll ich denn jetzt sagen, wo ich doch ihre Schüsseln verloren habe?« Und richtig, schon fragte ihn die Schlange: »Wo sind die Schüsseln?« Er stotterte: »Ach, Herr, ich habe nur ... und der Häuptling hat sie mir dann weggenommen.« Die Schlange sperrte das Maul auf und befahl: »Steck deinen Arm in mein Maul!« Er versuchte wieder, sich zu weigern, aber schon begann die Schlange, ihn zusammenzudrücken. Da schloß er die Augen und steckte ihr seinen Arm ins Maul. Sie befahl: »Zieh alles heraus, was du drinnen findest!« Diesmal war es eine Peitsche, die er herauszog. Die Schlange wies ihn an: »Sag: ›Meine Peitsche, tu etwas!‹« Ach du Schreck, als er das sagte, ging es ihm schlecht; er wurde so sehr durchgeprügelt, daß er voller Striemen war. Wie jammerte er da! Aber erst als er sagte: »Meine Peitsche, hör auf!«, gab sie Ruhe. Die Schlange befahl ihm: »Nimm die Peitsche mit und gib sie dem Häuptling; du wirst sehen, was da geschehen wird.« – »Vielen Dank«, erwiderte der Mann.

Zu Hause warnte er Frau und Kinder: »Gebt ja dieser Peitsche keinen Befehl, sonst geht es euch schlecht!« Aber schon hatte die Frau vorwitzig gerufen: »Meine Peitsche, tu etwas!« Sofort wurden sie und die Kinder mit Prügel eingedeckt. Als die Peitsche endlich Ruhe gab, waren Frau und Kinder voller Striemen. Nun sagte der Jäger: »Wir wollen in unser Dorf zurückkehren.« So brachen sie auf, wobei der Mann seine Peitsche mit aller Sorgfalt trug. Nach langem Marsch kamen sie schließlich in ihrem Dorfe an. Da fanden sie den Häuptling und seine Söhne vor. Ihre Scheunen vermochten die Speisen, die von den

Schüsseln der Schlange stammten, nicht mehr zu fassen. Der Jäger begab sich unmittelbar zum Hof des Häuptlings, grüßte ihn ehrerbietig und meldete: »Häuptling, ich komme, um noch etwas Nützliches zu bringen.« Der Häuptling befahl: »Schnell her damit!« Da zog der Mann die Peitsche hervor. Und denkt nur, die Dorfbewohner, vor allem die Ältesten der sämtlichen Viertel, waren in Scharen gekommen, um zu sehen, was es da Neues gäbe. Der Jäger erklärte: »Häuptling, sag einfach: ›Meine Peitsche, tu etwas!‹, dann wirst du sehen, was geschehen wird.« Also befahl der Häuptling: »Meine Peitsche, tu etwas!« Du liebe Zeit, die Peitsche richtete sich auf, und Häuptling, Häuptlingsfrauen, die Söhne des Häuptlings und alle Großen gerieten ins Unglück; die Peitsche schlug derartig zu, daß der Häuptling schließlich starb. Während die Peitsche noch im schönsten Schlagen war, nahm der Mann seine Schüsseln und lief davon. Mit Frau und Kindern ging er in ein anderes Dorf, wo sie sich das schmecken ließen, was die Schüsseln der Schlange hervorbrachten. Die ganze Familie lebte glücklich und zufrieden bis zum Tode.

Aber in jenem Dorf, dessen Häuptling jetzt gestorben war, freuten sich die Leute sehr, daß sie endlich der Gewaltherrschaft dieses Ungeheuers entgangen waren. Von jetzt an bestellten sie wieder ihre Felder, wie es sich gehört, gingen auf die Jagd und fischten für ihren eigenen Bedarf, ohne sich weiter beklagen zu müssen. Das Land wurde gut verwaltet, denn man setzte einen anderen Häuptling ein, der weise, mitleidig und barmherzig war; kurz, der seine Leute liebte.

Die Geschichte von dem bösen Häuptling will uns lehren: Wenn du gern den Besitz anderer durch List oder Gewalt an dich bringen willst, dann denk daran; eines Tages wirst du dir Unglück einhandeln und daran sterben. Wenn Gott deinem Nächsten Reichtum gibt oder Gewinn, dann blicke nicht mit gierigen Augen darauf, denn solche Gier führt in Unglück und Tod.

Wie das Ungeheuer sein Ziel erreichte

In einem Dorf lebte einmal eine Frau, die war unfruchtbar. Darüber jammerte sie sehr, und alle Tage war dies ihr einziger Gedanke: ›Ich habe doch großes Unglück; warum haben alle meine Verwandten Kinder, nur ich nicht?‹ Aber wie das Sprichwort sagt: Gott gibt nicht schnell, denn die Seinen, die etwas bekommen sollen, sind zahlreich. Eines Tages aber erinnerte sich Gott dieser Frau und gewährte ihr das Glück, schwanger zu werden. Als sie das merkte, erfüllte große Freude ihr Herz, und als nach wenigen Monaten die Zeit der Geburt herankam, gebar sie einen Sohn. Der war sehr schön und auch sehr groß, und er glänzte wie Öl.

Aber in jenem Lande herrschte ein großes Unglück. Ein Ungeheuer, das dort durchzog, fraß die Kinder der Leute in unglaublicher Zahl, so daß man überall nur Weinen und Klagen hörte. Daher fragte sich die Frau: »Was soll ich nur mit meinem Kind tun?« Das Ungeheuer verursachte ihr Kopfzerbrechen. Sie dachte an das Wort: ›Auf Erden Termiten, im Himmel der Blitz‹; wohin man die Kinder auch bringt, gefressen werden sie doch. Aber zuletzt kam ihr ein guter Gedanke: ›Am besten gehe ich und verstecke meinen Sohn in einer weit entfernten Gegend, wo niemand hinkommt, um ihn zu fressen.‹ Und so machte sie sich auf den Weg in den Busch. Sie lief und lief, bis sie schließlich einen sehr dicken, dicht belaubten Baum fand. Der hatte eine große Höhlung, gerade richtig, um darin zu wohnen. Dort brachte die Frau ihren Sohn unter; sie machte ihm ein schönes Lager und ließ ihm genug zu essen da. Die Höhlung bekam eine Tür, die man nur von innen öffnen konnte; wer es von außen versuchte; brachte sie nicht auf.

Als die Mutter fortging, ermahnte sie ihren Sohn: »Ich gehe, aber ich komme immer wieder, um dir zu essen zu bringen. Du darfst keinem andern Menschen die Tür öffnen! Nur wenn du meine Stimme hörst, mach auf. Hier im Busch gibt es viele wilde Tiere; erst wenn du meine Stimme sicher erkannt hast, darfst du aufmachen.« Der Sohn versprach das, und die Mutter machte sich auf den Heimweg.

Am nächsten Tag schon kam das Ungeheuer und sagte: »Mach mir doch auf, laß mich hinein!« Der Junge hörte, daß die Stimme anders klang als die seiner Mutter, und weigerte sich zu öffnen. Das Ungeheuer gab nicht nach: »Mach mir doch auf, laß mich ein!« Aber der Junge lehnte rundweg ab, so daß es schließlich zu seinem Lager zurückkehrte, während ihm das Wasser im Maul zusammenlief im Gedanken an das schöne Fleisch!

Schließlich kam die Mutter wieder und begann zu singen:

»Nkadima, Nkadima, Nkadima mu lubanga,
tu mir auf, laß mich ein, Nkadima mu lubanga!«

Als der Sohn die Stimme seiner Mutter hörte, freute er sich sehr und fing gleichfalls an zu singen:

»Ein mächtig großes Biest ist hergekommen,
o kamunkelebende,
mit bösen Augen hat sich's rumgetrieben,
o kamunkelebende.«

Dann schloß er seiner Mutter auf; sie kam herein, nahm ihn in die Arme und gab ihm die Speisen, die sie mitgebracht hatte. Dann schärfte sie ihm noch einmal ein: »Paß gut auf, mein Sohn, denn du bist ja mein einziges Kind! Hier im Lande läuft ein Ungeheuer herum, das frißt alle unsere Verwandten. Du mußt gut auf meine Stimme achten, damit du ja niemandem sonst aufmachst!« Der Junge antwortete: »Ich werde mir deine Worte gut merken und genau auf deine Stimme achten, Mutter.« Die Mutter verabschiedete sich, dann trat sie den Heimweg ins Dorf an.

Das Ungeheuer aber hatte es sich noch nicht aus dem Sinn geschlagen, den Jungen zu fressen. So suchte es die Wahrsagefliege auf und erkundigte sich: »Wahrsagerin, deute mir doch den Mißerfolg, den ich erlitten habe. Aus welchem Grund weigert sich wohl der Junge dort im Baum, mir aufzumachen?« Sie antwortete: »Das ist eine leichte Frage. Versteck dich dicht bei dem Baum, so daß du hören kannst, welches Lied die Mutter singt, damit ihr geöffnet wird; wenn du dann genauso singst, wird dir der Junge ohne weiteres öffnen.«

Und richtig, das Ungeheuer versteckte sich in der Nähe des Baumes; dann wartete es auf die Mutter des Jungen. Nach kurzer Zeit kam sie auch, um ihrem Kind zu essen zu bringen. Als sie in der Nähe war, begann sie ihr Lied zu singen, um so ihren Sohn zu bitten, ihr aufzumachen, und ohne zu zögern öffnete er ihr. Sie unterhielten sich lange, aber schließlich kehrte die Mutter doch heim, nicht ohne ihren Sohn vorher an das Verbot erinnert zu haben, daß sie ihm eingeschärft hatte.
Das Ungeheuer hatte alles gehört, was sie sich erzählt hatten. Kaum war die Mutter fort, da wollte es in seiner Gier nicht länger warten; es kam schnell näher und fing an, das Lied zu singen, auf das hin geöffnet werden sollte. Aber seine Stimme hatte nicht die geringste Ähnlichkeit mit der von der Mutter des Jungen! Sie klang alles andere als schön. Daher weigerte sich der Junge zu öffnen. Das Ungeheuer versuchte es auf jede mögliche Art, aber der Junge machte einfach nicht auf.
Schließlich hatte das Ungeheuer es satt. Es lief zur Wahrsagerin zurück und beschwerte sich: »Ich habe alles getan, was du mir gesagt hast, aber der Junge weigert sich aufzumachen; nun sag mir, was ich jetzt tun soll.« Die Fliege antwortete: »Du hast es ungeschickt angefangen, weil die Mutter eben erst gegangen war! Laß noch einen Tag verstreichen, und wenn du merkst, daß es bald Zeit ist, daß die Mutter wiederkommt, dann geh hin, und der Junge wird dir aufmachen.«
Eines Tages kam die Mutter wieder ihren Sohn besuchen und brachte ihm viel zum Essen und Spielen mit. Der Junge freute sich sehr. Beim Aufbrechen erinnerte ihn die Mutter erneut: »Vergiß nicht, was ich dir gesagt habe; wenn du's vergißt, wirst du gefressen!« Der Sohn sagte: »Ich werde das auf keinen Fall vergessen, Mutter.« Das Ungeheuer aber war ganz in der Nähe, hörte jedes Wort und versuchte, die Stimme der Mutter nachzuahmen. Als sie gegangen war, kehrte es zu seinem Lager zurück, um sich an die Weisungen der Wahrsagerin zu halten.
Nachdem ein Tag vergangen war, machte es sich auf den Weg und dachte: ›Heute muß ich das Kind unbedingt fressen!‹ Als es an dem hohlen Baum angelangt war, begann es sehr schön das Lied zu singen. Seine Stimme klang ganz wie die Stimme der Mutter. So dachte denn der Sohn: ›Das ist meine Mutter,

sie kommt mich besuchen.‹ Er antwortete also mit dem üblichen Lied und öffnete dann. Ach du Schreck! Schon war das Ungeheuer drin, packte ihn und fraß ihn auf.
Nach einigen Tagen sagte sich die Mutter: »Was ich meinem Sohn zu essen gebracht habe, muß jetzt alle sein; ich will doch gehen und ihm mehr bringen.« Sie bereitete also alles für ihren Weg vor: Erdnüsse, Bohnen, eßbare Wurzeln aller Art und Früchte. Danach brach sie auf. Aber unterwegs mußte sie nur immer an ihren Sohn denken: ›Ob es ihm wohl gut geht?‹
In der Nähe des Baumes angekommen, sah sie, daß die Höhlung offenstand, und als sie einen Blick hineinwarf, fand sie, daß ihr Sohn fort war. Da brach ihr schier das Herz, und sie fing bitterlich an zu weinen; denn nun wußte sie, daß keine Aussicht für sie bestand, ihren Sohn wiederzusehen. Viele Tage lang trauerte sie um ihn, und ihr Elend dauerte an, bis sie schließlich starb und ihrem geliebten Kind dorthin nachfolgte, wohin es ihr vorausgegangen war.
Sehen wir doch ein, daß wir gewöhnlichen Menschen keineswegs klug genug sind, jemanden vor dem Tod zu verstecken! Ob wir ihn auf dem Wasser, im Felsen, in der Höhe oder in der Erde verbergen, immer folgt ihm der Tod und nimmt ihn fort. Gott allein hat die Macht, uns zu bewahren und uns zu rufen, wenn unsere Tage ans Ziel kommen und wir dahin zurückkehren, von wo wir ausgegangen sind.

Der Junge mit dem Vogelei

Es war einmal ein Mann, der hatte eine Frau und einen Sohn. Eines Tages sah der Junge einen kleinen Vogel, der Grashalme zusammentrug, um sein Nest zu bauen, und half ihm dabei. Als das Nest fertig war, legte der Vogel fünf Eier, nahm eins davon, gab es dem Jungen und sagte: »Weil du mir geholfen hast, das Nest zu bauen.« Der Junge freute sich sehr über die Freundlichkeit des Vögelchens, nahm das Ei und brachte es nach Hause.

Eines Tages hatten seine Eltern nichts zu ihrem Maisbrei, litten aber großen Hunger. Die Leute meinen nämlich, es sei unmöglich, Maisbrei ohne Zukost irgendwelcher Art zu verspeisen.
Schließlich sagte der Mann: »Liebe Frau, koch doch das Vogelei, damit wir etwas zu unserem Brei haben.« Die Frau kochte das Ei, und die beiden aßen.
Als der Junge nach Hause kam, suchte er überall sein Ei, fand es aber nicht. Da fragte er seine Eltern: »Wo ist denn mein Ei?« Sie antworteten: »Uns war ganz schwach vor Hunger, da haben wir es gegessen.« Sofort rief der Sohn: »Ihr müßt mir unbedingt mein Ei zurückgeben!« Und dann sang er ein Klagelied:

»Seht doch nur, seht doch nur, das Vögelchen,
das Vögelchen, es schenkte mir ein kleines Ei!
Mein kleines Ei, das aßen Vater und Mutter.«

Die Eltern geboten dem Jungen, still zu sein, aber er hörte nicht im geringsten darauf. Schließlich machte sich der Vater daran, ihm einen Strohhut zu flechten, und sagte: »Nun sei schon still, Freund, ich flechte dir jetzt einen Strohhut als Ersatz für dein Ei.« Es wurde ein sehr schöner Hut, und der Junge nahm ihn mit großer Freude entgegen.
Dann machte er sich auf und wanderte, den Hut auf dem Kopf, eine gute Strecke, bis er zu einer Schmiede kam. Als die Schmiede den Strohhut sahen, gefiel er ihnen sehr, und sie forderten den Jungen auf: »Gib mal her, damit wir ihn ansehen können!« Das taten sie ausgiebig, aber als der eine ihn dem anderen reichen wollte, da fiel der Hut ins Feuer und verbrannte ganz und gar.
Zuerst nahmen die Schmiede das nicht besonders schwer, aber der Junge sagte leise immer und immer wieder: »Ihr müßt mir unbedingt meinen Strohhut wiedergeben!« Zunächst meinten sie, das Kind mache Spaß, aber es bestand darauf: »Gebt mir meinen Strohhut!« Die Schmiede antworteten: »Strohhüte flechten können wir nicht, wie sollen wir dir also den Hut wiedergeben? Sei darum still, Junge!« Aber er hörte nicht auf das, was sie zu seiner Beruhigung sagten, sondern wiederholte nur: »Ihr müßt mir unbedingt meinen Strohhut wiedergeben!« Und dann fing er an zu singen:

»Seht doch nur, seht doch nur, das Vögelchen,
das Vögelchen, es schenkte mir ein kleines Ei!
Mein kleines Ei, das aßen Vater und Mutter.
Vater und Mutter gaben mir den schönen Strohhut,
doch meinen Strohhut verbrannten dort jene Schmiede.«

Schließlich sagten die Schmiede: »Nimm doch eine Axt, wir haben sonst nichts, was wir dir geben könnten.« Damit war der Junge sehr zufrieden und lief weiter.

Er wanderte ein gutes Stück, da traf er einen Grünspecht, der dabei war, mit dem Schnabel das Flugloch eines Bienenstocks zu erweitern, um an den Honig zu kommen. Der Junge fragte ihn: »Warum mühst du dich so ab? Ich habe hier eine sehr gute Axt.« – »Dann gib sie mal her«, sagte der Specht. Der Junge gab ihm die Axt auch, aber als der Specht damit zuschlug, löste sich das Eisen vom Stiel und fiel in die Höhlung des Baumes. Man konnte es kaum mehr sehen! Da rief der Junge: »Du mußt mir unbedingt meine Axt wiedergeben!« Und er fing an, sein Klagelied zu singen:

»Seht doch nur, seht doch nur, das Vögelchen,
das Vögelchen, es schenkte mir ein kleines Ei!
Mein kleines Ei, das aßen Vater und Mutter.
Vater und Mutter gaben mir den schönen Strohhut,
doch meinen Strohhut verbrannten dort jene Schmiede.
Dort jene Schmiede gaben mir die gute Axt da,
doch meine Axt ließ fallen der alte Specht.«

Der Specht war ratlos, als er hörte, wie sich der Junge beklagte. Er versuchte ihn zu beruhigen, aber vergeblich. »Du mußt mir unbedingt meine Axt herausholen!« verlangte der Junge. Da sagte der Specht: »Nun sei schon ruhig, mein Junge, ich habe doch nichts, um dich zu bezahlen. Aber nimm dir von dem Honig, dann hast du etwas zu essen.« Das freute den Jungen sehr, er nahm den Honig und ging weiter.

Nach einer guten Wanderung kam er zur Schildkröte. Er grüßte sie freundlich und forderte sie dann auf: »Versuch doch mal den Honig, den ich hier habe!« Aber als sich die Schildkröte über den Honig hermachte, da schmeckte er ihr so gut, daß sie nichts davon übrigließ. Der Junge rief: »Du hast meinen Honig aufgegessen, nun mußt du mir unbedingt anderen besorgen!« Und er begann sein Lied zu singen:

»Seht doch nur, seht doch nur, das Vögelchen,
das Vögelchen, es schenkte mir ein kleines Ei!
Mein kleines Ei, das aßen Vater und Mutter.
Vater und Mutter gaben mir den schönen Strohhut,
doch meinen Strohhut verbrannten dort jene Schmiede.
Dort jene Schmiede gaben mir die gute Axt da,
doch meine Axt ließ fallen der alte Specht.
Der alte Specht schenkte mir dafür Honig,
doch den Honig aß allen auf die Schildkröte.«

Die Schildkröte sagte: »Junge, sei doch still, ich habe nichts, was ich dir geben könnte. Nimm dir die kleine Kürbisflasche voll Öl.« Damit war der Junge zufrieden. Er nahm das Ölfläschchen und lief weiter.

Nach einer kurzen Strecke traf er ein Rebhuhn, das an einer Stelle scharrte, die vom Buschfeuer verbrannt war. Der Junge grüßte und meinte dann: »Wie staubig deine Beine sind! Ich habe ein bißchen Öl, wenn du dich damit einreibst, wirst du ganz prächtig glänzen!« – »Gib her«, sagte das Rebhuhn, »laß mich mal versuchen.« Also gab der Junge das Ölfläschchen hin. Aber kaum sah das Rebhuhn, wie schön seine Waden glänzten, rieb es sich so lange ein, bis alles Öl verbraucht war. Der Junge rief: »Warum hast du denn alles Öl verbraucht? Du mußt mir unbedingt heute noch neues geben!« Als das Rebhuhn darauf nicht eingehen wollte, fuhr der Junge dennoch fort, nachdrücklich sein Öl zurückzuverlangen. Das Rebhuhn sprach: »Junge, sei doch still, ich bitte dich!« – »Nein«, rief der Junge, »ich bin nicht still, es sei denn, du gibst mir mein Öl zurück. Sonst werde ich mich immer weiter beklagen!« Und er begann zu singen:

»Seht doch nur, seht doch nur, das Vögelchen,
das Vögelchen, es schenkte mir ein kleines Ei!
Mein kleines Ei, das aßen Vater und Mutter.
Vater und Mutter gaben mir den schönen Strohhut,
doch meinen Strohhut verbrannten dort jene Schmiede.
Dort jene Schmiede gaben mir die gute Axt da,
doch meine Axt ließ fallen der alte Specht.

Der alte Specht schenkte mir dafür Honig,
doch den Honig aß allen auf die Schildkröte.
Die Schildkröte schenkte mir ein Fläschchen Öl.
Mit dem Öl, da salbte sich ein das Rebhuhn.«

Das Rebhuhn war ratlos. »Ich habe nichts, was ich dir geben könnte«, sagte es zu dem Jungen, »du kannst höchstens meine Federn haben.« Und wirklich, es riß sich die Federn aus und gab sie dem Jungen. Wieder lief der Junge weiter.

Nachdem er eine Weile gewandert war, traf er Leute, die Hirse ernteten und ihre Kinder bei sich hatten. Er sprach zu ihnen: »Ich habe sehr schöne Federn, wenn ihr die euren Kindern gebt, kümmern sie sich um nichts anderes mehr und stören euch nicht dauernd bei der Arbeit!« – »Na, dann gib mal her«, antworteten die Leute. Er gab ihnen die Federn, und die Leute reichten sie ihren Kindern. Die Kinder aber zersausten die Federn so sehr, daß sie kaum wiederzuerkennen waren. Als die Leute ihre Arbeit beendeten, forderte der Junge seine Federn zurück. Da brachten ihm die Leute den zerzausten Rest und entschuldigten sich: »Es tut uns sehr leid, aber die Kinder haben deine Federn verdorben.« – »Ihr müßt mir unbedingt meine Federn wiedergeben«, rief der Junge, dann begann er zu singen:

»Seht doch nur, seht doch nur, das Vögelchen,
das Vögelchen, es schenkte mir ein kleines Ei!
Mein kleines Ei, das aßen Vater und Mutter.
Vater und Mutter gaben mir den schönen Strohhut,
doch meinen Strohhut verbrannten dort jene Schmiede.
Dort jene Schmiede gaben mir die gute Axt da,
doch meine Axt ließ fallen der alte Specht.
Der alte Specht schenkte mir dafür Honig,
doch den Honig aß allen auf die Schildkröte.
Die Schildkröte schenkte mir ein Fläschchen Öl.
Mit dem Öl, da salbte sich ein das Rebhuhn.
Ach, das Rebhuhn, es schenkte mir seine Federn,
doch die Federn wurden verdorben von den Leuten.«

Schließlich beruhigten ihn die Leute: »Willst du nicht einfach einen Korb voll Hirse nehmen? Wir haben nämlich nichts anderes, das wir dir geben könnten.« Zufrieden nahm der Junge seinen Korb Hirse auf und ging weiter.

Nach kurzer Zeit traf er Perlhühner, die pickten kleine Kiesel auf. Der Junge fragte sie: »Warum seid ihr denn mit Kieseln zufrieden? Das ist doch ein Elend! Ich habe Hirse bei mir, kommt und versucht, ob sie nicht gut ist!« Die Perlhühner kamen und fielen über die Hirse her. Auch nicht ein Körnchen ließen sie übrig. Da fing der Junge an zu jammern, daß sie ihm die Hirse wiedergeben sollten, und er sang wieder:

»Seht doch nur, seht doch nur, das Vögelchen,
das Vögelchen, es schenkte mir ein kleines Ei!
Mein kleines Ei, das aßen Vater und Mutter.
Vater und Mutter gaben mir den schönen Strohhut,
doch meinen Strohhut verbrannten dort jene Schmiede.
Dort jene Schmiede gaben mir die gute Axt da,
doch meine Axt ließ fallen der alte Specht.
Der alte Specht schenkte mir dafür Honig,
doch den Honig aß allen auf die Schildkröte.
Die Schildkröte schenkte mir ein Fläschchen Öl.
Mit dem Öl, da salbte sich ein das Rebhuhn.
Ach, das Rebhuhn, es schenkte mir seine Federn,
doch die Federn wurden verdorben dort von den Leuten.
Dort die Leute gaben mir den Korb voll Hirse,
doch meine Hirse fraßen auf die Perlhühner!«

Die Perlhühner aber flogen zum Schluß alle fort, und der Junge kehrte mit leeren Händen nach Hause zurück.

Das Antilopenjunge ohne Ohren

Es war einmal eine Antilope, die hatte drei Junge. Tagaus, tagein lehrte sie ihre Jungen: »Hört gut zu, meine Kinder, was ich euch sage! Geht zum Grasen ja nicht dort in die Ebene; das ist sehr gefährlich, denn da wohnt der Löwe, der uns alle Tage nachstellt. Ihr müßt euch mit dem Gras hier im Hügelland zufriedengeben, da bleibt ihr wenigstens am Leben!« Die Jungen versprachen zu gehorchen, aber eins von ihnen tat nur so, in seinem Innern dachte es ganz anders: ›Die Mutter ist doch dumm; warum sollte ich denn auf das schöne Gras dort in der Ebene verzichten?‹ Und während die anderen im Hügelland blieben, ging es heimlich, als die Mutter einmal nicht da war, hinüber in die Ebene. Wirklich, das war ein wunderbar weiches Gras! Das Kleine äste und äste, ohne auch nur den Kopf zu heben. Der Löwe sah das Antilopenjunge wohl, aber weil er schon gut gegessen hatte, sagte er sich: »Lassen wir es zufrieden.«

Als das ungehorsame Junge abends heimkam, machte ihm die Mutter schwere Vorwürfe: »Mein Kind, dort, wo du warst, ist es ganz gefährlich! Sieh nur, wie nah der Wald ist, wo der Löwe haust! Wir anderen gehen doch auch nicht dahin; es ist zu gefährlich!« Das Junge antwortete: »Ach, Mutter, geh doch, warum sollte das gefährlich sein! Jedenfalls nicht dort, wo ich geäst habe!« Damit gingen sie schlafen.

Am folgenden Tage grasten die anderen wieder im Hügelland, nur das eine Junge entfernte sich von ihnen mit dem Vorsatz: ›Ich will wieder das schöne weiche Gras in der Ebene fressen!‹ Der Löwe aber hatte es schon gesehen und legte sich in den Hinterhalt. Plötzlich sprang er ihm an den Hals und tötete es. Da lag es nun am Boden mit seiner Weisheit!

Gerade in dem Augenblick kam der Hase vorbei und grüßte: »Gratuliere zum Erfolg, Onkel!« – »Besten Dank, lieber Neffe; das gibt mal wieder feines Fleisch!« – »Ja, Onkel, das ist eine gute Beute.« – »Hör mal«, sagte der Löwe, »ich will meine Frau und meine Kinder rufen, damit sie mir tragen helfen; da könntest du inzwischen auf das Tier aufpassen. Aber laß dich nicht dabei erwischen, davon zu fressen!« – »Nein, nein, ich verstehe!« antwortete der Hase, und fort war der Löwe.

Als der Hase allein war, packte ihn das Verlangen, wenigstens ein bißchen von dem leckeren Fleisch zu fressen; aber er hatte doch Angst vor dem Löwen. Schließlich behielt die Freßlust die Oberhand: Er nahm sein Messer und schnitt dem Antilopenjungen beide Ohren ab. Die brachte er eilig seiner Frau und wies sie an: »Wenn etwa der Onkel hierherkommt und fragt, ob ich die Ohren gebracht habe, dann leugnest du!« Dann lief er schleunigst zurück, und schon kam auch der Löwe.

Als er seine Beute näher betrachtete, da fehlten doch beide Ohren! Er geriet in Zorn und fuhr den Hasen an: »Wer hat dem Antilopenjungen die Ohren abgeschnitten? Das warst du, Hase!« Der leugnete entschieden und sagte: »Das Tier hier hatte keine Ohren! Ich hab's mir genau angesehen, als du gegangen warst; es hatte wirklich keine Ohren!« – »Willst du mich zum besten halten?« schrie der Löwe. »Rück sofort die Ohren heraus, sonst gibt es ein Unglück!« – »Aber Onkel, ich habe ihm die Ohren wirklich nicht abgeschnitten«, beteuerte der Hase. So stritten sie eine Weile, dann machte der Hase einen Vorschlag: »Hör mal, Onkel, wegen einer solchen Kleinigkeit wollen wir uns nicht entzweien. Geh doch zum Dorf, versteck dich neben der Straße, dann wirst du hören, was die Dorfbewohner über das Junge hier sagen. Wenn sie sagen: ›Es hatte Ohren‹, dann kannst du hierherkommen und mich an Ort und Stelle fressen.« Das leuchtete dem Löwen ein, er ging und versteckte sich.
Bald kamen auch zwei Frauen vom Fluß zurück, wo sie Wasser geschöpft hatten. Die eine sagte: »Du, das Junge der Antilope ist tot; es wurde erwischt, als es in die Ebene gelaufen war, um dort zu äsen.« – »Ach ja«, erwiderte die andere, »so sind die Kinder! Dieses Junge hatte einfach keine Ohren. Seine Mutter konnte reden und reden, umsonst! Hätte es Ohren gehabt, dann wäre es nicht erwischt worden. Sollte jemand sagen, es hätte Ohren gehabt, lügt er einfach!«
Kaum waren die Frauen vorüber, da kamen Männer des Weges, und der eine meinte: »Was die Mutter da angeht, die ihr Kind verloren hat, sie hat sich aufs beste um ihre Jungen bemüht und sie vor allen Gefahren gewarnt.« – »Ja«, sagte ein anderer, »aber das Kind, von dem du sprichst, hatte einfach keine Ohren!«
Da lief der Löwe zum Hasen zurück und entschuldigte sich: »Mein Junge, ich bin ohne Grund streng zu dir gewesen; wirklich, das Tier hier hatte keine Ohren, das sagen sie sogar im Dorf!« So vertrugen sie sich wieder. Aber als der Löwe gegangen war, lief der Hase nach Hause. Das Hasenpaar holte die Ohren hervor, sie brieten sie gut und aßen nach Herzenslust.

Wie Mpikila das Ungeheuer tötete

Es war einmal ein Mann, der hieß Mpikila. Er hatte vier Söhne. Mpikila schnitzte Stiele für Hacken und für Äxte; davon hatte er schon einen guten Vorrat.

Es gab in der Gegend einen Teich, aber die Leute tranken nicht von seinem Wasser; denn jeder, der dort trank, wurde von einem Ungeheuer verschlungen.

Eines Tages hatten Mpikilas Söhne Honig gefunden; sie kamen damit an und aßen nach Herzenslust. Danach bekam der eine großen Durst und sagte: »Vater, ich gehe Wasser trinken.« – »Ist gut«, antwortete Mpikila. Aber als der Junge trinken wollte, schnappte das Ungeheuer nach ihm und riß ihn ins Wasser. Der Junge versuchte, sich zu wehren, aber das Ungeheuer zog ihn hinunter; er starb und wurde aufgefressen. So hatte Mpikila nur noch drei Söhne.

Am folgenden Tag aß der Älteste dieser drei zuviel Honig, bekam Durst, ging gleichfalls zum Teich, und als er sich zum Wasser bückte, um zu trinken, packte das Ungeheuer auch ihn und verschlang ihn. So hatte Mpikila nur noch zwei Söhne. Die Leute mahnten ihn: »Du mußt deine Söhne hier zurückhalten«, aber er antwortete: »Was kann ich da schon tun?« und schnitzte weiter seine Stiele.

Am nächsten Tag sagte wieder ein Sohn: »Vater, ich gehe Wasser trinken!« Mpikila antwortete: »Geh nur und trink!« Der Sohn ging, schöpfte Wasser, trank, aber als er sich wieder zum Wasser hinunterbeugte, packte ihn das Ungeheuer. Und genauso erging es auch dem vierten Sohn. Da seufzte Mpikila: »Ach, dieses Ungeheuer! Jetzt hat es mir alle vier Söhne genommen! Ihr Leute, was soll ich denn da bloß tun? Na, macht nichts; ich bin Mpikila.« So blieb er zu Hause und schnitzte weiter seine Stiele.

Am Tage darauf war es die Mutter, die sagte: »Ich gehe jetzt Wasser trinken.« Kaum am Teich angelangt, wurde sie schon von dem Ungeheuer ergriffen und gierig verschlungen. Jetzt wunderten sich aber die Leute sehr; denn nur noch Mpikila selbst und sein Schwager waren übrig.

Da sagte Mpikila: »Schwager, jetzt gehe ich mal Wasser trinken.« Er nahm einen starken Gürtel, der eher einem breiten Bande glich, und auch seine Stiele mit. Am Teich angekommen, bückte er sich zum Wasser, und gleich war auch das Ungeheuer da und drückte Mpikila an sich. Aber Mpikila hatte seinen Gürtel in der Hand, schlang ihn um das Ungeheuer und zog die Schnalle so fest zu, wie er nur konnte. Dann steckte er hüben und drüben erst einen seiner Stiele unter den Gürtel, und danach alle anderen. »Du zerbrichst mich!« heulte das Ungeheuer auf, aber Mpikila fuhr fort, seine Stiele in den Gürtel zu stecken. Das Ungeheuer konnte sich nicht dagegen wehren, denn es war wie festgeklebt an seinen Gegner. »Ich sterbe!« schrie es. Mpikila aber sagte: »Ich bin's, Mpikila, mit dem du es zu tun hast; heute hänge ich dich an meinen Gürtel, daß du's weißt!« Und krachend stürzte das Ungeheuer schließlich mit seinem unglaublich dicken Bauch zu Boden. Mpikila sagte noch einmal: »Meine Jungen und meine Frau hast du aufgefressen, aber mich nicht! Heute hast du's mit mir zu tun, mit Mpikila.« Aber das Ungeheuer war schon tot.
Mpikila ging fort und traf Mpombolongwa, die kleine, lebhafte Ameise, der man Wahrsagerkräfte zutraut. Er bat sie: »Du, Mpombolongwa, gib mir mal einen Rat. Ich habe ein Ungeheuer getötet; was muß ich tun?« Die Ameise antwortete: »Na, das ist eine leichte Frage! Geh mit deinem Feuer hin und verbrenn es an seiner großen Zehe; du wirst sehen, was dann geschieht.« Richtig, Mpikila ging hin, zündete ein Feuer an, nahm ein Stück glühende Holzkohle daraus und klemmte sie unter die große Zehe des Ungeheuers: Da zerriß der Bauch des Ungeheuers mit einem einzigen Riß! Und alle Leute, die es gefressen hatte, kamen nacheinander hervor, ein stattliches, weites, sehr großes Dorf voll! So wurde Mpikila sogar noch ihr Häuptling. Er hatte sie und sich selbst gerettet durch seine Kraft und seine Schläue.
Im Leben muß man klug sein; wenn du klug bist, behältst du, selbst wenn sich etwas zuerst sehr schlecht anläßt, doch die Oberhand.

Die Frau, die nur Vogeleier aß

Es war einmal ein Mann, der ging auf Brautschau. Er lief und lief, und schließlich fand er wirklich ein Mädchen, das ihm sehr gut gefiel, freilich in einem sehr weit von seiner Heimat entfernten Dorf. Er hielt um das Mädchen an, und es stimmte gern zu; so wurde bald die Hochzeit gefeiert. Dann nahm er seine Frau mit, um mit ihr in sein Heimatdorf zurückzukehren. Die Reise verlief gut, in der Abenddämmerung kamen sie zu Hause an und legten sich gleich schlafen.

Am anderen Morgen wollte der Mann Fleisch fürs Essen holen; aber seine Frau lehnte ab: »Ich esse überhaupt kein Fleisch.« Da wollte er Vögel holen gehen, aber wieder lehnte sie ab: »Ich esse überhaupt keine Vögel.« Da holte der Mann Gemüse und alle möglichen Pflanzen, die auf Erden wachsen, aber alles wies die Frau zurück: »Ich esse das alles nicht.«

Der Mann war sehr besorgt und sagte sich: »Meine Frau wird noch vor Hunger sterben.« Er näherte sich ihr und fragte: »Ja, was ißt du denn eigentlich zum Maisbrei?« Sie antwortete: »Ich esse nur die Eier des Vogels, den man Bangwa nennt.«

Da ging der Mann weit fort in den Busch und fand schließlich jenen Vogel, der auf einem sehr hohen Baum nistete. Er versuchte, den Baum zu ersteigen, um an die Eier zu kommen, aber es gelang ihm nicht. Da begann er zu singen:

»Vogel Bangwa, Vogel Bangwa, die Frau, die ich geheiratet hab,
Vogel Bangwa, Vogel Bangwa, verschmäht alles Gemüse,
Vogel Bangwa, Vogel Bangwa, sie will nur die Eier des Bangwa.
Vogel Bangwa, Vogel Bangwa, laß sie fallen, daß ich sie aufheb,
Vogel Bangwa, Vogel Bangwa!«

Als der Vogel das Lied hörte, warf er ihm viele Eier hinunter. Der Mann hob sie auf und kehrte heim. Seine Frau sah ihn kommen, lief ihm gleich entgegen und nahm die Eier in Empfang. An diesem Tag aß sie viel Maisbrei; denn bei uns

meinen die Leute, es sei unmöglich, Brei ohne etwas dazu zu essen; lieber hungern sie. So war auch der Mann sehr froh, als er sah, daß seine Frau aß.
Aber wie man so sagt: ›Alles nimmt einmal ein Ende‹, auch die Eier hielten nicht ewig vor. Als sie aufgebraucht waren, kehrte der Kummer wieder ins Haus ein. Die Frau fing von neuem an zu schmollen. Ihr Mann riet ihr: »Versuch doch einmal, etwas anderes zu essen!« Aber sie weigerte sich: »Ich esse überhaupt nichts anderes. Wenn du mich liebst, dann geh und such Eier vom Bangwa!«
Als der Mann die Schönheit seiner Frau sah, ergab er sich doch wieder ihrer Laune, nahm einen Korb und begab sich in den Busch. Unter dem Baum angekommen, auf dem der Bangwa nistete, begann er sein Lied zu singen und um Eier zu bitten. Der Bangwa warf ihm wieder viele Eier hinunter, und der Mann brachte sie seiner Frau.
Als auch diese Eier aufgebraucht waren, war es ihm schon zur Gewohnheit geworden, den Vogel um mehr Eier zu bitten. Unter dem Baum angelangt, sang er sein Lied. Aber diesmal warf der Vogel keine Eier hinunter, denn er war es müde, sich unaufhörlich bitten zu lassen. Bei uns Menschen ist's ja genauso: Wenn einer jeden Tag um etwas bittet, dann wird sich jener, der zuerst gegeben hat, eines Tages weigern und sogar anfangen, im ganzen Dorf darüber zu reden: ›Der Mann da ist ein unverschämter Bettler!‹
Als der Mann sah, daß der Bangwa nur mit dem Schwanz wakkelte, ihm aber keine Eier gab, da wurde er traurig und sagte: »Dann muß ich eben hinaufklettern, um das Nest selbst auszunehmen, damit meine Frau bekommt, was sie gern haben möchte.« Wirklich begann er den Baum zu erklettern, immer weiter, immer höher, schließlich langte er auf halber Höhe an. Aber er gab nicht auf, und endlich war er in der Nähe des Vogels. Als er aber ein Ei nehmen wollte, da hackte der Bangwa mit dem Schnabel nach ihm, der Mann stürzte ab und starb.
Also, ihr Lieben, merken wir uns gut: Man darf nicht nur das essen wollen, was einem besonders gut schmeckt.

Der Mann, der Fliegen aß

In einem Dorf lebte einmal ein wunderschönes Mädchen. Eines Tages kam ein stattlicher junger Mann und wollte es heiraten. Das Mädchen stimmte schließlich zu, und sie feierten Hochzeit. Aber nur wenige Tage vergingen, da verfiel der Mann wieder in die schlechte Gewohnheit, Fliegen zu essen. Und zwar verfuhr er so: Er ging mit einem Korb zum Misthaufen, fing sich Fliegen, bis sein Korb voll war, dann röstete er sie und aß sie als Zukost zum Maisbrei.

Als seine Frau das sah, verspottete sie ihn tüchtig und fragte: »Was bist du denn für ein Mann, daß du Fliegen ißt? Das macht uns Schande bei den Leuten; denn hier bei uns ißt man keine Fliegen.« Aber der Mann hörte nicht auf seine Frau, sondern aß Tag für Tag weiter seine Fliegen.

Einmal hatte er wieder einen Korb voll Fliegen und stellte ihn in die Sonne, um die Fliegen zuerst trocknen zu lassen. Als die Frau allein war, sagte sie sich: »Ich will doch mal ein bißchen kosten!« Sie kostete, und es schmeckte ihr so gut, daß sie alles aufaß! Der Mann kehrte zurück und stellte fest, seine Fliegen waren verschwunden. Er fragte seine Frau: »Wer hat denn meine Fliegen gegessen?« Sie gestand: »Ich war's, ich wollte nur kosten, und da fand ich, daß sie gut schmeckten, so habe ich alle aufgegessen.« Da sagte der Mann: »Das ist eine Unverschämtheit von dir!« Er packte seine Sachen zusammen und wollte in sein Heimatdorf zurückkehren. Seine Frau bat ihn flehentlich um Verzeihung, aber er antwortete: »Bei dir bleibe ich nicht! Du hast mich verspottet, Fliegen seien etwas Ekelhaftes; warum hast du sie heute gegessen? Ich gehe unverzüglich nach Hause; laß es dir gut gehen.« Damit machte er sich auf den Weg.

Weil die Frau ihren Mann sehr liebte, folgte sie ihm und sang dabei:

»Warum geht Kasongo, warum geht er?
Warum geht Kasongo, stark wie ein Baum?
Ach, die Fliegen, die er fing, die aß ich auf;

weil so gut sie schmeckten, aß ich sie auf.
Bringen wir ihn zum Teich, wo 's Flußpferd brüllt,
das Krokodil und das Flußpferd: ›Ika, ika!‹«

Als der Mann das Lied hörte, kehrte er um und sagte: »Liebe Frau, geh nach Hause! Auch ich liebe dich sehr, aber ich muß gehen, denn du hast mein Herz betrübt.« Aber sie erwiderte: »Dann gehe ich mit zu euch, ich bleibe nicht hier.« Der Mann setzte seinen Weg fort, und als er sich ein ganzes Stück weiter umsah, erblickte er seine Frau, die ihm folgte und dabei ihr Lied sang, das ihn zurückholen sollte. Er aber warnte sie wieder: »Bei uns hat man's sehr schwer, liebe Frau; kehr um, ich bitte dich!« Dann ging er weiter.

Nachdem der Mann einen ausgedehnten Busch ereicht hatte, schaute er noch einmal zurück. Er hörte das Lied seiner Frau, blieb stehen und sah sie schließlich kommen. Inzwischen war es aber schon beinahe Abend geworden. Da sagte er zu ihr: »Also gehen wir, damit du dich selbst überzeugst. Ich habe dich gewarnt, aber du wolltest nicht hören.«

So langten sie endlich in der Heimat des Mannes an. Man nahm sie gut auf und gab ihnen Huhn zu essen. Der Frau gefiel es sehr, und sie sagte in ihrem Herzen: ›Was hat denn nur meinen Mann veranlaßt, mir so sehr davon abzuraten, mit zu seinen Leuten zu gehen? Er hat mich einfach irreführen wollen, als er sagte, bei ihnen habe man's schwer.‹

Bei Sonnenuntergang sah sie, wie alle Leute sich in der Mitte des Dorfes um einen großen Stein versammelten und einer zu singen begann:

»Nsanshi nsalasanshi, nsanshi nsalasanshi,
man schlägt den Kopf auf den Stein, nsanshi nsalasanshi.
Von sich aus kommt man nicht ans Meer, nsanshi nsalasanshi;
bum! dort gibt's Kühlung, dort ist's frisch, nsanshi nsalasanshi.«

Nachdem er gesungen hatte, schlug er mit dem Kopf gegen den Stein und war verschwunden. Ebenso machte es der nächste, und schließlich war das ganze Dorf leer; nur die Frau war noch da mit ihrem Mann. Der sagte zu ihr: »Da siehst du, liebe Frau,

wie oft habe ich dir geraten, bleib in deinem Dorf, bei uns hat man's schwer, aber du wolltest nicht hören. Und was willst du jetzt tun?« In dem Augenblick erhob sich ein gewaltiger Sturm.
Der Mann, der seine Frau sehr liebte, rief ihr zu: »Komm doch auch, versuch das Lied zu singen und deinen Kopf gegen diesen Stein zu schlagen; vielleicht verschwindest du dann auch.« Die Frau versuchte es wieder und wieder, aber der einzige Erfolg war, daß ihr der Kopf anschwoll. Der Mann meinte: »Liebe Frau, ich liebe dich sehr, aber du wolltest ja nicht hören!« Da nahm der Sturm noch mehr zu, riß den Häusern die Dächer ab und den Bäumen die Blätter. Der Mann schlug seiner Frau vor: »Versuch doch, auf einen Baum zu steigen! Ich muß fort, denn wenn ich hier bleibe, fressen sie mich.«
Damit ging er zu dem Stein, sang einmal das Lied, schlug den Kopf gegen den Stein und war verschwunden. Die Frau blieb allein auf einem Baum zurück. Nun wurde der Sturm noch schlimmer, und dann sah sie Ungeheuer kommen, die sie packten, töteten und auffraßen.

Ina-Madimba

Es war einmal ein Mann, der heiratete ein Mädchen namens Ina-Madimba. Sie lebten gut miteinander, bis die Zeit der Feldbestellung kam; da bepflanzten sie beide ein großes Feld mit Mais. Die Pflanzen entwickelten sich prächtig; aber als die Zeit der Ernte kam, da wollte die Frau nicht zulassen, daß ihr Mann aufs Feld ging, um jungen Mais zum Rösten zu brechen. Den aß er aber besonders gern, denn er war etwas naschhaft veranlagt. Zwar ging seine Frau aufs Feld und brachte jungen Mais mit, aber ihm gab sie nur die Kolben mit wenig Körnern. Er beschwerte sich darüber, bekam aber keine Antwort. Da ärgerte er sich sehr und sagte: »Jetzt gehe ich selbst aufs Feld und breche mir Mais!«
Gesagt, getan. Aber als er aufs Feld kam und die Maiskolben auch nur anrührte, da stürzten alle Vögel über ihn her und be-

gannen, ihn zu hacken. Er versuchte zwar, sie zu verjagen, aber vergeblich; sie blieben hartnäckig. Schließlich wußte er sich nicht anders zu helfen, als ein Jammerlied anzustimmen, um seine Frau herbeizurufen:

»Meine Frau, ach Ina-Madimba, weh, o weh! Ina-Madimba!
Komm nur schnell und sieh die Vögel, weh, o weh!
Ina-Madimba!
Die Vögel hier fressen die Menschen, weh, o weh!
Ina-Madimba!

Komm zum Graben, Ina-Madimba,
wo wir waren, Ina-Madimba,
mit dem Großvater, Ina-Madimba!«

Als seine Frau das Jammerlied hörte, lief sie ganz schnell aufs Feld, um ihren Mann vor den Vögeln zu retten. Aber als sie ankam, hatten sie ihm schon den einen Arm abgefressen; es blieb ihm nur noch einer. Auf dem Heimweg begann die Frau ihn auszuschelten: »Was hast du denn beim Mais zu suchen? Bist du etwa mit dem nicht zufrieden, den ich dir gebe?« So schimpfte sie ihn tüchtig aus, bis sie zu Hause waren, und nachts ging es in derselben Tonart weiter. Da verzichtete der Mann darauf, aufs Feld zu gehen, und aß nur das bißchen, das seine Frau ihm gab.

Aber nach ein paar Tagen merkte er, daß sie ihn betrog; sie hielt die großen Maiskolben zurück und gab ihm immer nur die kleinen. Wieder beschwerte er sich: »Wie kommt es, daß du mir stets die kurzen Kolben gibst, wo du doch siehst, daß ich auch kurz geraten bin?« Aber es änderte sich nichts. Da sagte er schließlich: »Dann gehe ich eben selbst aufs Feld, Mais brechen!« Und wirklich machte er sich auf den Weg.

Als er auf dem Feld eben mit Eifer ans Ernten gehen wollte, stürzten die Vögel alle wieder über ihn her, nicht anders als ein Bienenschwarm, und zerhackten ihn. Er schrie jämmerlich, und mit seinem Lied rief er wieder seine Frau zu Hilfe, aber die hatte es diesmal nicht so eilig, sondern dachte: ›Sollen ihm die Vögel ruhig seine Naschhaftigkeit austreiben!‹ Als sie dann endlich doch kam, hatten die Vögel ihrem Mann schon ein Bein abgefressen, und die Frau kehrte mit einem Einbeinigen zurück. Unterwegs schalt sie ihn wieder aus: »Was hast du nur auf

dem Maisfeld zu suchen? Genügt dir denn nicht, was ich dir bringe?«
An diesem Tage beherrschte der Mann sich ein wenig und aß nur das bißchen, das seine Frau ihm gab. Aber es war nicht mehr zu übersehen, wie sehr sie ihn betrog, er bekam nur ganz kurze Kolben mit wenig Körnern. So fragte er sie wieder: »Liebe Frau, warum gibst du mir denn nicht auch den guten Mais, den du selber ißt?« Aber sie antwortete ihm nur schnippisch: »Dann geh dir doch selbst Mais holen; hast du etwa den Weg vergessen?«
Kaum hatte sie das gesagt, da machte der Mann sich auf, mühsam auf seinem einen Bein hüpfend. Aber wieder war er kaum angekommen und wollte anfangen zu ernten, da stürzten die Vögel alle über ihn her, hackten und bissen ihn, und obwohl er sein Jammerlied sang, kam seine Frau doch erst, als er schon den anderen Arm verloren hatte. Sie rettete ihn zwar vor den Vögeln, aber schalt ihn wieder aus und schloß mit den Worten: »Du wirst für den Mais noch dein Leben verlieren!«
Auch nach diesem Zwischenfall war sie ihrem Mann gegenüber ohne Gnade und Barmherzigkeit, sie gab ihm die schlechtesten und kleinsten Maiskolben, und wenn er sich beschwerte, dann hieß es nur: »Geh doch selbst und hol dir Mais!« Und wirklich, er nahm allen Mut zusammen, hinkte an einem Stock aufs Feld und wollte mit den Zähnen Mais abbrechen; aber schon fielen die Vögel wieder über ihn her, genau wie die anderen Male. Diesmal verlor er Nase und Augen, denn ohne Arme konnte er sich ja kaum mehr schützen. Als seine Frau endlich kam, fand sie ihn blind auf dem Feld umherirren. Sie brachte ihn nach Hause und schärfte ihm wieder ein: »Du ißt nur, was ich dir bringe!«
Doch weil sie ihn weiterhin so schlecht behandelte wie vorher, schleppte er sich eines Tages trotz allem wieder aufs Feld, um Mais zu holen. Die Vögel fielen über ihn her, und obgleich er seine Frau rief, hatten sie ihn bis zu ihrem Kommen so zugerichtet, daß er starb.

Das gestohlene Obst

Es war einmal ein Mann, der hatte Frau und Kinder. Eines Tages ging er in den Busch, um eine bestimmte Sorte Baumobst zu ernten, und brachte genug davon mit, um einen Krug zu füllen. Aber als er dann ein wenig spazierenging und die Kinder allein waren, schlich sich der Jüngste ins Haus und stahl das Obst, das sein Vater in den Krug gefüllt hatte.

Als der Vater nach Hause kam und nach dem Obst sah, war es nicht mehr da. Da rief er alle Kinder und seine Frau und fragte: »Wer hat das Obst gegessen, das in dem Krug war?« Alle leugneten; der eine wie der andere sagte: »Ich nicht.« Da ärgerte sich der Vater und fragte: »Wenn ihr es nicht gegessen habt, dann hat das Obst sich wohl selbst verzehrt?« Aber alle leugneten weiter: »Wir haben das Obst nicht gegessen.«

Da wurde der Vater sehr zornig. Er drehte ein langes Seil und befestigte es zwischen zwei Bäumen, die an beiden Ufern eines Baches einander genau gegenüber standen. Dann rief er alle seine Kinder und sagte: »Ihr lauft mir jetzt über das Seil. Derjenige, der mein Obst gegessen hat, wird im Wasser versinken.«

Die Mutter ging als erste. Während sie über das Seil ging, sang sie ein Lied:

»Der Jüngste hat das Obst gegessen,
der Jüngste hat das Obst gegessen.
Bin ich der schwierige Jüngste?
Der Jüngste hat das Obst gegessen!«

Auf diese Weise kam sie schließlich gut auf der anderen Seite an, ohne ins Wasser zu fallen.

Dann kam die Reihe an die Kinder. Der Älteste ging als erster und sang genau dasselbe Lied, während er sich mühte, auf dem Seil das Gleichgewicht zu halten. Auch er kam wohlbehalten am anderen Ufer an, und so auch die anderen, ohne daß einer ins Wasser eingetaucht wäre. So waren sie denn alle am anderen Ufer versammelt – bis auf den Jüngsten!

Und nun stieg der aufs Seil und sang das gleiche Lied. Aber als er in die Mitte kam, da hing das Seil so tief durch, daß ihm das Wasser bis an den Hals reichte! Sein Vater rief: »Du hast also

das Obst gegessen; komm hierher zurück!« Aber der Jüngste ging störrisch weiter mit dem Gedanken: ›Ich muß unbedingt drüben ankommen.‹ Schließlich tauchte sein Kopf ins Wasser ein, und er ging unter, einmal wegen seines Diebstahls, zum andern, weil er nicht die Wahrheit sagen wollte.
Alle Kinder sollten aus dieser Geschichte lernen: Stehlen und dann noch leugnen, was man getan hat, führt zum Tode.

Der Neid der Sitzengebliebenen

In einem Dorf waren einmal viele junge Mädchen, die hatten alle keinen Mann und auch keine Kinder. Aber eines Tages hatte eins von ihnen das große Glück, daß ein junger Mann kam und das Mädchen heiratete. Die anderen platzten beinahe vor Neid, und sie hätten zu gern die Ehe dieser einen zerstört, damit es ihr genauso ginge wie ihnen.
Die junge Frau aber lebte glücklich mit ihrem Mann zusammen, bis sie schwanger wurde und, als die Zeit herankam, einen sehr schönen kleinen Jungen gebar. Da brannte den andern das Herz lichterloh vor Mißgunst, und sie suchten nach einem Mittel, die junge Frau ebenso unglücklich zu machen, wie sie selber es waren. Und eines Tages fiel ihnen tatsächlich etwas ein, wie sie sie betrügen könnten.
Nun war der Mann der jungen Frau an jenem Tage nicht zu Hause. Da kamen all die Mädchen zu ihr und sagten: »Du, wir kommen, um mit dir zu spielen.« Jede hatte einen kleinen Termitenbau, so groß wie ein Kinderkopf, auf den Rücken gebunden, und sie behaupteten: »Wir haben auch Kinder bekommen. Kommt alle, wir wollen unsere Kinder ins Wasser werfen!«
Die junge Frau war blind vor Dummheit; sie stimmte zu, und alle gingen zum Fluß hinunter, wo sie ihre Kleider zu waschen pflegten. Dort warfen die andern ihre Termitenbauten, die sie auf dem Rücken getragen hatten, ins Wasser, und die junge Frau warf doch wirklich ihren Sohn hinein, wie die andern es ihr gesagt hatten! Da brachen die andern alle in Lachen aus

und erklärten ihr: »Wir haben doch nur Termitenhaufen in den Fluß geworfen!« In dem Augenblick kehrte der jungen Frau der Verstand zurück, sie begann zu weinen und ging ins Dorf. Als ihr Mann nach Hause kam und das alles erfuhr, da herrschte er sie an: »Noch heute bringst du mir meinen Sohn wieder!« Da lief sie weinend zum Fluß hinunter und sang dabei:

»Ich geh zu Gott jetzt, mein Söhnchen holen, Kalulenge.
Die andern, Kalulenge, sie logen, Kalulenge:
›Wirf dein Kind weg!‹ Kalulenge; das tat ich, Kalulenge,
und auch das Tragtuch, Kalulenge.«

Am Wasser angekommen, suchte sie die Stelle, wo sie ihr Kind hineingeworfen hatte; aber die Strömung hatte es längst mitgerissen, und es war ertrunken. Da erfaßte ein tiefer Kummer die junge Frau; auch sie stürzte sich in den Fluß und starb dort, um ihrem Sohn zu Gott zu folgen.

Die Freundschaft zwischen Fisch und Wasser

Vor langer Zeit schlossen Fisch und Wasser Freundschaft, eine Freundschaft, die wahrhaftig und fest war.
Eines Tages fragte der Fisch das Wasser: »Mein Freund, wirst du mich etwa eines Tages allein lassen?« Das Wasser antwortete: »Hör mal, mein Lieber, ich will dir etwas sagen: Ich lasse dich auf keinen Fall jemals allein. In Leiden und Freuden, stets bleibe ich bei dir.«
Aber ach, ein Mann, der gern wieder einmal Fisch essen wollte, nahm seine Axt und ging ins Dickicht, um Bambus zu schlagen. Als er genug geschlagen hatte, band er ihn zusammen und kehrte ins Dorf zurück. Dort angekommen, bereitete er alles gut vor und flocht dann eine Reuse. Tags darauf begab er sich an den Fluß, in dem der Fisch lebte, und baute eine Sperre. Zum Schluß setzte er dort die Reuse ein, die er ge-

flochten hatte, und kehrte dann heim mit der Absicht, am nächsten Tag nachsehen zu gehen.
Der Fisch schwamm indessen auf der Suche nach Nahrung im Fluß umher. Zuletzt geriet er dorthin, wo jener Mann seine Sperre gebaut hatte. Er suchte einen Durchgang, fand aber keinen. Da sah er eine Öffnung und meinte: »Hier geht's durch«, aber so geriet er nur in die Reuse und war gefangen.
Am nächsten Morgen kam der Mann, um nach seinem Fang zu sehen, zog die Reuse aus dem Wasser und nahm den Fisch heraus. Der fragte das Wasser: »Lieber Freund, läßt du mich jetzt auch nicht allein?« – »Nein, mein Freund«, antwortete das Wasser, »dich und mich kann nichts trennen!« Und richtig, als der Mann den Fisch heimbrachte, sagte die Frau, die ihn schuppte, zu ihren Kindern: »Nun legt ihn erst einmal ins Wasser!« Das taten sie, und schon fragte das Wasser: »Na, mein Freund, habe ich dir nicht gesagt: Nichts wird uns trennen? Sind wir hier nicht alle beide im Leiden?« – »Ja, mein Freund«, stimmte der Fisch zu.
Dann schnitt man ihn in Stücke und ließ ihn an der Sonne trocknen, so daß er dachte: ›Aber jetzt hat mich mein Freund verlassen.‹ – »Nein, mein Freund!« rief da das Wasser, und siehe da, schon warf man den Fisch in einen Kochtopf voll Wasser und setzte ihn aufs Feuer. Das Wasser sagte: »Du siehst, mein Freund, ich bin bei dir in allen Leiden.«
Als es Essenszeit war, kochte man Maisbrei, nahm den Fisch aus dem Topf und legte ihn auf den Teller. Er seufzte: »Mein Freund, hast du mich auch jetzt nicht verlassen?« – »Beruhige dich«, sagte das Wasser; und schon gab man die Soße auf den Teller. »Hier bin ich!« rief das Wasser.
Als der Mann den Fisch hinuntergeschluckt hatte, jammerte dieser: »Freund Wasser, hast du mich verlassen?« – »Nein, mein Freund«, antwortete es, »ich bleibe stets bei dir.« Und schon rief der Mann: »Ihr Kinder, gebt mir doch mal Wasser, damit ich den Fisch hinunterspülen kann, den wir gegessen haben.« Sofort brachten sie Wasser, und die Erwachsenen tranken davon. Als die beiden Freunde sich im Magen wiedertrafen, fragte das Wasser: »Nun, was habe ich dir gesagt?« – »Ja, jetzt glaube ich's«, antwortete der Fisch.

Die Freundschaft zwischen Affe und Krokodil

Vor langer, langer Zeit sprang einmal ein Affe im Wald von Baum zu Baum. Plötzlich kam ihn die Lust an, hinunterzusteigen; und da traf er das Krokodil, das am Flußufer lag und sich sonnte. Das Krokodil sagte zu dem Affen: »Ich würde sehr gern mit dir Freundschaft schließen.« Der Affe war einverstanden und meinte: »Ausgezeichnet, denn wenn man hier auf Erden ohne Freund ist, dann kommt man eines Tages in Todesnot und hat niemanden, der hilft.« Also schlossen sie denn an Ort und Stelle Freundschaft.

Aber mit ihrer Freundschaft war es nicht so einfach; zwar kam das Krokodil immer zum Affen, doch der Affe machte nie einen Besuch beim Krokodil, denn er konnte nicht schwimmen und auch nicht in einer Uferhöhle bleiben. Und was das Essen anlangte, so brachte immer nur das Krokodil etwas mit.

Eines Tages wurde das Kind des Krokodils sehr krank. Seine Eltern gaben ihm Medizin, aber nicht eines der üblichen Mittel wirkte; im Gegenteil, die Krankheit schritt immer weiter fort. Nach und nach war auch alles Geld des Krokodils bei der Beschaffung von Arznei für sein Kind verbraucht.

Am anderen Tage gingen sie zu einem Medizinmann, der mit einem Zauberkorb wahrzusagen pflegte. Der Medizinmann begann, eine Klapperbüchse zu schütteln, dann auch Rasseln und Klappern, so daß es ohrenbetäubend laut war. Aber unter den Vorfahren der Mutter fand er nicht den geringsten bösen Anlaß für die Krankheit des Kindes. Er gab ihr weiße Erde, die als heilbringend gilt, und die Frau des Krokodils stieß Freudenschreie aus.

Dann befaßte er sich mit den Vorfahren des Vaters, und hier fand er die Ursache: »Das Kind ist besessen; wenn ihr es davon erlösen wollt, müßt ihr schon außergewönliche Mittel anwenden; die üblichen helfen da nichts.« Dann erklärte er: »Ich sehe, daß sein verstorbener Großvater das Kind gepackt hat

und es unbedingt mitnehmen will. Er verlangt das Herz eines Affen, wenn er das Kind freilassen soll. Sobald ihr ihm ein Affenherz bringt, wird es euerm Kind wieder gut gehen.« Das Krokodil meinte: »Das ist nicht so schwierig; ich habe nämlich einen Affen zum Freund. Den werde ich töten, sein Herz herausnehmen und es dir bringen.«
Am folgenden Tage ging das Krokodil zum Affen, seinem Freund, und sagte: »Du, heute mußt du unbedingt zu uns kommen, denn alle Tage war nur immer ich derjenige, der dich besucht hat.« – »Wie soll ich denn zu dir kommen, wo ich doch nicht schwimmen kann?« fragte der Affe. Das Krokodil antwortete: »Komm, steig auf meinen Rücken, ich werde dich hinbringen.« Das tat der Affe, und sie schwammen los. Im tiefen Wasser erklärte das Krokodil: »Ich habe dich nämlich mitgenommen, um dir das Herz herauszunehmen und mein Kind damit zu heilen.«
»Ach du liebe Zeit!« rief der Affe, »das hättest du mir gleich sagen sollen, als wir noch am Ufer waren! Wir Affen lassen nämlich alle unser Herz auf einem Baum, und da sieht es dann zu, wie wir in den Ästen herumspringen.« – »Macht nichts«, meinte das Krokodil, »dann bringe ich dich eben wieder zurück.« Tatsächlich machte es kehrt und schwamm zum Ufer zurück. Kaum aber war es dort angekommen, da sprang der Affe auch schon auf einen Baum und rief: »Schäm dich! Mit unserer Freundschaft ist es aus!« So mußte das Krokodil unverrichteterdinge heimkehren.

Webervogel und Ziegenmelker heiraten

In einem Dorf lebte einmal ein Mann, der hatte eine wunderschöne Tochter. Viele Männer kamen und hielten um sie an; aber Vater und Tochter wiesen alle ab und sagten: »Für uns kommt nur ein schwerreicher Mann in Frage.« So verging eine lange Zeit, und immer neue Freier erschienen, um das Mädchen mitzunehmen; aber es war, als stünde ein böser Geist ne-

ben ihm und seinen Angehörigen und riete ihnen jedesmal ab.
Eines Tages kamen wieder zwei Freier, nämlich der Webervogel und der Ziegenmelker, gerade, als es Abend wurde. Man sagte ihnen: »Liebe Freunde, wir wollen morgen unsere Angelegenheit besprechen, denn heute ist die Zeit zu weit fortgeschritten. Außerdem wißt ihr ja selber, daß man eine Heirat nicht nachts bespricht.«
Am andern Morgen versammelten sich sämtliche Angehörigen des Mädchens und forderten: »Ruft doch mal den Soundso und den Dingsda, damit wir ihr Anliegen besprechen können!« Auch die andern Leute drängten sich rings hinzu. Als sie kamen, sprach der Vater des Mädchens: »So, liebe Freunde, nun möchten wir zuerst einmal euer beider Namen wissen. Darauf würden wir gern etwas über eure Ahnen erfahren, denn es kommt sehr auf die Familie an; danach können wir entscheiden.«
Da stand der Webervogel als erster auf und stellte sich vor: »Ich bin der Webervogel aus dem Lande, wo es viele Häuser gibt und auch viele grün bewachsene Termitenhügel.« Als zweiter erhob sich der Ziegenmelker und nannte seinen Namen: »Ich bin der Ziegenmelker und komme von dort, wo es trieft; es trieft bei Nacht, es trieft am Tage, und gleich, wann du kommst, es trieft auch auf dich!«
Da meinten der Vater und die Tochter: »Dieser Mann von dort, wo es trieft, scheint sehr reich zu sein, das merkt man schon an seinem Namen. Das, was da trieft, ist sicher das Fett von Großvieh!« Also wurde dem Ziegenmelker von dort, wo es trieft, das Mädchen zugesprochen; aber auch der Webervogel bekam ein Mädchen aus demselben Dorf, denn sie sagte: »Mir ist er recht, auch wenn er arm ist.«
So machten sie sich denn auf den Weg, alle vier: der Webervogel mit seiner Frau und der von dort, wo es trieft, mit seiner Frau. Sie liefen eine weite Strecke, und es wurde schon Abend, als es hieß: »Wir sind jetzt da.« Der Webervogel führte seine Frau in sein Haus, aber der Ziegenmelker brachte seine Frau nur einfach auf einen graslosen Fleck und sagte: »So, liebe Frau, leg das Gepäck ab, hier sind wir zu Hause.« Nachts fing es dann auch noch an zu regnen; aber als die Frau sich beklagte, antwortete

der Ziegenmelker: »Jammere nicht, denn ich habe es dir ganz deutlich gesagt: Ich bin von dort, wo es trieft. Jetzt bist eben auch du eine, auf die es trieft.« Derweilen aber schlief der Webervogel mit seiner Frau gemütlich in seinem Hause!
Am nächsten Morgen nahm die Frau von dort, wo es trieft, ihr Gepäck und machte sich auf den Heimweg.

Ein kleiner Vogel als Mordzeuge

Es war einmal ein Vater, der hatte eine sehr schöne Tochter und einen kleinen Sohn. Eines Tages kam ein Mann, der als Kleiderhändler durchs Land zog, und hielt um das Mädchen an. Nach kurzer Zeit wurde die Hochzeit gefeiert, und jener Mann brachte die junge Frau in seine Heimat.
Nun wißt ihr selbst ganz gut, welchen Brauch wir haben: Wenn jemand heiratet, nimmt die Braut eines ihrer kleineren Geschwister mit, das bei ihr bleibt. Und so nahm auch jene Frau ihren kleinen Bruder mit, und sie lebten sehr gut miteinander.
Als der Junge heranwuchs, übernahm er auch das Gewerbe seines Schwagers, in den umliegenden Dörfern Kleider zu verkaufen. So ging er denn eines Tages mit seinem Schwager und dessen Freunden, um Handel zu treiben. Ihre Reise ließ sich sehr gut an. Aber als sie dorthin kamen, wo sie zu verkaufen pflegten, da hatte der Junge unerhörtes Glück mit seinem Handel: Die Leute wollten nur seine Ware kaufen. Tatsächlich nahm er mächtig viel ein, mehr als sein Schwager und dessen Freunde.
Als die Erwachsenen das sahen, ärgerten sie sich sehr, und ihre Herzen waren voller Neid und Eifersucht. Sie sagten untereinander: »Der Junge da bringt uns großen Nachteil, uns, den wahren Erwachsenen! Auf dem Heimweg müssen wir ihn töten und den Ertrag seines Handels an uns nehmen!«
Und so geschah es. Als der Tag da war, an dem sie den Heimweg antreten wollten, schlugen sie den Jungen tot. Während sie das Verbrechen verübten, saß ein kleiner Vogel da und sah

zu, aber sie wußten es nicht. Danach verteilten sie an Ort und Stelle die Dinge untereinander, die im Kasten des Jungen waren, und nahmen dann ihren Marsch wieder auf, um ihren Handelsgewinn ihren Frauen zu bringen, damit auch sie ihn sehen und sich daran freuen sollten.

Aber kaum hatten sie eine kleine Strecke zurückgelegt, da hörten sie einen kleinen Vogel singen:

»Wir gingen, wir gingen, Vogel Munselebende,
wir gingen Handel treiben, Vogel Munselebende,
Handel treiben mit den Schwägern, Vogel Munselebende.
Sie nahmen mich, schlugen mich tot, Vogel Munselebende,
sie nahmen mir die Kästen fort, Vogel Munselebende...«

Die Händler ärgerten sich sehr und sagten: »Der Vogel wird uns im Dorf noch verraten!« Sie verfolgten ihn, töteten ihn und setzten dann ihren Marsch fort.

Ein kleines Stück waren sie erst gelaufen, da erklang von da, wo sie hergekommen waren, aufs neue jenes Lied. Also fingen sie den Vogel noch einmal, schlugen ihn tot, trampelten auf ihm herum und riefen: »Jetzt ist Schluß, der kommt nicht wieder!« Aber kaum hatten sie eine kleine Strecke zurückgelegt, da wurde der Vogel doch wieder lebendig, folgte ihnen auf dem Marsch und sang dazu sein Lied.

Du liebe Zeit, da blieb den Großen der Verstand stehen, und es verschlug ihnen die Sprache! Düstere Ahnungen wurden in ihnen wach, und sie beschlossen: »Jetzt müssen wir diesen Unglücksvogel aber mit aller Gewalt aus der Welt schaffen!« So fingen sie ihn, töteten ihn, und einer von den Männern sagte: »Mir ist ein Gedanke gekommen, wie wir ihn endgültig loswerden können: Wir müssen eine Menge Brennholz sammeln, den Vogel in ein loderndes Feuer werfen und verbrennen; dann werden wir Ruhe haben. Andernfalls gelangt diese Geschichte noch heute zu den Schwiegereltern!« Und so handelten sie genau nach den Worten jenes Mannes, aber der Unglücksverkünder wurde doch wieder lebendig!

Schließlich langten sie im Dorf an und hofften sehnlichst, daß er ihnen dorthin vielleicht nicht nachfolgen würde. Sie gaben ihren Frauen, was sie erworben hatten, und sagten: »Wir wissen nicht, wohin der Schwager gegangen ist.« Da hörten die

Leute in der Ferne das Lied, und schnell näherte es sich dem Dorf; dann erschien der Vogel, setzte sich genau aufs Haus des Schwagers und sang in einem fort.
Als die Leute sein Lied gehört hatten, wußten sie, daß jene Männer ihren Schwager wegen seines Handelsgewinns getötet hatten, und führten sie alle dem Häuptling vor. Zuletzt tötete man sie, denn was sie da getan hatten, war abstoßend und schmutzig in den Augen der Menschen und auch in denen des Schöpfers.

Mit einem Ungeheuer verheiratet

Vor langer Zeit lebte einmal in einem Dorf ein wunderschönes Mädchen. Alle Leute staunten über ihre Schönheit, denn nirgends gab es auch nur eine junge Frau, die sich mit ihr vergleichen konnte. Aber leider hatte sie einen sehr schlimmen Fehler: Sie wies alle jungen Männer ab, die kamen, um sie zur Frau zu nehmen. An jedem hatte sie etwas auszusetzen: »Den mag ich nicht, er ist zu häßlich«, oder: »Der ist mir zu klein«, oder ein andermal: »Der ist mir zu groß«, oder auch: »Der hat ja rote Augen wie ein Kuckuck!«
Eine lange Zeit kamen immer wieder Männer und wollten sie heiraten, aber sie wies jeden ab. Da gaben es alle auf, die in der Nähe ihres Dorfes wohnten, und sagten: »Wer dieses Mädchen heiraten will, der muß vielleicht vom Himmel fallen; denn einem von dieser Erde kann es keinesfalls gelingen.«
Aber eines Tages tauchte in jenem Dorf ein junger Mann auf, der war über die Maßen stattlich. Nirgends im Dorf gab es einen, der sich mit ihm vergleichen konnte. Und dieser junge Mann kündigte an: »Wie gut, daß ich endlich an einen Ort gekommen bin, wo es ein Mädchen gibt, dessen Schönheit man im ganzen Lande rühmt!« Er begab sich auch sofort zum Hause jenes Wunders von einem Mädchen. Als es ihn kommen sah, da lachte es mehrmals auf und erklärte den Eltern: »Das ist der junge Mann, den ich liebe!«

Natürlich brachte man gleich einen Stuhl für ihn, damit er sich setzen und seine Angelegenheiten vorbringen konnte. Er kam auch sofort darauf zu sprechen: »Herr, was mich hierherführt, ist der Wunsch, eure Tochter zu heiraten; denn allein zu bleiben ist nicht gut: Wenn man stirbt, hat man niemanden, der einen beklagt, und man wird hinausgeschleift wie ein verachteter Hund.«
Daraufhin sagten die Eltern: »Wir haben hier nichts zu entscheiden, denn die Liebe geht nur zwei Leute an, die Frau und den Mann. Also, lieber Freund, wenn unsere Tochter einverstanden ist, dann haben wir nichts dagegen einzuwenden.« Da lächelte das Mädchen übers ganze Gesicht und sagte schnell: »Ich bin einverstanden!« Der junge Mann überreichte das Brautgeschenk, und damit war die Sache abgemacht. Man setzte auch sofort den Tag fest, an dem er seine Frau heimholen sollte, damit die Eheschließung allen Dorfleuten bekanntgegeben werden konnte.
Danach ging alles schneller, als man erzählen kann: Die Hochzeit wurde vorbereitet, Bier, eine Menge Fleisch, Hühner und vieles andere wurde bereitgestellt, denn zwei junge Menschen von so erstaunlicher Schönheit einander heiraten zu sehen gab schon Anlaß zu großer Freude. Kaum war eine Woche vergangen, da fand die Hochzeit statt, und der junge Mann führte seine Frau heim. Aber nein, wir wollen nicht lügen; er nahm sie nicht mit in sein Heimatdorf, sondern geduldete sich noch und sagte: »Es gehört sich, daß ich das erste Jahr bei den Schwiegereltern Feldarbeit leiste; danach werde ich mit meiner Frau heimkehren.«
Die Zeit der Feldbestellung kam heran, der Regen fiel, man begann zu pflügen, die übrigen jäteten. Die Leute sagten: »Nehmt die Hacken, das Jahr schreitet fort, bauen wir Mais an!« Dabei fragten sie sich: »Dieser schöne Schwiegersohn, wird er wohl bei der Feldarbeit seinen Mann stehen?« So brachten sie ihn am nächsten Morgen aufs Feld, das ihm zugewiesen war, und ihr wißt ja selbst, daß hier bei uns ein Schwiegersohn nur ein besserer Sklave ist: Man läßt ihn arbeiten wie ein Pferd. Darum sollte man in einige Familien lieber nicht einheiraten, denn damit begibt man sich in Gefahr und würde sich

später fragen: »Was hat mich nur dazu gebracht, mich mit so einer Sippschaft zu verschwägern, wo die Herzen so schlecht sind wie die von bösen Geistern?«

Als man dem neuen Schwiegersohn sein Feld zugewiesen hatte, um ihn kleinzukriegen, nahm er seinen Kopf ab, warf ihn seiner Frau zu und rief: »Laß aber ja keine kleinen Ameisen da hineinkriechen!« Natürlich staunte das ganze Dorf darüber. Und denkt nur, als dieser Rumpf sich ans Hacken machte, da konnte das Feld etwas erleben! Dabei sang er ständig ein Lied:

»Geht ihr aufs Feld, so habt ihr den Kopf auf,
so habt ihr den Kopf auf;
bei uns zu Hause macht man's ohne Kopf,
macht man's ohne Kopf.«

Nun erstreckten sich die Felder wer weiß wie weit, aber dieser Mann bestellte ein riesiges Feldstück an einem einzigen Tage. Er schaffte so viel, wie sonst vier Mann allenfalls an zwei Tagen fertigbringen! Sobald er fertig war, kehrte er zu seiner Frau zurück, um seinen Kopf wieder an sich zu nehmen. Kaum angekommen, setzte er ihn auf, und der Kopf saß fest, man konnte nicht einmal eine Narbe sehen! Da gab es ein großes Raten im Dorf, denn die Leute hätten zu gern gewußt, wie dieser Kerl das machte; aber kein Mensch war in der Lage, das Wunder zu erklären. Das ganze Land staunte nur darüber, wie dieser unheimliche Mann das Feld bestellte.

Ihr könnt euch denken, daß er ein riesiges Feld anlegte. Da gab es alle möglichen Pflanzen: Bohnen, Buschfrüchte, Süßkartoffeln, Erdnüsse, Knollen, Kürbisse, Gurken, Dorngurken, verschiedene Sorten Gemüse und vor allem Mais in Hülle und Fülle. Während das alles heranreifte, litten die Leute Hunger und hatten keine Kraft mehr zur Feldarbeit; aber als man ernten konnte, da aßen sie sich dick und rund.

Als ein Jahr vorüber war, sagte der Mann zu seiner Frau: »Jetzt reicht es, gehen wir in meine Heimat, damit du sie auch kennenlernst; denn eine Ehe sollte ja nicht nur einer Seite zugute kommen, sondern allen beiden.« Und sie bereiteten den Mundvorrat zu nebst allerlei Kleinigkeiten, die ihnen die Eltern der Frau mit auf den Weg geben wollten. Dabei strahlte die junge Frau übers ganze Gesicht.

Am nächsten Morgen machten sie sich in aller Frühe auf die Reise. Die Eltern begleiteten sie noch ein kurzes Stück und kehrten dann ins Dorf zurück. Aber aus der ganzen Familie ging keiner mit der jungen Frau mit, wie es sonst üblich ist; sie war ganz allein mit ihrem Mann. So wanderten sie den ganzen Tag, bis sich die Sonne zum Untergang neigte: Da sahen sie endlich die Häuser vom Heimatdorf des Mannes. Sie waren aber auch todmüde! In kurzer Zeit waren sie angelangt, und man nahm sie sehr gut auf. Hier lebten aber nur die Angehörigen des Mannes, seine Schwestern, Neffen und Nichten, Onkel und Verwandten, sonst keine einzige Familie.
Sie schliefen bis zur Morgendämmerung; da sah die junge Frau, wie man einen der Neffen rief und befahl: »Tötet ihn, die Schwiegertochter ist gekommen, sie muß essen!« Tatsächlich schlug man den Jungen tot und bereitete ihn zu. Die junge Frau staunte über die Maßen, als sie sah, wie jene Leute es machten; aber ihr Mann sagte zu ihr: »Wundere dich nicht, hier bei uns ißt man Menschen.« Daher fand sich auch die junge Frau bereit, Maisbrei mit Menschenfleisch zu essen, trank Wasser dazu und bekam Aufstoßen, wie nach einer guten Mahlzeit.
So tötete man alle Tage nur Leute aus der Familie des Mannes und aß sie, bis es schließlich im Dorf nur noch Totenhäuser gab; alle Leute waren umgekommen. Aber als man es geschafft hatte, sie alle zu verzehren, rief der Mann seiner Frau zu: »Komm doch einmal her, ich habe mit dir zu reden!« Sie kam, und er sprach: »Du siehst, liebe Frau, das Dorf, das wir in blühendem Zustand angetroffen haben, besteht jetzt nur noch aus leeren Häusern. Mutter, Vater und alle Verwandten haben wir aufgegessen, jetzt habe ich dir nichts mehr vorzusetzen. Gehen wir also zu euch und essen die Leute aus deinem Dorf.«
Tatsächlich machten sie sich auf den Weg. Sie liefen und liefen, genau wie auf dem Hinweg. Als die Sonne sich zum Untergang anschickte, kamen sie endlich an; es dämmerte schon. Die Verwandten der Frau nahmen sie gut auf, und am nächsten Morgen schlachteten sie ein Huhn, um es dem Schwiegersohn vorzusetzen. Sie kochten es sehr gut, und auch einen feinen Maisbrei machten sie dazu und brachten alles ins Haus, während

der junge Mann noch im Bett lag. Seine Frau rief ihn mit einem Lied:

»Wach auf, wach auf, mein Lieber,
wach auf, wach auf, mein Lieber,
sie bringen uns das Essen!«

Der Mann sang zur Antwort:

»Und welche Sorte Fleisch, und welche Sorte Fleisch
bekommen wir hier zu essen?«

Die Frau antwortete:

»Das Huhn, das du hier siehst, das Huhn, das du hier siehst,
gibt's bei uns zu Haus zu essen.«

Da blieb der Mann einfach liegen und weigerte sich aufzustehen, denn er war nur auf Menschenfleisch aus. Die junge Frau sagte schließlich zu ihren Eltern: »Mein Mann mag das Essen nicht.« Da machten sich die Leute schwere Sorgen und meinten: »Vielleicht mag er Ziegenfleisch.« Sie schlachteten also eine Ziege, aber er lehnte wieder ab. Ebenso ging es mit Taubenfleisch und dem Fleisch von allen anderen Haustieren; er wies alles zurück. Da fragten sie die junge Frau: »Nun sag uns mal genau, was dein Mann gegessen hat, als ihr bei ihm zu Hause wart!« Sie erzählte ihnen die ganze Geschichte, wohin sie gegangen waren, wie sie es angetroffen hatten und wie sie das ganze Dorf der Angehörigen ihres Mannes ausgerottet hatten. Die Alten antworteten darauf: »Da hast du ja in eine schöne Familie hineingeheiratet! Jetzt wird dein Mann hier verhungern. Was hat dich nur dazu gebracht, mit ihm gemeinsam Menschen zu essen! Du mußt nicht recht bei Trost gewesen sein, Kind!«

Aber zuletzt nahmen sie doch ein Kind aus der Familie, töteten es, bereiteten es zu, kochten Maisbrei dazu und brachten alles in das Haus, wo der Schwiegersohn sich aufhielt. Seine Frau rief ihn wieder mit einem Lied:

»Wach auf, wach auf, mein Lieber,
wach auf, wach auf, mein Lieber,
sie bringen uns das Essen!«

Der Mann fragte:

»Und welche Sorte Fleisch, und welche Sorte Fleisch
bekommen wir hier zu essen?«

Die Frau sang als Antwort:

»Das Kind, das du hier siehst,
das Kind, das du hier siehst,
gibt's bei uns zu Haus zu essen.«

Da sang der Mann:

»Dann steh ich auf, meine Liebe,
dann steh ich auf, meine Liebe,
bekommen wir so was zu essen.«

Und sofort erhob er sich vom Bett, setzte sich an denTisch und aß. Alles aß er auf, ohne auch nur das geringste auf dem Teller zu lassen! So tötete die junge Frau nach und nach alle Kinder in der Verwandtschaft und gab sie ihrem Mann zu essen, bis es schließlich keine mehr gab und nur noch die Alten übrig waren. Und was meint ihr: auch die tötete die Frau nach und nach alle!

Eines Tages versuchte sie, ihrem Mann Maisbrei mit anderem Fleisch zu kochen; sie dachte: ›Vielleicht denkt er diesmal nicht daran.‹ Aber als sie ihr Lied sang, um ihn zum Essen zu rufen, da weigerte er sich zu kommen und blieb wieder im Bett liegen. Das brachte die junge Frau in größte Verlegenheit; sie wußte nicht, was sie sagen oder tun sollte, und war völlig ratlos. Die Leute sagten: »Dein Mann wird dir hier noch verhungern; du mußt unbedingt einen Ausweg finden!« Sie antwortete: »Ich wüßte nicht, was ich da noch tun könnte. Dieser Mann hat schon alle Kinder aus der Verwandtschaft gegessen und dazu auch alle Großeltern und alle Alten; jetzt bleiben bloß noch Mutter und Vater übrig.«

Sie ging also zu ihrem Mann und erklärte ihm offen: »Alle, die ich hier bei uns hatte, sind jetzt aufgegessen, und ich habe niemanden mehr, den ich dir zum Essen vorsetzen könnte; es bleiben nur noch Vater und Mutter übrig. Also mußt du nun einfach etwas anderes als nur immer Menschenfleisch essen.« Als der Mann das hörte, wurde er heftig und schrie: »So eine Unverschämtheit lasse ich mir nicht gefallen! Habe ich etwa Vater und Mutter übriggelassen, als du bei uns warst? Jetzt mußt du auch alle töten, damit wir zu essen haben! Wenn nicht, dann wirst du bald sehen, daß ich auch anders sein kann, und zwischen uns beiden ist es dann endgültig aus!«

Als die Frau sah, wie ärgerlich ihr Mann werden konnte, und

als sie daran dachte, wie er bei der Feldarbeit seinen Kopf abgenommen hatte, da wurde ihr Herz mit Sorge erfüllt, und sie sagte sich: »Dieser Mann ist bösartig, er wird nicht zaudern, dich ebenfalls zu essen.« Aber sie wußte nicht, was sie tun sollte. Als ihre Eltern merkten, wie ratlos die Tochter war, da bekamen sie Mitleid mit ihr und sagten: »Töte uns ruhig, damit du deinem Mann ein Essen bereiten kannst; denn jetzt gibt es keinen andern Ausweg mehr.«

Und sie tötete ihre Mutter, kochte ihrem Mann das Essen, und er aß. Als einige Tage vergangen waren, tötete sie auch ihren Vater, und der Mann aß ihn gleichfalls. Da blieben denn in ihrem Dorfviertel nur noch leere Häuser übrig, und sie fühlte sich völlig verlassen. Als nun der Vater ganz aufgezehrt war, sagte sie zu ihrem Mann: »Jetzt, mein Freund, habe ich dir nichts mehr vorzusetzen; also kehr in deine Heimat zurück.« Und tatsächlich ging der Mann wieder dahin, wo er hergekommen war, und mit der Ehe war es aus.

Als die Frau wieder allein war, nahm sie die Gebeine all der Ihren, brachte sie zum Medizinmann, und dieser belebte sie neu. Ihre ganze Verwandtschaft, Eltern, Kinder und alle andern Angehörigen, kehrten zurück, und das Dorf stand wieder so da wie früher. Aber ihr ehemaliger Mann mußte ganz allein bleiben, denn als man seine Familienmitglieder aufgegessen hatte, da hatte er ihre Knochen ins Feuer geworfen.

Maßlose Rache

Vor langer, langer Zeit lebte in einem Dorf einmal eine alte Frau, die hatte zwei Söhne. Die beiden waren tatsächlich Riesen; es gab niemanden, der es mit ihnen aufnehmen oder sich mit ihrer Mutter einen Spaß erlauben konnte. Sie hielten sich aber dauernd zur Jagd im Busch auf, um ihrer Mutter das Wild zu bringen und ihr ein angenehmes Leben zu ermöglichen. Denn ihr wißt ja selbst ganz gut, daß alte Leute kein Verlangen mehr danach verspüren, viel Gemüse zu essen, sondern sie ziehen Fleisch bei weitem vor.

Eines Tages sagten sich die Söhne: »Es ist nicht gut, unsere Mutter allein im Dorf zu lassen bei all diesen Leuten, die sie hassen. Vielleicht wird man sie eines Tages umbringen, und dann sind wir Waisen.« So suchten sie nach einer Möglichkeit, ihre Mutter vor der Böswilligkeit der Leute in Sicherheit zu bringen.
Schließlich gingen sie in den Busch und begannen, ein ungemein festes Verhau zu bauen, so daß kein Mensch es hätte zerstören können. Mitten darin bauten sie ein sehr schönes Haus. Als alles fertig war, ließen sie ihre Mutter dort einziehen; in Zukunft sollte sie in diesem Haus wohnen, das ganz einsam lag. Sie erklärten ihr: »Hör mal, Mutter, wir bringen dich hierher, weil wir die Böswilligkeit der Leute scheuen und ihre Zänkerei, die von ihrem Neid herrührt. Darum öffne ja keinem Menschen und laß niemanden ein!« Die Mutter stimmte zu: »Ist gut, und warum sollte ich denn überhaupt aufmachen? Ich habe ja hier drin alles, was ich brauche.«
Aber als eines Tages die Söhne in den Busch gegangen waren, kam ein altes kleines Frauchen an. Als es das Verhau entdeckte, staunte es nicht schlecht und suchte nach einer Gelegenheit, hineinzukommen. Immer wieder ging es rundherum, um einen Zugang zu finden, und als es sah, daß eine andere Frau dort drin saß und sich einen großen Braten schmecken ließ, da stieß es einen Schrei aus. Dabei lief dem alten Frauchen das Wasser im Munde zusammen und die Kehle hinunter wie ein Strom! So rief es denn: »Du, ich bin gekommen, um mich mit dir zu unterhalten; mach doch auf und laß mich ein!« Aber die Mutter antwortete: »Nein, meine Freundin, meine Söhne haben mir verboten, irgendeinem Menschen aufzumachen.« Das Alterchen draußen bettelte: »Du, ich wohne auch hier im Busch, mein Haus ist gar nicht weit von deinem entfernt. Ich möchte gern mit dir Freundschaft schließen und alle Tage mit dir plaudern.« Die Mutter entgegnete: »Nein, liebe Freundin, wenn's dir nur ums Plaudern geht, dann bleib nur dort draußen; aber wenn meine Söhne dich antreffen, dann schlagen sie dich tot. Sie sind auf der Jagd und werden bald zurückkommen.«
Wirklich blieb das Alterchen draußen stehen und erging sich in Schmeichelreden, um die Mutter dazu zu bringen, ihm etwas zu essen abzugeben. Mit der Zeit gab sie ihm tatsächlich etwas

Wildschweinfleisch. Im Fortgehen begann es schon, Stücke davon zu verschlingen, denn es hatte zum Kauen nur noch das Zahnfleisch; die Zähne waren infolge seines hohen Alters schon alle ausgefallen.

Schließlich kamen die Söhne aus dem Busch zurück und brachten viel großes Wildbret mit. Sie erkundigten sich gleich: »Nun, Mutter, wie ist's, ist es dir gut gegangen?« – »Ja, sehr gut«, antwortete sie; »nur, da kam ein altes Frauchen, das wollte sich mit mir unterhalten. Ich ließ es aber nicht herein, und so blieb es einfach die ganze Zeit draußen stehen bis kurz vor eurer Heimkehr.« – »Das hast du ganz recht gemacht«, meinten die Söhne, »denn wenn du einmal aufmachst, dann wird die Alte versuchen, dir etwas Böses anzutun oder dich gar zu töten. Öffne nur niemals, auch wenn man dir noch so gut zuredet!«

Tags drauf gingen die Söhne wieder zum Jagen in den Busch, denn das war nun einmal ihre Gewohnheit. Beim Abschied schärften sie ihrer Mutter noch einmal ein: »Vergiß ja nicht, was wir dir gesagt haben!« – »Nein, meine Kinder«, beteuerte sie, »ich werde das ganz und gar nicht vergessen.« Aber kaum waren die Söhne verschwunden, da kam auch schon jenes Alterchen wieder hervor und grüßte: »Guten Morgen, du!« – »Vielen Dank«, antwortete die Mutter. »Fühlst du dich auch wohl?« – »Ja, mir geht's gut, und wie geht's dir?« – »Danke, mir geht's auch ganz gut; aber weißt du, liebe Freundin, unserer Freundschaft geht's nicht gut; denn wir reichen uns nicht einmal die Hand und plaudern Auge in Auge!« Die Mutter sagte: »Nein, liebe Freundin, ich darf dir nicht öffnen, das haben meine Söhne mir streng verboten.« – »Aber nein, liebe Freundin«, sagte die andere, »wir müssen einander vertrauen; wo es kein Vertrauen gibt, da gibt's auch keine Freundschaft. Mach mir doch auf und laß mich ein; ich tu dir auch ganz bestimmt nichts zuleide.«

Als die Mutter die sanften Worte des alten Frauchens vernahm, da öffnete sie wirklich die Tür und ließ es ein. Aber was meint ihr: Mit einem Sprung war die Alte drin, ergriff einen Knüppel, drang auf die Mutter ein, verpaßte ihr einen Hieb und schlug sie dann so auf den Hals, daß sie zu Boden stürzte. Das Blut spritzte aus der Wunde, und sie starb auf der Stelle. Das alte

Frauchen aber raffte alles zusammen, was die Söhne ihrer Mutter gebracht hatten: Kleidung, Haushaltgeräte, Fleisch und Haustiere, alles packte es zusammen und ging schwerbeladen davon.
Die Söhne aber spürten derweil ihr Herz heftig schlagen und wußten: Unserer Mutter muß etwas geschehen sein, es kann nicht gut um sie stehen. Da rannten sie heim, und alles Wild, das sie getragen hatten, warfen sie einfach fort: »Wir müssen schnell nach Hause und sehen, was mit der Mutter los ist.« So beeilten sie sich, sosehr sie konnten, und kamen schließlich beim Verhau an. Ach du Schreck! Die Tür stand offen, und als sie eintraten, sahen sie ihre Mutter daliegen, und das Blut in ihrem Gesicht war schon angetrocknet. Sie versuchten, sie zu schütteln, aber sie blieb steif und starr. Da wußten sie, daß sie tot war, und konnten nichts mehr tun, als die Klage anzustimmen.
Seitdem beherrschte die Söhne nur ein Gedanke: ›Wer unsere Mutter umgebracht hat, der muß unbedingt auch sterben; aber da wir ja nicht wissen, wer das war, so muß eben das ganze Land umkommen, damit der Schuldige auch darunter ist.‹ So dachten sie sich einen Plan aus, wie sie ihr Ziel erreichen könnten: »Wir wollen hier im Verhau eine große und tiefe Grube ausheben; danach fangen wir an, die Trommel zu schlagen, um die Leute zu rufen, damit sie zum Tanz kommen und da hineinfallen.« So machten sie sich ans Graben, und nach wenigen Tagen waren sie fertig. Danach suchten sie zwei vorzügliche Trommeln, die so gut klangen, daß einem das Herz im Leibe klopfte.
Eines Tages, als sie sahen, daß alles gut vorbereitet war, stellten sie sich jenseits jener Grube auf und begannen, die Trommeln zu schlagen. Dazu sangen sie ein kleines Lied:

»Alte, die unsre Mutter getötet,
für dich rühr ich die Trommel.«

Denkt euch, als die Trommeln ohrenbetäubend dröhnten, machte sich das ganze Dorf, das dem Trommeln am nächsten lag, auf die Beine, Männer, Frauen, Kinder und Alte – alle kamen dichtgedrängt an, um zur Trommel zu tanzen, die Alten freilich zitternd und am Stock gehend. Als sie ankamen, fanden sie auch richtig die dröhnenden Trommeln und machten sich sofort ans Tanzen, ohne viel zu fragen, ob es sich um eine

Veranstaltung zur Reinigung nach einem Todesfall, zur Einführung junger Leute in den Erwachsenenstand oder zur Einleitung einer Jagd handelte. Die Söhne der alten Frau, die umgekommen war, schlugen die Haupttrommeln. Aber als der Augenblick kam, wo man ganz plötzlich auf ein bestimmtes Zeichen hin den Tanz zu unterbrechen hatte, da stürzten alle in die Grube, und nicht ein einziger vom ganzen Dorf blieb übrig.
Aber die Söhne waren noch nicht zufrieden; sie sagten sich: »Vielleicht haben wir jene Alte, die unsere Mutter umgebracht hat, doch nicht mit getötet; wir müssen also noch ein anderes Dorf rufen, damit sie bestimmt unter den Opfern ist.« Tatsächlich begannen sie, noch ein Dorf zu laden, das dem, das sie ausgerottet hatten, am nächsten lag. Sie trommelten und trommelten, bis der Klang dorthin gedrungen war. Die Dorfbewohner riefen: »Ihr Leute, hört doch die Trommeln!« Alle spitzten die Ohren und lauschten. Da packte sie das Tanzfieber, sie sprangen auf und machten sich auf den Weg, alle ohne Ausnahme.
Als sie zur Trommel kamen, fiel diese in immer lebhafteren Rhythmus. Auch sie begannen also sofort zu tanzen. Alles an ihnen war in Bewegung; die Frauen rollten sich in den Hüften, so daß man denken konnte, sie hätten keine Knochen im Leibe. Unglaublich, wie geschmeidig sie tanzten! Aber als die plötzliche Unterbrechung kam, da stürzten auch sie alle in die Grube und starben, zusammen mit ihrem Häuptling.
So rotteten die Söhne der Verstorbenen schließlich die Dörfer der ganzen Gegend aus, und dabei erwischten sie zuletzt auch jene Alte, die ihre Mutter umgebracht hatte. Auf diese Weise trauerten sie wirksamer um sie, als wenn sie einen Rachezauber mit ins Grab gelegt hätten. Die Mordtat hatte also auch allen anderen Leuten den Tod gebracht. Zum Schluß sagten die Söhne: »Es gehört sich, daß wir mit unserer Mutter sterben«, stürzten sich ebenfalls in die Grube und kamen beide um.

Bwalya

In einem Dorf waren einmal ein junger Mann und ein junges Mädchen, die einander sehr liebten. Schießlich sagten sie: »Am besten ist es, wir heiraten, damit wir alle Tage etwas von unserer Liebe haben.« Gesagt, getan; und als sie ein Jahr verheiratet waren, wurde die junge Frau schwanger und gebar einen Jungen, der war sehr schön und auch groß. Die ganze Familie war sehr froh, daß die Liebe der beiden zu Nachwuchs geführt hatte.

Eines Tages aber hörten sie, im Lubalande gebe es Arbeit, bei der man gut verdienen könne. Der junge Mann berichtete es sofort seiner Frau: »Hör nur, hör nur: Was hältst du davon?« Seine Frau stimmte zu, »denn hier bei uns gibt es auch nicht die kleinste Möglichkeit, zu Geld zu kommen.« Also kündigten sie ihren Eltern an: »Wir machen uns dorthin auf den Weg.« Auch die Eltern waren ganz einverstanden. So begannen sie, Mehl für den Mundvorrat zu stampfen, und auch die Zukost machten sie aufs beste zurecht. Schließlich konnten sie für den nächsten Morgen den Aufbruch festsetzen und gingen weit und breit Abschied nehmen.

Auch dieser letzte Tag ging schnell vorüber, und schon graute der Morgen. Nun hieß es: »Wir gehen, auf Wiedersehen!« Man begleitete sie noch ein Stückchen, dann liefen sie allein weiter. Die erste Nacht brachten sie unterwegs in einem Dörfchen zu, und am folgenden Morgen brachen sie früh wieder auf, wobei sie abwechselnd das Kind trugen, um schnell vorwärtszukommen.

Aber als sie mitten im Busch waren, da glühte der ganze Leib des Kleinen von Fieber. Sie dachten, es sei eine Kinderkrankheit, und suchten große Blätter, die dagegen helfen sollten. Aber die Krankheit wurde immer schlimmer. Schließlich wollte der Kleine auch nicht mehr trinken; er hielt den Mund fest geschlossen, die Augen zwinkerten nicht einmal, und die Glieder bewegten sich nicht mehr. Als die Mutter ihren hübschen Sohn in diesem Zustand sah, da füllten sich ihre Augen mit Tränen. Ihr Mann redete ihr gut zu, denn

ihr wißt ja, wir Männer haben ein festeres Herz als die Frauen.
Aber sosehr sie sich auch um ihren Sohn dort im Busch mühten in der Hoffnung, Gott werde ihnen vielleicht helfen und das Kind würde gerettet – als der Abend nahte, tat das Kind den letzten Atemzug. Sie beweinten es sehr, und schließlich überlegten sie: »Wo wir hinwollen und wo wir herkommen, beides ist gleich weit; was tun wir nun mit unserm Kind?« Sie hatten ja nicht einmal eine Hacke, um ihm ein Grab zu bereiten! So hüllten sie es zuletzt in sein Tragtuch und legten es unter einen großen Baum in den Schatten. Danach machten sie sich wieder auf den Weg und weinten dabei um ihren Sohn. Ihr wißt ja selbst: Hier bei uns ist es so, daß wir mit unsern Kindern gern bei unsern Großeltern liegen wollen. Wenn ein Sanga in der Fremde begraben werden muß, dann ergreift schmerzliches Heimweh das Herz.
Die beiden setzten also ihren Weg fort und kamen endlich ins Lubaland. Dort fanden sie auch die Arbeit, derentwegen sie gekommen waren, und da sie sich fleißig mühten, verdienten sie eine Menge Geld. Aber die ganze Zeit mußten sie an ihr verstorbenes Kind denken.
Doch das Kind, das da unter dem großen Baum lag, war gar nicht tot! Es war nur ohnmächtig, aber da seine Eltern beide noch unerfahren waren, hatten sie geglaubt, es sei gestorben. Als das Kind jetzt allein war, kam es wieder zu sich, kroch immer um den Baum herum und schuf so schließlich eine große Lichtung. Und weil es nirgends etwas zu essen fand, so aß es einfach rote Erde.
Nun benutzten viele Leute jenen Weg, um ins Lubaland zu gehen oder von dort zurückzukommen, und eines Tages näherten sich einige von ihnen der Stelle, wo die Eltern ihren Jungen zurückgelassen hatten. Da hörten sie ein Lied aus dem Busch klingen:

»Gehn wir, gehn wir, Bwalya, hin ins Lubaland,
gehn wir, gehn wir, Bwalya, hin ins Lubaland!
Geht und sagt's der Mutter, dort im Lubaland:
Unterm großen Baum, da hat man ihn gelassen,
gehn wir, gehn wir, Bwalya, hin ins Lubaland!«

Aber die Leute sagten sich: »Im Busch gibt es keine Kinder; wenn man auf so etwas achtet, dann hat man es am Ende mit Totengeistern zu tun!« Also ermunterten sie einander: »Vorwärts, Freunde, bis zum Ziel ist's noch weit!« und setzten ihren Weg fort.
An einem andern Tag gingen wieder Leute auf dem Weg vorbei. Als sie an jene Stelle kamen, da hörten auch sie das gleiche Lied. Einer von ihnen rief: »Hört doch, was das Lied sagt: ›Benachrichtigt meine Mutter!‹« Aber die andern widersprachen: »Du darfst nicht auf solche Laute im Busch hören, sonst vernimmst du am Ende die Stimme der Toten! Hier, wo wir laufen, sind nicht nur Menschen unterwegs, sondern auch Geister!« So sprachen sie und setzten dann ihren Weg fort.
Alle, die jenen Weg entlanggingen, hörten das Lied, das der in der Einöde zurückgelassene Junge sang, aber alle fürchteten sich, näher zu treten; denn ihr wißt ja: Bei uns hat man große Angst vor den Toten. Wenn du einen Verstorbenen siehst, dann ist auch dein Tod nicht mehr weit, und um dich zu retten, mußt du auf alle Fälle einen Wahrsager aufsuchen und dich behandeln lassen. Immerhin wunderten sich alle, die da vorbeikamen, über die Erscheinung und erzählten dort, wo sie hingingen: »Auf dem Weg gibt es dieses Jahr etwas, das singt.« Die Leute im Lubalande fragten neugierig: »Was singt es denn?« Da berichteten alle übereinstimmend: »Es singt: ›Geht und sagt meiner Mutter, daß man mich unter einem großen Baum zurückgelassen hat.‹«
Diese Nachricht verbreitete sich überall im Lande, bis sie schließlich auch die Eltern erreichte, die ihr Kind verloren hatten. Sofort riefen sie wie aus einem Munde: »Vielleicht ist es unser Kind, das wir tot dort haben liegenlassen; vielleicht erscheint es dort als Geist!« Aber sie beschlossen: »Ganz gleich, wir gehen hin, um uns zu überzeugen.«
Sie machten sich auf den Weg und liefen lange Zeit, denn es war sehr weit von ihrem Wohnort aus. Sie übernachteten in einem Dorf, und auch dort sprachen alle Leute nur von dem, was da sänge. So brachen sie früh am nächsten Morgen wieder auf, und als sie sich der Stelle näherten, wo sie ihr Kind gelassen hatten, da hörten sie jenes Lied klingen. Am Baum angekom-

men, sahen sie ihren Jungen da umherirren. Von der Erde, die er gegessen hatte, war er groß und stark geworden, aber auch ganz und gar rot! Schnell liefen sie zu ihm hin und schlossen ihn in die Arme, ganz außer sich vor Freude. Dann kehrten sie wieder an ihren Arbeitsplatz zurück, voller Glück darüber, daß ihr Kind, das sie für tot gehalten hatten, in Wirklichkeit lebte. Sie sandten auch gleich Nachricht in die Heimat, damit man nicht länger trauern sollte: »Das Kind lebt, von dem wir gesagt hatten, es sei gestorben!« So waren sie denn zufrieden und bekamen noch viele Kinder.

Der Waisenjunge am Teich der Toten

Es war einmal ein Waisenjunge, der lebte bei seinem Großvater. Der Großvater war schon sehr alt, hatte aber noch immer großen Hunger, ohne doch selbst noch auf die Jagd gehen zu können. Und damit er etwas gegen seinen Hunger hatte, schickte er stets seinen Enkel zum Fischen. Gefischt wird hier aber oft so, daß ein kleiner Teich so tief ausgeschöpft wird, bis man die Fische leicht fangen kann.
Der arme Junge hatte viel zu leiden, denn alle Tage mußte er für den Unglücksalten Fische fangen gehen. Tagaus, tagein suchte er in der Ebene und am Fluß nach kleinen Teichen, die er ausschöpfen konnte. Aber einmal weigerte er sich: »Heute gehe ich nicht auf Fischfang, ich bin zu müde!« Doch der Alte bewarf ihn mit allen möglichen Schmähungen, die man gar nicht aussprechen darf, und sosehr der Junge sich auch zu wehren versuchte, er mußte schließlich doch nachgeben. Er nahm also einen Korb für die Fische und ein Schüsselchen zum Schöpfen und brach auf.
Im Busch angekommen, machte er sich auf die Suche nach Teichen, die er ausschöpfen konnte, fand aber keinen. So wurde es Abend. Er überlegte: ›Wenn ich mit leeren Händen nach Hause komme, dann schlägt mich mein Großvater; also muß ich unbedingt Fische finden.‹ Als er genauer hinsah, erblickte

er plötzlich einen Teich mit vielen Fischen, die an der Oberfläche des Wassers spielten. Er sah aber auch zwei Männer in weißen Kleidern, die bis aufs Wasser reichten. Sie standen im Teich, um zu fischen, der eine oben, der andere unten. Die ungewöhnliche Kleidung hätte dem Jungen sagen müssen, daß er Tote vor sich hatte; aber in seinem Eifer, endlich Fische fangen zu können, achtete er nicht darauf. Vielmehr rief er: »Das ist mein Teich!« – »Nein«, widersprachen die Männer, »das ist unser Teich, Junge, denn wir sind zuerst gekommen.« Er aber beharrte: »Das ist mein Teich«, und sie wiederholten: »Nein, Junge, der gehört uns, laß uns zufrieden!« Doch als er nicht aufhörte, mit ihnen zu streiten, gaben sie schließlich nach und sagten: »Gut denn, Junge, nimm den Teich.«

Da begann der Junge zu schöpfen, wobei er ein Liedchen über seinen bösen Großvater sang, der ihn töten wolle. Er schöpfte eifrig, und das Wasser reichte ihm bis an die Knöchel. Schon dachte er: ›Jetzt kann ich die Fische greifen‹, da verschwanden alle großen Fische plötzlich in der Tiefe. Die beiden Männer standen dort im Wasser und sahen ihm stumm zu. Der Teich aber war in dem Augenblick, als der Junge die Fische greifen wollte, wieder bis obenhin vollgelaufen.

Unverzagt begann er von neuem zu schöpfen und sang sein Lied dazu. Da rieten ihm die Männer: »Junge, komm doch aus dem Wasser und geh mit uns; es ist bald Abend, die Fische kannst du morgen noch fangen.« Aber er entgegnete: »Wenn ich nach Hause komme, schlägt mich mein Großvater. Ich muß unbedingt erst etwas fangen; dann kann ich gehen.« Und er fuhr fort zu schöpfen. Das Wasser ging ihm jetzt bis zu den Knien, aber er war's ganz zufrieden und meinte: »Heute kann der Großvater ordentlich essen, und ich habe meinen Frieden.« Doch plötzlich reichte ihm das Wasser bis an den Leib! Aber weil er zu Hause so zu leiden hatte, weigerte er sich, aufzuhören. Verbissen schöpfte er weiter und sang sein Lied dazu. Jene Toten aber verzogen das Gesicht, als sie ihn so schöpfen sahen. Das Wasser stieg derweilen immer weiter, sosehr der Junge auch schöpfte. Schließlich ging es ihm bis an die Brust, dann bis an den Hals, ja, bis an den Mund! Er aber schöpfte und

schöpfte, ohne nach den Toten zu sehen. Zum Schluß verschwand sein Kopf im Wasser, und er ertrank.
Im Dorf wartete der Alte lange Zeit auf seinen Enkel, doch er kam nicht mehr zurück. Darum sollten wir alle Mitleid mit Waisenkindern haben und uns um sie kümmern, denn wenn wir sie leiden lassen, kann es sein, daß sie sich eines Tages ertränken.

Das Mädchen mit den gefeilten Zähnen

Es war einmal ein menschenreiches Dorf, das sich besser entwickelte als alle benachbarten Dörfer jenes Landes. Der Grund dafür war, daß es dort sehr viele junge Mädchen gab, und auch junge Männer gab es nicht wenige. So kam es, daß jeden Abend im ganzen Dorf getanzt wurde. Überall dröhnten die Trommeln, und man tanzte die verschiedensten Tänze: Katembo, einen Frauentanz, Bupalu, einen Jagdtanz, Masantula, Kilela, Kadima und Ngwaya. Die Leute liefen nur so zusammen und verbrachten die ganze Nacht beim Tanz.
Nun wißt ihr ja, daß die Männer nicht alle dasselbe schön finden. Die einen legen Wert auf den guten Wandel eines Mädchens, die andern auf sein Aussehen; wenn es einen freundlich anblickt, wenn es lieb redet, dann sagen sie: »Die ist in Ordnung.« Wieder andere schauen nur auf die Zähne; wenn sie gut aussehen, dann finden sie das ganze Mädchen schön.
Demzufolge geben sich die Frauen alle Mühe, um den Männern zu gefallen. Sie lassen sich im Gesicht, auf den Armen und auf dem Leib tätowieren, sie tragen Ohrringe, Armbänder, Fingerringe, Perlengürtel und andern Schmuck, und manche sagen sich: »Ich muß mir die Zähne zurechtfeilen lassen, damit ich schön aussehe, wenn ich jemandem zulächle.« In unserm Dorf verstanden sich mehrere auf diese Kunst, und je nach den Wünschen der Kundin konnten sie die Zähne auf verschiedene Art zurechtfeilen.
Nun war da ein Mädchen, bei dem übertraf das Ergebnis das aller andern. Wenn es lächelte, dann schimmerten seine Zähne

wie der Mond, und alle Leute im Dorf sahen nur auf sie. Ihre Eltern waren sehr zufrieden damit, denn der Ruhm ihrer Tochter verbreitete sich weit und breit im Lande. Aber ihr wißt recht gut, Freunde, daß man's im Leben schwer hat. Gibt dir Gott ein hübsches Gesicht, viele Kinder, gut zu essen und großen Reichtum, dann mach dich darauf gefaßt, daß man dich hassen wird. Alle werden dich von Herzen beneiden und nur danach trachten, dir Böses zuzufügen, damit es dir geht wie ihnen. So sagten die Sanga schon im Sprichwort: ›Man gönnt dem Waran sein Fett nicht‹, das heißt, man hat es nicht gern, wenn es einem anderen gut geht; man versucht dann, ihn elend zu machen oder ihn ins Unglück zu stürzen mit Flüchen und anderem mehr.

Tatsächlich beneideten alle anderen Mädchen im Dorf das Mädchen mit den schimmernden Zähnen, das übrigens Bwalya hieß. Und ihr wißt ja: Wenn der Neid das Maß überschreitet, dann führt er zum Mord. So hielten auch hier die Mädchen eine Versammlung ab, um einen Weg zu finden, Bwalya zu töten. Sie sagten: »Niemand darf aber davon reden; denn wenn es herauskommt und die Großen davon hören, dann werden wir streng bestraft.« Und wahrhaftig, sie wahrten ihr Geheimnis voll und ganz, niemand ahnte etwas von dem schmutzigen Plan, den die Mädchen in ihren neiderfüllten Herzen hegten.

Eines Tages sagten sie zueinander: »Jetzt ist es Zeit, Bwalya umzubringen.« Alles war aufs beste vorbereitet; das Opfer aber hatte davon nicht die mindeste Ahnung.

Ihr wißt, daß es bei jedem Dorf einen Fluß oder einen Teich geben muß, denn wenn man nicht wie ein Bock stinken will, kann man ja nicht gut darauf verzichten, sich zu waschen. So gab es auch bei jenem Dorf einen ziemlich großen Fluß. An seinem Ufer wuchs Rohr, und dorthin gingen die Mädchen immer, um sich zu waschen. So sagten sie auch an jenem Tag zu ihrer Gefährtin Bwalya: »Du, wir wollen zum Fluß gehen und baden, denn es ist zu heiß heute.« Die Arme war einverstanden, da sie ja von nichts wußte, und so brachen sie alle zum Wasser auf. Sie hatten ein Stückchen zu laufen, denn der Fluß lag etwas vom Dorf entfernt. Am Fluß angekommen, legten sie alle zugleich ihre Kleider ab, sprangen ins Wasser und wuschen sich. Aber

als die anderen meinten, die Zeit sei gekommen, packten sie Bwalya, begannen sie zu würgen und warfen sie dann ins Wasser; so starb Bwalya schließlich, und die andern machten sich auf und kehrten ins Dorf zurück.
Dort fragte man sie: »Wo ist denn eure Gefährtin?« Die Mädchen antworteten: »Wir wissen nicht, wo sie hingegangen ist.« Bwalyas Eltern warteten und warteten, schließlich wurde es Abend, aber ihre Tochter kam nicht. Da machten sie sich Sorgen und sprachen mit dem Häuptling. Der ließ ausrufen: »Ihr Männer, geht zum Fluß und in den Busch, das verlorene Kind suchen!« Daraufhin machten sie sich auf die Suche, im Wasser, im Röhricht, überall im Busch, aber sie konnten Bwalya nicht finden. So verging schließlich eine ganze Woche, und die Hoffnung, das Kind noch lebend anzutreffen, erlosch im Herzen der Leute. Jetzt suchten sie nur noch nach den Gebeinen, um Bwalya zu beerdigen; denn bei uns kommt es nicht in Frage, jemanden einfach so liegenzulassen.
Noch ein paar Tage vergingen, ohne daß sich das geringste gefunden hätte. Die andern Mädchen waren voller Freude, denn die sie an Schönheit übertroffen hatte, war ja tot. Die jungen Männer dagegen trauerten und sagten mit dem Sprichwort: ›Der Tod ist wie das Meer; er nimmt die Schönen‹: Er ist nicht wählerisch. Und wenn du noch so schön bist, er holt dich ohne Erbarmen.
Aber nachdem die Reinigungsfeierlichkeiten für Bwalya vorüber waren, ging ein Mann an den Fluß, um für das Dach seines Hauses Rohr zu schneiden. Als er tüchtig dabei war, hörte er ein Lied erklingen:

»He, du Mann, der du Rohr schneidest hier,
Musasa mbalika,
he, du Mann, der du Rohr schneidest hier,
Musasa mbalika,
geh doch und sag meinen Eltern, Musasa mbalika,
daß die Bwalya gestorben ist, Musasa mbalika,
wegen der schimmernden Zähne, Musasa mbalika.
Ach, lauf doch schnell, Musasa mbalika,
zur Mutter hin, Musasa mbalika,
zum Vater hin, Musasa mbalika!«

Der Mann lauschte zwar dem Lied, aber er konnte die Worte nicht verstehen. So dachte er: ›Vielleicht sind das badende Mädchen, die nun singen und spielen.‹ Ihr wißt ja gut, daß einer allein nie zum Wasser geht. So machte sich jener Mann wieder daran, sein Rohr zu schneiden; das Lied aber ertönte von neuem, ohne daß er noch darauf geachtet hätte. Er beendete seine Arbeit, kehrte dann ins Dorf zurück und machte sich an seinen Hausbau.

Tags darauf ging ein anderer Mann zum Wasser, um Rohr für sein Haus zu holen. Auch dieser Mann hörte das Lied, als er, am Ufer angekommen, Rohr zu schneiden begann, und dachte genau wie der erste: ›Das sind vielleicht Kinder, die am Wasser spielen.‹ Aber als er genauer hinhörte und nachsah, fand er dort weder Kinder noch sonst jemanden. Da sagte er sich: »Das ist bestimmt ein böses Omen!« So hörte er auf, Rohr zu schneiden, lud sich sein Bündel auf die Schulter und kehrte ins Dorf zurück. Dort begann er den Leuten zu erzählen: »Ich habe heute etwas erlebt, das Unglück bedeutet! Als ich Rohr schneiden ging, hörte ich aus dem Fluß heraus ein Lied erklingen, das mir auftrug, die Eltern zu benachrichtigen. Aber ich weiß nicht, ob es Geister waren oder Tote.«

Diese Neuigkeit wurde zum Tagesgespräch, bis schließlich die Leute im ganzen Dorf sagten: »Es ist jenes verschollene Mädchen, das da spukt!« Als das Gerücht zu seinen Eltern gelangte, da sprachen sie mit all den andern und baten sie: »Freunde, helft uns doch, nach dem Ding zu sehen, das da singt!« Und schließlich stimmten die Leute zu.

Eines Tages ging wieder ein Mann am Wasser Rohr schneiden, und auch das Mädchen begann dort, wo er war, wieder sein Lied zu singen. Da verstanden alle gut, was das Lied erklären wollte, und wußten nun: Bwalya ist also gestorben, weil die anderen Mädchen sie aus Eifersucht umgebracht haben.

Sofort fing man an, das ganze Röhricht zu umzingeln, aus dem das Lied erscholl, und der Mann schnitt aus Leibeskräften weiter, so daß Bwalya nicht merkte, daß man heranschlich, um sie zu ergreifen.

Schließlich kamen die Leute nahe genug, und man sah sie da im Wasser. Sie war ganz weiß, weil sie sich alle Tage nur im Was-

ser aufgehalten hatte; aber sie lebte wenigstens noch, und ihre Zähne schimmerten noch mehr. Die Leute ergriffen Bwalya und brachten sie ins Dorf. Ihre Mutter und ihr Vater waren sehr froh darüber, daß ihre Tochter wieder da war.
Nun begann Bwalya ihnen zu erzählen, wie die andern sie gepackt hatten und sie umbringen wollten. Da waren alle Leute entsetzt über die Bosheit der Mädchen. Als die Sache vor Gericht kam, wurde entschieden, daß sie Bwalya eine große Entschädigungssumme zu zahlen hätten. Und wirklich brachten sie ihr viel Geld.
Also, meine Lieben, wenn Gott einem eurer Gefährten Schönheit schenkt, Reichtum oder irgend etwas anderes, dann ist es nicht recht, ihn deshalb brennend zu beneiden! Laßt es einfach dabei sein Bewenden haben und denkt an das Sprichwort: ›Gott läßt sich Zeit mit dem Geben; die etwas bekommen wollen, sind zahlreich; später wird er auch dir etwas geben.‹ Neid ist schlecht, denn er führt zur Zauberei und zum Mord.

Der Meisterdieb

Vor langer, langer Zeit lebte einmal eine Frau, die stand ganz allein und lebte ganz für sich tief im Busch. Eines Tages zeigte sich da, wo sie wohnte, ein Jäger. Sie nahm ihn freundlich auf, behielt ihn über Nacht und schlief sogar mit ihm. Aber am andern Morgen nahm der Jäger seinen Bogen, seine Lanze und die Jägeraxt und sagte: »Ich kehre jetzt heim; laß es dir gut gehen!« Die Frau liebte diesen Mann sehr, aber was konnte sie tun? So verschwand der Jäger in der Ebene, und die Frau blieb mit ihren Gedanken allein.
Als ein paar Monate vergangen waren, da spürte sie, wie ihr Leib schwer wurde. Ihre Schwangerschaft schritt fort, und die Frau gebar einen Sohn. Sie war sehr froh darüber und sagte sich: »Jetzt habe ich einen Helden geboren, der mir helfen wird.«
Der Junge entwickelte sich prächtig, und so kam die Zeit, wo er einen Beruf lernen mußte. Seine Mutter überlegte: ›Ich bin nur eine Frau, ich kann dem Jungen keine Männerarbeit bei-

bringen.‹ Alle Tage bewegte sie dieser Gedanke. Denn ihr wißt ja selbst: Früher gab es keine Schule, jedermann mußte seinem Sohn selbst Unterricht geben, damit er das gewünschte Handwerk ausüben konnte.
Nun kannte jene Mutter einen Mann, der in ziemlicher Entfernung von ihr einsam wohnte. Der hatte alle Tage viel zu essen: Maniok, Mais, Süßkartoffeln, Erdnüsse und alle mögliche andere Nahrung. So sagte sie sich: »Das geht; ich werde meinen Sohn zu diesem Mann bringen; der kann ihn lehren, wie man arbeitet.»
Gesagt, getan; sie machte sich auf den Weg zum Hause jenes Mannes und traf ihn dabei an, wie er auf der Veranda sein Essen kochte. Sie grüßte ihn und erklärte, weshalb sie gekommen sei. Er antwortete: »Was du da sagst, gefällt mir sehr. Gut, bring deinen Sohn her, ich werde ihn in richtiger Männerarbeit unterrichten.« So kehrte sie heim und brachte ihren Sohn zu ihm hin.
Als der Junge zum Hause seines Lehrers kam, da fand er zwar viele Lebensmittel vor, nicht aber die Felder, die sie hervorbrachten. Er bereitete den Maisbrei zu, sie aßen, aber als sie abends am Feuer saßen und plauderten, da sagte jener Mann: »Hör gut zu, Junge: Die ganze Nacht kannst du schlafen, aber wenn der erste Hahn kräht, dann müssen wir aufstehen, um an unsere Arbeit zu gehen.« So schliefen sie denn gut und fest, aber beim ersten Hahnenschrei weckte der Mann den Jungen mit den Worten: »Wir gehen jetzt an meine Arbeit, damit auch du sie lernst; denn meine Arbeit läßt sich nur nachts tun.« So stand denn der Junge auf und folgte dem Meister.
Sie gingen eine weite Strecke, und der Junge fragte: »Meister, wohin gehen wir denn?« – »Hab Geduld«, sagte dieser, »wir sind gleich da.« Und wirklich stießen sie bald darauf an einen kleinen Teich, in den Frauen Maniokwurzeln zum Wässern gelegt hatten. Es war eine Menge Maniok! Der Mann erklärte nun: »Das hier ist meine Arbeit; nimm den Korb, wir ziehen die Maniokwurzeln aus dem Wasser.« Das taten sie, bis der Korb ganz voll war; dann kehrten sie heim.
Am Abend wiederholte der Mann: »Junge, vergiß ja nicht, was ich dir sage: Beim ersten Hahnenschrei weckst du mich, und

wir gehen an die Arbeit.« Sie legten sich also schlafen, und als es dämmerte, weckte der Junge seinen Meister, und sie gingen fort. Diesmal kamen sie am Fluß heraus, wo die Leute ihre Reusen gesetzt hatten. Als sie nachsahen, waren die Reusen voller Fische. Der Mann sagte: »Jetzt beginnt unsere Arbeit: Nimm die Fische heraus, damit wir sie mitnehmen können.« Sie entnahmen alle Fische und füllten damit ihren Korb bis obenhin; dann gingen sie fort. Zu Hause fragte der Mann den Jungen: »Haben wir die Flußsperre da angelegt?« – »Nein«, antwortete dieser. Da erklärte er ihm: »Also besteht meine Arbeit darin, die Sachen anderer Leute mitzunehmen; das mußt du gut verstehen!«

Sie räucherten die Fische, verkauften sie und nahmen damit viel Geld ein; aber der Junge sagte: »Meister, ich möchte mir von unserm Geld im Dorf noch Schuhe kaufen gehen.« So machte er sich auf den Weg. Im Dorf kaufte er sich sehr schöne Schuhe und trat dann den Rückweg an.

Unterwegs traf er einen Mann, der eine Ziege am Strick hinter sich herzog. Der Junge grüßte ihn, und der Mann dankte. Aber als sie sich trennten, stach dem Jungen die Ziege ins Auge, und er sagte sich: »Ich muß unbedingt die Ziege da stehlen.« Während der Mann ruhig weiterging, lief der Junge ihm auf einem Pfad durch den Busch voraus, warf den einen Schuh auf den Weg und versteckte sich dann im Gras. Als der Mann herankam und den Schuh liegen sah, blieb er stehen und rief: »Schade, das ist ein sehr guter Schuh; wenn noch der andere dabei wäre, könnte ich ihn mitnehmen.« Aber so ging er weiter, und der Junge nahm seinen Schuh an sich, lief wieder auf einem Pfad voran und warf den andern Schuh auf den Weg.

Als der Mann dort ankam und das sah, beklagte er sich: »Schade! Wenn ich den ersten Schuh mitgenommen hätte, dann hätte ich einen guten Fang gemacht.« Gleich darauf kam ihm ein Gedanke: ›Ich werde einfach zurücklaufen und den ersten Schuh holen!‹ Er band seine Ziege an einen Baum und rannte fort. Da kam der Junge aus dem Gras, in dem er sich versteckt hatte, nahm seinen Schuh, band die Ziege los und verschwand mit ihr. Der Mann langte dort an, wo der Schuh gelegen hatte, konnte ihn aber nirgends finden. Also kehrte er zurück, um mit seiner Ziege den Weg fortzusetzen; aber als er zu der Stelle kam, wo er sie gelassen hatte, da war weder die Ziege noch der zweite Schuh zu finden! Er jammerte sehr und fragte: »Wer hat wohl nur das Meine gestohlen?« Aber eine Antwort fand er nicht.

Der Junge kam zum Hause seines Meisters. Der fragte ihn: »Nanu, hast du diese Ziege auch von dem Geld gekauft, das du mit hattest?« – »Nein«, antwortete der Junge, »die habe ich gestohlen.« Der Meister wunderte sich sehr und meinte: »Junge, du übertriffst mich ja mit deiner Art zu stehlen! Ich stehle nur bei Nacht. Folgen dir auch keine Leute wegen der Ziege?« – »Nein, niemand«, antwortete der Junge. Der Meister fragte weiter: »Willst du die Ziege verkaufen, oder ist sie zum Essen bestimmt?« – »Nein«, sagte er, »die ist für uns zum Essen.« So schlachteten sie sie denn, zerlegten sie gut, aber als sie den Magen herausholten, sagte der Mann dem Jungen: »Geh an den kleinen Bach, der da vorüberfließt, und wasch den Magen aus, damit wir ihn kochen und schnell essen können.« Aber der Junge entschuldigte sich: »Meine Mutter hat mir das nicht beigebracht; du mußt schon selbst gehen und ihn auswaschen.« Wirklich ging der Mann mit dem Magen fort.

Als aber der Junge allein war, dachte er: ›Von all dem, was wir mit unserer Arbeit gewonnen haben, haben wir auch nicht das geringste meiner Mutter gegeben. Ich muß unbedingt die Ziege mitnehmen, damit auch meine Mutter zu essen hat.‹ Also bereitete er alles vor, und dann schrie er: »Hilfe, Mutter, Hilfe! Ich habe doch eure Ziege gar nicht gestohlen; das war der Meister, der am Bach den Ziegenmagen auswäscht!« Als der Mann das hörte, dachte er: ›Du Schreck, da hat doch der Junge zu ungeschickt gestohlen, und jetzt sind die Eigentümer der Ziege da und verhauen ihn! Er wird es noch so weit bringen, daß sie mich festnehmen!‹ Also warf er sich ins hohe Gras und floh, so schnell er konnte.

Allein geblieben, nahm der Junge die Ziege und brachte sie seiner Mutter. Die fragte ihn: »Geht es gut mit der Arbeit bei deinem Meister?« – »Sehr gut sogar«, antwortete er. Als es Abend wurde, kehrte er langsam zu seinem Schlafplatz zurück. Da hörte er, wie der Meister seinem Zorn Luft machte: »So etwas

kann ich absolut nicht leiden! Ich stehle doch auch dauernd, aber noch nie habe ich das Unglück gehabt, von den Besitzern ertappt zu werden. Und dieser Unhold von einem Jungen, den mir da seine Mutter anvertraut hat, bringt mir gleich Pech! Dafür werde ich jetzt den Mais seiner Mutter stehlen gehen.«
Als der Junge das hörte, kehrte er gleich zu seiner Mutter zurück und sagte zu ihr: »Diese Nacht werde ich hier schlafen, denn es sind schon viele Tage, daß wir uns nicht gesehen haben.« Als aber die Nacht hereinbrach, erklärte er seiner Mutter: »Ich werde nicht im Haus schlafen; steck mich in einen Sack, bind ihn zu und leg mich in den Speicher.« Die Mutter staunte nicht schlecht, aber er rief: »Tu nur genau, was ich dir sage!« Also, als es Schlafenszeit war, steckte die Mutter ihren Sohn in einen Sack, band ihn zu und legte ihn in den Speicher. Als der Morgen dämmerte, kam jener Mann, um zu stehlen. Er öffnete die Speichertür und trat ein. Da sah er den vollen Sack und sagte sich: »Ach, ich werde einfach mitnehmen, was sie mir hier in den Sack gesteckt haben.« Er lud ihn also auf und ging los. Als er fast zu seinem Haus gekommen war, rief der Junge im Sack: »Jetzt überschreitet deine Stehlerei aber wirklich jedes Maß: Du stiehlst sogar Menschen!« Der Mann setzte den Sack ab, band ihn auf und fand darin den Jungen und sonst nichts! Er ärgerte sich mächtig und rief: »Zwischen uns ist's von jetzt an aus! Wenn ich dich noch einmal treffe, ist's um dich geschehen!« So trennten sich von diesem Tage an der Junge und sein Lehrherr.
Als der Junge zu einem stattlichen jungen Mann herangewachsen war, sagte er sich eines Tages: »Ich könnte eigentlich mal zum Häuptling Mpande nach Kabungu Kabishi gehen.« Also machte er sich auf den Weg, und in Mpandes Dorf angekommen, sah er dort die Schatzhäuser des Häuptlings voller schöner Dinge, die es ihm sogleich angetan hatten. Aber er konnte nichts stehlen, denn vor der Tür hielt ein Soldat Wache.
Da sah er eine Frau auf der Veranda ihres Hauses, wo auch ihre Hühner herumscharrten. Er sprach sie an. »Mutter, verkauf mir doch ein Huhn!« Die Frau fing eins und verkaufte es ihm für dreißig Geldstücke. Aber er war noch nicht zufrieden, sondern bat: »Nein, Mutter, kannst du es mir nicht zubereiten? Ich

habe nämlich großen Hunger.« Da briet sie ihm das Huhn aufs beste, kochte dann noch Maisbrei und legte ihm alles vor. Er aber sagte zu ihr: »Geh doch erst den Soldaten rufen, der das Vorratshaus des Häuptlings bewacht, damit wir zusammen essen können.« Als sie ging, ließ sie ihr Tuch liegen, in das sie ihr Geld eingeknotet hatte. Der junge Mann löste den Knoten, steckte das Geld in seine Tasche und machte einfach einen neuen Knoten.

Die Frau kam inzwischen zu dem Soldaten und sagte: »Mein Lieber, ich soll dich zum Essen einladen; der Mann, der zu mir gekommen ist, läßt dich rufen, um mit dir zu speisen.« Der Soldat antwortete: »Das tut mir aber leid, ich würde nur zu gern essen gehen, aber mein Auftrag hier ist äußerst wichtig; wenn ich weglaufe, kommt vielleicht jemand und stiehlt, und dann geht's mir schlecht.« Das ging die Frau dem jungen Mann ausrichten. Da nahm er den größeren Teil von dem Maisbrei ab und ein Stück von dem Huhn, ging zu dem Posten vor der Schatzkammer und sagte zu ihm: »Freund, du tust mir sehr leid; denn wenn ich essen soll, während du Hunger leidest, bringe auch ich den Maisbrei nicht herunter. Also, lieber Freund, geh doch erst essen, was ich dir übriggelassen habe; ich werde dafür die Schatzkammer bewachen. Wenn du fertig bist, kommst du zurück.« Dem Soldaten lief das Wasser im Munde zusammen, als er sah, wie fett das Huhn war. Also ging er essen; aber als der junge Mann allein war, da stahl er alles, was in der Schatzkammer war, und verschwand damit.

Als der Soldat zurückkam, fing er an zu jammern: »Ach, so ein Unglück: Der Mann da war ein Dieb und hat das Eigentum des Häuptlings gestohlen; was tu ich denn nur?« Auch die Frau sah nach ihrem Tuch und fand ihr Geld nicht mehr; alles war fort! Der Häuptling befahl: »Verfolgt den Mann und nehmt ihn fest! Wenn ihr ihn nicht faßt, wird jeder von euch für drei Monate eingesperrt!« Da stoben die Leute nur so auseinander, um den Dieb zu suchen, und auch der Häuptling stieg zu Pferde und ritt den Weg ab.

Die Leute suchten mit allem Eifer, aber den elenden Einbrecher entdeckten sie nicht. Es war schon Abend, da kam der Häuptling in die Gegend von Kanunka und traf dort den Dieb.

Der grüßte ihn ehrerbietig mit Händeklatschen, und der Häuptling dankte ihm. Als er aber weiterreiten wollte, fragte ihn der Dieb: »Wohin wollt Ihr denn, Häuptling?« – »Ich verfolge einen Dieb, der mich bestohlen hat«, antwortete dieser, »hast du ihn vielleicht gesehen?« Der Dieb rief: »Du liebe Zeit! Dann ist das der Mann, dem ich eben begegnet bin, der so viele wertvolle Dinge trug!« Da sprang der Häuptling aufs Pferd, um jenem Mann nachzureiten; aber der Dieb hielt ihn zurück: »Nein, Häuptling, wenn Ihr reitet, werdet Ihr ihn nicht erreichen, denn da vorn ist viel Schlamm. Laßt lieber Euer Pferd hier, bindet es an einen Baum.« Und der Häuptling hörte auf die Worte und ließ sein Pferd zurück.

Kaum war er verschwunden, da band der junge Mann das Pferd los, holte alles, was er gestohlen hatte, aus dem Versteck, stieg auf und begab sich in ein weit entferntes Land, wo ihn niemand kannte. Dort begann er Handel zu treiben und wurde dabei mächtig reich. Der Häuptling aber folgte lange, lange Zeit dem Weg, bis er schließlich zu müde war, weiterzugehen. Aber als er umkehrte, um sein Pferd zu holen, da fand er, daß ihm jemand anderes zuvorgekommen war. Er jammerte nicht schlecht: »Ach, mein gutes Pferd hat man mir gestohlen!«

Fünf Jahre vergingen so, da kehrte der Dieb ins Sangaland zurück. Er suchte sofort den Häuptling auf und sagte: »Häuptling, ich möchte eine Versammlung aller Diebe, die es in diesem Lande gibt, einberufen lassen.« So sandte der Häuptling einen Soldaten, der alle großen Diebe holen mußte. Als alle beisammen waren, fragte der junge Mann einen Maniokdieb: »Wie gehst du beim Stehlen vor?« Der antwortete: »Ich stehle Maniok nur dort, wo ich Leute beim Ausbuddeln antreffe; da buddele ich dann auch aus.« Er fragte einen Maisdieb, der sagte: »Ich hole Mais nur aus einer Scheune, wo die Leute auch welchen herausholen.« Er fragte einen Fischdieb, der berichtete: »Ich gehe nur nachts auf Diebstahl aus, wenn die Eigentümer nicht da sind.« So erzählte ein Dieb nach dem anderen, wie er es machte.

Da sprach der junge Mann: »Ihr versteht alle nichts vom Stehlen, ihr seid überhaupt keine richtigen Diebe! Ich stehle nur am Tage, und außerdem nur, wenn der Besitzer dabei ist.« Die andern riefen: »Du lügst ganz schön, junger Mann! Wie kannst du stehlen, wenn der Besitzer dabeisteht?« Als sich der Protest gelegt hatte, erklärte er: »Du da drüben, habe ich dir nicht deine Ziege unterwegs gestohlen, während du zusehen konntest? Der deine Ziege stahl, das war nämlich ich!« Der Mann geriet in Zorn bei dem Gedanken, wie er sich damals angestrengt hatte, zuerst den Schuh und dann die Ziege zu suchen; doch der junge Mann sagte: »Beruhige dich, ärgere dich nicht.« Dann fragte er seinen früheren Lehrmeister: »Habe ich dir nicht jene Ziege, die ich gebracht hatte, genommen, während du ihren Magen auswuschst und hättest zusehen können?« Auch der geriet in Zorn und schrie: »Du bist ein ganz großer Nichtsnutz! Dann warst du es, der mich in den Busch hat fliehen lassen und dann auch noch die Ziege mitgenommen hat?« – »Ja, das war ich«, sagte er. Dann fragte er eine Frau: »Für das Huhn, das du mir zubereitet hast, habe ich dir da nicht das Geld gegeben?« Sie antwortete: »Doch, das hast du.« – »Aber als ich es aus dem Tuch nahm, warst du da nicht zugegen?« Da rief sie: »Ach, dann warst du es, der mein Geld stahl und mein Huhn aß, ohne zu zahlen?« – »Ja, das war ich«, gab er zu. Danach fragte er den Soldaten: »Als ich den Häuptling bestahl, warst du da nicht zugegen?« Der Soldat antwortete: »Aha, dann warst du es, der mich mit dem Huhn irreführte und den Besitz des Häuptlings mitnahm?« – »Ja, das war ich«, gestand er ein. Zum Schluß fragte er den Häuptling: »Häuptling, wißt Ihr noch, wie ich Euer Pferd stahl? Wart Ihr nicht dabei?« Der Häuptling dachte voll Ärger daran, wie er zu Fuß hatte laufen müssen, und rief: »Dann bist du der nichtsnutzige Untertan, der mir mein Pferd gestohlen hat?« – »Ja, das war ich«, antwortete der junge Mann.

Dann aber stand er auf und sagte: »Hört, ihr alle: Ich habe wissen wollen, wie es mit dem Diebstahl steht; aber das ist ein sinnloses Unterfangen. Von heute an verzichte ich darauf; ich werde nie wieder stehlen. Häuptling, hier nimm dein Pferd, es steht gut im Futter. Mann mit der Ziege, nimm diese hier für deine. Frau, nimm das Geld für das Huhn, und du, Soldat, hier ist alles Eigentum des Häuptlings.« Da freuten sich die Leute,

und der junge Mann gab von jenem Tage an tatsächlich das Stehlen auf und begann eine ehrliche Arbeit.
Ihr seht also, Freunde: Diebstahl ist ein sinnloses Unterfangen; er macht der Ehre eines Mannes ein Ende und beraubt ihn seiner Menschlichkeit. Ein Dieb gleicht einem Schmetterling, er ist nirgendwo zu Hause. So ein Mann wird in allen Dörfern verachtet. Am besten ist es, vom Stehlen zu lassen und nur das zu essen, was wir mit unserer Arbeit erwerben.

Die Krabbe und die Welse

Es war einmal ein Mann, der wollte gern Fisch essen. Also baute er eine Flußsperre, legte darin Reusen aus und kehrte heim in sein Dorf. Eine Anzahl Welse, die im Wasser schwammen, ging in die Reuse. Aber sie ahnten nicht, daß sie gefangen waren, denn das Wasser in der Reuse war gut, und alle hatten sie genug zu fressen an den kleinen Fischen, die ebenfalls hineinschwammen.
Auch eine Krabbe, die sich in der Nähe herumtrieb, geriet in die Reuse und war gefangen. Sie begann zu klettern, und auf dem Rand angekommen, sah sie die Bambusfasern der Reuse. So kehrte sie ins Wasser zurück und sagte zu den Welsen: »Kameraden, wir sind hier in irgend etwas hineingeraten, wir sind gefangen.« Die Welse erwiderten: »Das lügst du! Uns geht es hier sehr gut; wie sollten wir da gefangen sein?« Die Krabbe wiederholte ihre Warnung, aber die Welse hörten nicht auf sie. Da rief sie: »Gut denn, so merkt euch dies eine: Hier gehen wir zugrunde!«
Als der Tag vergangen war, sagte der Mann, der die Reuse aufgestellt hatte: »Ich will doch heute einmal nach meiner Reuse sehen; vielleicht haben sich Fische darin gefangen.« Er nahm seinen Sohn mit, holte die Reuse aus dem Wasser und sah die Welse darin. Dann ging er mit der Reuse in den Busch.
Die Krabbe fragte die Welse: »Na, Freunde, was habe ich euch gesagt? Heute geht's uns ans Leben bei diesem Mann da; ihr

werdet sehen, wie wir leiden müssen!« Die Welse waren ratlos und jammerten: »Wehe, dann hat die Krabbe damals die Wahrheit gesagt, und wir müssen heute sterben!«
Ja, ihr Lieben, als der Mann die Krabbe in der Reuse sah, sagte er zu seinem Sohn: »Bind die Reuse auf, schlag die Welse tot, aber die große Krabbe kann frei ausgehen.« Wirklich ging's den Welsen schlecht; sie bekamen eins mit dem Knüppel auf den Kopf und landeten im Kochtopf.
Mit uns, ihr Lieben, steht es genauso. Wenn wir hier bei den Menschen Gottes Stimme uns warnen hören, daß wir aufpassen sollen, dann müssen wir wirklich von Herzen gehorsam sein und uns warnen lassen. Irdische Schönheit ist vergänglich. Wenn der Herr kommt, wird er uns nach unseren Werken behandeln.

Wie eine Frau um einen Vogel ihr Leben verlor

Es war einmal ein Mann, der hatte Frau und Kinder. Er lebte mit ihnen allein irgendwo im Busch, und seine Arbeit bestand darin, auf die Jagd zu gehen. So begab er sich eines Tages wieder auf die Suche nach Kleinwild, aber so weit er auch lief, er bekam nichts zu sehen. Als der Abend nahte, sagte er sich: »Jetzt will ich doch lieber heimkehren.« Auf dem Rückweg erblickte er einen wunderschönen großen schwarzen Vogel. Seine Flügel waren wie aus Malachit, aber sie schimmerten noch ganz anders, so daß man die Augen nicht von ihm abwenden mochte. Der Jäger verliebte sich sofort in ihn und begann, den Baum zu ersteigen, auf dem der Vogel saß. Und was glaubt ihr: Der Vogel machte überhaupt keine Schwierigkeiten! So konnte der Jäger sich ihm nähern und ihn fangen. Voller Freude kehrte der Mann nach Hause zurück und berichtete Frau und Kindern, wie er den Vogel gefangen hatte, und alle konnten den Blick nicht mehr von ihm abwenden, denn er war über die Maßen schön.

Der Mann baute einen sehr guten Käfig, und dann gab man dem Vogel zu fressen. Aber man hatte das Futter auf den Boden des Käfigs gelegt; das verweigerte der Vogel. Nun brachte der Jäger einen Teller genau wie die, von denen sie selbst aßen, und gab ihm darauf seine Nahrung; und sieh an, da fraß der Vogel nach Herzenslust! Als der Mann das sah, befahl er Frau und Kindern: »Ihr müßt ihm täglich auf einem Teller zu fressen geben. Legt ihr sein Futter auf den Boden, werdet ihr merken, daß ich ernstlich böse werden kann!«

Viele Wochen vergingen ohne den geringsten Zwischenfall; aber eines Tages mußte der Mann weit fort, um Lebensmittel zu besorgen. Als die Frau allein war, kochte sie Maisbrei, aber dabei beklagte sie sich, wie es die Frauen gern tun: »Was ich mir hier bieten lassen muß, das läßt mein Mann sich von mir keinesfalls gefallen. Jetzt ist es doch so weit gekommen, daß ich für den Mann und für Vögel kochen muß! Heute gebe ich aber dem Vogel seine Mahlzeit nicht auf einem Teller; das ist eine Schande!« Und wirklich, als sie ihm zu fressen gab, schüttete sie es auf den Boden. Der Vogel nahm das Futter nicht an, flog auf und setzte sich im Hof auf einen hohen Baum. Da schrie die Frau: »Au wei, der Vogel meines Mannes ist fort; was tue ich jetzt?« Sie versuchte, ihn zu rufen, aber er zeigte nicht die mindeste Lust zu kommen.

Als der Mann heimkehrte, war seine erste Frage: »Wo ist mein Vogel?« Die Frau zeigte auf den Baum, und da fing auch der Vogel selbst an zu singen:

»Da sehen Sie nur, was Ihre Frau getan hat, Meister,
da sehen Sie nur, was Ihre Frau getan hat, Meister!
Den Kindern hat sie auf schönen Tellern das Essen gegeben,
und ich, der Vögel Erster, aß vom Boden.
Gut, kehren wir zurück zum Anfangszustand,
daß unsre Zahl vollkommen sei
wie Feuers Wärme.«

Da fragte der Mann seine Frau: »Hörst du, was der Vogel sagt? Also, sobald du allein warst, hast du ihm auf der Erde zu fressen gegeben! Aber wenn er davonfliegt, dann ist das dein Tod!«

Dann begann er, in größter Eile auf den Baum zu steigen, wo der Vogel saß, um ihn wieder einzufangen. Er kam auch nahe genug an ihn heran und ergriff ihn; dann stieg er mit ihm hinunter. Noch einmal schärfte er seiner Frau ein: »Denk ja immer an das, was ich dir gesagt habe: Wenn der Vogel fortfliegt, ist das dein Tod. Ich habe für jeden Teller gekauft, und ich besorge auch für alle Nahrung, was also stört dich?« So blieb der Vogel wieder schön da, versuchte auch nicht fortzufliegen, denn er spürte die Liebe seines Herrn.

Es vergingen ein paar Tage, dann hatte der Mann wieder einen Weg zu machen, der ihn weit fort führte. Bevor er aufbrach, schärfte er seiner Frau und den Kindern noch einmal genau dasselbe ein: »Hört gut zu: Ich gehe fort, und ihr habt meinen Vogel gut zu pflegen. Ich möchte ihn genauso wieder antreffen, wie ich ihn verlassen habe!«

Doch kaum war er gegangen, da machte es die Frau wie beim letzten Mal, sie beklagte sich bitter und schimpfte auf den Vogel ihres Mannes. Zuletzt schüttete sie ihm den Maisbrei einfach auf den Boden, und der Vogel verweigerte ihn, setzte sich oben auf den Käfig und begann sein Lied zu singen. Da fürchtete sich die Frau sehr und bat: »Ach, du Vogel meines Mannes, komm doch zurück, ich flehe dich an!« Sie reichte ihm auch den Maisbrei auf einem Teller. Aber er weigerte sich herunterzukommen und sagte: »Du hast mich jetzt zu sehr beleidigt.« Sie versuchte es auf jede Art, aber der Vogel flog wieder auf einen Baum.

Als der Mann zurückkehrte und seinen Vogel wieder nirgends sah, fragte er: »Wo ist der Vogel?« Da erzählten ihm die Kinder alles, und danach sang der Vogel sein Lied: »Da sehen Sie nur, was Ihre Frau getan hat, Meister!« Der Mann ärgerte sich fürchterlich. Er begann wieder, auf den Baum zu klettern, um seinen Vogel heimzuholen, aber als er in dessen Nähe kam, da flog der Vogel auf, schwang sich gewaltig in die Höhe und verschwand auf Nimmerwiedersehen.

Kaum stand der Mann wieder auf dem Boden, da nahm er seine Axt und fragte seine Frau: »Was habe ich dir gesagt? Ich habe dich gewarnt: Der Tag, an dem der Vogel fortfliegt, ist auch dein Todestag.« Tatsächlich, kaum hatte er das letzte Wort

gesprochen, da schlug er seine Frau tot. Dann nahm er seine Kinder und seine Habe und zog in ein weit entferntes Land. Meine Lieben, Frauen haben schlimme Fehler; ich weiß nicht, ob ihre Herzen von einer Krankheit verschleimt sind. Da lebt ihr zufrieden mit einer Frau, und plötzlich nimmt der Schleim in ihr überhand, und sie fängt das unsinnigste Zeug an.

Hase und Löwe im Baum der Blinden

Es war einmal eine Zeit, da wohnten der Hase und sein Onkel, der Löwe, aufs beste zusammen und verstanden sich gut. Aber der Hase war bei weitem durchtriebener als sein Onkel und versuchte immer wieder, dem Löwen in den Augen der Menschen Schande zu machen.

Eines Tages ging der Hase im Busch spazieren und kam dabei unter einen großen Baum; da hörte er im Innern des Baumes Menschen reden. Er wunderte sich sehr und sagte: »So etwas habe ich noch nie gehört!« Dann befahl er: »Du Baum, öffne dich!«, und wirklich, er öffnete sich, und der Hase ging näher heran, um genau zu sehen, was da drinnen war. Da entdeckte er eine Versammlung von Blinden, die sich unterhielten und lachten. Schließlich wurde ein ausgezeichnetes Essen aufgetragen, und sie begannen zuzulangen. Bei diesem Anblick und dem guten Geruch lief dem Hasen das Wasser im Munde zusammen. Zuletzt ging er ganz dicht heran und tat genau wie sie; er fing an mitzuessen. Da sagte einer: »Hier ist jemand anderes unter uns!« Der Hase hörte sofort auf zu essen; aber als sie wieder zulangten, da aß auch er weiter. So fuhren sie fort, bis das Essen alle war. Nun schlich sich der Hase in aller Stille wieder hinaus und ging nach Hause.

Auf diese Weise trieb er es alle Tage, bis dem Löwen schließlich etwas auffiel: »Neffe, wie bist du dick geworden! Wo holst du denn das Essen her?« Aber der wollte es ihm nicht sagen. Da wurde der Löwe zornig und herrschte ihn an: »Du sagst mir jetzt sofort, wo du das Essen her hast, das dich so zunehmen

läßt; wenn nicht, kannst du etwas erleben!« Da gab der Hase nach und meinte: »Gut denn, gehen wir morgen gemeinsam dahin, damit du mitessen kannst.«
So geschah es denn auch. Unterwegs erklärte er dem Löwen: »Du mußt sehr aufmerksam sein, denn dort, wo wir hingehen, ist es sehr gefährlich. Wenn wir in den Baum eintreten, müssen wir genauso atmen wie die, die darin wohnen, und genauso essen wie sie. Wenn sie aufhören zuzulangen, mußt du auch damit aufhören.« Der Löwe antwortete darauf, wie es sich gehört: »Gut, ich werde genau nach deinen Worten handeln.«
Als sie beim Baum der Blinden angekommen waren, erklärte der Hase dem Löwen genau, wie er hineingehen müsse. Das gelang auch gut, aber als er das gute Essen sah, machte der Löwe sich sofort darüber her, ohne zu warten. Sogleich sagte einer der Blinden: »Hier unter uns ist ein Fremder; hört einmal gut hin, dann werdet ihr es merken!« Aber der Löwe dachte an nichts anderes als an seinen gewaltigen Appetit. Er fraß wie ein Scheunendrescher, so daß ihm der Speichel die ganze Mähne bespritzte. Und schon hatten die Blinden ihn aufgespürt. Sie kamen und packten ihn, und dann erging es ihm wie Mwenze bei den Lunda; sie prügelten ihn windelweich, so daß er sich besudelte! Sein Körper war ganz geschwollen von den vielen Schlägen! Und brüllen tat er! Als er sich endlich losreißen konnte und wieder zum Hasen kam, schrie er: »Das alles habe ich dir zu verdanken! Aber jetzt lasse ich es dich fühlen!«
Da fing der Hase an zu jammern: »Onkel, schlag mich nicht tot, ich bitte dich, Onkel, ich weiß ein Mittel, ohne Mühe reich zu werden. Wenn du mich in Frieden läßt, dann sag ich's dir, und wir werden reich.« Der Löwe ging darauf ein und forderte ihn auf: »Sag mir's schnell, solange ich noch in Güte mit dir spreche!« Da schlug ihm der Hase vor: »Laß uns unsere Mütter für ein paar Kühe verkaufen!« Und so geschah es, gleich banden die beiden ihre Mütter mit Stricken und führten sie ab.
Als sie nahe bei dem Dorf waren, wo es Kühe gab, sagte der Hase zum Löwen: »Laß uns unsere Mütter erst einmal an einen Baum binden und nachsehen, ob es hier wirklich Kühe gibt.« Gesagt, getan; aber der Hase band seine Mutter nur mit ganz leichten Stricken und flüsterte ihr zu: »Reiß dich los und lauf

weg!« Bei der Rückkehr fand er, daß sie seinem Rat gefolgt war. Sofort fing er zu jammern an: »Au wei, meine Mutter ist ausgerissen, was soll ich jetzt tun?« Als der Löwe das hörte, meinte er: »Das macht gar nichts; dann verkaufen wir eben nur meine Mutter.« So geschah es, sie bekamen für die Mutter des Löwen viele Kühe und machten sich auf den Heimweg.
Auf halbem Wege schlug der Hase dem Löwen vor: »Laß uns doch die Kühe schlachten, räuchern und ein paar davon essen!« Das Räuchern gelang sehr gut; aber dann meinte der Hase: »Es gehört sich, daß wir uns zum Essen festbinden. Onkel, du bist der Ältere; darum werde ich dich zuerst fesseln.« Der Löwe war einverstanden, und der Hase band ihn rundherum mit starken Stricken fest. Dann aß er nach Herzenslust, und der Löwe konnte nur wütend zusehen. Zuletzt rammte ihm der Hase noch einen Knochen in den Rachen, nahm dann alles übrige Fleisch mit und verkaufte es im Dorf.
Indessen litt der Löwe schrecklichen Hunger und Durst, und so schnell war niemand da, um ihn zu erlösen. Zum Schluß aber kam eine Termite und fand ihn in seinem Unglück. Sie fragte: »Wie kommt denn das, König, wer hat dir das angetan?« Da erzählte ihr der Löwe alles ganz genau. Nun zernagte die Termite sämtliche Stricke und machte ihn los. Der Löwe sprach: »Hier habe ich nichts Gutes, womit ich dir vergelten könnte, was du für mich getan hast; aber warte, bis ich heimgekehrt bin, und komm dann zu mir.«
Während der Löwe nach Hause ging, beklagte er sich bitter: »Ganz gleich, wo ich den Hasen treffe, ich schlage ihn erbarmungslos tot, denn er hat mich um alle Würde gebracht, mich, den König des ganzen Tierreichs.« Nur mit Mühe schaffte er den Weg, denn alle Muskeln taten ihm weh von dem Marsch und von allem, was er unterwegs erlitten hatte. Aber man nahm ihn freundlich auf und fragte: »Wo bist du denn gewesen?« Er erzählte alles haarklein, und die Tiere waren sehr froh über seine Rettung und sagten: »Wenn die Termite kommt, geben wir ihr ein großes Essen; denn mit der Rettung des Löwen hat sie etwas Großes vollbracht.«
Aber der Hase hatte alles gehört, was der Löwe und die anderen Tiere sich vornahmen, und suchte ein Mittel, sie wieder anzu-

führen. Darum rieb er sich mit viel Erde den Leib ein, ging zum Löwen, klopfte, man öffnete ihm und fragte: »Wer bist du denn?« Er antwortete: »Ich bin die Termite; ich bin so dick geworden, weil ich die letzten Tage so fett gegessen habe.« Als der Löwe und all die andern Tiere sahen, wie sehr voll Erde das Tier war, glaubten sie, da sei wirklich die Termite gekommen, und sofort ertönte das ganze Dorf von Freudenschreien. Man kochte Maisbrei mit Huhn, brachte Bier und tat alles, um die ›Termite‹ zu erfreuen, und der Hase aß und trank aus Leibeskräften.
Als man ihn in der Dunkelheit zum Haus brachte, wo er übernachten sollte, begann es zu regnen, und die Erde wurde völlig abgespült. Am nächsten Morgen schloß man das Haus auf: Da sah man, daß es der Hase war! Sofort nahm man ihn fest, um ihn zu töten! Aber dort, wo man ihn vorerst einsperrte, war die Grille. Die riet ihm: »Wenn dich der Löwe fragt, wie man dich umbringen könne, mußt du immer die Wahrheit sagen!« Dann ging sie den Löwen beraten: »Wenn du den Hasen fragst, wie man ihn töten könne, und er antwortet auf eine Frage zustimmend, dann ist das gelogen; aber was er verneint, das ist wahr. Um ihn zu töten, muß man ihn morgens in den Tau werfen.«
Bald darauf ging der Löwe den Hasen verhören: »Kann man dich mit einem Messer umbringen?« – »Jawohl«, antwortete der Hase. So fragte der Löwe sämtliche Todesarten durch, und immer bekam er ein Ja zur Antwort; aber als er fragte: »Und wenn man dich in den Tau wirft, stirbst du dann?«, da sagte der Hase: »Nein.« Sofort packte ihn der Löwe, schleppte ihn fort und warf ihn in den Tau; aber der Hase sprang auf und lief davon. Daher kommt es, daß der Löwe noch heute den Hasen sucht, um ihn umzubringen.

Der Trockenfisch

Es gab einmal ein blühendes Dorf mit sehr vielen jungen Männern. Die hatten eine große Vorliebe für den Fischfang, ganz gleich, ob mit der Angel oder mit Hilfe von Gift, wenn der Bach nur wenig Wasser führte.

So nahmen sie eines Tages wieder ihre Angeln und ihre Köder und sagten: »Gehen wir angeln, denn uns steht der Sinn allein nach Fisch!« Sie machten sich auf den Weg, und unterwegs schon waren sie voller Freude bei dem Gedanken, bald Fische fangen zu können. Am Wasser angekommen, suchte sich jeder seinen Angelplatz, den er sich eingerichtet hatte, und dann ging es ans Angeln. Fast alle hatten bald eine Menge Fische erbeutet, die sie auf Fischleinen aufreihten.

Aber unter den jungen Männern gab es einen, der hatte an jenem Tag ausgesprochenes Pech. Während die anderen eine Menge Fische angelten, fing er auch nicht einen, und die ganz kleinen Fische fraßen ihm noch seinen Köder weg. So wurde es schließlich Abend, und er warf noch einmal seine Angel aus. Da sah er plötzlich den Schwimmer tüchtig zucken und dann untertauchen. Sogleich begann er sich zu rühmen, welch guten Fang er tun werde; aber als er seine Beute herauszog, da sah er einen getrockneten Fisch am Haken hängen!

Zugleich hörte er, wie sich die anderen Fische beklagten: »Sie haben den Trockenfisch gefangen, sie haben den Trockenfisch gefangen!« Aber die Erwachsenen unter den Fischen antworteten: »Laßt sie ihn nur mitnehmen; wo er herkommt, da war er bei den Weisen, und wo er hingeht, da kommt er auch zu den Weisen.«

Der Junge aber machte sich auf den Weg und kehrte mit seinem Fisch ins Dorf zurück. Kaum angekommen, berichtete er gleich seinem Vater: »Sieh nur, Vater, ich habe einen Trockenfisch geangelt!« Der Vater staunte nicht schlecht und sagte: »Das müssen wir vor die Ältesten bringen, damit sie uns raten, was wir tun sollen; denn ich habe so etwas noch nie gesehen.«

Sie brachten also ihr Anliegen vor die Ältesten. Die blieben zuerst stumm, aber schließlich sagten sie: »Das ist ein großes Wunder, was der Junge da mit seiner Angel erbeutet hat. Er muß den Fisch nehmen und dahin zurückbringen, wo er ihn hergeholt hat.«

So trug denn der Junge den Trockenfisch zum Angelplatz zurück und warf ihn dort ins Wasser. Da freuten sich die anderen Fische und begannen zu rufen: »Der Trockenfisch ist zurück, der Trockenfisch ist zurück!« Und die Obersten der Fische

sprachen: »Haben wir euch nicht gesagt: ›Weint nicht, denn hier, wo der Trockenfisch herkommt, war er bei den Weisen, und wo er hingeht, da kommt er auch zu den Weisen‹? Jetzt seht ihr, daß sie ihn zurückgebracht haben!« Danach kehrte der Junge ins Dorf zurück und berichtete den Ältesten. Die waren zufrieden und meinten: »Das hast du recht gemacht.«
Darum pflegt man noch heute zu sagen: »Wenn jemand sich auf einen Angelplatz versteift, wo die Fische nicht anbeißen, dann angelt er schließlich noch einen Trockenfisch!«

Der ausgeliehene Körper

Es war einmal ein sehr schönes Mädchen, und so kam eines Tages jemand und heiratete es. Aber das war ein Aussätziger! Doch lebten die beiden lange Zeit zusammen, bevor die junge Frau es merkte; denn erst dann trat das Wasser aus seinem Körper. »Was«, rief sie, »so ist mein Mann? Nein!« Aber sie blieb ihm treu.
Eines Tages erfuhren sie: »In Kasonkomona ist Tanz zum Gedächtnis eines Toten.« – »Was«, rief der junge Mann, »Tanz?« Wie gerne wäre er hingegangen, denn er tanzte leidenschaftlich gern; aber sein Zustand machte ihm zu große Beschwerden; das Wasser sickerte nur so aus seinen Wunden. Da bat er seine Frau: »Liebe Frau, laß uns doch unsere Körper tauschen: Ich gebe dir diesen, und du gibst mir dafür den deinen, damit ich zum Tanz gehen kann.« Aber sie lehnte ab: »Wie denn, ich soll dir meinen Körper geben? Nein, damit kannst du nicht gehen!« Also blieben sie zu Hause, und nur die andern Leute tanzten zum Gedächtnis des Toten.
Da hörten sie, in Lukunki sei ebenfalls ein solcher Tanz. »Ach, liebe Frau«, bat der Mann, »soll ich auf den auch verzichten?« – »Na ja, dann mach nur«, antwortete sie, »tauschen wir!« Und schon zog sie ihren Körper aus und gab ihn ihrem Mann, und er überließ ihr seinen aussätzigen.
Dann ging er zum Tanz und tanzte, tanzte, tanzte ... bis zum

Schluß der beste Tänzer belohnt wurde; das war er! Man gab ihm einen Sklaven. Da hörte er: »Da oben in Kamanga ist Gedächtnistanz!« Gleich ging er los, kam nach Kamanga und tanzte... und erhielt wieder einen Sklaven als Preis. Da hörte er: »In Lwambo ist Gedächtnistanz!« Sofort sagte er: »Ich gehe nach Lwambo!« Währenddessen saß seine Frau zu Hause, wartete und wartete, und schließlich war sie es leid; denn sie hatte große Schmerzen mit dem ausgeliehenen Körper ihres Mannes. So beschloß sie: »Heute gehe ich ihm nach und hole mir meinen Körper!«

Sie machte sich auf den Weg, und beim Laufen sang sie:

»Hört, ihr Wandrer, hört, ihr Wandrer,
sagt dem, der da geht im Mondlicht,
er soll doch morgen zurückkommen, ngololyo,
und mir meinen Körper zurückbringen
und seinen nehmen, ngololyo.
Wenn dich dein Mann verachtet, ngololyo,
verachte du ihn wieder, ngololyo,
verachtet einander, ngololyo.«

Sie lief und lief, kam nach Lukunki und fragte den Häuptling: »Vater Mwepu, hast du hier nicht einen jungen Mann gesehen, der von auswärts gekommen ist und sehr gut tanzt?« – »Ja, sicher«, antwortete dieser; »ich habe ihm als Preis einen Sklaven gegeben, und dann ging er fort.« – »Ach, was er mir damit antut!« beklagte sich die Frau. »Aber wir treffen uns noch! Da macht mir der Aussatz schon Beschwerden, und dann noch das zu hören!« So ging sie weiter und sang ihr Lied dazu.

In Kamanga angekommen, fragte sie wieder den Häuptling: »Vater Kamanga, habt ihr hier nicht einen jungen Mann gesehen, der ausgezeichnet tanzt?« – »Aber sicher«, antwortete er, »der war gerade noch da, und man hat ihm als Preis einen Sklaven gegeben.« – »Auch das noch!« rief die Frau. »Seht nur die Wunden hier an seinem scheußlichen Körper, den ich jetzt habe! Aber ich werde den jungen Mann schon noch treffen!« So lief sie weiter und sang ihr Lied dazu.

Nach und nach wurde sie müde, außerdem ging es bergauf; aber sie sang ihr Lied und lief immer weiter, bis sie nach Kyabo kam. »Ach, Häuptling Ngyemushi, zeig mir doch den jungen

Mann, der hierherkam und sehr gut tanzte!« – »Ja«, sagte der Häuptling, »hier am Feuer hat er getanzt, und als Preis habe ich ihm einen Sklaven gegeben. Er ist fort, sie sind gestern nach Kawama gegangen.« So mußte die Frau wieder umkehren, lief und sang ihr Lied dazu.
In Kawama angekommen, wieder dieselbe Erkundigung beim Häuptling. Der sagte: »Ja, gestern haben sie hier getanzt, und ich habe ihm einen Sklaven als Preis gegeben. Hörst du das Trommeln? Das ist in Nsumba, und da ist er hingegangen.« Da freute sich die Frau und rief: »Da sieh einmal selbst, Vater! Der Aussatz macht mir die größten Beschwerden, und hier an den Augen läuft gar das Wasser heraus!« So lief sie weiter, müde wie sie war, und sang immer ihr Lied dazu.
In Nsumba traf sie ihren Mann, wie er zum Tanz ging. »Laß mich doch weitermachen!« bat er. Aber sie wollte davon nichts hören: »Steht es so mit dir, Freund?« fragte sie. »Gib mir meinen Körper! Sieh nur, was für einen du mir dagelassen hast!« – »Ach, laß mich doch weitertanzen!« bat er noch einmal; aber sie sagte: »Nein, mit meinem Körper tanzt du nicht mehr; komm mit zum Häuptling!« Dem trugen sie ihren Streitfall vor.
Häuptling Nsumba entschied: »Gib ihr ihren Körper!« Da zog der junge Mann den Körper seiner Frau aus und gab ihn ihr zurück, und sie nahm den seinen und gab ihn ihm. So war der Fall geregelt; und auch die Sklaven, die der Mann als Preis bekommen hatte, fielen an seine Frau.

Der blinde Vater als Retter

Es war einmal ein Mann, der hatte Frau und Sohn, aber er war blind. Als der Junge eines Tages eine Taube gefangen hatte, brachte er sie seiner Mutter zum Zubereiten und sagte: »Mutter, gib aber nichts von meiner Turteltaube dem Vater! Vater ist ja blind.« Die Mutter war erstaunt darüber, aber der Sohn aß seine Beute allein mit seiner Mutter.
Am nächsten Tag fing er ein Rebhuhn, brachte es wieder seiner

Mutter und befahl ihr: »Mutter, gib nichts von meinem Rebhuhn dem Vater; denn er ist ja blind. Die Väter aller meiner Freunde sind gesund, nur ich habe einen blinden Vater! Aber so einen will ich nicht, das ist nicht mein Vater!« Und jedesmal, wenn jemand zu ihm von seinem Vater sprach, wies er das heftig zurück: »Das ist nicht mein Vater!« So aß er denn auch das Rebhuhn nur mit seiner Mutter.

Tags darauf zogen portugiesische Händler durch, sie hatten Gewehre und einen Sack mit Schießpulver. Als die Mutter das sah, rief sie ihren Sohn: »Sieh nur, mein Junge, die Gewehre, die sie da bringen, die Portugiesen!« – »Aber Mutter, du kannst mir ja doch keins kaufen«, sagte er. »Nein, geh und sprich mit deinem Vater!« riet ihm die Mutter. »Was für ein Vater?« fragte er. »Das da ist nicht mein Vater, kommt überhaupt nicht in Frage!« – »Nein, Junge, das ist dein Vater!« Aber er widersprach, und die Mutter gab es auf.

Als die Portugiesen da waren, ging die Mutter zu ihrem Mann und berichtete ihm: »Du, Mann, da sind Portugiesen gekommen mit Gewehren.« – »Und was soll eins kosten?« fragte er. »Wir haben sie nicht gefragt.« – »Geh dich mal erkundigen!« – »Zweihundertfünfzig, und ihr bekommt das Gewehr!« sagten die Portugiesen. Als die Frau das ihrem Mann erzählte, befahl er: »Gut, dann bring mir mal den Kasten da, der hier drin ist.« Er schloß ihn auf, nahm das verlangte Geld heraus, und sie kauften das Gewehr. Als die Portugiesen fort waren, gab er das Gewehr seinem Sohn und sagte: »Mein Junge, hier hab ich dir ein Gewehr gekauft, damit du uns Wild schießen kannst und wir zu essen haben.« – »In Ordnung«, antwortete der Junge.

Am folgenden Tage ging er in den Busch, erlegte eine Gazelle, brachte sie heim und trug der Mutter auf: »Mutter, gib dem Vater nichts von meiner Gazelle! Vater ist ja blind!« – »Was, deinem Vater, der dir das Gewehr gekauft hat, willst du nichts davon abgeben?« – »Nein, kommt gar nicht in Frage! Gib ihm ja nichts davon!« So aßen sie denn die Gazelle allein. Genauso war es am nächsten Tag, als er einen Buschbock schoß; wieder bekam der Vater nichts ab.

Aber als er am dritten Tag auf die Jagd ging, sah er einen Elefanten näher kommen. ›Einem Elefanten muß man ins Auge schießen‹, wiederholte er innerlich, und danach richtete er sich. Bum! ging der Schuß los, traf genau ins Auge, und der Elefant fiel um. Aber als er an ihn herantrat, da sah er, daß der Elefant drei Kugeleinschüsse um den Nabel herum hatte. »Ich habe ihn doch in den Kopf geschossen; woher kommen denn dann diese Einschüsse?« fragte er sich erstaunt. »Ich will doch erst mal seiner Fährte nachgehen.« Er folgte ihr ein Stück weit: Da fand er überall Blutspuren. Nun war guter Rat teuer, denn damals galt das Recht, daß man zum Sklaven gemacht werden konnte, wenn man ein von einem andern angeschossenes Tier tötete!

Er lief zu seiner Mutter und berichtete ihr: »Ich habe einen Elefanten erlegt, habe ihn ins Auge getroffen, und dann habe ich noch drei andere Schußlöcher gefunden; so bin ich der Fährte nachgegangen, da war überall Blut: Er war von andern angeschossen worden! Was mach ich da nur?« Die Mutter riet ihm: »Geh zu deinem Vater.« – »Was, der da wäre mein Vater? Nicht für mich!« Die Mutter sagte noch einmal: »Geh!«, aber dann ging sie selbst und bat: »Lieber Mann, denk einmal, unser Sohn ist einen Elefanten schießen gegangen und hat ihn genau ins Auge getroffen, mit beiden Kugeln. Wie er näher hinsieht, tritt auch am Nabel Blut aus. Er gehört Fremden, die haben ihn angeschossen; er gehört andern!« – »Nun, unter diesen Umständen müßt ihr mich hinbringen, da muß ich selbst an Ort und Stelle sein«, meinte der Vater.

Inzwischen waren schon die Leute zusammengelaufen; eine große Menge hatte sich bei dem Elefanten eingefunden. Den Vater führten sie an der Hand und brachten ihn auch dorthin. Er tastete alles ab, dann rief er: »He, ihr Männer, hebt ein Grab aus!« Nachdem sie das getan hatten, befahl er weiter: »Jetzt reißt ein Büschel Gras aus!« Als sie es anbrachten, hieß es: »Begrabt es!« Sie warfen das Grab zu, und er ordnete an: »Nun stellt ein Kreuz darauf und zerbrecht eine Schüssel«, wie man es hier auf Gräbern tut. Sobald alles geschehen war, sagte er: »Und jetzt zerlegt den Elefanten!« Damit hatten sie dann eine ganze Weile zu tun.

Als sie in die Richtung sahen, aus der das Tier gekommen war, bemerkten sie den Mann, der es als erster angeschossen und

seine Dorfgenossen zu Hilfe geholt hatte. Sie näherten sich, und der Schütze rief: »He, ihr Leute, sie zerlegen unsern Elefanten! Nehmt sie fest!« So nahmen die andern sie fest und banden sie. Da hörten sie aus einer kleinen Hütte, die man da gebaut hatte, die Stimme des Blinden: »He, ich habe das Anrecht auf diesen Elefanten, denn er ist hierher gekommen und hat einen aus meiner Familie umgebracht. Da er mir jemanden getötet hat, habe ich ihn auch getötet. Seht doch da das Grab unter dem großen Baum!« Und als sie nachschauten, war da wirklich ein Grab! »Ach, dann haben sie deshalb den Elefanten erschossen«, besprachen sich die Fremden untereinander, »weil er hier einen der Ihren umgebracht hat; und deshalb zerlegen sie ihn auch!« Noch einmal rief der Blinde: »Seht ihr das Grab nicht, da unter dem Baum? Ihr Männer, nehmt die Fremden fest!« Da hatte sich das Blättchen gewendet: Die zuerst die andern gefesselt hatten, wurden nun selbst gebunden; dann wurde der Elefant weiter zerlegt, und der Blinde bekam ein besonders großes Stück. Ja, sie bauten dort sogar Häuser, wurden recht zahlreich, und wenn man sie später nach ihrer Sippe fragte, dann sagten sie: »Wir sind Elefantenleute!«
Was können wir daraus lernen? Der den guten Rat gab, so daß sie gerettet wurden, das war jener blinde Vater. Darum, verachte deinen Vater nicht.

Der Schlauberger und der Häuptling

Es war einmal ein Häuptling, der nahm einen Ziegenbock, übergab ihn Ye-badimwine-kala, dem Schlauberger, und sagte: »Du da, meine Ziege hier bleibt jetzt bei dir.« Also gut, Ye-badimwine-kala nahm die ›Ziege‹ mit, brachte sie nach Hause und versorgte sie: ein Jahr, noch ein Jahr, schließlich ein drittes Jahr lang. Im vierten Jahr sandte der Häuptling einen Jungen und trug ihm auf: »Geh zu Ye-badimwine-kala und bring mir eine Ziege, denn ich erwarte Besuch; sie müssen sich dort schon ziemlich vermehrt haben.«

Als Ye-badimwine-kala den Jungen sah, wußte er gleich Bescheid: »Na, du kommst wohl wegen der ›Ziege‹ des Häuptlings, nicht?« Der Junge bejahte. Da beschied ihm der Mann: »Weißt du, seine Ziegen haben sich vermehrt, sie sind jetzt noch grasen. Geh und sag dem Häuptling, er möge doch selbst morgen früh kommen; ich werde sie im Stall einschließen, da kann er dann eine zum Schlachten aussuchen.« So ging der Junge zurück. Der Häuptling fragte gleich: »Wo ist die Ziege?« – »Noch nicht da«, antwortete der Junge; »ich traf Ye-badimwine-kala, aber er sagte: ›Die Ziegen sind noch tüchtig beim Fressen, geh dem Häuptling sagen, er möge selbst kommen.‹« Der war's zufrieden.

Ganz früh am nächsten Morgen ging Ye-badimwine-kala auf die Veranda seines Hauses und breitete dort seine Schlafmatte aus. Dann sagte er zu seinem Sohn: »Mein Junge, geh auf den Weg und warte dort. Wenn der Häuptling kommt und fragt: ›Ist dein Vater da?‹, dann antwortest du ihm: ›Ja, er ist zu Hause, aber wir haben nicht schlafen können; wir mußten ihm Geburtshilfe leisten, das Kind hätte ihn fast das Leben gekostet. Bei allen Kindern ist es gut gegangen, aber dieses hätte ihn beinahe getötet.‹« – »Das soll ich sagen?« – »Ja, genau das!«

Da ging der Junge zur Straße, und schon sah er den Häuptling kommen und grüßte ihn höflich. Der dankte und fragte dann: »Ist dein Vater da?« – »Ja, er ist da, er liegt da oben, die Nacht haben wir nicht schlafen können, wir mußten Geburtshilfe leisten, Vater konnte nicht gebären.« – »Was, dein Vater?« – »Ja«, sagte der Junge. »Da staune ich aber!« rief der Häuptling und ging schnell auf das Haus zu, wo er Ye-badimwine-kala liegen sah.

»Na, wie geht's, Ye-badimwine-kala?« fragte er. »Ach, nur so, Häuptling«, antwortete der; »ich habe deine Botschaft erhalten, aber die ganze Nacht mußten sie mir Geburtshilfe leisten. All die andern Kinder da habe ich ohne Schwierigkeiten zur Welt gebracht, aber dieses Kind wollte mir ans Leben.« – »Hör mal, Ye-badimwine-kala, alle Welt weiß, daß nur Frauen gebären; wie willst du da als Mann ein Kind bekommen?« – »Na ja, Häuptling, nichts für ungut; aber wenn du mich fragst: ›Wie

willst du als Mann ein Kind bekommen?‹, wie soll dann dein Bock, den du mir übergeben hast, gebären können? Du hast mir jemanden geschickt, der dir eine Ziege bringen sollte, weil es vielleicht schon viele wären; aber wie soll dein Bock sich denn vermehrt haben?« Dem Häuptling fehlten die Worte. »O Ye-badimwine-kala, Ye-badimwine-kala!« stieß er hervor. »Ja, Häuptling?« – »Morgen meldest du dich bei mir!«
So ging denn Ye-badimwine-kala am nächsten Morgen zum Häuptling. Der befahl ihm: »Grab mir hier einen Schacht, und zwar so tief, wie der Erdboden reicht, bis du aufs Wasser kommst. Hier mitten durch gräbst du, soweit die Erde reicht, dann genügt es; das soll mein Abtritt werden.« So begann Ye-badimwine-kala zu graben, grub und grub. Nach einiger Zeit bekam er Durst und bat den Häuptling: »Bitte gib mir Wasser zu trinken; aber nicht in einer Tasse, einem Schöpfer oder dergleichen, sondern in einem Korb; nur das darf ich trinken.« Und wirklich ging der Häuptling mit einem Korb Wasser schöpfen, aber jedesmal floß es sofort wieder heraus. Da kam er zurück und fragte: »Ye-badimwine-kala, welchen Menschen hast du schon einmal mit einem Korb Wasser schöpfen sehen?« Er fragte zurück: »Häuptling, welchen Menschen hast du schon einmal den Erdboden durchbohren sehen, den Gott geschaffen hat?« So hatte schließlich keiner den andern hereinlegen können.

Die Bienen und der Honigspürer

Die Bienen schlossen eines Tages – lang ist's her – Freundschaft mit dem Honigspürer, einem Vogel, der heute den Menschen zur Behausung der wilden Bienen führt. Damals aber waren sie gute Freunde und besuchten einander oft. Doch dann wurde das Kind der Bienen krank. Die besorgten Eltern suchten die Medizinmänner auf, um sich weissagen zu lassen, und bekamen die Auskunft: »Ihr müßt unbedingt Federn des Honigspürers bringen; dann kann euer Kind gerettet werden.

Wenn ihr aber keine solchen Federn bringt, dann stirbt euer Kind.«
Die Eltern bedankten sich für die Auskunft und suchten ihren Freund auf. Als sie ihm ihr Anliegen vortrugen, ließ er sich bereitwillig so viele Federn ausreißen, wie sie brauchten. Damit wurde dann ihr Kind behandelt, und nach kurzer Zeit war es wieder gesund.
Aber als einige Wochen vergangen waren, da erkrankte das Kind des Honigspürers. Die Eltern suchten die Medizinmänner auf und bekamen zur Antwort: »Geht und bringt Bienenflügel; wird euer Kind damit behandelt, wird es gesund; wenn nicht, stirbt es.«
Also gingen die Eltern zu ihren Freunden, den Bienen, und trugen ihre Angelegenheit vor mit dem Hinweis, daß sie ja auch ihre Federn gegeben hätten. Aber die Bienen weigerten sich: »Sieh doch mal«, sagte der Bienenvater zu seinem Freund, »auch wenn ich dir einige Federn ausgerissen habe, so hast du noch viele behalten. Aber wenn du mir einen Flügel ausreißt, wo ich doch nur zwei habe, dann ist das etwas anderes. Nein, Freund Honigspürer! Wenn du mir einen Flügel ausreißt, dann muß ich sterben.«
Doch der Honigspürer gab sich damit nicht zufrieden: »Nein«, rief er, »als du kamst, mir Federn auszureißen, um dein Kind zu behandeln, da habe ich sie dir gegeben; und jetzt, wo unser Kind krank ist und man mich schickt, Bienenflügel zu holen, um es zu retten, wie kannst du dich da weigern? Ich will ebenso deine Flügel haben wie du damals meine Federn!«
Da flogen die Bienen einfach auf – summ! und weg waren sie! »Wir wollen mit dem Honigspürer nichts mehr zu tun haben«, beschlossen sie. Der aber rief ihnen nach: »Wartet nur! Wohin ihr auch flüchtet, und wenn ihr in die Erde kriecht, ich werde euch finden, und wenn ihr euch in Baumhöhlen versteckt, werde ich euch auch finden!« So spürt der Honigspürer bis zum heutigen Tage den Bienen nach wegen dem, was sie ihm angetan haben, und führt sogar die Menschen zu ihrem Bau.

Der Wettstreit zwischen Milan und Honigspürer

Eines Tages gerieten der Milan und der Honigspürer miteinander in Streit. Der Milan behauptete: »Ich helfe den Menschen!« Der Honigspürer widersprach: »Nein, mein Freund, der den Menschen hilft, das bin ich!« Schließlich beschlossen sie, gemeinsam den Versuch zu machen, wer von ihnen wirklich den Menschen hülfe. Der Milan fing an: »Ich werde dir jetzt zeigen, wie ich den Menschen beistehe!« Beide flogen auf und setzten sich dann auf einen Baum dicht am Dorfrand.
Da sah der Milan in einem Hof ein Huhn, das da mit seinen Küken scharrte. Gleich schwang er sich in die Luft und ergriff eins davon. Sofort stürzten die Leute aus den Häusern und machten ein Riesengeschrei: »Der Milan hat geraubt, der Milan hat geraubt!« Als der Milan das hörte, ließ er das Küken fallen, kehrte zu dem Baum zurück, wo sein Freund noch saß, und setzte sich daneben. Da fragte ihn der Honigspürer: »Du, Milan, sag mal, was sollen die Leute denn essen, wenn du mit leeren Fängen zurückkommst?« Der antwortete: »Nicht doch, Freund, warte nur ein wenig! Wenn ich jetzt mit leeren Fängen zurückgekehrt bin, so hat das nichts zu sagen; ich bin gewissermaßen der Kochtopf, der für all die Leute kocht. Ich werde ihnen zu essen geben.«
Sie ließen noch eine Weile verstreichen, da sah der Milan wieder ein Huhn, das mit seinen Küken auf dem Hof scharrte. Er flog auf und ergriff eins davon. Die Leute schrien ihm zu: »Laß es fallen, Milan!«, und andere warfen mit Steinen nach ihm. Als er das sah und hörte, ließ er das Küken wirklich fallen und kehrte zu dem Baum zurück, auf dem er vorher mit dem Honigspürer gesessen hatte. Er versuchte es noch viele Male, fand aber nichts, was er den Leuten zu essen geben konnte. Schließlich ging der Tag zu Ende.
Tags darauf sagte der Honigspürer: »Jetzt werde ich dir einmal zeigen, wie ich den Menschen helfe.« Er erblickte eine größere

Anzahl von Leuten, die in den Busch gehen wollten, und flog auf. Im Busch angekommen, gingen sie lange Zeit spazieren. Schließlich wurden sie müde und hungrig, so daß sie beinahe gestorben wären. Da begann der Honigspürer zu zwitschern und sein Lied zu singen: »Ich bin der Honigspürer, ich habe ebenso schöne Federn wie der Nduba-Vogel. Wenn ihr mir etwas abgebt, dann könnt ihr vor dem Flugloch der Bienen bald Feuer machen.« Dazu pfiff er immer wieder, so daß die Leute auf ihn aufmerksam wurden und sagten: »Hört nur, wie der Honigspürer zwitschert! Wir wollen ihm doch mal nachgehen; vielleicht führt er uns zum Honig.« So begannen sie ihm zu folgen, und nach einer Weile standen sie vor einem großen Baum, wo aus einem Loch Bienen ausflogen. Sie fällten den Baum und holten den Honig heraus. Dann fragten sie: »Wo wollen wir diesen Honig essen?« Einige schlugen vor: »Gehen wir doch ans Wasser dazu!« Das taten sie auch, setzten sich dort hin, nahmen die Waben, legten die Larven darauf und ließen es sich schmekken. So wurden sie satt, und ihre Kraft kehrte ihnen zurück.
Als sie fertig waren mit essen, lobten sie den Honigspürer: »Der hat uns geholfen, er hat uns vor dem Hunger gerettet, als wir fast gestorben wären.« Da fragte der Honigspürer den Milan: »Hörst du, was die Leute da sagen? Sie haben gesagt, ich habe ihnen geholfen; aber du kannst nichts weiter als Hühnerküken stehlen.« Da schämte der Milan sich sehr.
Bis zum heutigen Tage ist der Honigspürer der Vogel, der die Menschen vor dem Hunger bewahrt; aber auch sie müssen sich dankbar zeigen, indem sie ihm Bienenlarven auf einen Baumstumpf oder einen kleinen Termitenbau legen. Wenn sie das unterlassen, dann führt er sie das nächste Mal vielleicht vor einen Löwen oder mitten unter Wanderameisen oder zu einer Pythonschlange.

Die Rache des Honigspürers

Es war einmal ein Mann, der hieß Kyafwa-mukulu. Der nahm sich eines Tages vor: »Ich will mal in den Busch gehen und mir etwas Süßes holen; heute ist kühles Wetter, da lassen die Bienen sich am ehesten sehen.« So nahm er Axt und Speer und brach auf. Im tiefen Busch schlug er seine Axt in einen Baum; da kam der Honigspürer geflogen, und der Mann folgte ihm. Dabei sagte er zu ihm: »Zeig mir doch etwas auf dem Boden; ich kann nicht gut klettern.« Und richtig, als sie an einem kleinen Termitenbau vorbeikamen, bog der Honigspürer plötzlich ab und pfiff: »Sieh! Sieh!« Kyafwa-mukulu freute sich sehr, als er beim Nähertreten sah, daß unter dem Termitenbau Bienen hervorkamen. Er holte sich den Honig, aß ein wenig, den andern nahm er mit, aber viel hatten die Bienen noch nicht gesammelt. Dem Honigspürer gab er nichts. Dann ging er weiter. Plötzlich hörte er den Honigspürer wieder pfeifen. Gleich beschleunigte er seine Schritte und folgte ihm! Der Vogel führte ihn zu einem großen Baumstamm, der als Brücke diente; da stand Kyafwa-mukulu vor einem Ungeheuer, nicht Mensch, nicht Tier, zu irgendeiner andern Art gehörig. Er ging etwas näher heran, um es sich anzusehen; aber da hatte es ihn auch schon erspäht. »Jetzt aber fort!« sagte er sich; doch da hatte es ihn bereits gepackt, nahm ihm den Honig fort, den er trug, und fraß ihn auf. Und dann ging es Kyafwa-mukulu schlecht: Das Ungeheuer zerkratzte ihn am ganzen Leibe mit seinen Krallen, sogar am Kopf!

Als es ihn endlich laufenließ, kam er mit Mühe heim ins Dorf; es fehlte nicht viel, und er wäre gestorben. Im Busch gibt es eben Raubtiere, und wenn du dem Honigspürer nichts abgibst, dann führt er dich dorthin. Darum folgen ihm manche niemals nach. Auch Kyafwa-mukulu sagte sich: »Das soll mir zur Warnung dienen!«, und bis heute geht er weder auf Honigsuche, noch folgt er einem Honigspürer. Nun wißt ihr, wie es im Busch zugeht.

Wie es Mwenze bei den Lunda erging

Es war einmal ein großer Affe, der hieß Mwenze. Der nahm sich vor, sich bei den Lunda zu verheiraten. Dort angekommen, führte er sein Vorhaben aus, aber die Ehe blieb kinderlos, und er zeigte auch keinerlei Achtung vor der Schwiegerfamilie. Da starb seine Frau, etwas, das in vielen Stämmen von vornherein dem Mann als Schuld angerechnet wird, so daß er selten ungeschoren davonkommt.

Hier aber sagten seine Schwäger, die er nicht hatte gelten lassen: »Da seht mal den an, uns gönnte er kein gutes Wort, aber seine Frau läßt er sterben! Jetzt wollen wir ihn auch mal so schlecht behandeln wie er uns.« Sie nahmen den verwitweten Affen, erhitzten eine Hacke am Feuer, bis sie glühend rot war, und sagten: »Das ist bei uns so Brauch!« Dann hielten sie ihm die auf seine Sitzfläche, bis sie ihm ganz verbrannt war, und erklärten dazu wieder: »So ist es bei uns Brauch!« Alles war weggesengt, nie wieder wuchs bei Mwenze da ein Haar, sogar die Knochen traten hervor; aber die Schwäger blieben dabei: »So ist es bei uns Brauch.« Mit knapper Not behielt Mwenze das Leben. Darum sagen alle, die noch gerade so davongekommen sind: »Ich habe ein Pech gehabt, genauso wie damals Mwenze bei den Lunda.«

Übrigens muß Mwenze später noch einmal geheiratet und Kinder gezeugt haben; denn sie haben von ihm die rot gebrannten, haarlosen Stellen am Hinterteil geerbt!

Wie der Hahn mit dem Krokodil verwandt ist

Der Hahn hatte sich am Flußufer einmal eine Schmiede eingerichtet mit allen Werkzeugen, Hammer und Blasebalg. Da schmiedete er unermüdlich, hämmerte und hämmerte, und abends ließ er sein Werkzeug einfach am Ufer.

Eines Tages kam sein Freund, das Krokodil, dorthin. Es war ärgerlich: »Warum macht dieser Kerl hier so einen Krach?« fragte es sich! »Ich liege ruhig im Wasser, und er macht hier solchen Lärm! So etwas gehört sich ganz und gar nicht; das will ich nicht haben.« Und schon kroch es an Land, machte sich über die Schmiede des Hahns her, nahm alles, was es da gab, und versteckte es im Wasser.

Am nächsten Tage kam der Hahn wieder und wollte schmieden; aber als er seine Schmiede betrat, da war der Blasebalg fort, der Hammer fort... »Nanu«, wunderte er sich, »wer hat mir denn mein Werkzeug versteckt?« Er suchte und suchte lange, lange Zeit, bis er müde war. Tags drauf kam er wieder und suchte, suchte, suchte, bis er es über hatte. »Was soll ich denn nur tun?« fragte er sich. »Da staune ich aber wirklich!«

Als er am folgenden Tage zurückkam und am Ufer stand, kam ihm plötzlich ein Gedanke: ›Aha, das kann nur Onkel Krokodil gewesen sein, der mir meine Werkzeuge versteckt hat. Ja, das ist sicher Onkel Krokodil gewesen!‹ Da kam auch schon das Krokodil ans Ufer und fuhr ihn zornig an: »Wie kannst du mich Onkel nennen? Wie sollen wir denn verwandt sein? Ich bin nicht dein Onkel: Du hast Federn, ich habe Schuppen; wo soll da die Verwandtschaft herkommen? Du hast mir etwas Falsches nachgesagt!« Und das Krokodil erhob Klage gegen den Hahn. So begaben sie sich zum Häuptling, und alle Leute versammelten sich; es gab eine regelrechte Verhandlung. Der Hahn erzählte, wie alles gekommen war: »Ich schmiedete immer am Flußufer, ja da schmiedete ich, und nachts blieb mein Werkzeug allein zurück. Als ich neulich morgens kam und mei-

nen Blasebalg suchte, da war er weg; die Hämmer – ebenfalls weg! Da überlegte ich: ›Was fang ich denn jetzt an, was soll ich tun? Das muß Onkel Krokodil gewesen sein, der mir mein Werkzeug versteckt hat.‹ Da kam das Krokodil ans Ufer und rief: ›Du hast mir unrecht getan! Wie soll ich denn dein Onkel sein?‹«

Als der Häuptling den Bericht gehört hatte, sagte er: »Jawohl, du hast unrecht getan. Du, Hahn, hast einen Kamm und Federn, aber dein Freund hat Schuppen und einen Schwanz; du hast ihm unrecht getan.« Doch der Hahn antwortete: »Nein, ich habe nur gesagt, was stimmt: Er ist aus dem Ei gekommen, und ich bin auch aus dem Ei gekommen; darin besteht unsere Verwandtschaft!« Als die Leute das hörten, sagten sie: »Ja, das stimmt; die Mütter von allen beiden haben Eier gelegt, und dann ist der eine aus einem Ei geschlüpft, und der andere ist auch aus einem Ei geschlüpft. Du hast recht«, riefen sie dem Hahn zu, »das ist dein Onkel!« So mußte das Krokodil nachgeben und dem Hahn sein Werkzeug wieder hervorsuchen.

Was im Busch geschieht, erzählt man nicht im Dorf

Es war einmal ein Mann, der heiratete ein Mädchen aus einem andern Dorf und zog mit ihm in seine Heimat. Nach längerer Zeit gingen sie die Eltern der Frau besuchen, denn sie hatten einander lange nicht gesehen. So blieben sie geraume Zeit bei ihnen, bis es an Nahrung zu fehlen begann. Da rief der Vater seinen Schwiegersohn: »Komm doch mal ein bißchen hierher!« Dann schlug er ihm vor: »Wir wollen einem Honigspürer nachgehen; vielleicht können wir Honig ernten.« So machten sie sich auf den Weg, und bald kam ein Honigspürer und zwitscherte ihnen zu. Er führte sie mitten in eine weite Grasebene. Dort trafen sie auf einen kleinen Termitenbau, unter dem die

Bienen hervorkamen. Eifrig gruben sie nach, und in dem Loch stießen sie auf eine Menge Honig. Sie holten ihn heraus und häuften ihn neben dem Loch auf.
Aber wie sollten sie jetzt den Honig fortschaffen? Woher ein geeignetes Gefäß nehmen? Das war nicht so einfach. Da sagte der Schwiegervater: »Du, wir gehen Rinde ablösen.« – »Was, Rinde ablösen, wo doch gar keine Bäume in der Nähe sind?« fragte der Schwiegersohn. »Wie sollten wir sie da entrinden können?« – »Das wirst du gleich sehen«, antwortete der Vater. Er ging auf die andere Seite des Termitenhügels und bückte sich; dann rief er seinen Schwiegersohn: »So, jetzt löse mir die Rinde vom Rücken ab!« Tatsächlich nahm der eine Axt, schlug ringsum vom Rücken seines Schwiegervaters die Rinde los, löste sie dann ab, und schon fiel sie zu Boden. Als der Vater das hörte, rief er: »Mein Junge, merk dir gut: Was im Busch geschieht, erzählt man nicht im Dorf! Daß du mir ja im Dorf nicht von dem sprichst, was du im Busch erlebt hast!« – »Verstanden«, sagte der Schwiegersohn. Dann bogen sie die Rinde zum Trog, füllten ihn mit dem Honig und gingen davon.
Als sie heimkamen, fielen die zu Hause Gebliebenen über den Honig her und aßen, aßen, aßen. Aber der Schwiegersohn mußte immer daran denken, wie der Vater das fertiggebracht hatte, sich Rinde vom Rücken ablösen zu lassen. Er staunte nur so.
Tags drauf hieß es wieder: »Komm, wir wollen noch ein bißchen Honig suchen gehen!« So machten sie sich auf, gingen gleich aufs Ziel los, und schon kam auch der Honigspürer und zwitscherte ihnen zu. Sie folgten ihm lange Zeit, bis sie mitten in der Ebene waren. Dort stand ein mächtiger Baum, um den herum große Mengen von Bienen summten. An seinem Fuß angekommen, sahen sie viel Honig am Stamm herabfließen. »Aber wie schützen wir uns gegen all diese Bienen?« fragte der Schwiegervater. »Die Bienen? Die streifen wir einfach ab«, meinte der Schwiegersohn; »ich werde hinaufsteigen, Vater.« Und schon begann er zu klettern. Auf halber Höhe sagte er: »So ist das nichts mit dem Klettern; ich muß mir erst etwas herausziehen.« Er packte den einen Schenkelknochen, zog ihn heraus und warf ihn hinunter; dann nahm er den andern, zog

ihn ebenso heraus und ließ ihn fallen. Danach stieg er weiter. Dabei brach er den einen Arm ab und warf ihn hinunter. Oben angekommen, sammelte er eine große Menge Honig ein. Danach machte er sich an den Abstieg; dabei begann er sich ganz auseinanderzunehmen und warf alle Glieder einzeln hinunter. Der Schwiegervater staunte! Unten sagte der Schwiegersohn: »Jetzt mußt du mir helfen, mich wieder zusammenzusetzen.« Wirklich tat er das, und dann gingen sie davon. Doch der Schwiegervater kam aus dem Staunen nicht heraus: »Wie hat der Junge das nur gemacht?« fragte er sich in einem fort.
Im Dorf angelangt, setzten sie ihren Honig ab, und die Leute aßen. Aber der Schwiegervater überlegte nur immer: ›Wie muß ich mich denn jetzt verhalten?‹ Bei kleinem fing er an: »Ach, was es so im Busch gibt, nein, so etwas!« Nach einer Weile fügte er hinzu: »Im Busch hat man's schon schwer.« Da fragten die andern: »So, hat man's da schwer? Was gibt's denn da?« Nun legte er los: »Im Busch, da, wo ich mit dem Jungen hingegangen bin, da ist er auf einen hohen Baum gestiegen; aber beim Aufstieg fängt er doch an, sich auseinanderzunehmen, faßt sich einfach an den Schenkel und reißt ihn ab! Dann nimmt er den andern, ratsch! und hinunter damit! Einfach toll!« Die Leute kamen hinzu und wunderten sich: »Was erzählt doch dieser Schwiegervater da alles? Dabei heißt es: Was im Busch geschieht, erzählt man nicht im Dorf!« Aber der Vater war nicht aufzuhalten. Er fing von neuem an: »Was denkt ihr, was er da gemacht hat? Im Busch, in den ich mit meinem Schwiegersohn gegangen bin, da hat er es einfach so gemacht: den Fuß – ratsch, weg damit! Und wie ich genau hinsehe, reißt er sich noch den Schenkel aus!«
Da gingen die Leute den Schwiegersohn rufen. Als er kam, wollten sie wissen, wie es gewesen war. Er gab gern Auskunft: »Ach, an alledem hat der Vater Schuld. Ich war mit ihm gegangen und mußte ihm dann Rinde vom Rücken ablösen. Dabei schärfte er mir ein: ›Was im Busch geschieht, das erzählt man nicht im Dorf.‹ Und als er dann mit mir kam und ich das alles tat, da sagte ich ihm auch: ›Vater, was im Busch geschieht, das erzählt man nicht im Dorf!‹ Und nun kommt er und berichtet: ›Das und das hat mein Schwiegersohn getan!‹ Das ist schon

seltsam.« Danach schritt er über magische Kreide hinweg und war wieder ganz gesund. Denn was im Busch geschieht, das darf man nicht im Dorf erzählen!

Der großsprecherische Sohn

Es war einmal ein Mann, der hatte einen Sohn. Dieser nahm eine Frau und zog mit ihr aus dem Dorf hinaus aufs freie Feld. Dort fällte er Bäume, um ein Haus zu bauen, und zwar an der Kreuzung. Dann bat er seinen Vater: »Vater, komm doch beim Hausbau helfen!« Der sagte zu, und auch mancher andere. Sie kamen alle und bauten das Haus aus Stampferde, während die Frau Bier braute. Nur ein Pfosten war noch einzusetzen. Da rief der Sohn beim Biertrinken: »Ich übertreffe alle andern auf der Erde!« Vater und Schwiegervater hörten beide, was er behauptete, und sagten: »Was meint er da? Er überträfe alle andern auf Erden? Na, das ist aber sonderbar! Unser Sohn?«

Inzwischen rief dieser: »Jetzt mal ran! Der Balken da muß noch eingerammt werden!« Also versuchten sie, ihn in den felsigen Grund hineinzukriegen, aber jedesmal stumpfte er sich nur ab, ohne stehen zu bleiben. Da kam der Junge selbst: ein Stoß, und der Pfosten stand! »Na, was habe ich gesagt?« Aber Vater und Schwiegervater tranken ihr Bier aus und gingen fort, ohne ein Wort zu sagen.

Am nächsten Morgen kündigte der Sohn seiner Frau an: »Ich gehe mal nach Hause«, und folgte seinem Vater. Als die Frau allein war, fiel sie in ein Loch, das ihr Mann gegraben hatte, und konnte nicht wieder heraus. Zum Glück kam ihr Mann auf dem Heimweg auf den Gedanken, nach seinen Fallen zu sehen, und fand so seine Frau in der Grube! War ihm das peinlich! Er wollte sie schnell herausziehen, aber sie sank nur immer tiefer ein. Da lief er zurück zu seinem Vater: »Vater!« – »Ja, was ist denn?« – »Meine Frau hat sich in der Fallgrube gefangen! Ich ziehe, aber sie sinkt nur noch tiefer; ich ziehe wie-

der, aber sie sinkt immer weiter ein. Mir bleibt der Verstand stehen! Was tu ich nur?«
Der Vater erklärte: »Siehst du, mein Junge, das kommt davon, daß du gesagt hast: ›Ich übertreffe alle Männer auf Erden!‹ Wie kommt es da, daß du, der alle übertrifft, nicht einmal deine Frau aus der Grube ziehen kannst? Wo du alle übertriffst, mußt du es doch schaffen, sie herauszuziehen! Geh nur und befrei deine Frau!« – »Nein, Vater«, widersprach er, »ich bin ja so in Not!« – »Nein, mein Sohn, dumm bist du«, antwortete der Vater. »Du hättest dir sagen sollen, daß einen Balken einzurammen oder wenn dir sonst etwas gelingt, daß du das alles Vater und Mutter verdankst: ›Ohne meine Eltern, wie hätte ich da etwas erreichen können?‹ Das hätte mir das Herz froh gemacht. Aber du hast uns lächerlich gemacht, und dich selbst dazu. Ein jeder muß das Alter ehren, dann geht's ihm gut; wenn du denkst, du allein verstündest etwas, dann taugt das nichts. Geh nur allein deine Frau herausziehen!«
Als der Mann zur Grube kam, war seine Frau schon draußen, hatte sich aus dem Loch befreit und war ins Dorf gegangen! So ist es: Man darf die Alten nicht verachten, sonst wird man selbst verachtet.

Die Rohrratte als Kindermädchen

Es war einmal ein Mann, der war sehr krank; ein Bein war ganz mit Wunden bedeckt. So stand seine Frau morgens früh auf und ging zur Feldarbeit, wobei sie ihr Kind mitnahm. Sie legte es an eine schattige Stelle, um unbehindert arbeiten zu können; aber das Kind schrie und schrie. So konnte die Mutter immer nur eine kleine Weile arbeiten, dann kehrte sie zu ihrem Kind zurück, um es zu beruhigen. Aber kaum wandte sie den Rücken, ging das Geschrei schon wieder los!
Da kam plötzlich eine große Rohrratte gelaufen, die hier Nsenji heißt. Sie setzte sich vor das Kind und lenkte es ab, wobei sie sang:

»Bin ein Nsenji, bin ein Nsenji, leise, Kindchen, leise!
Bin ein Nsenji, bin ein Nsenji, leise, Kindchen, leise!
Manchmal komm ich zu den Leuten,
hüte ihre kleinen Kinder:
Leise, Kindchen, leise!«

Die Mutter konnte so ungestört ihrer Arbeit nachgehen, und jedesmal, wenn sie nach ihrem Kinde sah, saß die Rohrratte da und beschäftigte es, indem sie unermüdlich sang: »Bin ein Nsenji...«

Als Feierabend war, kehrte die Mutter heim und berichtete ihrem Mann: »Heute habe ich aber mal arbeiten können! Eine Rohrratte ist gekommen und hat das Kind beschäftigt, hat mit ihm gespielt und es abgelenkt; darum habe ich eine Menge geschafft!« Als der Mann das hörte, rief er: »Was, eine Rohrratte? Warum hast du sie denn nicht totgeschlagen, dann hätten wir sie essen können! Aber so bist du! Morgen komme ich selber.« Dabei war doch sein Bein voller Wunden! Aber er machte sich gleich daran, seinen Speer neu zu schäften. Dann legten sie sich schlafen.

Am nächsten Morgen ging die Frau wieder aufs Feld und arbeitete, während ihr Kind schrie und schrie. Und siehe da, die Rohrratte kam und beschäftigte das Kind. Dabei sang sie wie am Vortage ihr Lied: »Bin ein Nsenji...«, und das Kind hörte auf zu weinen.

Da kam der Mann angehumpelt. Als er die Rohrratte sah, stellte er mit Freuden fest, daß sie ein ausgewachsenes, großes Tier war, wie sie so herumsprang und ihr Lied sang. Er schlich sich immer näher, aber die Ratte beachtete ihn gar nicht und sang einfach weiter. Nun war er nahe genug herangekommen, holte aus, und schwirr! flog der Speer und fuhr dem Kind in den Leib. Das wälzte sich und schrie. »Herrschaften, mein Kind!« brüllte der Vater; aber da war es schon tot. Die Rohrratte dagegen war im Grase verschwunden.

Als sie ins Dorf kamen, fragten die Leute: »Nun, wie ist es gegangen?« – »Er hat unser Kind getroffen!« jammerte die Frau. Da sagten die Leute: »Ja, habt ihr denn nicht das Lied gehört, das die Rohrratte sang? Konntet ihr euch nicht denken, daß das keine gewöhnliche Ratte war? Habt ihr denn keinen Verstand?«

Wie das Kind des Stelzengeiers starb

Eines Tages ging der Stelzengeier mit Weib und Kind auf Fang, alle drei zusammen. Da traf das Junge auf einen Schwarm Heuschrecken: schwirr! flogen sie auf. Es rief: »Vater, Vater, Vater, ich hab was!« – »Bring's her, bring's her, wir essen's gemeinsam!« antwortete der Vater. Als die Mutter das hörte, mischte sie sich ein: »Laß es ihm, laß es ihm, es gehört dem, der's gefunden hat!« So aß das Junge allein seine Heuschrecken.
Als sie ein Stück weitergegangen waren, rief das Junge wieder: »Vater, Vater, Vater, ich hab was!« – »Bring's her, bring's her, wir essen's gemeinsam!« antwortete der Vater; aber schon fuhr die Mutter dazwischen: »Laß es ihm, laß es ihm, es gehört dem, der's gefunden hat!«
Ein Stückchen weiter trat das Junge genau auf eine Giftschlange und schrie: »Vater, Vater, Vater, hilf mir!« Die Mutter stimmte ein: »Geh doch, geh doch, geh doch dem Kind helfen, es hat's erwischt!« Aber der Vater antwortete: »Es gehört dir, es gehört dir, du hast's gefunden!« Während sie so zögerten, biß die Schlange das Junge, und es starb. Da flog der Stelzengeier auf und davon, und bis zum heutigen Tag trauert er noch um sein Kind.
Aber genauso sehen wir's bei vielen Frauen. Wenn eine dabei ist, während ihr Mann ein Kind schilt, schon fährt sie dazwischen: »Laß es doch, so ist's nun mal!« Aber wenn das Kind etwas anstellt, dann ruft niemand die Mutter, sondern man hält dem Vater vor: »Hier, dein Kind hat etwas angerichtet!« Daher halten sich die Kinder immer zur Mutter, solange sie sich gut verstehen; aber wenn etwas geschieht, dann trifft's den Vater.

Der Jäger und der Jagdgeist

Es war einmal ein Jäger, der machte sich auf und ging in den Busch. Da traf er einen Elefanten, legte auf ihn an, schoß, und der Elefant fiel zu Boden. Aber dann merkte der Mann, daß er keine Axt dabei hatte, auch kein Feuer, nichts von dem, was er jetzt gebraucht hätte. Und dabei hätte er so gern etwas von dem Elefanten gegessen, den er erlegt hatte! »Was tue ich nun?« fragte er sich; »so kann ich ganz einfach verrecken!« Aber da kam ihm der Gedanke an einen Jagdgeist, der hier sein Wesen trieb. Er schrie: »He, Kamuntanda! He, Kamuntanda!« – »Ooo!« kam die Antwort. »Komm her!« rief der Jäger.

Ehe er sich's versah, kam Kamuntanda und sagte: »So, hier bin ich. Meinen Glückwunsch zur erfolgreichen Jagd!« – Danke, ich habe das Tier erlegt, nur fehlt mir jetzt alles andere.« – »Ach, schon gut, das geht in Ordnung. Ich habe nämlich ein paar Schwestern hier ganz in der Nähe«, erklärte der Jagdgeist. »Was, du hast Schwestern hier in der Nähe?« fragte der Jäger. »Ja«, antwortete der Jagdgeist, und dann ging er fort.

Wirklich brachte er nach kurzer Zeit Kochtöpfe, Feuer, Äxte und Messer. Sie zerlegten den Elefanten und räucherten dann das Fleisch. Als es gut getrocknet war, nahm Kamuntanda das Wort und sagte: »Hör mal, laß uns ehrlich teilen.« – »Wieso?« fragte der Jäger. »Doch, es gehört sich, daß wir ehrlich teilen. Wenn wir ehrlich teilen, dann ist's gut; wenn wir nicht ehrlich teilen, dann ist's schlimm.« Und dann schlug Kamuntanda vor: »Was oben ist, gehört mir, und was unten ist, gehört dir, dem Jäger.« Als dieser das hörte, entgegnete er: »Nanu, warum denn das?« Und er nahm zehn Stücke Fleisch und gab sie dem Jagdgeist.

Kamuntanda dachte: ›Das ist alles, was mein Freund mir gibt? Na, macht nichts!‹ Er wandte sich zum Gehen. Dabei aber sagte er dem Jäger noch: »Nun, mein Lieber, wenn dir etwas zustößt, dann vergiß dies nicht! Ich habe mein Wasser geholt, mein Feuer, meinen Kochtopf, mein Mehl; wir haben gegessen und das Wild zerlegt. Und jetzt gibst du mir zehn Stücke Fleisch, wo ich dir doch gesagt habe: Laß uns ehrlich teilen; doch du hast abgelehnt. Gut, wenn dir etwas zustößt, dann denk daran!«

So nahm er seine zehn Stücke Fleisch und ging damit fort, und der Jäger brach ebenfalls auf und trug einen Korb voller Fleisch. Natürlich wurde er nach kurzem sehr müde. Da traf er auf Wasser und wollte trinken; aber dann erinnerte er sich: »Kamuntanda hat doch gesagt: ›Wenn dir etwas zustößt, dann denk daran! Es ist mein Wasser!‹ Kann ich da nun davon trinken? Ach was, ich verzichte lieber!« Und so ging er durstig weiter.

Etwas später dachte er: ›Ich will ein bißchen rauchen.‹ Er nahm eine Prise Tabak, aber dann fiel ihm wieder ein: ›Wie ist das doch mit Kamuntanda: Ich habe das Wild erlegt, aber als ich ihm das Fleisch gab, da sagte er: ‚Laß uns ehrlich teilen!' ... Ach was, ich verzichte lieber!‹ Und so ging er weiter, ohne geraucht zu haben.

Als er im Dorf ankam, riefen die Leute: »Wir beglückwünschen dich!« – »Besten Dank«, erwiderte er, »da seht das Fleisch!« Jeder empfing sein Teil und ging damit fort; dafür brachte man ihm Bier. Aber er hob es auf und erklärte: »Ach, was mir Kamuntanda da eingebrockt hat! Ich habe das Wild erlegt, will ihm etwas abgeben, da sagt er: ›Laß uns ehrlich teilen!‹ Nein, da verzichte ich lieber.« Da waren die Leute neugierig geworden und fragten: »Was habt ihr da mitten im Busch gemacht?« So erzählte er es genau:

»Nun, ich hatte einen Elefanten erlegt, aber mir fehlte die Axt, mir fehlte das Messer, und ich hatte auch nichts zu essen. Also rief ich Kamuntanda: ›He, Kamuntanda! He, Kamuntanda!‹ Als ich ihn antworten hörte, sagte ich: ›Komm.‹ Er kam, sah das Wild und meinte: ›Ah, etwas zu essen; aber erst das Wild zerlegen.‹ Er holte Wasser, holte Mehl, Feuer, Äxte und Messer. Als wir das Tier zerlegt hatten, schlug er vor: ›Laß uns ehrlich teilen!‹ Ich erwiderte: ›Wieso?‹ Er erklärte: ›Ja, teilen wir so: Was oben ist, gehört mir, und was unten ist, gehört dir.‹ Ich lehnte ab: ›Nein, ich gebe dir zehn Stücke Fleisch.‹ So nahm ich zehn Stücke und gab sie ihm, und er sagte noch einmal: ›Laß

uns doch lieber ehrlich teilen.‹ So hat sich das mit Kamuntanda zugetragen.«
Da antworteten die Leute: »Das ist eine schlimme Geschichte! Bring ihm sein ehrlich verdientes Teil! Das war nicht ehrlich geteilt; der die Hauptarbeit geleistet hat, das war Kamuntanda.«
Also machte sich der Jäger noch einmal auf den Weg, um seine Beute neu zu verteilen.
Am Ziel angelangt, rief er: »He, Kamuntanda! He, Kamuntanda!« – »Jawohl!« – »Komm!« Er kam, und der Korb mit dem Fleisch war auch da. Und jetzt teilten sie ehrlich: Was oben war, bekam Kamuntanda, dazu ein Bein und eine Keule. Der Jäger nahm auch ein Bein, eine Keule und die Hälfte der Lende. Sie teilten das Fleisch ganz ehrlich, jedem genau die Hälfte. Da sagte Kamuntanda: »Siehst du, Freund, das nenne ich ehrlich teilen! Jetzt bist du zufrieden, und ich bin auch zufrieden. Wie wir vorher geteilt hatten, das war schlecht; jetzt haben wir ehrlich geteilt.«
So machte sich der Jäger auf den Heimweg, und nun wagte er auch wieder, Wasser zu trinken und etwas zu essen.

Die Freundschaft zwischen Elefantenspitzmausjäger und Perlhuhnjäger

Ein Elefantenspitzmausjäger und ein Perlhuhnjäger waren gute Freunde. Sie trafen sich oft an einem Bach; der Elefantenspitzmausjäger jagte auf der einen Seite, der Perlhuhnjäger auf der andern. Jeder stellte seine Fallen auf. Der Perlhuhnjäger erbeutete mit den seinen zwei Perlhühner, ging mit der Beute ins Lager, sengte sie ab und bereitete sie zu. Auch der Elefantenspitzmausjäger hatte Glück, sengte seine Mäuse ab und bereitete sie zu. Als beim Elefantenspitzmausjäger der Braten gar war, kochte er Maisbrei und rief dann seinen Freund: »Perlhuhnjäger! Perlhuhnjäger!« – »Ja?« antwortete der. »Komm, die Mäuse sind gar!« So aßen sie zusammen alles

auf. Sein Freund kehrte dann zu seinem Kochtopf zurück und schürte das Feuer; darauf kochte er ebenfalls Maisbrei. Fertig damit, rief er: »Elefantenspitzmausjäger! Elefantenspitzmausjäger!« – »Ja?« – »Komm, die Hühner sind gar!« So kam sein Freund über den Bach, und sie aßen und aßen.
Die Leute merkten bald, daß die beiden sehr gute Freunde waren, der Elefantenspitzmausjäger und der Perlhuhnjäger. So fragten sie sich: »Was können wir denn da tun?« Da meldete sich die blauköpfige Eidechse: »Ich werde sie schon auseinanderbringen! Sollen die beiden etwa immer so zusammenbleiben? Ich bringe sie jetzt auseinander.« Damit ging sie fort und stieg auf einen hohen Baum, um auf ihre Gelegenheit zu warten.
Tags darauf war beim Elefantenspitzmausjäger der Braten wieder gar. Er kochte Maisbrei und rief dann: »Perlhuhnjäger!« Da antwortete der Blaukopf: »Ja?« Der Perlhuhnjäger aber hatte nichts gehört, nur der Blaukopf. Als dieser nun geantwortet hatte, rief der Elefantenspitzmausjäger: »Die Mäuse sind gar!« Da bekam er zur Antwort: »Was, dein Fleisch, das ist gar? Wegen diesem Mist wagst du, mich zu rufen, es sei gar? Du bist nicht gescheit, du mit deinem Fleisch, du Dummkopf, du!« Dem andern verschlug es die Sprache; er fand keine Worte und fragte sich nur: »Wie kann mein Freund mich so beleidigen?« So aß er seinen Brei ganz allein, verärgert über die Schmähungen.
Inzwischen hatte sein Freund, der Perlhuhnjäger, auch seinen Braten gar und rief: »Elefantenspitzmausjäger!« Aber dieser hörte ebensowenig. Doch der Blaukopf hatte es gehört und antwortete: »Ja?« – »Die Hühner sind gar!« – »Was, dein Fleisch, dieser Mist aus Konservenbüchsen, und da wagst du, mich zu rufen, das Fleisch sei gar! So etwas eß ich nicht, du bist nicht gescheit, du Dummkopf, du!«
Der Perlhuhnjäger sagte: »Nanu! Das sind ja schöne Beleidigungen; mich so zu schmähen! Da staun ich aber!« So blieben sie denn jeder für sich, der eine hier mit seinem Ärger, der andere dort mit seinem Ärger. Aber jeder fragte sich: »Was tun wir jetzt?« Der eine zerbrach sich hier den Kopf, und der andere zerbrach ihn sich dort.
Da ging der Elefantenspitzmausjäger zu seinem Freund, dem

Perlhuhnjäger, und fragte: »Du, sag mal, warum hast du mich denn so beleidigt?« Der antwortete: »Du, du hast mich viel mehr beleidigt!« – »Oho! Das warst du, du hast mich beleidigt!« – »Nein, das warst du; hör nur, wie du mich geschmäht hast!« – »Nein, das warst du. Na ja, wenn es so ist, dann geh ich wieder!« Und der Elefantenspitzmausjäger begab sich fort, der Perlhuhnjäger blieb da.
Nach einer Weile aber rief er: »Elefantenspitzmausjäger, die Hühner sind gar!« – »Du bist nicht gescheit, du!« Aber diesmal hatte der Jäger gemerkt, wo die Antwort herkam; und als er nachsah, entdeckte er den Blaukopf auf dem Baum. Er fing ihn und schlug ihn tot. Aber als die Freunde wieder zusammenkamen, sagten sie zueinander: »Du, diese Freundschaft hat uns Unglück gebracht; wir wollen lieber jeder für sich bleiben.« So trennten sie sich, und jeder lebte weiter für sich allein.
Wenn zwei gute Freunde sind, dann gibt es gleich einen, der sich mit Verleumdungen dazwischendrängt.

Vergeßlichkeit bringt einen ums Leben

Die Leopardin hatte drei Junge, die sie selber hüten mußte. Da kam der Hase und begann: »Du, Tante Leopardin ...« – »Na, was gibt's denn, Neffe?« fragte sie. »Tante, ich würde gern hierbleiben und auf meine Vettern aufpassen, die du geboren hast. Wenn du auf Jagd gehst, kann ich sie doch hüten.« – »Gut, bleib gleich da!« antwortete die Leoapardin, und so blieb der Hase und spielte mit seinen Vettern, während die Leopardin fortging.
Da kam der Schakal und fragte: »Nanu, Hase, du bist hier? Gehören dir diese hübschen Kleinen?« Der Hase bejahte, und der Schakal fragte weiter: »Haben sie denn schon Namen?« – »Ja, jeder hat seinen Namen: Dieser hier heißt Großer-Böser-frißt-Menschen, dieser heißt Viel-Fragen-macht-Säumen, und der da heißt Wenn-böse-sagst-du's-nicht.« Als der Schakal das gehört hatte, machte er sich auf und davon.
Nach einer Weile, sieh da! kam die Antilope. »Was, du hast

Junge? Wie hübsch sie gestreift sind! Gehören die dir?« Der Hase bejahte, und die Antilope fragte weiter: »Wie heißen sie denn?« – »Dieser hier heißt Viel-Fragen-macht-Säumen, der da heißt Wenn-böse-sagst-du's-nicht, und der dritte heißt Großer-Böser-frißt-Menschen.« Als die Antilope das gehört hatte, machte sie sich auf und davon.
Und siehe, da kam der Buschbock, der als sehr dumm gilt. »Na, Hase, wie geht's dir? Was, du hast Junge?« – »Wie du siehst, und dazu sehr hübsche!« – »Und wie heißen sie?« Der Hase sagte die Namen, und während der Buschbock davonging, wiederholte er sie: »Der erste hieß Viel-Fragen-macht-Säumen, der zweite hieß Großer-Böser-frißt-Menschen, und der dritte ...« Aber dessen Namen hatte er vergessen. So kehrte er um und fragte: »Wie hieß doch der, dessen Namen ich vergessen habe?« Der Hase gab ihm Bescheid: »Der heißt Wenn-böse-sagst-du's-nicht.« Der Buschbock bedankte sich und ging; aber bald war er wieder da; jetzt hatte er den Namen des ersten vergessen! »Wie hieß der doch?« fragte er den Hasen. »Der heißt Viel-Fragen-macht-Säumen.« Mit schönem Dank ging der Buschbock wieder fort.
Aber bald war er zum drittenmal da; jetzt hatte er den letzten Namen vergessen! »Ach, Hase, wie hieß doch der da hinten?« – »Großer-Böser-frißt-Menschen!« Gerade da kam auch die Leopardin zurück, um ihre Jungen zu säugen. Kaum sah sie den Buschbock, da sprang sie ihm an die Gurgel, um ihn zu fressen. Der schrie: »Hase, du bist schuld an meinem Tode!« Aber der Hase antwortete: »Ich habe es dir vorher gesagt! ›Großer-Böser-frißt-Menschen‹ – das heißt: Die Eltern dieser Jungen sind böse. ›Viel-Fragen-macht-Säumen‹ – wenn du immer wieder fragen kommst, versäumst du dich, und zuletzt triffst du die Hausherrin. ›Wenn-böse-sagst-du's-nicht‹: Ich war böse, aber ich hab's dir nicht gesagt. Dabei war es noch anständig von mir, daß ich dich gewarnt habe! Du stirbst an deiner eigenen Dummheit.« Und die Leopardin fraß ihn auf.
Ebenso ist es bei den Menschen. Man darf nicht immer wieder dasselbe fragen; das ist schlecht. Du wirst dabei nichts Gutes erleben!

Mit Löwen im gleichen Hause

Es war einmal ein Mann, der sagte sich eines Tages: »Hier, wo ich wohne, gefällt es mir gar nicht; ich will zu meinem Onkel gehen und mich dort niederlassen.« So ging er los, kam zu seinem Onkel, begrüßte ihn und sagte: »Ich suche einen Platz, wo ich mir ein Haus bauen kann.« Der Onkel gab ihm ein Stück Land und erklärte: »Hier ist ein guter Bauplatz.« – »Ja, das ist das Land meines Onkels, das er mir jetzt gegeben hat«, bestätigte der Mann. So ebnete er eine Lichtung für den Bau und ging davon.

Da kam der Löwe, fällte dort einige Bäume und ließ sie liegen. Tags darauf kam der Mann und sagte: »Das Land meines Onkels meint's wirklich gut mit mir!« Er rammte die Bäume ein als Pfosten für das Haus und ging davon. Da kam der Löwe und verband sie mit Lattenwerk; als er alles fertig hatte, verzog er sich.

Nun kam der Mann wieder, und als er sah, daß das Haus schon mit Latten versehen war, rief er: »Ihr Leute, das Land meines Onkels meint's aber wirklich gut mit mir; da kann ich nur staunen!« Er schnitt die Dachsparren, ließ sie liegen und ging fort. Da kam der Löwe, machte alle Zimmermannsarbeit und verzog sich.

Tags darauf kam wieder der Mann: »Nanu, es ist ja schon alles fertig!« So baute er eine Veranda und verkleidete sie mit Latten; dann schnitt er Stroh im Busch. Der Löwe kam und trug das Stroh herbei. Tags darauf deckte der Mann das Haus mit Stroh. Der Löwe kam, grub nach Lehm und ließ ihn liegen. Am nächsten Tag schöpfte der Mann ein Faß voll Wasser, und als er fort war, kam der Löwe, knetete den Lehm und füllte damit die Wände aus. Als der Mann wiederkam, waren alle Wände fertig. Wieder rief er: »Das Land meines Onkels meint's aber wirklich gut mit mir; da kann ich nur staunen!« Dann setzte er einen feinen Türrahmen ein. Der Löwe brachte die Tür dazu; es war wirklich zum Staunen!

Nun benachrichtigte der Mann seine Frau: »Liebe Frau, morgen ziehen wir um!« So trugen sie denn ihre Matratzen hinüber, und auch ihre beiden Kinder kamen mit. Aber der Löwe hatte auch zwei Kinder und kam mit ihnen an. Der Mann war als erster da, trat ein, schlug das Ehebett auf, und als er fertig war, setzten sie sich. Aber wie sie zum Wege hinübersehen, kommt doch der Löwe mit seinen Matratzen an! Auch er trat ein und schlug sein Ehebett auf. Der Mann fragte: »Ihr da, was soll denn das bedeuten?« Der Löwe antwortete: »Das heißt, daß wir beide gebaut haben; willst du mir etwa das Haus verbieten, an dem wir zusammen gearbeitet haben?« So blieben sie alle dort wohnen.

Am nächsten Tage sagte der Löwe: »Ich gehe auf die Jagd.« Er lief weit in den Busch, traf einen Menschen, fing ihn, kam damit zurück und rief: »Uff! Ich bringe eine Traglast von Wild und Menschen!« Der Mann sah den Menschen, den der Löwe erbeutet und angeschleppt hatte. Er staunte und fragte: »Wirklich, Löwe? Na ja, macht nichts.« Und er verhielt sich still mit seinem Gewehr.

Tags darauf ging der Löwe wieder in den Busch, erbeutete einen Menschen, kam damit an, warf ihn in den Eingang und rief: »Puh! Ich bringe eine Traglast von Wild und Menschen!« Als der Mann das sah, sagte er: »Nanu, unser Freund Löwe beweist wenig Achtung! Ich bin es müde, zu Hause zu bleiben, bei der Einstellung, die er zeigt.« Dann kündigte er an: »Ich gehe auch auf Jagd.« Dort aber ließ er alles Wild laufen, bis er einen Löwen traf; den schoß er tot und schleppte ihn nach Hause. An der Tür warf er ihn hin und rief: »Puh! Ich bringe eine Traglast von Wild und Löwen!« Als der Löwe das sah, wunderte er sich sehr.

Am folgenden Tage ging der Mann wieder auf die Jagd, erlegte einen Löwen, kam damit an, warf ihn hin und rief: »Puh! Ich bringe eine Traglast von Wild und Löwen!« Als der Löwe das sah, verlor er den Mut. Er schickte seine Kinder fort. Zum ersten sagte er: »Mein Kind, geh Wasser schöpfen, schlag Brennholz, damit wir hier den Kochtopf aufsetzen können. Wenn du dumm bist, kannst du zurückkommen.« Der Junge ging fort, und der Löwe sagte zu dem andern: »Du folgst deinem Bruder,

der Brennholz schlagen geht, und paßt auf, wo er hingeht. Wenn du dumm bist, kannst du zurückkommen.« Und so ging auch dieser Junge fort.
Nun rief der Löwe seine Frau: »Liebe Frau, geh gleich und paß auf die Kinder auf, während sie Brennholz schlagen! Wenn du dumm bist, kannst du zurückkommen.« Also ging auch die Frau sogleich fort.
Dann bereitete sich der Löwe auf den Kampf vor, scharrte den Boden, brüllte, aber der Mann blieb ganz ruhig und spannte nur sein Gewehr. Dann schoß er vor dem Löwen in die Erde. Als der Schuß krachte, sprang der Löwe zur Seite und entzog sich schnell der Gefahr, blieb aber noch in der Nähe. Da lud der Mann von neuem und legte wieder an. Aber der Löwe sagte: »Ich will doch erst einmal nachsehen, wo die alle hingegangen sind; nur wenn ich dumm bin, komme ich zurück!« So zog er los, traf mit Frau und Kindern zusammen und flüchtete, und der Mann blieb im Besitz des Hauses.

Das Rebhuhn mit dem Löwen im gleichen Hause

Genau wie der Mann, so baute auch das Rebhuhn einmal sein Haus zusammen mit dem Löwen, und als es fertig war, zogen sie beide ein, jeder mit Frau und drei Kindern. Das Rebhuhn hatte rechts sein Bett, der Löwe links, und die Kinder schliefen in der Mitte.
Da rief das eine Kind des Rebhuhns: »Vater, ich muß mal austreten gehen!« – »Ach, mach's doch einfach hier drin«, sagte der Vater. Das tat das Kind, und da rief das Kleine des Löwen: »Vater, das Rebhuhnkind hat mich bepinkelt!« Der Löwe antwortete: »So etwas kann man immer essen; kneif es mit den Krallen!« Das tat das Löwenjunge, und das Küken starb. Am Morgen betrauerte das Rebhuhn sein Kind, blieb aber dort wohnen.

Als es Abend wurde, gingen sie wieder alle schlafen. Aufs neue rief eins der Rebhuhnkinder: »Vater, ich muß mal austreten gehen!« – »Ach, mach's doch einfach hier drin«, sagte der Vater. Das geschah, und da rief ein Kind des Löwen: »Vater, das Rebhuhnkind hat mich bepinkelt!« Der Löwe antwortete: »So etwas kann man immer essen; kneif es mit den Krallen!« Der kleine Löwe gehorchte, und auch das Küken starb. Genauso erging es in der nächsten Nacht dem letzten Küken, und dann töteten die Löwen auch noch die Frau des Rebhuhns, während die Löwenfamilie noch vollzählig beisammen war.
Da flog das Rebhuhn auf den nächsten Baum und blieb dort oben sitzen. Dann fing es an, die Totenklage zu halten: »Kowe, kowe, kowe«, in einem fort. Als der Löwe das hörte, ärgerte er sich: »Was soll das? Macht der sich etwa lustig über mich?« Er machte sich kampfbereit, scharrte den Boden, aber das Rebhuhn schrie immer weiter: »Kowe, kowe, kowe!« Da starb eins der Löwenjungen, nach einiger Zeit das zweite, und als das Rebhuhn immer weiter schrie, auch das letzte. Der Löwe hatte längst aufgehört zu scharren; nun starb auch seine Frau und zuletzt er selbst. Als sie alle tot waren, flog das Rebhuhn auf und davon. Als es später zum Hause zurückkam, waren die Löwen schon verwest.

Wie der Hase das Stachelschwein übervorteilte

Eines Tages hatte sich das Stachelschwein schon zeitig aufgemacht und traf unterwegs den Hasen. Der fragte: »Du, wie ist doch dein Name?« – »Ich heiße Stachelschwein; und du, wie heißt du?« – »Ich heiße Gäste.« – »Was, Gäste?« – »Ja, ganz richtig.« So gingen sie eine weite Strecke, bis sie schließlich in ein Dorf kamen. Dort wandten sie sich an den Häuptling, den Zuständigen für die Bewirtung und Unterbringung von Gästen.

Der Häuptling hieß sie willkommen, und sie bedankten sich höflich. Dann rief der Häuptling seine Leute: »Seht einmal, da sind Gäste gekommen!« Der Hase wandte sich an das Stachelschwein: »Hörst du, sie kennen hier sogar meinen Namen, Gäste:« Da sie über Nacht bleiben wollten, beauftragte der Häuptling ein Kind: »Feg einmal für die Gäste hier das Zimmer aus.« Als der Hase das hörte, sagte er zum Stachelschwein: »Verstehst du? Das ist mein Zimmer, von dem sie reden, meins!« Nach dem Fegen machte man ihnen Betten zurecht, eins dem Stachelschwein, eins dem Hasen.
Dann kochte man ihnen Maisbrei, und als er fertig war, schickte man einen Jungen: »Du, Junge, bring den Gästen das Essen!« – »Du, hast du gehört: Das ist nur für mich!« rief der Hase. Die Gastgeber kamen und brachten ihnen den Maisbrei. Wieder rief der Hase: »Dieser Maisbrei gehört mir! Die Leute haben doch gesagt: ›Bring es den Gästen‹, das bin ich! Du, Stachelschwein, darfst davon nicht essen! Zuerst haben sie mir ein Zimmer gerichtet, und ich lasse dich bei mir schlafen, weil wir zusammen gekommen sind; aber wo sie jetzt das Essen gebracht haben, und zwar für die Gäste, soll ich dir da etwa auch etwas abgeben? Kommt überhaupt nicht in Frage!« So aß der Hase den ganzen Maisbrei, ohne seinem Gefährten etwas abzugeben.
Nun hatte aber das Stachelschwein gleichfalls großen Hunger. Darum ging es aufs Feld des Häuptlings, grub Süßkartoffeln aus und aß und aß. Als der Häuptling das am nächsten Morgen sah, stellte er fest: »Nanu, meine Süßkartoffeln müssen die Gäste gegessen haben, sie müssen es sein, denn die ganze Zeit, die wir hier sind, hat niemand davon genommen; seit die Gäste da sind, ißt jemand davon.« Da widersprach der Hase: »Nein, Häuptling, ich, Gäste, esse keine Süßkartoffeln! Wenn es so steht, dann soll man uns den Bauch aufschlitzen, um denjenigen zu finden, der die Süßkartoffeln gegessen hat. Aber ich, Gäste, begehe keinen Diebstahl!«
Tatsächlich ging der Häuptling darauf ein, nahm beide fest, schlitzte das Stachelschwein auf und fand in seinem Bauch Stücke von Süßkartoffeln. So sagte er: »Also war es das Stachelschwein, das die Süßkartoffeln gegessen hat.« Und damit war die Geschichte aus.

Eine Familie, in der jeder nur an sich selber dachte

Ein Elternpaar mit drei Söhnen litt großen Hunger. Da machten sie sich alle auf, um Yamswurzeln zu suchen. Als sie eine weite Strecke gegangen waren, entdeckte der Vater einen Geier, der über einer bestimmten Stelle kreiste. Sie liefen dorthin und fanden eine tote Hirschantilope. »Na, da habe ich doch mein Wildbret gefunden!« rief der Vater. Die Mutter und die Kinder zerlegten das Tier und zündeten Feuer an. Als der Vater das sah, rief er: »Nanu, was soll denn das? Ihr vergreift euch an meiner Antilope und zündet Feuer an? Nein, macht euch davon, der Tag vergeht! Von meiner Hirschantilope hier kriegt ihr nichts ab!«

So gingen die Frau und die Kinder weiter. Plötzlich rief die Mutter: »Seht einmal den Geier da!« Sie liefen zu der Stelle, über der er kreiste, und fanden einen toten Kudu. Da befahl die Mutter den Kindern: »Geht weiter! Ich habe diesen Brauch nicht eingeführt; das hat euer Vater getan.«

Die Kinder gingen also weiter, eine weite Strecke; da entdeckte der Älteste einen Geier. Sie liefen und liefen, endlich fanden sie einen toten Kaphirsch. Sie machten sich daran, ihn zu zerlegen; aber der Älteste rief: »Was denn? Ich habe diesen Brauch nicht eingeführt, das waren Vater und Mutter; macht euch fort!«

Die beiden jüngeren Brüder zogen also weiter, eine weite, weite Strecke, bis plötzlich der Zweitälteste einen Geier entdeckte. Als sie an die Stelle kamen, über der er kreiste, fanden sie eine tote Pferdeantilope. Sie fingen an, sie zu zerlegen; da rief der Zweitälteste: »Was denn? Ich habe das nicht eingeführt; mach dich davon!«

Nun war nur noch der Jüngste übrig; der war noch ein Kind. Er überlegte und fragte sich: »Was soll ich denn jetzt tun? Wenn ich einfach drauflosgehe, komme ich nur um; soll ich tiefer in den Busch eindringen? Ach, das ist ja gleich.« So lief er weiter,

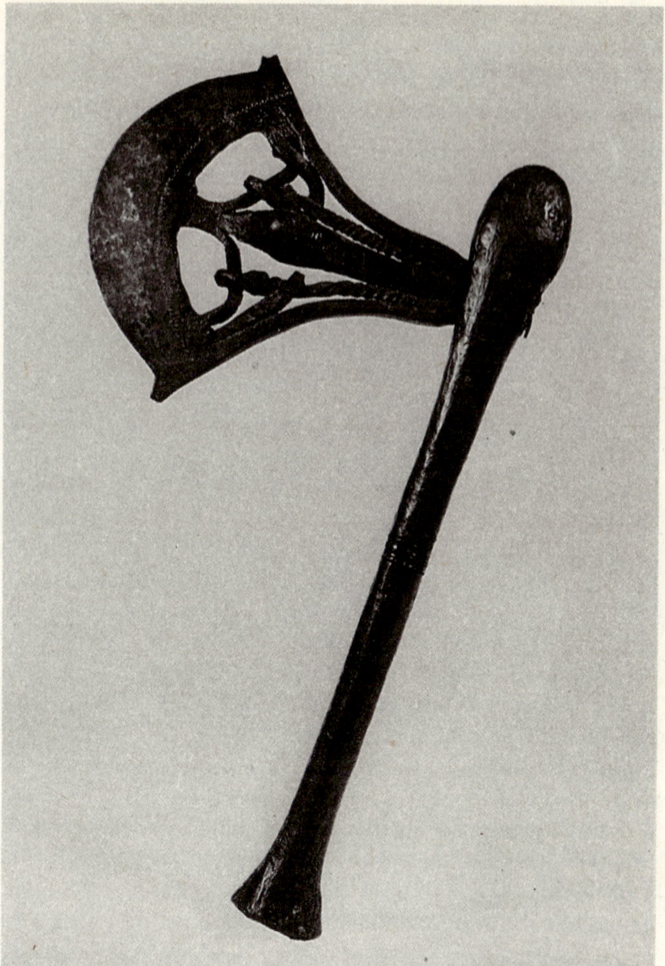

eine lange Strecke. Schließlich war er es müde; einen Geier hatte er nicht entdeckt. Da stieß er auf einen kleinen Teich mit stehendem Wasser. Dort machte er ein Feuer und wärmte sich. Dann warf er seine Angel aus, immer und immer wieder. Da, plötzlich sank der Schwimmer unter; etwas hatte angebissen! Er zog mit aller Anstrengung und warf eine schöne Frau aufs Land, mit ganz gleichmäßig nebeneinanderliegenden Haaren. Schnell hakte er sie vom Angelhaken ab und legte sie auf den Boden. Aber sie sagte zu ihm: »Lieber Mann, laß uns doch da in den Busch gehen!« Wirklich lief sie mit dem Jüngsten fort, bis sie an einen Termitenhügel kamen. Dort sagte sie: »Auf diesem Termitenhügel hier wollen wir wohnen!«

Nun knoteten sie langes Gras oben zusammen, so daß es eine Art Hütte ergab; dann schnitten sie kürzeres Gras ab und breiteten es auf dem Boden aus. Als alles fertig war, legten sie sich schlafen. Aber während der Nacht ließ die Frau, die der Junge geangelt hatte, ihre Künste spielen, und am Morgen war da ein mächtig großes Lager, voller Menschen, dazu Soldaten, so daß man nicht sagen konnte, wie viele. Und als der Junge aufwachte, war die geknotete Grashütte zu einem großen, schönen Haus geworden mit vielen hellen Lampen! Auch nach Speise brauchte man darin nicht zu suchen! So lebte er dort glücklich mit seiner Frau.

Inzwischen hatte der Vater das Wild, das er gefunden hatte, aufgezehrt und folgte den Spuren seiner Frau und der Kinder. So kam er zu seiner Frau, die sich von dem Kudu ernährt hatte. »Na, wie geht's?« fragte er. »Ach, laß uns weitergehen!« antwortete sie. – »Und wohin sind die Kinder gegangen?« – »Dorthin«, sagte die Mutter, und sie folgten der Spur. Bald trafen sie auf den Ältesten: »Du, wo sind deine Brüder?« – »Die sind da entlang gegangen«, meinte er. Als sie dieser Richtung folgten, stießen sie auf den Zweitältesten. »Du, welchen Weg hat der Jüngste genommen?« Er antwortete: »Der ist da den Weg entlang gegangen.«

Nachdem sie eine tüchtige Strecke gelaufen waren, hörten sie vor sich Trommeln erdröhnen und immer lauter werden. »Ach, der Jüngste muß dort ins Dorf gegangen sein«, sagten sie. Aber

als sie aus dem Busch herauskamen, nahmen die Soldaten sie fest und brachten sie vor den Jüngsten. Sie aber erkannten ihn nicht, und wie hätten sie das auch können sollen? War er doch inzwischen ganz schön gewachsen, und dazu stattlich und mit der Häuptlingswürde bekleidet. Der Vater zitterte vor Angst, weil man sie verhaftet hatte, und der Sohn dachte bei sich: ›Ihr habt mich so schlecht behandelt, jetzt soll es euch auch einmal schlecht gehen!‹ Auf seinen Befehl nahmen die Soldaten den Vater vor und verprügelten ihn furchtbar. Danach warfen sie alle ins Gefängnis.
Als der Jüngste sie wieder frei ließ, fragte er seine Eltern und Brüder: »Wißt ihr jetzt, was ihr mir angetan habt? Zuerst habe ich viel gelitten, aber nachher ging es mir gut. Ihr habt eure Tiere verzehrt, aber mir hat Gott geholfen, wie ihr seht. Schaut, wie ich wohne!«
Doch dann gab er Eltern und Brüdern je ein Stück Land und sagte: »Ihr mögt auch hier arbeiten; vielleicht könnt ihr euch hier gut ernähren.« So blieben sie denn bei ihm im Dorf.

Bestrafter Undank

Ein Honigsucher und ein Rebhuhnfallensteller gingen eines Tages in den Busch. Dort stellte der Fallensteller seine Fallen, und auch der Honigsucher machte sich an die Arbeit: Er pfiff dem Honigspürer, und siehe da, es kam auch schon einer angezwitschert! »Na, ihr Leute, da ist ja der Honigspürer!« sagte der Mann und folgte ihm ein gutes Stück, bis der Vogel einen Bienenstock anzeigte. Der Mann nahm den Honig heraus, füllte ihn in einen Rindentrog und trug ihn ins Lager.
Auch der Fallensteller hatte inzwischen mit seinen Fallen drei Rebhühner erbeutet und kam mit ihnen ins Standlager zurück. Dort bat er den Honigsucher: »Du, gib mir doch ein bißchen Honig ab!« Der aber entrüstete sich: »Was, ich soll dir Honig abgeben? Kommt gar nicht in Frage!« – »Wie denn, du verweigerst mir ein bißchen Honig?« – »Jawohl, von meinem Honig bekommst du nichts!« – »Nun gut«, sagte der Fallensteller.

Dann bereitete er seine Rebhühner zu und kochte sich Maisbrei. Da kam der Honigsucher und bat: »Laß mich doch meinen Brei in deine Soße tauchen!« – »Nein«, antwortete der Fallensteller, »du stippst bei mir nicht ein, nachdem du mir deinen Honig verweigert hast. Jetzt bekommst du auch von meinen Rebhühnern nichts ab!«

Die Nacht über blieben sie im Lager, und am nächsten Morgen stellte der eine aufs neue seine Fallen, der andere ging auf Honigsuche. Nach einer Weile fand der Honigsucher wieder einen Bienenstock und begann, den Honig herauszunehmen.

Nun ist es hierzulande üblich, beim Honigsuchen nicht alles fortzunehmen. Man nimmt zwar eine Menge heraus, aber man läßt auch etwas drin. Zum Schluß entdeckte der Mann noch zwei Wachszellen und wollte auch die noch herausholen; doch dabei klemmte er sich den Arm ein. Die Bienen, ohnehin schon aufgeregt, fielen nun über ihn her, als ginge es auf Leben und Tod: Alle zusammen stachen auf ihn ein! Da begann er zu singen:

»Rebhuhnfallensteller, rette mich vor den Bienen!
Rebhuhnfallensteller, rette mich vor den Bienen!
Ich ging Honig suchen, rette mich vor den Bienen!
Ach, mein Arm steckt in der Klemme! Rette mich vor den Bienen!
Komm doch schnell, mich loszumachen. Rette mich vor den Bienen,
rette mich schnell vor den Bienen!«

Der andere, der beim Fallenstellen war, während die Bienen seinen Gefährten immer mehr stachen, hörte aus der Richtung, in der er den Honigsucher wußte, jemanden singen; immer das gleiche Lied. Er eilte dorthin, befreite den Eingeklemmten aus seiner unglücklichen Lage, lief dann nach Wasser und zog ihm die vielen Bienenstacheln heraus. Der kratzte sich nicht schlecht! Als er sich beruhigt hatte, bat der Fallensteller: »Freund, gib mir doch ein bißchen Honig ab.« – »Was«, schrie der, »wohl weil du mich losgemacht hast? Kommt nicht in Frage!«

Da sagte der Fallensteller: »Gut, wenn es so ist, dann kehren wir morgen heim ins Dorf.«

Aber das war gar nicht so einfach! Er hatte einen ganzen Korb voller Rebhühner. So beschloß er: »Ach, ich werde meine Rebhühner einfach räuchern, dann halten sie sich.« Das tat er dann auch.

Der andere hatte ebenfalls eine Menge Honig gesammelt und fragte seinen Kameraden: »Du, wie soll ich denn meinen Honig fortschaffen? Du hast deine Rebhühner geräuchert, und jetzt sind sie leicht: Aber wie soll ich den vielen Honig tragen?« – Der Fallensteller antwortete: »Ja, wie soll ich das wissen? Du müßtest ihn höchstens auch räuchern!«

Da baute der Honigsucher in seiner Dummheit wirklich einen Räuchertisch und legte seinen Honig darauf. Dann entfachte er darunter Feuer, während es schon Nacht wurde. Als er es zischen hörte, weil der Honig ins Feuer tropfte, sprach er die bei Jägern gebräuchliche Formel: »Eine fette Traglast von Wild und Honig!« Wieder zischte es, und wieder nannte er seine Formel. Als der Fallensteller das hörte, fragte er: »Du, was ist denn das? Bei mir wird es ganz feucht, das fließt ja hier entlang wie Wasser – was ist denn das?« Da war der Honig geschmolzen und bis zu ihm hin geflossen!

Als der Honigsucher am Morgen seinen geräucherten Honig einsammeln wollte, fand er den Räuchertisch leer: alles war zerlaufen. Er schrie: »Du, sieh nur, all mein Honig ist verschwunden!« Der andere antwortete: »Aber wen hättest du denn auch jemals Honig räuchern sehen?« So kehrte der Honigsucher mit leeren Händen ins Dorf zurück, während sein Gefährte die geräucherten Rebhühner heimbrachte.

Woher kommt es, daß wir Wasser haben?

Vor vielen Jahren gab es einmal kein Wasser: Es war völlig versiegt, und ein fürchterlicher Durst herrschte. Viele Menschen verdursteten, denn ein Wasserungeheuer, Funkwe, hatte alles Wasser eingesaugt und bei sich aufgespeichert. Schließlich sag-

ten die Leute: »Freunde, wir müssen dem Funkwe unsere Kinder bringen, damit er uns Wasser gibt.«
Nun war da ein Mann, der hatte zwei Töchter: Sambwa und Kyola. Kyola war bei weitem die schönere, darum brachten die Leute Sambwa zu dem großen Erdhügel, in dem Funkwe wohnte, und klopften an. Da hörten sie drinnen ein Lied ertönen:

»Wer bist du denn? Yowali, yowali, yowali, yowa.
Wer bist du denn? Yowali, yowali, yowali, yowa.
Ich bin Sambwa, ja? Yowali, yowali, yowali, yowa.
Nein, Sambwa will ich nicht! Yowali, yowali, yowali, yowa.
Nein, ich verlange Kyola! Yowali, yowali, yowali, yowa.«

Sie kehrten also ins Dorf zurück. Dort fragte man: »Na, wie steht's?« – »Ach, der Funkwe will Sambwa nicht, er sagt: ›Ich will Kyola.‹« Als Kyola das hörte, rief sie: »In unserer Verwandtschaft hier im Dorf gibt's doch noch so viele Mädchen, warum werde denn da ausgerechnet ich vorgezogen? Aber das kommt gar nicht in Frage! Was für einen Grund gibt es nur, gerade mich zu wählen?« Ihr Vater fragte: »Aber was sollen wir denn tun?«, und es folgte ein großes Palaver mit dem Ergebnis, daß am folgenden Tage Kyola fortgebracht wurde.
Am Erdhügel Funkwes angekommen, klopften die Leute an und hörten wieder innen ein Lied erklingen:

»Wer bist du denn da? Yowali, yowali, yowali, yowa.
Wer bist du denn da? Yowali, yowali, yowali, yowa.
Ich bin Kyola, ja? Yowali, yowali, yowali, yowa.
Komm doch herein, Kyola! Yowali, yowali, yowali, yowa.«

Dann spaltete sich die Erde, Kyola trat ein, und als der Spalt sich wieder schloß, da füllte sich der Fluß bis zum Rand mit Wasser, eine wahre Flut! Die Leute stürzten darüber her und riefen: »Ach, jetzt können wir doch wenigstens wieder richtig Wasser trinken!«
So verging ein ganzes Jahr, und die Menschen hatten immer zu trinken. Da sagte Kyola: »Ich will heimkehren, meine Angehörigen wiedersehen.« Funkwe antwortete: »Geh nur.« So wandte Kyola sich zum Ausgang, klopfte an, die Erde spaltete sich, und sie ging hinaus.
Als sie im Dorf ankam, hieß es überall: »Oh, willkommen,

willkommen!« Aber Kyola sprach zu den Leuten: »Hört einmal, solange noch Wasser kommt, müßt ihr alle Fässer und Rindenbehälter vollschöpfen!« Die Leute schöpften, bis alle Gefäße gefüllt waren. Zum Schluß saugte Funkwe wieder alles Wasser ein, und nichts als das in den Gefäßen blieb zurück. Davon trank man denn, trank und trank, obwohl es schon lauwarm war. Aber als das lange so weiterging, war eines Tages aller Vorrat erschöpft, und der Durst herrschte wieder. Da sagten die Leute zu den Eltern der beiden Mädchen: »He, ihr! Bringt eure Kinder zum Funkwe!« Sie versuchten es noch einmal mit Sambwa, kamen zum Erdhügel und klopften an, aber Funkwe wies sie wieder zurück.

Da schrien die Leute: »Wir verdursten! Du, Kyola, mußt hingehen!« Schließlich gab Kyola nach: »Mutter, dann gehe ich aber jetzt endgültig, denn in der Welt habe ich wegen meiner Schönheit ja nur zu leiden!« Und so ging sie wirklich. Als Funkwe sie kommen sah, schickte er wieder Wasser ins ganze Land.

So ist Kyola bis zum heutigen Tag fortgeblieben; und wenn wir bis jetzt auf Erden Wasser haben, dann verdanken wir das Kyola, die sich dem Funkwe hingab, um die Menschen zu retten.

Der Hase und das Mädchen, das keinen Mann wollte

Ein Mann hatte eine wunderschöne Tochter, die aber nicht heiraten wollte. Ihr ständiger Ausspruch war: »Ich will mit den Männern nichts zu tun haben!« Man hielt um sie an, aber sie lehnte ab: »Nein, kein Mann soll mich heiraten.« Jeder, der kam, mußte unverrichteterdinge abziehen.

Da fragte sich der Hase: »Nanu? Wie könnte man denn dieses Mädchen zum Heiraten bringen?« Am nächsten Tage nahm er Wachs und machte sich einen prachtvollen Unterleib, mit Haaren an der richtigen Stelle: Nun war er ein Mädchen. Auch eine Bluse zog er sich an. Dann ging er zu jenem Mädchen und sagte: »Meine Freundin, ich möchte dich heiraten!« Das Mädchen antwortete: »Ja, eine Freundin, die mich heiratet, möchte ich gern.« Und tatsächlich heiratete der Hase das Mädchen.

Dann aber ging er an die Ausführung seines Plans. Sie verbrachten den Tag zusammen, und die Nacht schliefen sie nur so eng beieinander. Am nächsten Morgen ging der Hase nach Luambo und kaufte dort Kleider. Dann lief er in den Busch, ließ sie auf dürrem Holz liegen und warf noch etwas Reisig darüber. Ins Dorf zurückgekehrt, sagte er zu seiner Frau: »Du, heute wollen wir ein bißchen Brennholz schlagen.« Sie war einverstanden, und so gingen sie los. Bei dem Reisig angekommen, das er auf die Kleider geworfen hatte, jammerte er: »Du, ich habe solche Leibschmerzen, ich muß schnell da drüben mal austreten gehen!« So lief er fort, und seine Frau fing schon an, Reisig zu sammeln. Als er zurückkam, rief sie ihm entgegen: »Du, ich habe da Kleider gefunden!« Der Hase antwortete: »Hast du ein Glück! Ich bin doch auch dort vorbeigekommen! Da staune ich aber! Diese Dinge muß dir Gott geschenkt haben, mein Leben dagegen steht eher unter dem Stern der Armut.«

Sie suchten dann noch etwas Brennholz und brachten es nach Hause. Dort erzählte die junge Frau: »Mutter, wo wir Brennholz gesammelt haben, da habe ich dies Kleid gefunden!« – »Was!« rief die Mutter: »das muß dir Gott geschenkt haben!«

Nach einiger Zeit ging der Hase wieder nach Luambo, kaufte Schuhe und ein Kleid mit Gürtel und verbarg alles wie das erstemal unter Reisig, aber an einem anderen Platz. Heimgekehrt, schlug er seiner Frau vor: »Du, heute wollen wir noch etwas Brennholz schlagen.« Sie war einverstanden, und die beiden machten sich auf den Weg. Bei dem Baum angekommen, wo er die Sachen versteckt hatte, sagte der Hase: »Du, ich muß ein bißchen hinter die Büsche gehen.« Gleich darauf hörte er seine Frau rufen: »Du, komm, sieh doch! Heute habe ich wieder schöne Sachen gefunden!« – »Da hast du aber wieder Glück gehabt«, meinte der Hase, »das hat dir Gott gegeben! Ich habe immer nur Pech, ich werde noch nackt sterben.« Als sie nach Hause kamen, erzählte das Mädchen alles ihren Eltern, und die freuten sich mit ihr.

Am folgenden Tage sagte der Hase: »Du, wir wollen baden gehen!« Seine Frau war gern dabei, und so gingen sie fort. Am Fluß wusch sich der Hase den Kopf, während seine Frau sich auszog. Dann meinte er: »Ich will doch auch mal ein bißchen schwimmen.« Aber im Wasser zerbrach er das Wachs, das er sich angeklebt hatte, so daß man jetzt sehen konnte, daß er ein Mann war. Dann stieß er einen Schrei aus: »He, du!« – »Was denn?« fragte seine Frau. – »Sieh mal, was ich gefunden habe!« – »Na was denn?« – »Sieh doch mal, das da habe ich gefunden!« Seine Frau kam näher und rief: »I! Dann warst du also ein Mann!« – »Nein«, leugnete der Hase: »Das habe ich gefunden!« – »Aber was ißt das Ding denn?« fragte die Frau. Der Hase antwortete: »Das da ißt Brei.«

So machten sie sich denn auf den Heimweg und kehrten ins Dorf zurück. Zu Hause warf sich die Frau auf den Boden und rief: »Also warst du doch ein Mann!« Der Hase leugnete wieder: »Nein, meine Liebe, das habe ich gefunden, als wir badeten; das hat mir Gott gegeben.« Die anderen sagten: »Das ist wahr, denn als du die Kleider gefunden hast, hatte dein Mann auch nichts einzuwenden; wo nun heute er etwas gefunden hat, da willst du dich dagegen sperren? Gib dem Ding nur seinen Brei, wenn es so ist, daß es Brei ißt!« So nahm die junge Frau etwas Mehl und rührte einen Brei an. Aber als sie ihn hineinbrachte, da sagte der Hase: »Nein, das ist nicht so ein Brei; das ist vielmehr zusammen schlafen!« Also schliefen sie zusammen. Da rief die Frau ganz laut: »Aber das ist ja etwas ganz Schönes!« Später berichtete sie ihrer Mutter: »Also das ist es? Das ist etwas Schönes, ja, das ist noch schöner!«

So gelang es dem Hasen mit seinem klugen Plan, das Mädchen zur Heirat zu bewegen.

Wie holt man den Waran von der Palme herunter?

Es war einmal ein Mann, der hatte eine Tochter. Er nahm sich vor, die Tochter nicht eher heiraten zu lassen, bis sie ganz erwachsen war. Aber siehe da, schon kam ein Freier nach dem anderen und hielt um sie an! Da sagte der Vater zu einem von ihnen: »Gut, mein Alter, wer meine Tochter heiraten will, der muß den Waran da oben herunterholen.« – »In Ordnung«, antwortete der junge Mann und kletterte auf die Borassuspalme: Aber sie war zu hoch, er schaffte es nicht und ging davon. Der zweite versuchte es erst gar nicht, als er sah, wie hoch die Palme war.

Bald kam wieder ein junger Mann und hielt um das Mädchen an. Der Vater sagte: »Gut, mein Alter, hol den Waran da herunter, dann kannst du meine Tochter heiraten.« Der junge Mann ging zu seinem Vater und berichtete ihm: »Ich habe um ein Mädchen angehalten, aber man hat mir geantwortet: Nur wenn du den Waran von der Palme herunterholst!« Der Vater riet ihm: »Bring mal eine Ziege, einen Hund, Grünzeug und Maisbrei!« Der Sohn besorgte alles, und sie gingen damit unter die Palme, auf der der Waran saß. Dann gab der junge Mann der Ziege den Maisbrei, dem Hund aber das Grünzeug. Als der Waran oben auf der Palme das sah, fragte er: »Mensch, bist du denn bei Sinnen? Nimm den Maisbrei und gib ihn dem Hund; das Grünzeug überlaß der Ziege!«

Darauf antwortete der junge Mann: »Um sich zu verständigen, muß man einander näher kommen; wenn du näher kommst, ist's gut.« Da schlängelte sich der Waran ein Stück herunter, bis auf die halbe Höhe. Der Mann nahm wieder das Grünzeug und gab es dem Hund, und den Maisbrei reichte er der Ziege. Da rief der Waran: »Nicht doch! Ich sage dir doch: Nimm den Maisbrei und gib ihn dem Hund; das Grünzeug laß die Ziege fressen! Verstehst du denn nicht?« Aber der Mann antwortete wieder: »Um sich zu verständigen, muß man einander näher kommen.« Da stieg der Waran ganz hinunter und kam auf die Erde. Der Junge ergriff ihn, brachte ihn zu seinem Schwieger-

vater und setzte ihn dort ab. Der sagte: »Ja, mein Alter, du bist ein tüchtiger Kerl; das Mädchen ist dein.« So konnten sie heiraten.
Den guten Rat aber hatte ihm sein Vater gegeben. Wenn ein Mensch die Alten verachtet, dann macht er sich selbst verächtlich.

Die Ziegendiebe

Zwei Männer waren unterwegs und unterhielten sich dabei lebhaft. Beide waren sehr arm, und der eine sagte: »Unter diesen Umständen müssen wir stehlen.« – »Stehlen wir eine Ziege!« schlug der andere vor. – »Was, eine Ziege stehlen, am hellichten Tage?« fragte der erste. – »Ja, versuchen wir's!« – »Aber Diebstahl ist etwas Schlimmes«, wandte nun der erste ein. Da erwiderte der andere: »Nein, ich bin dafür, daß wir stehlen.« – »Aber wie sollen wir das denn tun?« Da erklärte ihm der andere: »Weißt du, wir müssen uns streiten. Ich sage: ›Ziegen haben die Zähne oben‹, und du sagst: ›Ziegen haben die Zähne unten!‹ Wir müssen uns tüchtig streiten, und wenn wir zu Leuten kommen, nehmen wir eine Ziege, um nachzusehen. Der Besitzer wird dann hinzutreten, aber er wird uns gewähren lassen; und dann nehmen wir die Ziege mit. Einverstanden?« – »Ja, gehen wir und versuchen wir's!«
Also machten sie sich auf den Weg, kamen ins Dorf, stritten sich beim Gehen, und der eine sagte: »Ziegen haben die Zähne oben«, der andere widersprach: »Nein, sie haben sie unten!« Da fragte der erste: »Hast du denn schon einmal eine Ziege gesehen, die oben Zähne hatte?« – »Ja, wirklich, das habe ich!« beharrte der andere. So kamen sie an einen Stall und griffen sich die Ziege, die dort stand und nun laut zu meckern begann. Sie warfen sie zu Boden und sperrten ihr das Maul auf.
Da trat der Besitzer der Ziege hinzu und fragte: »Nanu? Ihr wollt mir wohl die Ziege stehlen, meine Alten?« Sie antworteten: »Nein, Herr, wir haben uns nur gestritten.« Mein Freund sagt: ›Ziegen haben die Zähne oben‹, und ich sage: ›Ziegen

haben die Zähne unten.‹ Da sagt er: ›Das ist eine große Lüge!‹ So haben wir uns tüchtig gestritten, und deshalb haben wir die Ziege hier genommen, damit mein Freund zu streiten aufhört.« Der Mann erwiderte: »Na, meine Alten, Ziegen haben die Zähne unten! Aber seht nur selbst nach, und wenn ihr fertig seid, dann steckt sie wieder dort hinein.« – »Ja, das tun wir«, antworteten sie, und der Besitzer ging fort.

Als die beiden mit der Ziege allein waren, schwupps! hatten sie sie fest und liefen damit davon, um sie bei der nächsten Gelegenheit zu verkaufen. Der Besitzer aber, als er seine Ziege vermißte, fuhr zusammen und rief: »Ihr Leute, die beiden Alten, die so miteinander stritten, die haben mir die Ziege fortgeschleppt, und zum Unglück noch die Stammutter, die die andern zur Welt gebracht hat!« Aber man hörte nur noch den Wind wehen ...

Der Lügner und der Sklave

Ein Mann hatte einen Sohn und kaufte dazu einen Sklaven. Eines Tages war der Mann fortgegangen; da grub der Sohn Süßkartoffeln seines Vaters aus. Als der Vater zurückkam, fragte er: »Wer hat die Süßkartoffeln herausgeholt?« – »Das war der Sklave, den du gekauft hast; der hat sie herausgeholt!« antwortete der Sohn. Daraufhin wurde der Sklave heftig getadelt, aber sonst nichts.

Am nächsten Tage waren die Eltern auf dem Feld, und als sie nach Hause kamen, stellten sie fest, daß wieder jemand nach den Süßkartoffeln gegraben hatte. Sie fragten: »Wer hat das getan?« Der Sohn log: »Das war der Sklave, der hat danach gegraben.« Der Sklave aber widersprach: »Nein, ich war es nicht!« Aber die anderen setzten ihm schwer zu, und zuletzt ergriffen sie ihn, töteten ihn und warfen ihn ins Wasser.

Nun war es die Hauptarbeit des getöteten Sklaven gewesen, Korn im Mörser zu Mehl zu zerstampfen. Jetzt, wo er tot war, nahmen die Eltern zwei Körbe voll Hirse, gaben sie ihrem Sohn und sagten: »Zerstampf das!« So ging er damit an den Fluß und begann, die Hirse zu zerstampfen, um die Spreu zu entfernen. Das ermüdete ihn sehr, er begann zu weinen und zu jammern: »Huu, huuu, ich hab's ja so schlecht, huu!«

Da plötzlich sah er den Sklaven aus dem Wasser kommen, das nur so an ihm hinuntertropfte! Er ergriff den Stößel und begann zu stampfen, während er dazu ein Liedchen sang:

»Laß mich für dich stampfen, Kaimaima,
laß mich für dich stampfen, Kaimaima.
Du hast mich mißhandelt, Kaimaima,
sprachst: Er aß die Knollen, Kaimaima...«

So stampfte er unaufhörlich, während er immer wieder dasselbe Lied sang. Er stampfte alle Hirse zu Mehl, und der Junge brachte es ins Dorf. »Wir haben das gestampft«, behauptete er. Am folgenden Tage gab man ihm zwei Körbe Mais zum Stampfen. Er ging damit zum Fluß und begann seine Arbeit, und bald hatte er beide Hände voller Blasen. Als sich dann die Haut abzuschälen begann, jammerte er laut. Schon stieg der Sklave aus dem Wasser, ergriff den Stößel, fing an zu stampfen und sang dazu sein Lied: »Laß mich für dich stampfen, Kaimaima...« Dann sagte er: »Siehst du, du hast mich einfach verleumdet, hast mich zu Tode gebracht, und ich stampfe das da für dich! Der die Süßkartoffeln ausgegraben hat, das bist du; aber den sie getötet haben, das war ich.« Als alles fertig gestampft war, trug der Junge wieder das Mehl ins Dorf.

Tags darauf ging zufällig auch ein anderer Mann zum Fluß und setzte sich da. Den Jungen aber schickte man mit einem Korb, gefüllt mit zerdrücktem Mais, den sollte er vollends kleinstampfen. Er begann damit, und dann heulte er: »Huuu, huuu!« Da hörte er stromaufwärts Wasser tropfen, der Sklave erschien, nahm den Stößel, fing an zu stampfen und sein Lied dazu zu singen.

Während die Arbeit voranging, sah der Mann herüber und sagte bei sich: »Nanu! Ist das so: Niemand anders als der Tote ist erschienen! Na, da staune ich aber tüchtig!« Er blieb noch dort und hörte zu, wie der Sklave wieder sang: »Laß mich für

dich stampfen, Kaimaima!« Dann ging er ins Dorf und berichtete: »He, ihr, wir haben doch festgestellt, daß der Junge da so schnell stampft; in Wirklichkeit ist es aber der tote Sklave, der die Arbeit verrichtet!« Die Leute wollten dem Mann nicht glauben, doch er rief: »Kommt mit!«, und die Tränen liefen ihm nur so über das Gesicht.
Sie schlichen sich in die Nähe, versteckten sich und sahen, wer da stampfte und sein Lied dazu sang. Plötzlich warfen die Leute sich auf ihn, um ihn zu ergreifen. Der Sklave schrie: »Laßt mich, laßt mich!« Und zusehends löste er sich in ihren Händen auf, nur Wasser floß zu Boden. Danach kam er nie mehr zum Stampfen.

Der Vogel als Salzspender

Drei Jäger gingen in den Busch auf die Jagd und bauten sich dort ein Lager. Plötzlich rief der eine: »He, ihr!« – »Was denn?« – »Wir haben das Salz vergessen!« – »Was tun wir jetzt, wo wir kein Salz haben?« Aber keiner wußte Rat. Einer ging auf die Jagd und erlegte eine Antilope; sie zerteilten sie und schmorten sie im Topf. Als sie gar war, sagten sie: »Wenn wir jetzt Salz hätten, könnten wir sie uns schmecken lassen!« So aber mußten sie das Tier ungesalzen essen.
Am nächsten Morgen stellten sie alles Fleisch, das übriggeblieben war, in einem Topf aufs Feuer und gingen auf die Jagd. Und siehe da, ein Vogel kam, setzte sich genau auf den Topfrand, ließ ein tüchtiges Häuflein hineinfallen und führte das Sprichwort an: ›Wir salzen es ihnen, sie selbst verderben es sich.‹ Danach flog er fort.
Als die Jäger zurückgekehrt waren und aßen, sagten sie: »Nanu, das schmeckt aber fein! So ist es gut. Nur, wer ist denn da vorbeigekommen und hat uns etwas Salz in den Topf geworfen?« Sie setzten wieder einen Topf voll auf und ließen ihn auf dem Feuer. Abends machten alle drei einen Spaziergang. Da kam der Vogel zurück, setzte sich genau auf den Rand des

Kochtopfs, machte hinein und sprach: »Wir salzen es ihnen, sie selbst verderben es sich«, und flog davon.
Als die Jäger aßen, meinten sie wieder: »Nanu, das ist aber ganz vorzüglich!« Doch einer schlug vor: »Freunde, morgen werde ich feststellen, wer das ist, der hier vorbeikommt und uns Salz in den Topf wirft.« Er blieb im Lager, schloß sich ein, der Topf stand draußen auf dem Feuer, und die anderen gingen auf die Jagd.
Während er aufpaßte, erhob sich ein starker Wind, und als er hinsah, flog ein großer Vogel herbei. Der setzte sich auf den Rand des Topfes, machte hinein und sprach: »Wir salzen es ihnen, sie selbst verderben es sich.« Der Jäger staunte nicht schlecht: »Dann ist das also ein Vogel, der uns das Fleisch salzt! Aber wenn er fortfliegt, werde ich mit den anderen Schwierigkeiten bekommen, wenn ich ihnen das sage. Ich will den Vogel lieber abschießen.« Tatsächlich gab er Feuer, und der Vogel starb.
Als die Jagdgefährten zurückkehrten, hatten sie nur noch einmal wohlschmeckendes Fleisch zu essen. Danach schmeckte alles einfach fad, denn sie hatten ja den getötet, der ihnen das Salz gebracht hatte, damit sie gut essen konnten! So hatten sie sich das Essen selbst verdorben.

Den Schlaf betrügt man nicht

Es waren einmal vier Händler, die machten sich gemeinsam auf, um Waren einzukaufen. Auf ihrer Handelsfahrt erwarben sie viele Hühner. Damit kamen sie nach Kabungu, meldeten sich beim Häuptling und begrüßten ihn. Der fragte: »Na, wie steht's?« Sie antworteten: »Wir wollen nach Likasi, möchten aber hier übernachten.« Ein anderer fügte hinzu: »Wir schlafen draußen mit unseren Körben.«
Als sie einen guten Platz gefunden hatten, machte einer Feuer und sagte: »Hört einmal, hier gibt's viele Diebe!« – »Ach was«, meinten die anderen, »wir schlafen nicht, wir setzen uns nur,

bis es tagt.« So blieben sie denn sitzen, und der erste rühmte sich: »Ich bin doch der: ›Ich zwinkere, bis es tagt.‹« Der zweite sagte: »Ich bin ›Taschen zu beim Schlafen.‹« Der dritte nannte sich: ›Den Schlaf betrügt man nicht‹, und der vierte: ›Ich bind mir meinen Korb ans Bein.‹

Aber schließlich schliefen sie doch alle ein, der eine, indem er dauernd an sich herumfühlte, ob alle Taschen noch zu waren, der andere, der sich ›Ich zwinkere, bis es tagt‹ genannt hatte, indem er immer wieder einnickte; ›Den Schlaf betrügt man nicht‹ schlief und begann zu schnarchen, und ›Ich bind mir meinen Korb ans Bein‹ hatte sich seinen Korb ans Bein gebunden und schlummerte selig. Nach einer guten Weile wachte ›Den Schlaf betrügt man nicht‹ auf, und als er sah, daß alle fest schliefen, nahm er ihre Körbe und versteckte sie; nur den seinen ließ er da. Dann legte er sich wieder zum Schlafen hin.

Als die Hähne zu krähen begannen und immer wieder krähten, fuhren sie alle aus dem Schlaf: »Es ist ja schon Morgen!« Aber als sie nach ihren Körben sahen, da waren die verschwunden. »Nanu, wo sind denn die Körbe?« – »Der von ›Den Schlaf betrügt man nicht‹ ist hier; aber unsere, wo sind die unsern?« Ihr Gefährte fragte: »Was denn? Du, ›Ich zwinkere, bis es tagt‹, du, ›Taschen zu beim Schlafen‹, und du, ›Ich bind mir meinen Korb ans Bein‹, habt ihr denn den Dieb nicht gehört, der euch die Körbe fortgenommen hat, du besonders, ›Ich zwinkere, bis es tagt‹?« Sie antworteten: »Nein.« Dann fragten sie sich: »Und was tun wir jetzt?« Sie suchten und suchten, aber umsonst; sie fanden nichts. Da sagte ›Den Schlaf betrügt man nicht‹ zu den andern: »Kommt mal mit!« und führte sie dorthin, wo er ihre Körbe versteckt hatte: »Da sind sie! Ihr habt euch getäuscht, den Schlaf kann man nicht überlisten. Auch wenn man sich vornimmt: Ich bleibe wach, bis es dämmert, schafft man es nicht; man schläft doch immer ein bißchen. Mit dem Schlaf ist es nicht so einfach!«

Der Besuch bei den Schwiegereltern von Mutombo Lawa-lawa

Eines schönen Tages machte sich eine große eßbare Termite früh auf, flog in die Höhe und schwirrte da herum. Auf dem Boden saß die Kröte und wartete, daß sie herunterkäme. Nach einer Weile fiel die Termite auch tatsächlich auf den Boden, und die Kröte näherte sich, um sie zu fressen, ließ es aber dann und fragte: »Wohin willst du denn, Termite?« Die antwortete: »Ich gehe zu den Schwiegereltern von Mutombo Lawa-lawa.« – »Dann haben wir ja den gleichen Weg«, meinte die Kröte, und so gingen sie miteinander.

Als sie sich umsahen, kroch die Schlange heran in der Absicht, die Kröte zu fressen. Sie ließ es dann aber und fragte: »Wohin willst du denn, Kröte?« – »Ich folge der Termite«, sagte diese, »die geht zu den Schwiegereltern von Mutombo Lawa-lawa.« – »Dann haben wir ja den gleichen Weg«, meinte die Schlange, und so gingen sie miteinander.

Da kam der Knüppel auf die Schlange zu, um sie zu erschlagen, ließ es dann aber und fragte: »Wohin willst du denn, Schlange?« – »Ich folge der Kröte«, sagte die, »die Kröte folgt der Termite, und die geht zu den Schwiegereltern von Mutombo Lawa-lawa.« – »Dann haben wir ja den gleichen Weg«, meinte der Knüppel, und so gingen sie miteinander.

Da kamen die Arbeitertermiten, um den Knüppel zu zernagen, ließen es aber und fragten: »Wohin willst du denn, Knüppel?« – »Ich folge der Schlange«, sagte er, »die Schlange folgt der Kröte, die Kröte folgt der großen Termite, und die geht zu den Schwiegereltern von Mutombo Lawa-lawa.« – »Dann haben wir ja den gleichen Weg«, meinten die Arbeitertermiten; so gingen sie miteinander.

Da kam das Huhn, scharrte überall herum, und als es die Termiten sah, wollte es sie fressen, ließ es dann aber und fragte: »Wo wollt ihr denn hin?« – »Wir folgen dem Knüppel«, sagten die Termiten, »der Knüppel folgt der Schlange, die Schlange

folgt der Kröte, die Kröte folgt der großen Termite, und die geht zu den Schwiegereltern von Mutombo Lawa-lawa.« – »Dann haben wir ja den gleichen Weg«, meinte das Huhn, und so gingen sie miteinander.
Da kam die Katze und wollte das Huhn fressen, es stieß schon seinen Warnruf aus; aber dann fragte sie nur: »Wohin willst du denn, Huhn?« – »Ich folge den Arbeitertermiten«, sagte das Huhn, »die Termiten folgen dem Knüppel, der Knüppel folgt der Schlange, die Schlange folgt der Kröte, die Kröte folgt der großen Termite, und die geht zu den Schwiegereltern von Mutombo Lawa-lawa.« – »Dann haben wir ja den gleichen Weg«, meinte die Katze; und so gingen sie miteinander.
Da kam das Fallenstellholz und wollte die Katze zermalmen, ließ es dann aber und fragte: »Wohin willst du denn, Katze?« – »Ich folge dem Huhn«, sagte die Katze, »das Huhn folgt den Arbeitertermiten, die Termiten folgen dem Knüppel, der Knüppel folgt der Schlange, die Schlange folgt der Kröte, die Kröte folgt der großen Termite, und die geht zu den Schwiegereltern von Mutombo Lawa-lawa.« – »Dann haben wir ja den gleichen Weg«, meinte das Fallenstellholz; und so gingen sie miteinander.
Da kam das Feuer und wollte das Fallenstellholz verzehren, ließ es dann aber und fragte: »Wohin willst du denn, Fallenstellholz?« – »Ich folge der Katze«, sagte das Fallenstellholz, »die Katze folgt dem Huhn, das Huhn folgt den Arbeitertermiten, die Termiten folgen dem Knüppel, der Knüppel folgt der Schlange, die Schlange folgt der Kröte, die Kröte folgt der großen Termite, und die geht zu den Schwiegereltern von Mutombo Lawa-lawa.« – »Dann haben wir ja den gleichen Weg«, meinte das Feuer, und so gingen sie miteinander.
Da kam das Wasser über das Feuer, um es zu löschen, ließ es dann aber und fragte: »Wohin willst du denn, Feuer?« – »Ich folge dem Fallenstellholz«, sagte das Feuer, »das Fallenstellholz folgt der Katze, die Katze folgt dem Huhn, das Huhn folgt den Arbeitertermiten, die Termiten folgen dem Knüppel, der Knüppel folgt der Schlange, die Schlange folgt der Kröte, die Kröte folgt der großen Termite, und die geht zu den Schwieger-

eltern von Mutombo Lawa-lawa.« – »Dann haben wir ja den gleichen Weg«, meinte das Wasser; und so gingen sie miteinander.
Als sie ans Ziel kamen, riefen die Leute: »Die Verwandten kommen, die Verwandten kommen!« Man hatte ihnen schon ein sehr gutes Essen zubereitet; aber sie sahen es nur an und gingen dann mit dem Ball spielen, den sie mitgebracht hatten. Die Leute baten: »Nanu? Kommt doch zuerst die Speisen kosten, die wir gekocht haben!« Sie aber sagten: »Nein, zuerst wollen wir spielen, dann essen.«
Als das Spiel lebhaft wurde, folgte die Kröte dauernd der großen Termite. Nach einer Weile wollte diese an ihr vorüberlaufen, aber die Kröte schnappte sie und verschlang sie. Da kam die Schlange, ergriff die Kröte und würgte sie hinunter. Der Knüppel schlug die Schlange, und sie starb. Die Arbeitertermiten zerfraßen den Knüppel; da kam das Huhn und fraß die Termiten. Als es weiterlaufen wollte, wurde es von der Katze ergriffen. Das Fallenstellholz zermalte die Katze, das Feuer verzehrte das Fallenstellholz. Dann kam das Wasser und löschte das Feuer aus, und die Sonne ließ das Wasser verdunsten. Zuletzt fiel ein Nieselregen, Nebel stieg auf, und der aß alle Speisen, die man für die große Termite zubereitet hatte.

Der Kampf zwischen Kröte und Schlange

Es war einmal ein Mann, der hatte einen weiten Weg zurückzulegen. Er lief und lief, setzte sich unter einen Baum und ruhte ein wenig aus, dann lief er wieder weiter. Da traf er eine Schlange und eine Kröte, die einander gepackt hatten und kämpften. Er blickte nur kurz hin und ging dann weiter. Da rief ihn die Kröte: »He, du Wanderer!« – »Was denn?« fragte er. – »Wenn sie dich in dem Dorf, in das du gehst, fragen: ›Was hast du denn unterwegs gesehen?‹ Was wirst du da sagen?« Der Mann antwortete: »Ich werde sagen: ›Ich habe eine Kröte gesehen, die von einer Schlange gepackt worden war.‹«

Da entgegnete die Kröte: »Nein, so darfst du es nicht sagen! Drück dich so aus: ›Man konnte den Ausgang noch nicht sehen; eine Kröte und eine Schlange hielten sich gepackt und zerrten einander hin und her.‹ Wenn nämlich die Schlange stirbt, dann bin ich gerettet; sterbe ich dagegen, dann ist die Schlange gerettet. Doch jetzt, da wir beide noch kämpfen, darfst du nicht sagen: ›Ich traf eine Kröte, die gepackt worden war‹; denn vielleicht ist es ja die Schlange, die sterben muß.« Wirklich ging der Mann weiter, und was sagte er, als er ins Dorf kam? Er sagte: »Ich traf eine Schlange, die mit einer Kröte kämpfte.« Denn so muß man es ausdrücken!

Wie ein Stummer sprechen lernte

In einem Dorf war einmal ein Stummer, der konnte überhaupt nicht sprechen. Aber er stellte fleißig Fallen für Rohrratten auf und legte Reusen aus für die Fische. Nur sprechen konnte er nicht.

Nun waren da eines Tages ein paar Männer beim Biertrinken. Plötzlich sagte einer von ihnen: »Morgen bringe ich den Stummen zum Sprechen!« Die anderen fragten: »Wie soll denn ein Stummer sprechen können?« – »Er wird sprechen«, behauptete der erste und blieb dabei, sosehr die andern auch zweifelten.

Am nächsten Morgen ganz früh ging dieser Mann an den Fluß, zog eine der Reusen heraus, in der sich ein Wels befand, nahm ihn heraus und ging damit an eine der Fallen des Stummen, in der sich eine Rohrratte gefangen hatte. Die holte er heraus und steckte statt dessen den Wels hinein; die Rohrratte aber legte er in die Reuse, die gleichfalls dem Stummen gehörte.

Bald darauf kam der Stumme, um nach seinen Fallen und Reusen zu sehen. Das Stellholz der einen Falle war gefallen. Als er nachsah, fand er den Wels darin! Er dachte: ›Ein Fisch fängt sich auf dem Trockenen? Das wundert mich aber! Auf dem Lande gerät ein Fisch in die Falle?‹ Er ging weiter, kam ans

Wasser, zog seine Reuse heraus: Da liegt eine ausgewachsene Rohrratte darin! Er staunte noch mehr: ›Auf dem Trockenen ein Wels, im Wasser eine Rohrratte? Die Ratte gehört doch aufs Land, der Wels ins Wasser! Wie können sie sich so sonderbar fangen?‹

Der Stumme nahm seine Beute und ging ins Dorf. Dort legte er sie ab, und die Leute kamen und riefen: »Glück zu dem Fang!« Er antwortete: »Uum.« Dann zeigte er auf die Rohrratte, sagte wieder »Uum« und wies dann mit dem Finger zum Wasser; ebenso deutete er auf den Wels und dann auf den Boden. Aber die Leute sagten: »Wir verstehen nicht, was du meinst.« Er fuhr fort, »Uum, uum, uum« zu stammeln; aber die anderen sagten nur: »Wir verstehen nicht.« Da rief der Stumme: »Die Rohrratte hat sich im Wasser in der Reuse gefangen, der Wels auf dem Lande in der Falle!« Da antworteten die Leute: »Jetzt haben wir's verstanden« und staunten nicht schlecht, daß der Stumme redete.

Darum sagt man: »Das ist ein redefreudiges Dorf, wo sogar ein Stummer zum Sprechen gebracht wird.« Aber das kam von seiner unglaublichen Verblüffung.

Vom Leoparden und seinen Neffen

Der Leopard wohnte einmal bei seinen Schwiegereltern. Aber nach einiger Zeit sagte er sich: »Hier bei der Schwiegerfamilie bin ich ganz allein. Ach, ich will einen meiner Neffen holen, damit er bei mir bleibt.« Also ging er zu seinen Schwestern und holte sich den roten Feldhasen. Die Schwestern kochten den beiden vor dem Aufbruch noch Maisbrei; sie aßen sich satt, aber es blieb noch etwas übrig. Der Neffe nahm einen Teil mit, der Leopard gleichfalls. Dann brachen sie auf.

Am Fluß angekommen, setzten sie sich nieder. Da sagte der Leopard zu seinem Neffen: »Ach, sollen wir immer mit dem Rest Brei herumlaufen! Ich werfe meinen jetzt ins Wasser.« Statt dessen aber nahm er einen Stein und schleuderte ihn in

den Fluß; sein Neffe dagegen warf seinen Brei wirklich ins Wasser. Dann gingen sie weiter.
An einem anderen Fluß ruhten sie sich wieder aus. Da sagte der Leopard: »Ich hab doch noch genug Brei im Sack; da will ich mal essen.« Und er bediente sich. Der Feldhase staunte und bat: »Onkel, gib mir doch etwas ab!« – »Ja, hast du denn nichts mitgenommen?« fragte der Leopard nur und aß seinen Brei. Dann gingen sie weiter, eine lange Strecke.
Schließlich trafen sie Leute, die ihnen Erdnüsse schenkten. Da sagte der Leopard zu seinem Neffen: »Hol doch etwas von dem trockenen Gras, an dem wir vorbeigekommen sind, damit wir die Erdnüsse rösten können!« Der Feldhase antwortete: »Jawohl!« und lief fort. Der Leopard aber röstete die Erdnüsse, aß sie alle auf und warf die Schalen ringsumher auf den Boden! Als sein Neffe mit dem Gras kam, meinte der Leopard: »Ach, da bist du umsonst gelaufen: Leute sind gekommen und haben die Erdnüsse gegessen; da und dort liegen die Schalen. Sieh nur, die Erdnüsse sind alle; gehen wir weiter.« So brachen sie wieder auf.
An einem Wäldchen angelangt, fanden sie Baumfrüchte, die man zum Schöpfen und als Becher gebrauchen kann. Da sagte der Leopard: »Wenn man uns dort, wo wir bald auf unserm Weg hinkommen werden, dünnen Brei zu essen gibt, dann läufst du hierher und holst Schöpfer und Becher, damit wir essen können!« – »In Ordnung«, antwortete der Hase. So gingen sie weiter.
Als sie in ein Dorf kamen, nahm man sie freundlich auf und hieß sie willkommen. Man rührte ihnen auch einen Brei an und gab ihnen den. Da befahl der Leopard: »Neffe, lauf und hol uns Schöpfer und Becher, wie ich dir gesagt habe, die sind gut, um damit zu essen.« Der Hase lief schnell davon, und an dem Wäldchen angekommen, pflückte er von den Früchten und kehrte damit zurück. Aber der Leopard hatte inzwischen allen Brei aufgegessen und nur hier und dort ein bißchen hingekleckst. Als der Hase kam, machte ihm der Leopard noch Vorwürfe: »Du bist nicht richtig gerannt, Junge, jetzt war das umsonst. So wollte ich das nicht. Ich habe dir deutlich gesagt: ›Lauf schnell‹, aber du hast dich unterwegs aufgehalten. Nun

sieh, die Leute haben den Brei aufgegessen und nur hier und da etwas hingekleckst.« Danach machten sie sich wieder auf den Weg.

Als sie bei den Schwiegereltern ankamen, hieß es wieder: »Willkommen, willkommen!« Man kochte ihnen Maisbrei. Sie aßen, diesmal auch der Neffe. Als es Nacht wurde, ging der Leopard und fing eine der Ziegen seines Schwiegervaters. Er fraß sie auf, aber von dem Blut nahm er eine Menge und schmierte es an den Bart des schlafenden Neffen und wo es sonst gut ging. Dann legte er sich ins Bett.

Früh am nächsten Morgen begrüßte er seinen Schwiegervater. Der sagte: »Hör mal, mein Alter, eine meiner Ziegen hat sich verirrt, eine ganz weiße Ziege, eine Stammutter.« – »Nein, Vater«, erwiderte der Leopard, »du mußt aufpassen, ob jemand Blut am Munde oder an den Händen hat; der hat dann die Ziege weggenommen.« Ach, und als dann der Feldhase herauskam, da sah man überall an seinem Körper Blut! »Dann bist du der, der meine Ziege gestohlen hat!« rief der Schwiegervater, und sie ergriffen den Feldhasen und schlugen ihn tot.

Nach einer geraumen Weile machte sich der Leopard wieder auf und ging zu seinen Schwestern. Er sagte: »Ich komme, um einen meiner Neffen mitzunehmen.« – »Einen Neffen? Aber wo ist denn der andere, den du mitgenommen hast?« – »Dem geht's gut«, log der Leopard, »er ist groß geworden, ihr solltet ihn nur sehen!« Da meinten die Schwestern: »Na, dann ist's gut, nimm diesen hier mit.« Und sie vertrauten ihm einen kleinen, aber durchtriebenen Hasen an, der hier Bwende heißt. Vor dem Aufbruch kochte man ihnen noch Maisbrei; sie aßen sich satt, aber es blieb noch über, und der Leopard steckte sich etwas in seinen Sack, der Hase ebenso. Dann gingen sie los.

Am Fluß machten sie halt, um sich auszuruhen. Da sagte der Leopard: »Ach dieser Brei! Warum sollen wir ihn dauernd mit herumschleppen! Ich werfe meinen ins Wasser.« Und er nahm wieder einen Stein und warf ihn in den Fluß. Der Hase aber nahm gleichfalls einen Stein, schleuderte ihn ins Wasser, und der Leopard glaubte, der Hase habe seinen Brei hineingeworfen. Dann gingen sie weiter.

Als sie zum nächsten Fluß kamen, setzten sie sich und wuschen sich die Hände. Dann meinte der Leopard: »Ich habe doch noch genug Brei im Sack, ich will mal essen.« Der Hase erwiderte: »Auch ich habe noch genug Brei, da will ich mal essen.« So holten alle beide ihren Brei hervor und aßen. »Ich habe gedacht, du hättest deinen Brei ins Wasser geworfen!« meinte der Leopard. »Nein, Onkel«, antwortete der Hase; »wir essen alle beide.« Als sie fertig waren, gingen sie weiter.

Unterwegs kamen sie an trockenem Gras vorbei. Da sagte der Leopard: »Sieh hier das trockene Gras! Wenn man uns dort, wo wir hingehen, Erdnüsse schenkt, dann läufst du von diesem Gras etwas holen.« – »In Ordnung«, meinte der Hase. Als sie ein Stückchen gegangen waren, rief er: »Onkel, ich hab schreckliche Bauchschmerzen«, und verschwand wie zum Austreten hinter den Büschen; aber in Wirklichkeit riß er genug von dem Gras aus und steckte es ein. Als sie dann weitergingen und zu dem Wäldchen kamen, sagte der Leopard wieder: »Sieh da die Baumfrüchte, die man als Schöpfer und Becher gebrauchen kann! Wenn man uns Brei gibt, dann läufst du hierher und holst welche!« – »In Ordnung«, antwortete der Hase. Aber nach einer kleinen Strecke rief er wieder: »Ach, hab ich Leibschmerzen, hab ich Leibschmerzen!« und verschwand hinter den Büschen. Aber er hatte sich nur verstellt, lief zurück, pflückte Schöpfer und Becher und steckte sie sich in den Sack. Dann kam er zurück, und sie gingen weiter.

Bald darauf trafen sie Leute, die sie begrüßten: »Willkommen, Leopard! Willkommen, Leopard! Ach, du bringst einen Neffen mit!« Er antwortete: »Ja, ich komme mit einem Neffen, weil ich sonst so allein bin.« Dann gab man ihnen Erdnüsse, und der Leopard befahl: »Junge, lauf und hol uns, was wir unterwegs gesehen haben!« Der Hase sagte: »Onkel, das haben wir schon, es sei denn, du brauchst sehr viel mehr.« Er zog das Stroh aus dem Sack, und sie rösteten die Erdnüsse. Der Leopard machte große Augen und dachte: ›Ach, dieser Junge!‹ Dann aßen sie beide und machten sich wieder auf den Weg.

In dem andern Dorf angekommen, wurden sie wieder freundlich begrüßt: »Oh, willkommen, Leopard! Willkommen, Leopard!« Sie setzten sich hin, und man brachte ihnen Brei. Da befahl der Leopard: »Junge, hol Schöpfer und Becher, die wir

dort gesehen haben, damit wir den Brei essen können!« Der Hase antwortete: »Ach, Onkel, die haben wir schon, außer wenn du viele brauchst; reichen die hier nicht?« Und er holte Schöpfer und Becher aus dem Sack. Der Leopard sagte sich: »Was! Der Junge ist aber mächtig aufgeweckt!« So aßen sie alle beide von dem Brei und gingen dann weiter.
Schließlich kamen sie zu den Schwiegereltern des Leoparden. Die nahmen sie wieder aufs beste auf und riefen: »Willkommen, willkommen!« Der Hase ging seine Großeltern begrüßen und kehrte dann zum Leoparden zurück. Als es Nacht war, schlich der sich wieder davon, um sich über die Ziegen seines Schwiegervaters herzumachen; diesmal nahm er ein Böckchen, fraß es und wollte wieder seinen Neffen mit dem Blut beschmieren. Aber der Hase hatte sich beim Schlafengehen Muscheln auf die Augenlider gelegt, so daß es aussah, als wache er. Und tatsächlich, als der Leopard mit dem Blut kam, dachte er, der Hase sähe ihn an! In Wirklichkeit aber schlief der Hase, und nur die Muscheln blickten den Leoparden an.
Da fragte der Leopard: »Warum schläfst du denn nicht?« Da wurde der Hase wach und sah, daß sein Onkel die Hände voll Blut hatte. Er legte sich dann wieder schlafen, und der Leopard behielt die Hände blutig.
Gleich als es Tag geworden war, kam der Hase heraus und begrüßte die Großeltern. Der Großvater beklagte sich: »Du, mir hat man ein Böckchen gestohlen!« – »Ach«, meinte der Hase, »du brauchst nur aufzupassen, wer erst mittags herauskommt; der hat es genommen.« Da sagte sich der Leopard: »Ich will lieber schon hinausgehen.« Nun sah man, daß er ganz und gar voller Blut war. Der Schwiegervater rief: »Was, mein Alter, also bist du's, der mir den Bock gestohlen hat!« So ergriff man den Leoparden und schlug ihn tot. Als er tot war, blieb der Hase dort und heiratete seine Tante, die Leopardin.
Man muß im Leben schon ein bißchen gewitzt sein; wenn man zu dumm ist, dann wird man ständig von den andern unterdrückt.

Wer hat den Vorrang, der Iltis oder die Ratte?

Der Iltis und die Riesenratte lebten zusammen. Jeder von ihnen hatte sein Zimmer, aber sie aßen gemeinsam. Nun gab es dabei eine Schwierigkeit: Keiner wollte die Teller abräumen! Der Iltis sagte: »Ich bin schon sehr alt«, und die Ratte meinte: »Ich habe den Vorrang!« Also aßen sie, aber die Teller blieben stehen, bis die Frauen kamen und sie abräumten. So ging es immer.

Eines Tages sprachen sie zueinander: »Wir wollen doch gehen und um eine Entscheidung in dieser Angelegenheit bitten.« Sie machten sich also auf, kamen zum Häuptling und erklärten: »Häuptling, wir kommen wegen eines Schiedsspruchs. Da, wo wir wohnen, essen wir gemeinsam, aber keiner will das Geschirr abräumen. Der Iltis behauptet: ›Ich komme zuerst‹, und ich sage: ›Ich als Riesenratte komme zuerst.‹ So kommt es, daß wir nie die Teller abräumen.« – »Wirklich?« fragte der Häuptling, und sie bejahten das.

Nun stand vor dem Haus des Häuptlings, den sie fragen gegangen waren, ein Obstbaum, den die einen Mupundu, die andern Mubambija-ntanda nennen. Man sagte ihnen: »Geht zuerst schlafen, morgen früh könnt ihr wiederkommen.« Also übernachteten sie beim Häuptling, die Ratte in einem Zimmer, der Iltis in einem andern. Vorher kochte man ihnen Maisbrei und gab jedem seinen Teil. Sie aßen, und als es Nacht geworden war, legten sie sich schlafen.

Inzwischen waren die Richter zusammengetreten und hatten sich gefragt: »Wie sollen wir unter diesen Umständen feststellen, wer den Vorrang hat?« Schließlich kamen sie auf die Lösung: Wer den Obstbaum vor dem Hause Mubambija-ntanda nennen würde, der sollte den Vorrang haben, und wer ihn als Mupundu bezeichnete, der sollte den zweiten Rang einnehmen. Alle stimmten diesem Vorschlag zu, und sie gingen auseinander.

Nun war aber gerade zu der Zeit eine Maus dabeigewesen und hatte alles gehört, was die Richter gesagt hatten. Sie lief zur

Ratte und berichtete ihr: »Ratte, den Baum, in dessen Schatten ihr euch begeben werdet, den darfst du nicht Mupundu nennen, sondern Mubambija-ntanda; dann bekommst du den Vorrang.« Die Ratte antwortete: »Verstanden.« Am nächsten Morgen kamen alle zusammen, man begrüßte einander und setzte sich dann. Darauf sagten die Richter: »Seht einmal das Bäumchen, das dort steht! Wer seinen Namen sagen kann, hat den Vorrang; der andere hat den zweiten Rang.« Sie wandten sich zuerst an den Iltis und fragten: »Iltis, was für ein Baum ist das?« Er antwortete auf der Stelle: »Das ist ein Mupundu, ein Mupundu, von dem die Reisenden und die Vorüberziehenden essen!« – »Wirklich?« – »Jawohl!« Dann fragten sie die Ratte: »Ratte, was sagst du, was für ein Baum ist das?« Sie antwortete: »Nein, meine Herren, ich nenne diesen Baum Mubambija-ntanda.« Da klatschten ihr alle Beifall und entschieden dann: »So hast also wirklich du, Ratte, den Vorrang, und du, Iltis, nimmst den zweiten Rang ein.«
Von da an räumte der Iltis das Geschirr fort, und zur Ratte sagte man: »Du hast den Vorrang, weil du den alten Namen gewußt hast, nämlich Mubambija-ntanda.« So war der Iltis der Ratte unterlegen.

Wie die Freundschaft zwischen dem Hasen und dem Löwen zerbrach

Vor langer Zeit geschah es, daß Hase und Löwe Freundschaft schlossen. Gleich am nächsten Tage besuchte der Löwe den Hasen und aß. Er aß Mais und anderes, was der Hase alles selbst angebaut hatte. Tags darauf erbeutete der Löwe sehr viele Tiere und lud dann seinen Freund, den Hasen, zum Essen ein. Der kam auch und aß, aß eine Menge Fleisch, aber Maisbrei gab es nicht. Da fragte er den Löwen: »Nanu? Wir essen hier nichts als Fleisch, aber keinen Maisbrei?« – »Nein, lieber Freund«, antwortete der Löwe, »Maisbrei haben wir nicht.«

Da sagte der Hase zum Löwen: »Freund, befiehl den Leuten, dir hier einen Speicher zu bauen.« Und wirklich errichteten sie einen Sorghumspeicher und einen Maisspeicher. Als sie fertig waren, brachte der Hase selbst Lebensmittel herbei, zuerst Mais, den er in den Speicher warf, dann Hirse, die ebenfalls in den Speicher kam, bis er voll war. Auch der Maisspeicher wurde bis oben hin gefüllt. Dann rief er: »So, mein Freund, jetzt können wir das Fleisch als Zukost nehmen und brauchen nicht mehr nur Fleisch zu essen; darum habe ich dir all das Getreide gebracht.« Der Löwe und seine Frau freuten sich sehr darüber, und der Hase kehrte nach Hause zurück.

Dann ging der Löwe auf die Jagd, erbeutete eine große Menge Wild und füllte damit seine Vorratskammern bis oben hin! Dann befahl er: »Geht den Hasen rufen, er soll kommen und von dem bißchen, das ich da zusammengebracht habe, etwas mitnehmen.« Als der Hase benachrichtigt wurde, dachte er: ›Aha, ich habe ihm etwas hingebracht, und jetzt hat er etwas erbeutet und lädt mich zu sich ein.‹ Und er antwortete: »Ist gut, ich komme.« Dann nahm er ein Antilopenhorn, bohrte ein Loch hinein, zog einen Riemen hindurch, hängte es an ein Stöckchen und ging damit los.

Beim Löwen angekommen, fand er eine Menge Fleisch vor. Der Löwe fragte: »Mein Freund, warum kommst du allein, wo ich dir doch gesagt habe: Bring noch andere mit?« Der Hase antwortete: »Ja, ich bin allein, aber das wird schon reichen.« Der Löwe entgegnete: »Sieh doch hier das Fleisch, weswegen ich dich rufen ließ!« Da nahm der Hase zuerst ein bißchen davon und warf es in das Horn, das er mitgebracht hatte. Das tat er immer wieder, und schließlich war die große Menge Fleisch in dem Horn verschwunden! Es schluckte einfach alles. Der Löwe fragte: »Aber Freund, wird denn das Horn niemals voll?« Der Hase gab zur Antwort: »Mein Lieber, nur du selbst kannst es ganz füllen.« Dann kehrte er heim, schüttete sein Horn aus und fing an, das viele Fleisch zu verzehren.

Aber der Löwe dachte, als er allein war: ›Mein Freund hat eine große Frechheit begangen; wie konnte er in einem kleinen Horn all das Wild fortschaffen, das ich erbeutet habe?‹ So ging er wieder auf die Jagd, erlegte einen Elefanten und viel anderes Wild, zerteilte es und schichtete es zu einem großen Berg. Dann schickte er dem Hasen Botschaft: »Sagt ihm, er soll kommen, aber er soll auch Leute mitbringen, die ihm tragen helfen!«

Doch der Hase kam wieder allein. Der Löwe erklärte ihm: »Hier, mein Freund, ich habe dich wegen dem bißchen da rufen lassen.« Der Hase bedankte sich, man kochte Maisbrei, und sie aßen. Als der Hase soweit satt war, nahm er erst ein Stückchen Fleisch und warf es in sein kleines Horn, dann ein anderes, und schließlich war alles Fleisch verschwunden, aber das Horn war immer noch nicht voll! Da fragte der Löwe wieder: »Nanu, mein Freund, wird denn dieses Horn gar nicht voll?« – »Nein«, antwortete der Hase, »nur du selbst kannst es ganz füllen.« – »Wieso?« fragte der Löwe: »Aber na ja, ist auch gleich.« So ging der Hase dann heim.

Als der Löwe mit seiner Frau allein war, sagte sie: »Dein Freund benimmt sich dir gegenüber aber mächtig frech!« – »Laß nur«, antwortete der Löwe, »ich werde ihm auflauern und ihn fressen.« Und wirklich, er lief davon und legte sich auf die Lauer. Siehe da, schon kam der Hase an! Der Löwe nahm Anlauf und dachte: ›Gleich freß ich ihn!‹, sprang los, und pardauz! landete er in dem Horn, und nun war es tatsächlich bis an den Rand gefüllt! Der Hase jedoch setzte seinen Weg fort, kam heim, schüttete sein Horn aus – eine Menge Fleisch, einen ganzen Haufen! Dann legte er das Horn ab, in dem sein Freund, der Löwe, noch steckte.

Inzwischen machte sich die Frau des Löwen Sorgen und fragte sich: »Na, wo bleibt denn nur mein Mann? Ich weiß ja, wo er hinwollte; aber welchen Weg hat er wohl eingeschlagen?« Schließlich ging sie ihn suchen, kam auch zum Hasen, konnte aber den Löwen nirgends finden. Die Kinder des Löwen fingen an zu weinen, dann auch die andern Verwandten, und es gab ein großes Klagen. Sie riefen sogar den Hasen, und als er bei ihnen war, weinte er mit.

Der Löwe aber steckte immer noch im Horn.

Dann hieß es: »Wir müssen die Totenfeier für den Löwen halten.« – »Und wer soll das Feuer anzünden?« – »Niemand anderes als sein Freund, der Hase!« Also zündete er das Feuer an. Dann sagten die Leute: »Jetzt wollen wir anfangen, die Trommel zu schlagen, und wer könnte das tun, nur sein Freund! Wie dürft ihr andern es wagen, damit anzufangen!« So ging der Hase hin und begann zu trommeln: rumdibum, rumdibum. Darauf wollten die Leute singen, aber wieder hieß es: »Nein, als erster muß sein Freund singen.« Also räusperte sich der Hase und sang dann:

»Was mir mein Freund getan hat – denk ich daran, so weine ich.
Denk ich daran, so weine ich; ins Horn werd ich ihn stecken.«

Die Leute wunderten sich: »Habt ihr das verstanden? Ein sonderbares Lied, das!« Dann wurde der Tanz immer lebhafter, so daß der Staub die Blätter bedeckte. Man tanzte bis zur Morgendämmerung.

Am Morgen hieß es: »Wer wird nun der Erbe?« Aufs neue antwortete man: »Niemand anders als sein Freund!« Aber der weigerte sich: »Nein, ich will nicht sein Erbe sein. Selbst wenn er mein Onkel ist, will ich ihn nicht beerben.« Die Leute widersprachen: »Doch, du mußt sein Erbe sein!« Er aber beharrte: »Nein, ich beerbe ihn nicht, auf keinen Fall!«

Da fragten die anderen: »Aber Hase, weshalb weigerst du dich denn, sein Erbe zu sein?« Da berichtete er: »Wir hatten miteinander Freundschaft geschlossen. Alle Speise, die wir hier gegessen haben – ich selbst war es, der sie von meiner Wohnung hierhergeschleppt hat! Wenn er nur ein bißchen dergleichen getan hätte, dann hätte ich auch von ihm etwas angenommen. Statt dessen läßt er mich rufen: ›Bring Leute mit!‹ Wo ist da die Freundschaft? Ich allein habe etwas hergeholt; alles, was ich bei mir hatte, habe ich ihm hergeschafft; aber er tat so etwas nie. Wenn er zu mir kam, dann stets mit leeren Händen. Als er mich zuletzt rufen ließ, steckte ich alles Fleisch in mein kleines Horn. Da fragte er: ›Wird denn dies Horn nie voll?‹ Ich antwortete: ›Nur du allein könntest es füllen.‹ Da verfolgte er mich und wollte mich packen, aber ich hörte hinter mir ein Geräusch: Ratsch! Als ich nachsah, da steckte mein Onkel in dem Horn. So habe ich ihn denn hergebracht. Er ist nicht tot! Hier

ist er!« Und er zog den Löwen aus dem Horn; der war mager geworden wie ein Strick.
Von da an ist es mit der Freundschaft zwischen Hasen und Löwen aus gewesen, bis zum heutigen Tag.

Der Mäusehügel

Die Männer eines Dorfes gingen Bambus schlagen. Immer, wenn sie etwas geschlagen hatten, trugen sie es zusammen und legten es ordentlich hin, immer nach derselben Weise.
Nun war da ein Mann, der beim Bambusschlagen eines Tages eine kleine Maus entdeckte und tötete. Da begann man, den Hügel nach ihr Mäusehügel zu nennen. Wenn jemand die Männer fragte: »Wohin geht ihr jetzt, um Bambus zu schlagen?«, antworteten sie: »Wir gehen zum Mäusehügel.« Das wurde zur Gewohnheit.
Als die Säbelantilopen, Elefanten und Kudus das hörten, wunderten sie sich: »Was, dieses winzig kleine Ding ist so berühmt, und wir nicht?« Und sie beschlossen, etwas dagegen zu tun.
Eines Tages schoß ein Jäger eine Säbelantilope an. Die sagte: »Ich laufe noch weiter, ich will genau dort auf dem Hügel sterben!« Tatsächlich, kaum angekommen, fiel sie tot um. Als die Männer wieder Bambus schlagen wollten, flog auf dem Hügel ein großer Vogel auf, und als sie nachschauten, fanden sie die Säbelantilope, zerlegten sie und brachten sie ins Dorf. Dort fragte man sie: »Nanu, wo habt ihr denn die Antilope her?« – »Na, vom Mäusehügel«, antworteten sie. So blieb der Name bestehen; er hatte sich eben schon eingeprägt.
Einige Zeit danach wurde ein Elefant angeschossen. Auch er nahm sich vor: »Ich muß unbedingt auf dem Hügel sterben, damit die Leute sagen: ›Der Hügel, wo der Elefant starb.‹ Weshalb soll ein Mäuschen so berühmt sein?« Mit Mühe schleppte er sich dorthin. Als jemand Bambus schlagen ging, fand er den Elefanten tot, die Stoßzähne in den Boden gesteckt. »Na, da staune ich aber!« sagte er und zerlegte den Elefanten. Aber als er mit seiner Beute ins Dorf kam und man ihn fragte: »Du, wo

hast du denn den Elefanten her?«, da antwortete er: »Na, dort vom Mäusehügel!«
Als die großen Tiere das hörten, waren sie ganz entmutigt; aber der Hügel behielt einfach den Namen ›Mäusehügel‹. Denn so ist es nun einmal im Dorf: Wenn jemand mit so einem Namen angefangen und der Name sich verbreitet hat, dann könnt ihr ruhig alle sagen: »Das ist ein Dummkopf, von dem man da immer spricht, weg mit ihm« – der Name bleibt doch hängen. Merk dir: Selbst wenn der Urheber verschwindet, bleibt doch sein Name, und man kann keinen andern dafür nehmen.

Zwei Männer und eine Frau

Es war einmal ein Mann, der hatte eine Tochter. Nun kam jemand und wollte das Mädchen heiraten. Sie sagte: »Ja, aber die Entscheidung liegt bei meinem Vater.« Als der Bewerber den Vater fragte, sagte der zu.
Am nächsten Tage kam noch ein anderer Mann und wollte das Mädchen ebenfalls heiraten. Wieder sagte sie: »Die Entscheidung liegt bei meinem Vater.« Der Vater aber stimmte noch einmal zu! So heirateten beide Männer die gleiche Frau. Bei der Hochzeit besprachen sich die beiden, wie sie es nun halten wollten, und der eine schlug vor: »Du, laß uns doch die Frau teilen, die wir jetzt beide heiraten!« – »Wie denn teilen?« fragte der andere erstaunt. Da setzte ihm der erste seinen Plan auseinander, und wirklich teilten sie die Frau in Nabelhöhe. Der zuerst um sie angehalten hatte, nahm die Hälfte mit den Beinen, der andere die mit den Armen. Wenn nun dieser dran war, dann behielt die Frau ihre Unterkleidung an und entblößte nur die Brüste; das war dann das einzige, womit dieser Mann sich vergnügen konnte, denn das Küssen war hier nicht Brauch. War dagegen der andere Mann dran, dann bedeckte die Frau sorgfältig ihre Brüste, aber sonst zog sie sich aus.
Eines Tages wurde sie schwanger, die Schwangerschaft verlief normal, und sie brachte ein Kind zur Welt. Sie trug es auf dem

Rücken, gab ihm die Brust, rührte ihm Brei an und gab ihm zu trinken, wie das so üblich ist.

Da sagte der erste der beiden Männer: »Ich gehe jetzt das Kind eintragen lassen.« Da entgegnete der zweite, der die Armhälfte gewählt hatte: »Nein, du, ich werde das Kind eintragen lassen!« Der erste widersprach: »Das ist mein Kind! Ich bin es, der mit der Frau geschlafen hat, davon ist die Schwangerschaft gekommen. Wie kannst du da sagen: ›Das ist mein Kind?‹« Aber der andere trumpfte auf: »Und der Rücken, auf dem es getragen wird, gehört der etwa dir? Die Brust, die es bekommt? Aber, mein Lieber! Und wenn es gewiegt wird oder wenn man es hochnimmt, geschieht das etwa mit den Beinen?« So stritten sie eine ganze Weile, dann sagten sie: »Gehen wir doch beide aufs Amt!«

Bei den Beamten angekommen, trugen sie ihren Fall vor. Der zweite sprach: »Seht, wir beide haben ein und dieselbe Frau geheiratet. Er hat die Beinhälfte gewählt, ich die Armhälfte. So bekommt er auch sein Essen nur aus Mitleid, denn es ist mein Teil, der es ihm zubereitet!« Der andere unterbrach: »Und jetzt wollen wir unser Kind eintragen lassen.« – »Nein, ich will das tun«, widersprach sein Rivale, »denn was haben die Beine schon damit zu tun? Es kommt auf die Arme an, und die habe ich gewählt!«

Die Beamten hörten schweigend zu, dann entschieden sie: »Unter diesen Umständen ist der, der die Armhälfte genommen hat, der eigentliche Mann, und ihm gehört auch das Kind. Du mit der Beinhälfte, du kannst mit deiner Frau nur schlafen; aber welche Aufgabe haben die Beine sonst? Die Arme sind's, die die Wäsche waschen, und das Haus halten nur die Arme in Ordnung. Wenn du die Beine gewählt hast, das ist soviel wie nichts.«

Da ging der, der die Beinhälfte gewählt hatte, auf und davon, der andere blieb, heiratete die ganze Frau, und sie war sein.

Der eingeschnürte Mann

Es herrschte einmal eine große Hungersnot. Da zog ein Mann mit Frau und Kindern in den Busch, baute eine kleine Hütte, und von da aus liefen sie dann immer weite Strecken und suchten eßbare Knollen; dann kehrten sie zur Hütte zurück.

Einer der Söhne lief eines Tages weiter als sonst; da kam er an ein sehr schönes Haus. Er ging näher und trat ein; da sah er darin Essen, Tabak und alles mögliche aufgespeichert. Er traf auch einen Mann, der Eisen schmiedete, das gab einen ohrenbetäubenden Lärm. Dieser Mann hatte den Gürtel furchtbar fest angezogen. Der Besucher fragte ihn: »Du, darf ich ein bißchen Tabak rauchen?« Keine Antwort: Der Mann kümmerte sich nur um seine Arbeit. Da fragte der Besucher wieder: »Du, darf ich ein bißchen Maisbrei essen?« Wieder keine Antwort, so war der andere in die Arbeit vertieft. Da machte sich der Frager über den Brei her, aß und aß, aber die Hälfte ließ er übrig und nahm sie mit nach Hause.

Seine Familie empfing ihn freudig und fragte: »Hast du ein Wild erlegt?« – »Leider nein«, sagte er, aber dann tischte er den Rest des Maisbreis auf, und die Kinder, die schon weinten und sich über ihren großen Hunger beklagt hatten, aßen wenigstens ein bißchen. Sein Vater fragte: »Wo hast du denn den Maisbrei her?« – »Ach, Vater«, sagte der Sohn, »wo ich den gefunden habe, da gibt's noch viele andere gute Dinge, wirklich einfach hervorragend!« Und dann erzählte er, wie er alles angetroffen hatte, und schloß: »Von da habe ich auch den Maisbrei, den ich den Geschwistern gegeben habe.«

Als der Vater das hörte, sagte er: »Da gehen wir hin!« – »Aber der Mann, der dort arbeitet, ist fürchterlich eingeschnürt!« wandte der Sohn ein. »Wird ihn das nicht in der Mitte entzweischneiden, so daß er stirbt?« – »Nein«, antwortete der Vater, »wir werden ihn losschneiden.« Und sie schliffen ihre Messer dafür ganz besonders gut.

Am folgenden Tag machten sie sich auf, kamen zu dem Haus und fanden den Mann festgeklebt an seine Arbeit. Der Sohn fragte wieder: »Du, Freund, darf ich etwas von dem Maisbrei

essen?« Aber der Mann hörte nicht, hantierte nur mit seinem Eisen herum. So nahmen sie Brei und aßen, nahmen noch einmal und aßen, holten Wasser und tranken.
Dann aber ergriff der Vater sein Messer und schnitt damit die Einschnürung durch: ratsch! und alles fiel klirrend auf den Boden. Da rief der Mann: »Ah, gut! Ihr habt mich befreit von diesem Leiden! Ach, ich habe sehr unter der Arbeit gelitten; jetzt habt ihr meine Stelle eingenommen. Das ist gut, mein Freund!«
Von da an arbeitete der Vater unaufhörlich, genau wie jener Mann geschuftet hatte, dem sie den Gurt zerschnitten hatten; der aber ging hinaus, nahm sein Gewehr und lief davon!
Als die Kinder und ihre Mutter sich an dem Brei und der Zukost satt gegessen hatten, riefen sie: »Vater, wir gehen!« Aber der war so in seine Arbeit vertieft, daß er kein Wort sagte. Jetzt klebte auch er an der Arbeit fest! Da sagten die andern: »Nun seht, da wollen wir zurückkommen und uns hier in der Nähe etwas bauen. Der Vater arbeitet, und wir brauchen nur noch zu essen. Wenn wir ihn losschneiden, dann schädigen wir uns selbst.« So schuftete der Vater in einem fort, und wer könnte wohl kommen, um ihn zu erlösen? Ach, er hatte sich umsonst bemüht, dem anderen zu helfen; nun hatte es ihn selbst so getroffen!

Warum die Mücke immer ins Ohr sticht

Die Mücke hatte einmal Bier gebraut und lud nun Fuß, Hand, Mund, Ohren, Augen und Nase zum Trinken ein. Die kamen und fanden das Bier beim Gären. Sie nahmen sich etwas davon und sagten: »Laßt uns hier unter dem Baum trinken!« So schafften sie denn das Bier dorthin. Als die Mücke kam und sich setzte, erhob sich plötzlich ein starker Wind, der fegte sie mit fort, sie, die Eigentümerin des Bieres! Dabei schrie sie noch: »Ihr! Ihr! Ihr, laßt mir etwas Bier übrig! Laßt mir etwas Bier übrig!« Und fort war sie.

Als die Gäste allein geblieben waren, hörte das Ohr, wie das Bier gor, das Auge sah dorthin, der Fuß näherte sich dem Bier, die Hand schöpfte davon, gab es dem Munde, und der trank. Die Hand fuhr fort zu schöpfen und dem Munde zu geben, bis das Bier alle war. So hatten sie der Mücke schließlich keinen Schluck übriggelassen!
Kaum war das Bier ausgetrunken, da kam die Mücke zurück. Sie sah gleich, was los war, und fragte: »He, ihr Freunde, wie ist das denn? Ich habe euch doch gesagt, ihr solltet mir etwas übriglassen, und jetzt ist die Braupfanne leer?« Alle verteidigten sich: »Nur der Mund hat das Bier getrunken.« Aber der Mund wandte ein: »Nein, Freunde, ich habe das Bier nicht getrunken; die Hand hat es mir gegeben!« Diese rief: »Aber ich hätte ja nicht dorthin gehen können! Das hat der Fuß getan; und als ich hinkam, da habe ich dann geschöpft.« Aber auch der Fuß fühlte sich unschuldig: »Die Augen haben mir den Weg gezeigt.« Die Augen wandten ein: »Aber wir haben nur hingesehen, weil die Ohren hingehört haben; und dann sind die Füße hingegangen.«
Die Mücke ging den Fall Punkt für Punkt durch und sagte dann: »Nun, dann hat also das Ohr mein Bier getrunken, denn es hat das Geräusch des Gärens gehört. Darum, mag ein Mensch sich noch so gut zudecken, werde ich ihn immer in die Ohren stechen und ihn nicht schlafen lassen, weil die Ohren mir mein Bier weggetrunken haben.« Das ist also der Grund, warum die Mücken uns verfolgen.

Es ist doch schwer, Kindern etwas beizubringen!

Es war einmal ein Vater, der ging mit seinem Sohn in den Busch. Dort gab es einen Teich, in den warfen sie Giftfrüchte und erbeuteten so eine Menge Fische. Außerdem brannten sie Holzkohle. Als sie sich auf den Heimweg machen wollten, fragte der Junge: »Aber Vater, wenn wir unterwegs das andere Dorf durchqueren müssen, wie wollen wir das denn anstellen? Kommen wir da durch, dann sehen die Leute, daß wir Erfolg gehabt haben, sagen: ›Die Fremden da schwimmen im Überfluß‹, dann hängen sie uns irgendeinen bösen Zauber an, weil sie neidisch sind. Wie wollen wir da unsere Fische fortschaffen?« Der Vater antwortete: »Ach, mein Junge, wir flechten jetzt Körbe, und dann legen wir die Fische unten hin, die Holzkohle oben drauf. Wenn uns dann jemand Glück zu dem guten Fang wünscht, dann sagen wir: ›Ach, wegen der Kohle?‹ Aber wir selbst wissen, daß darunter die Fische sind.«

Und so ordneten sie dann alles so an, wie der Vater gesagt hatte, machten sich auf den Weg, liefen den ganzen Tag und schliefen irgendwo. Dann warteten sie auf den Sonnenaufgang, denn sie waren schon dicht an jenem anderen Dorf, das sie durchqueren mußten. Wenn es nämlich möglich ist, macht man lieber einen Umweg, um die Gefahr, verzaubert zu werden, zu vermeiden! So brachten sie alles noch einmal gut in Ordnung und brachen dann auf.

In jenem Dorf hieß es: »Ah, ihr da, viel Glück zu dem guten Fang!« Sie antworteten: »Ach, das bißchen Kohle?« Aber der Sohn fügte gleich hinzu: »Wir selbst wissen natürlich, daß darunter Fische sind.« Da wies ihn der Vater zurecht. »Aber Junge, was redest du denn da? Ich habe dir doch erklärt, du sagst nur: ›Das bißchen Kohle‹, daß darunter Fische sind, das geht doch nur uns selbst an! Was du da gesagt hast, das war sehr dumm, mein Junge.«

Als sie zu Hause ankamen und ihre Last absetzten, fragte man: »Na, wie geht's?« Sie nahmen die Kohle fort, und siehe da, es kamen die Fische zum Vorschein! Da meinten die Leute: »Also stimmt es doch, du hast die Wahrheit gesprochen, Junge.« – »Ja, genauso«, sagte er. Aber der Vater beklagte sich: »Nein, der Junge hat Unsinn geredet! Als man uns Glück zum Fang wünschte, da hat er geantwortet: ›Zu dem bißchen Kohle? Aber wir selbst wissen, daß Fische darunter sind!‹« Es ist eben sehr schwer, Kindern etwas beizubringen!

Mannesmut

Es waren einmal zwei Männer, die gerieten miteinander in Streit. Der eine fragte den anderen: »Bist du ein richtiger Mann?« – »Jawohl, das bin ich!« antwortete der. »Und wenn du etwas Gefährliches siehst, dann fürchtest du dich nicht?« fragte der erste. Da rief der zweite: »Ich, mich fürchten? Kommt überhaupt nicht in Frage!«

Ja, meine Lieben, und dann gingen die beiden zur Jagd in den Busch. Sie bauten sich ein Lager, und als es Nacht wurde, legten sie sich schlafen. Da kam ein Wasserpython und begann, den einen zu verschlingen. Er würgte und würgte, aber weil er mit dem einen Bein begonnen hatte, kam er nur bis zum Schritt.

Der andere war wach geworden, weil er sich umdrehen wollte, aber es gelang ihm nicht. Da beschloß er nachzusehen, was da im Wege war, aber es war zu dunkel. So schürte er das Feuer und sah, wie das Untier von Schlange dabei war, seinen Freund zu verschlingen. »Ach du Schreck!« Aber statt sich zu sagen: Ich bin doch ein Mann, und hier kann ich es zeigen, schlich er sich vorbei und rannte fort, um Leute zu Hilfe zu rufen. Sein Freund aber blieb allein mit der Schlange zurück und fragte sich: »Ist das derselbe, der sich rühmte: ›Ich bin ein ganzer Mann‹?«

Er kroch dann, die Schlange mit sich schleifend, zu seinen Waffen, ergriff sein Messer und stieß es der Schlange ins Maul, das sie fest verschlossen hielt, schnitt sie auf und konnte so sein Bein frei bekommen.

Als die Leute eintrafen, die der andere mit dem Ruf herbeigeholt hatte: »Unser Kamerad wird im Busch verschlungen!«, da sahen sie ihn da stehen. Er fragte seinen Gefährten: »Sieh mal an, ist das etwa der Mannesmut, dessen du dich gerühmt hast? Wenn die Schlange mit meinem Kopf angefangen hätte, dann wäre ich gestorben, während du die Leute rufen gingst. Zum Glück hat sie mit einem Bein begonnen. Also das ist deine Mannhaftigkeit, deren du dich rühmtest und sagtest: ›Ich bin ein ganzer Mann!‹ Die taugt überhaupt nichts; du bist von Herzen feige!«

Der Mann, der seiner Frau kein Fleisch geben wollte

Es war einmal ein Ehepaar, das wohnte an einem Fluß; der Mann hatte aber sein Jagdrevier auf der anderen Seite. Eines Tages sagte er: »Ich gehe auf die Jagd.« Er ging fort, und im Busch erlegte er ein Elen und trug es fort. Am Flußufer blieb er stehen und sang:

»Mein liebes Frauchen Tembwe Ngalala,
mein liebes Frauchen Tembwe Ngalala,
leg doch dein Kleid auf den Lualaba,
dann kann ich rüber, Tembwe Ngalala!
Ich geb dir, geb dir, Tembwe Ngalala,
vom Wild den Kopf, Tembwe Ngalala,
dazu den Hals, Tembwe Ngalala.«

Da nahm seine Frau ihr Kleid, legte es auf das Wasser, und da, wo der Mann herüberkommen wollte, trocknete der Fluß aus. Als der Mann am anderen Ufer war, zerlegte er das Elen, nahm Kopf und Hals und gab sie seiner Frau. Die fragte: »Aber, lieber Mann, nur Kopf und Hals gibst du mir?« Er antwortete: »Ja, das andere ist zum Verkauf, nimm ja nichts davon!« – »Na ja, macht nichts«, meinte die Frau.

Am nächsten Morgen ging der Mann erneut auf die Jagd. Er erlegte mehrere Tiere, brachte sie zum Flußufer und sang wieder sein Lied, damit seine Frau den Fluß austrocknen ließe. Sie nahm auch ihr Kleid, breitete es aus, der Fluß trocknete aus, und der Mann brachte seine Beute herüber. Als er sie zerlegt hatte, gab er seiner Frau einen Kopf und einen Hals. Diesmal ärgerte sie sich über die Maßen und sagte sich: »Laß mal, der singt mir noch einmal!«

Tags darauf ging der Mann wieder auf die Jagd und erlegte einige Tiere. Aber dann traf er auf Löwen, und die begannen, ihm nachzustellen. Er rannte aus Leibeskräften zum Flußufer, blieb dort stehen und sang wie immer sein Lied. Aber seine Frau nahm die Axt und ging Brennholz schlagen. Der Mann sang und sang: »Mein liebes Frauchen Tembwe Ngalala!« Aber seine Frau lief einfach weiter. So kamen schließlich die Löwen, packten den Mann unmittelbar am Flußübergang, und er starb. Die Frau sah alles mit an und kehrte dann heim zu ihren Eltern.

Der Hase als Ziegenhirt

Eines Tages kam der Löwe zum Hasen, brachte ihm eine Ziege und sagte: »Hase, meine Ziege soll bei dir bleiben. Ich sehe, du hast Süßkartoffeln angepflanzt, da kann sie fressen.« Der Hase antwortete: »Gut.« Der Löwe ließ seine Ziege da und ging davon. Da kam auch der Wasserbock und brachte einen Hund zum Hasen und sagte: »Hase, der Hund, den ich hier bringe, soll von deinen Süßkartoffeln fressen, damit er zunimmt!« Der Hase antwortete: »Ah, Onkel, hier kann man sehr gut essen!« Der Löwe hat mir schon eine Ziege gebracht, die fühlt sich hier sehr wohl!« So ging der Wasserbock wieder.
Als der Hase allein war, tötete er den Hund, schnitt ihm eine Klaue ab und hängte sie auf die Veranda. Dann verkaufte er den Hund für Mehl, kehrte zurück, kochte Maisbrei und Süßkartoffeln und aß sich satt. Am nächsten Tag schlachtete er die Ziege, schnitt ihr einen Fuß ab und hängte ihn auf die Veranda. Dann zerlegte er die Ziege und verkaufte auch sie für Mehl.
Tags drauf kam der Löwe: »Na, wie geht's der Ziege?« Der Hase antwortete: »Ach, Onkel, die Ziege hat hier mächtig zugenommen! Du wirst sie nicht mehr wiedererkennen, wenn du sie siehst. Sie ist jetzt genauso groß wie ein Wasserbock.« – »Wirklich?« fragte der Löwe. »Ja, sie fühlt sich hier sehr wohl. Aber du solltest besser gehen und einen starken Strick drehen; am Sonnabend kannst du dann deine Ziege abholen.« So ging der Löwe nach Hause und fertigte einen starken Strick an.
Wieder einen Tag später kam der Wasserbock: »Na, der Hund, den ich dir gebracht habe, wie geht's dem?« – »Der ist jetzt mächtig groß; ob du ihn wohl erkennen würdest, wenn du ihn

sähest? Er ist so groß wie ein Löwe! Geh nur und dreh einen starken Strick für ihn, und dann komm am Sonnabend deinen Hund holen. Im Augenblick ist er nicht da, er jagt sich selbst etwas.« So ging der Wasserbock nach Hause und fertigte einen Strick an.

Am Sonnabend trafen Löwe und Wasserbock fast zur gleichen Zeit ein. Als erster erschien der Löwe und setzte sich. Als gleich darauf der Wasserbock auftauchte, wies der Hase den Löwen an: »Sieh nur, da kommt deine Ziege! Geh und binde sie an!« Dann lief er dem Wasserbock entgegen und sagte zu ihm: »Schau, da kommt dein Hund!« und zeigte auf den Löwen, »binde ihn an!« So versuchte jeder von beiden, den anderen anzubinden. Es gab ein tolles Gerempel, jeder mühte sich mit seinem Strick, schließlich wälzten sie sich auf dem Boden und kamen doch nicht zum Ziel. Auf einmal fiel jedem von ihnen auf, daß ja auch der andere einen Strick hatte! Sie stellten den Hasen zur Rede: »Was hast du denn da angerichtet?« und gingen mit ihm vor das Gericht der Ältesten.

Dort zog der Hase die Klaue des Hundes und den Huf der Ziege hervor, legte sie hin und sprach: »Diese beiden hier haben mir ihre Tiere gebracht, der Löwe seine Ziege, der Wasserbock seinen Hund. Ich war damals vor Hunger am Heulen; so nahm ich, was sie mir brachten, und sagte zu ihnen: ›Seht, was ihr mir da bringt, rettet mich vor dem Verhungern, da habe ich wenigstens etwas zu essen.‹ Aber als die beiden einander dann trafen, da behaupteten sie: ›Der Hase lügt!‹ – ›Das ist doch meine Ziege‹, schrie der eine, und der andere rief: ›Das ist ja mein Hund!‹ Dann quälten sie sich miteinander ab, und ich empfahl ihnen, einander zu binden. So war es, ihr Ältesten!« Und damit verlief der Prozeß im Sande …

Wie sich der Milan zerreißen ließ

Milan und Fischadler schlossen Freundschaft. Den einen Tag ging der Fischadler zum Milan und hielt sich dort auf, den andern Tag besuchte der Milan den Fischadler, und jedesmal aßen sie zusammen. Als aber der Fischadler wieder einmal zum Milan kam, gab es dort zum Essen nur ganz kleine Hühnchen! Als er das sah, sagte der Fischadler: »Na, Freund Milan, jetzt muß ich aber doch mit dir reden! Wie ich sehe, gibt es im Dorf auch große Tiere, vor allem auch große Hühner. Warum nimmst du denn die nicht? Fang sie doch!« Der Milan antwortete: »Nur ungern lasse ich die großen Tiere laufen, die du gesehen hast; aber es ist einfach zu schwierig, sie zu fangen.« – »Na, du bist sonderbar«, meinte der Fischadler, »wo es doch große Hühner gibt! Aber komm nur zu mir.«

So verbrachten sie die Nacht, und am nächsten Tage ging der Milan zum Fischadler. Der hatte zwei große Welse gefangen und aufgetragen: »Die sind für meinen Freund.« Als der Milan eintraf, pickte er zuerst nur an den Welsen herum, dann aß er tüchtig; ja, er aß nur Fisch, große Brocken Fisch! Bis auf die Gräten aß er alles von dem einen Wels und rief dann: »Ah, da bin ich mal wieder satt!« Den anderen Wels ließ er unberührt. Da meinte der Fischadler: »Siehst du, so machen wir's!« Der Milan bat: »Kannst du mich nicht einmal mitnehmen, damit ich sehe, wie du's anfängst?« – »Ach, mein Freund, das ist gar nicht einfach!« wandte der Fischadler ein. Aber der Milan beharrte auf seinem Wunsch. So machten sie sich denn auf.

Nach einer Weile kamen sie zu einem Dickicht dicht am Fluß und stiegen auf einen Baum, so daß sie aufs Wasser sehen konnten. Eine Menge Welse waren da. Luftblasen stiegen nach oben, es gluckste nur so. Da fragte der Milan: »Freund, wie fischst du denn nun?« – »Warte nur«, beruhigte ihn der Fischadler, »zu seiner Zeit wirst du's schon sehen!« So kam die Mittagszeit heran; die Sonne erwärmte das Wasser, es war beinahe heiß. Da kam ein Wels dicht unter die Oberfläche, über die

Wasserpflanzen. Ein anderer folgte ihm bald, und beide kamen einander so nahe, daß sie sich berührten.
Da sagte der Fischadler: »Nun paß auf! Wenn dieFische so stehen wie jetzt, dann fange ich sie. Jetzt werde ich den einen greifen, und der andere wird das Weite suchen.« Als der Milan das hörte, fuhr er auf: »Oh, dann ist mit dir aber nichts los, gar nichts! Ich würde alle beide packen, mit dem einen Fuß den einen Wels, mit dem anderen den zweiten!« – »Ach, wirklich?« fragte der Fischadler. »Jawohl, ich nähme alle beide!« beharrte der Milan. »Na, dann ist's ja gut. Fang sie doch!« stichelte der Fischadler. Und wirklich stieß der Milan hinab, in der Absicht, die Welse zu packen, während sie schliefen, und sie aufs Land zu schleudern. Mit jedem Fuß ergriff er einen Wels. Die aber fuhren zusammen, dann wandte sich der eine stromab, der andere stromauf. Der Milan wollte nicht loslassen, und so rissen ihn die beiden Welse mitten entzwei.
Genauso ist's mit der Arbeit: Wenn du an zwei Stellen zugleich deinen Mann stehen willst, dann kannst du dich zerreißen, und es wird doch nicht, wie es sein sollte.

Den Leuten bleibt nichts verborgen

Es waren einmal zwei Geschwister, Bruder und Schwester, die einander sehr gern hatten. Eines Tages sagte der Bruder: »Nun, Schwesterchen, ich hätte dich gern zur Frau!« Aber sie widersprach: »Nein, mein Bruder, das gehört sich nicht! Außerdem werden die Leute es bald herausfinden.« – »Wie sollen sie es denn herausbekommen?« fragte der Bruder. »Doch nur, wenn wir es hier tun. Aber wir werden weit von hier weg in den Busch ziehen; dann können die Leute nichts davon merken.« – »Hm, die Leute«, meinte die Schwester, »die Leute wissen alles. Aber jetzt geh erst einmal und laß mich allein!« Und so ging er.
Am folgenden Tage schlachtete die Schwester ein Huhn und kochte es mit Reis. Dann gingen sie damit tief in den Busch,

und an einer passenden Stelle gruben sie ein Loch, schütteten den Reis hinein, legten das Huhn darauf und schlossen die Grube wieder sorgfältig. Dann sagte die Schwester: »Lieber Bruder, du wirst sehen, was bei dem herauskommt, was wir jetzt getan haben. Wenn alles verborgen bleibt, dann, mein lieber Bruder, bin ich bereit, deine Frau zu werden.« – »In Ordnung«, meinte er. Dann kehrten sie heim, und es vergingen eine Nacht und ein Tag.

Am nächsten Morgen machte sich ein Jäger auf und ging tief in den Busch. Dort streifte er ein wenig umher, dann sagte er: »Ach, ich setze mich ein bißchen unter das Bäumchen!« Als er dort saß, bemerkte er kleine Ameisen, die etwas Weißes aus dem Boden holten und forttrugen. Als das gar nicht aufhörte, fing er an, sich Gedanken zu machen, und grub schließlich nach. Da fand er zu seinem Erstaunen Reis mit Huhn, dazu Schalen! »Wem gehören die denn?« fragte er sich. Aber dann ließ er alles an Ort und Stelle: »Der Häuptling muß das zuerst sehen.« So kehrte er ins Dorf zurück und berichtete, was er gefunden hatte. Der Häuptling befahl: »Geh zurück und hol das alles her!«

Als der Jäger mit seinem Fund zurückkam und die Leute die Schalen sahen, riefen sie: »Oh, die gehören dem und dem«, und sie nannten den Bruder und seine Schwester. So wußte man, wer dorthin gegangen war. Die beiden hatten etwas vergraben, und das war herausgekommen! Da sagte die Schwester zu ihrem Bruder: »Du siehst, es ist nicht so einfach! Die Leute merken alles. Wenn ich dir nachgegeben hätte, was wäre unser Los gewesen? Der Tod! Du siehst, was wir da vergraben haben, das ist wieder ans Licht gekommen. Wäre es bei uns etwa anders gewesen?«

Der mörderische Pfeil

Es waren einmal zwei junge Männer, die heirateten in dieselbe Familie ein. Der eine von ihnen war ein guter Jäger und ging oft auf die Jagd. Der andere dagegen blieb einfach zu Hause.

Natürlich liebten die Schwiegereltern den Jäger mehr; zu dem anderen sagten sie: »Na, du, wie kommt es, daß du gar nicht jagen gehen willst? Dein Schwager ist jetzt auf der Jagd, und du sitzt hier nur herum!« So begann man, ihn geringzuschätzen; aber er machte sich nichts daraus. Freilich, als die Regenzeit kam und die Feldarbeit begann, da arbeitete er tüchtig mit; aber auf die Jagd gehen wollte er nicht.

Eines Tages aber hatte er genug von dem ständigen Nörgeln seiner Frau und machte einen Besuch bei seinen Eltern. Denen erzählte er, wie es ihm ergangen war. »Na«, meinten sie, »da hast du aber wenig Ursache, dich zu rühmen!« Und dann fertigten sie ihm einen Bogen an, einen einzigen Pfeil, dazu einen Köcher. Sie rieten ihm: »Wenn du auf die Jagd gehst, dann vergiß ja den Köcher nicht! Dort hinein muß der Pfeil zurückkehren können.«

Als er mit seinem Bogen zur Schwiegerfamilie zurückkehrte, hieß es: »Willkommen, willkommen!«, und man nahm ihn gut auf. Doch als man seinen Bogen sah, da konnte man sich das Fragen nicht verkneifen: »Aber, mein Alter, heutzutage hat man doch richtige Gewehre, und du kommst mit Pfeil und Bogen?« – »Seht euch vor!« antwortete er, »das ist noch gefährlicher als ein Gewehr!«

Am folgenden Tag ging er in den Busch und streifte dort umher. Da sah er zwei Wasserböcke kommen, nahm seinen Pfeil aus dem Köcher, legte an, schwirr! und der Pfeil durchbohrte zuerst den einen Bock, dann den anderen, und dann, bong! kehrte er in den Köcher zurück. Beide Tiere fielen tot um. Er hängte den Bogen um, begab sich wieder ins Dorf und rief Leute, um die Tiere zu holen. Diesmal gab es eine Menge Fleisch zu essen! Die Verwandten sagten: »Na, der Mann ist aber sonderbar! Jetzt erlegt er mehr als der andere, und wir haben eine unglaubliche Menge Fleisch; wer soll das alles essen?«

Tags drauf lud er seinen Schwager ein mitzukommen, und sie trafen auf der Grasebene zehn gelbe Antilopen an. Der Mann legte seinen Pfeil auf, spannte den Bogen und schoß: Da durchbohrte der Pfeil alle zehn Antilopen, eine nach der andern, sst, sst, sst... und kehrte dann in den Köcher zurück. Wieder brauchte man Leute zum Heimbringen der Beute, und nun hieß es: »Wirklich, dieser Mann ist ein wahrer Jäger! Der, von dem man sagte: ›Er fängt nichts‹, der macht jetzt große Beute!«

Bald darauf hatte der Jäger etwas anderes zu erledigen und hängte seinen Bogen im Haus auf. Er warnte seine Frau nachdrücklich: »Daß mir ja niemand von den Schwägern an den Bogen geht, um ihn für die Jagd zu gebrauchen! Wenn sie den Pfeil abschießen, kann er beim Rückflug Unheil anrichten!« Dann ging er fort. Seine Warnung aber nahm niemand ernst.

Seine Schwäger nahmen sich Pfeil und Bogen, aber den Köcher ließen sie da. Im Busch schossen sie den Pfeil ihres Schwagers auf ein paar Wasserböcke ab. Da durchbohrte der Pfeil zuerst das Wild, dann sie selbst, danach flog er ins Dorf, und sst, sst, sst! tötete er die Frauen, die Eltern, die Haustiere, alles, ehe er zu seinem Köcher im Hause zurückfand: Bong! kam er dort zur Ruhe. Es gab ein großes Jammern!

Dem Mann aber war schon unterwegs das Herz schwer geworden. Er sagte sich: »Sicher vergnügen sich die Schwäger mit meinem Bogen.« Als er sich dem Dorf näherte, sah er schon Hunde und Ziegen, die der Flugbahn des Pfeils nahe gewesen waren, tot daliegen. Dann kamen die Überlebenden, bei denen der Pfeil nicht vorbeigekommen war, auf ihn zugestürzt und schrien: »Du mußt etwas tun, so kann es doch nicht bleiben!« Da holte er seinen Pfeil und behandelte damit zuerst seine Frau, und siehe da, sie wurde wieder lebendig! Ebenso alle andern Leute und auch die Tiere. Aber dann versteckte er den Pfeil und sagte: »Schluß, da verstehe ich keinen Spaß!« Denn die Schwäger hören nun einmal nicht...

Wie der Hase seine Hacke versteckt hatte

Es geschah einmal, daß der Hase seine Hacke versteckte, und zwar in der Krone eines Baumes, der unmittelbar am Fluß stand. Dort band er die Hacke so fest, daß sie sich im Wasser spiegelte. Dann ging er und traf den Löwen. »Ach, Onkel Löwe, ich muß jetzt mit den Pfoten mein Feld bebauen!« – »Wieso denn das?« – »Ja, komm mit mir, vielleicht kannst du mir meine Hacke holen.« Und der Löwe ging mit.
Am Fluß angekommen, war die Hacke deutlich im Wasser zu sehen! Der Löwe begann im Wasser danach zu scharren, versuchte es immer wieder und rief dann: »Da staune ich aber! Diese Hacke macht mir ganz schön zu schaffen!« Wieder scharrte er, dann fing er an, die Wasserpflanzen auszureißen, aber nichts half. »Was fange ich denn jetzt noch an?« fragte er sich. Schließlich war er's müde und ging davon.
Der Hase suchte sich ein neues Opfer und traf einige Perlhühner. »Ihr habt's gut, ihr könnt mit euern Krallen scharren! Ich brauche dazu eine Hacke, die hatte ich auch mitgebracht, aber jetzt ist sie weg.« So gingen die Perlhühner mit ihm ans Wasser und fingen ebenfalls an zu scharren und zu scharren, aber umsonst; und dabei konnten sie die Hacke doch sehen! Sie quälten sich unnötig ab, wunderten sich und gingen fort. Es ist wirklich sonderbar! Wer wird wohl die Hacke finden, die der Hase versteckt hat?
Am nächsten Tag traf er den Hahn beim Scharren und fragte ihn: »Na, Hahn, wonach scharrst du denn da? Komm lieber mit mir und hol mir meine Hacke!« – »Hm«, antwortete der Hahn, und der Hase fuhr fort: »Ich brauche sie nämlich zur Feldarbeit!« Gemeinsam gingen sie zum Fluß, und im Wasser sah der Hahn die Hacke. Er beugte sich aber zuerst vor, um etwas Wasser zu trinken, und erklärte: »Wenn ich getrunken habe, kann ich die Hacke besser sehen.« Nun wißt ihr ja alle, daß Hühner beim Trinken den Kopf bei jedem Schluck zurück-

legen. Daher rief der Hahn: »Nanu! Pflück nur deine Hacke da oben ab, da ist sie nämlich!« Alle Tiere, die sich inzwischen angesammelt hatten, jubelten ihm zu und riefen: »Der Hahn hat gemerkt, wo der Hase seine Hacke versteckt hat!«

Der Ältesten Wort darf man nicht übertreten

Kapanza war verheiratet und hatte eine Schwester, die auch heiratete. Aber sein Schwager blieb stets zu Hause, er ging nicht jagen. Da bat ihn Kapanza eines Tages: »Schwager, gib mir doch deinen Speer, damit ich zur Jagd gehen kann.« Der war dazu bereit, Kapanza nahm den Speer und ging auf die Jagd. Er sah ein Flußpferd, schleuderte den Speer, aber der blieb stecken, und das Flußpferd verschwand damit im Wasser. Kapanza suchte nach dem Speer, fand ihn aber nicht. So kehrte er heim und berichtete seinem Schwager: »Dein Speer ist fort.« Der fuhr auf: »Was? Du hast mir unbedingt meinen Speer zurückzubringen; wenn nicht, gibt es Krach!« Kapanza schlug vor, ihm einen neuen zu schmieden, aber der Schwager lehnte rundweg ab: »Nein, ich will meinen Speer wiederhaben!«

So ging denn Kapanza ans Wasser. Er tauchte unter, suchte, drängte sich zwischen den Wasserpflanzen hindurch, lief immer weiter und kam zuletzt an einen Berg. Er drang in den Berg ein und traf an der Pforte einen Aufseher, der riet ihm: »Wo du jetzt hingehst, wird man dir vielleicht Maisbrei mit Fliegen vorsetzen; iß nichts davon! Auch wenn man dir etwas anderes anbietet, iß es nicht. Nur wenn man dir weiße Erde gibt, die darfst du essen.« Kapanza trat ein und verbrachte da unten ein Jahr. Währenddessen gab man seine Frau einem anderen. Dann durfte er den Heimweg antreten, man gab ihm seinen Speer zurück und schenkte ihm sogar noch einen Pfeifenkopf für eine Kürbispfeife.

Als er sich dem Dorf näherte, rief man: »Seht nur, da kommt Kapanza!« Man holte besondere Kräuter für ihn und spülte ihn ab, um ihn rituell zu reinigen; dann durfte er das Dorf betreten. Die Leute riefen: »He, ihr, der richtige Ehemann ist gekommen!« Da räumte der Nachfolger ohne weiteres das Feld und ging fort. Kapanza aber gab seinem Schwager den Speer zurück und sagte: »Hier hast du, wonach ich so lange gesucht habe!« Der antwortete: »Ich bin sehr froh darüber, Schwager. Ja, das ist wirklich mein Speer!« Und er nahm ihn an.

Am folgenden Tag bat er Kapanza: »Du, Schwager, laß mich doch ein bißchen rauchen!« und nahm Kapanzas Kürbispfeife. Aber als er rauchen wollte, da fiel sie ihm aus der Hand und zerbrach auf dem Boden. Da sagte Kapanza: »Schwager, du hast mir das mit dem Speer angetan, und heute zerbrichst du mir meine Pfeife! Jetzt will ich auch unbedingt meine Pfeife wiederhaben. In allem Ernst: Ich habe dir deinen Speer wiedergebracht, und du hast mir jetzt meine Pfeife wiederzugeben!«

Natürlich ging das nicht so einfach, und so kam die Sache vor die Ältesten. Die sagten: »Seht, jetzt ist der Schwager in derselben Klemme, in der Kapanza war!« Dann wandten sie sich an diesen: »Selbst wenn er sich so gegen dich verhalten hat, wo soll er jetzt die Pfeife hernehmen? Hab doch Erbarmen mit ihm!« Tatsächlich hörte Kapanza auf die Ältesten, sagte aber: »Seht einmal, er hat mich sehr leiden lassen; ein Jahr habe ich da unten zugebracht. Eigentlich müßte er mir eine neue Pfeife besorgen, und zwar dort, wo ich sie bekommen habe. Aber ihr Ältesten habt mich davon abgebracht. Was ihr sagt, ist gut. Denn man kann zwar über einen Brückenbaum hinweggehen, aber nicht über das Wort der Ältesten.« Schließlich aber trennte sich jener Schwager doch von Kapanzas Schwester und ging davon.

Die Frau, die nicht sprechen wollte

Im Leben hat man's schon schwer! Da war einmal eine Frau, die war schwanger, machte sich auf und ging zu ihren Eltern. Dort blieb sie einige Zeit, die Schwangerschaft näherte sich dem Ende. Da kam der Tod: Ein Mann starb, er wurde aufgebahrt, fortgetragen und begraben. Auch jene Frau ging mit ihren Eltern zur Beerdigung und blieb da stehen. Als die Eltern sagten: »Gehen wir!«, antwortete sie: »Nein, ich nicht; der Tote spricht doch mit dem Kind, das ich unter dem Herzen trage.«
Dies sind die Worte, die der Tote an das ungeborene Kind richtete: »Da draußen, wo du hingehst, ist es schwer. Wenn du sprichst, ist es schlecht, und wenn du ohne zu sprechen lebst, ist es auch schlecht. Da auf der Erde, wo du hingehst, ist es schwer! Wenn du lachst, ist es schlecht, wenn du zürnst, ist es auch schlecht. Nein, auch mit der Schönheit ist es schwer auf Erden! Wirklich, nur die Toten läßt man in Ruhe.«
Schließlich ging auch die Frau nach Hause, und kaum angekommen, gebar sie ein Mädchen. Mit den Jahren wuchs es stattlich heran, und schon kamen die Freier. Doch es hatte einen Fehler: Es sprach nicht, so daß man meinte, es sei stumm. Schließlich nahm es ein Mann als zweite Frau. Die erste Frau konnte natürlich sprechen und tat der Stummen viel Leid an. Wenn die Stumme Korn zerstampfte, dann warf die erste Frau Erde in den Mörser und wartete, was die andere tun würde; aber die schluckte nur. Wie hätte sie sich auch verständlich machen sollen? Und auch wenn die Stumme einen Maistrank anrührte, warf die andere Schmutz hinein. Als der Mann kam und davon trank, fragte er: »Wer hat denn das Getränk gebraut?« Aber die Stumme sah ihren Mann nur an, denn sie sprach ja nicht.
Nun geschah es, daß beide Frauen schwanger wurden, die sprechende und die stumme. Da kündigte ihnen der Mann an: »Diejenige, die einen Sohn zur Welt bringt, werde ich beson-

ders lieben; aber wenn ein Mädchen zur Welt kommt, werde ich es töten.« Als nun die Zeit gekommen war, gebar die Stumme einen Jungen, und bald darauf die andere ein Mädchen! Da entriß die Sprechende der Stummen den Jungen und ließ ihr dafür das Mädchen.

Da sagte sich die Stumme: »Ach, dann muß ich heute sterben.« Sie ging zu ihrer Mutter und deutete ihr durch Zeichen an, daß sie mit ihr zum Häuptling gehen wollte. Auch die andere Frau kam mit dem Mann vor den Häuptling. Dieser saß mit allen Ältesten des Dorfes zu Gericht. Da begann die angeblich Stumme zu reden und sagte: »Häuptling und Älteste, daß ich euch bitten ließ, hat diesen Grund: Als ich noch im Mutterleib war, ging man zu einer Beerdigung. Da sprach der Tote mit mir und sagte: ›Da auf der Erde, wo wir geboren werden, ist es sehr schwer. Wenn du sprichst, ist es schlecht, und wenn du nicht sprichst, ist es auch schlecht. Auf Erden ist es schwer.‹ Darum sagte ich mir, als ich geboren war: Ich werde nicht sprechen. Dann wurde ich die zweite Frau, nach jener da. Wenn ich Mehl stampfte, hast du mir da nicht Erde hineingeworfen? Braute ich Bier, hast du mir da nicht Schmutz in das Bier getan, das wir trinken? Hast du etwa keinen Schmutz hineingeworfen?« Die andere gab das zu, und die Anklägerin fuhr fort: »Und dann habe ich diesen Sohn hier geboren, du aber ein Mädchen. Da hast du meinen Sohn genommen und mir deine Tochter gegeben, weil unser Mann gesagt hatte: ›Nur die mir einen Sohn schenkt, die liebe ich, aber wenn eine Tochter zur Welt kommt, werde ich sie töten.‹ Hast du das etwa nicht getan?« Die andere gab es zu, und die Anklägerin schloß: »Aber ich nehme jetzt Abschied von euch. Laßt es euch gut gehen! Ich gehe fort.« Und sie starb.

So seht ihr: Man hat es wirklich nicht gut im Leben.

Der Schuldige verrät sich selbst

Eines Tages gingen Kröte und Eidechse gemeinsam aus, kamen auf die Landstraße, trafen dort jemanden, schlugen ihn tot und warfen ihn beiseite. Dann warnten sie einander: »Du, dort, wo wir jetzt hingehen, dürfen wir aber nicht davon reden!«
Sie kamen dann in ein Dorf, fanden ein Wirtshaus und bestellten zwei Maß Bier für jeden. Da sah die Eidechse, daß die Kröte dauernd schluckte, was allgemein als Zeichen dafür gilt, daß man reden will. So fragte sie die Kröte: »Kamerad, was hast du denn, daß du dauernd schluckst?« Die Kröte antwortete: »So ist das nun einmal bei mir, was soll ich denn anderes tun?« Aber die Eidechse war noch nicht beruhigt: »Du wirst doch nicht etwas erzählen, was wir unterwegs getan haben?«
Da wurden die anderen Leute aufmerksam und fragten: »Was habt ihr denn da getan?« – »Ach, nichts Besonderes.« Aber die Leute fragten weiter, und da sagte die Eidechse, die schon etwas angeheitert war: »Ach, mir fiel nur auf, daß die Kröte dauernd schluckt. Da dachte ich: Vielleicht will sie von dem Mann reden, den wir unterwegs totgeschlagen haben.« Da fuhr die Kröte auf: »Sieh mal, jetzt redest du selber, Eidechse, und mir wirfst du vor, ich wollte reden, weil ich dauernd schlucken muß!«
So hatten sie sich selbst verraten, und ihre Tat war herausgekommen. Man nahm sie beide fest und prügelte sie windelweich. Seitdem können Kröte und Eidechse einander nicht mehr leiden; jede wirft der andern vor: »Deinetwegen bin ich verprügelt worden!«

Warum der Löwe nur Erwachsene frißt

Vor langer Zeit schloß ein Mann eines Tages Freundschaft mit dem Löwen. Am folgenden Tag kam der Löwe und fragte: »Na du, wie geht's?« Nun herrschte damals eine ziemliche Teuerung; es war sehr schwer, Fleisch zu bekommen. Als der Löwe das hörte, sagte er: »Freund, paß gut auf, ob ich tüchtig brülle. Wenn du mich brüllen hörst, dann kannst du am nächsten Tag kommen.« Der Mann antwortete: »Geht in Ordnung.«
Und wirklich hörte er bald darauf den Löwen laut brüllen. Da machte sich der Mann am nächsten Morgen zeitig auf und ging zu seinem Freund. Dort fand er eine Menge Tiere, die der Löwe geschlagen hatte. Der Mann brachte sie ins Dorf, und sie hatten für eine gute Weile zu essen.
Später ging der Mann zum Löwen und aß dort sehr gut. Als der Löwe den Besuch erwiderte, sagte der Mann: »Du, Freund, das Fleisch ist wieder knapp.« Sofort antwortete der Löwe: »Wenn du mich heute brüllen hörst, kannst du morgen kommen und welches holen.« Und wirklich, gegen Abend brüllte der Löwe laut!
Am Morgen machte sich der Mann also auf und nahm seinen Sohn mit. Beim Löwen konnten sie eine Menge Fleisch einpakken. Jedoch lag auch der Löwe ganz in der Nähe wie tot, er wollte nämlich einmal hören, was sein Freund sagen würde. Der Junge ging zufällig in der Nähe des Löwen vorbei und rief seinen Vater: »Komm und sieh, ob deinem Freund nicht dasselbe zugestoßen ist wie den Tieren da!« Als der Vater nachsah, stellte er fest: »Oh, mein Freund ist tot. Die Tiere müssen ihn mit ihren Hufen geschlagen haben, so ist er wohl gestorben.« – »Vater, müssen wir ihn, der uns so nahestand, nicht begraben?« fragte der Sohn; aber der Vater war dagegen. »Nein, nein«, sagte er, »wieso denn? Bring das Messer, damit wir ihn häuten können. Wenn wir ihm das Fell abziehen, bekommen wir viel Geld dafür.« Der Junge wandte ein: »Ach, Vater, dein Freund hat doch so viel für uns getan! Sogar jetzt haben wir noch Gutes von ihm, denn wir können das Wild

hier verzehren. Wie dürfen wir ihn da häuten? Das wäre etwas Schlimmes!«
»Bring das Messer, Junge!« entschied der Vater. Der Sohn holte es, und der Vater entriß es ihm, so eilig hatte er's! Aber in dem Augenblick, als er mit dem Häuten beginnen wollte, richtete sich der Löwe auf und sagte: »Nanu? Da staune ich aber sehr! Ich wollte nur einmal erproben, was mein Freund sagen würde. Das ist also deine Freundschaft! Schluß! Aber ich werde nur Erwachsene schlagen, Kinder nicht, denn der Junge hat zu meinen Gunsten gesprochen.«
So war es aus mit der Freundschaft zwischen Löwe und Mensch.

Eile mit Weile

Es war einmal ein Häuptling, der sandte die Eidechse und das Chamäleon aus mit dem Auftrag: »Holt mir die Leute zusammen!« Also liefen die beiden los, weit, weit fort, bis sie Menschen sahen, denen sie zuriefen: »Kommt, ihr Leute, der Häuptling ruft euch!« Das Chamäleon hatte sich ebenso auf den Weg gemacht wie die Eidechse, denn sie hatten ja beide den Auftrag, die Leute zu holen.
Nun aber ließ die Eidechse die Leute in größter Eile marschieren. Wenn unterwegs jemand sagte: »Ich fühle mich nicht gut«, dann rief sie: »Nur vorwärts! Nur vorwärts!« Da meldete sich schon wieder einer: »Ach Freunde, mir geht's schlecht!« Aber die Eidechse schrie: »Was! Nur vorwärts, immer vorwärts!« So liefen sie weiter, aber der Mann blieb zurück. Leute auf diese Art marschieren zu lassen ist schlecht. Und wirklich, als die Eidechse ankam, da hatte sie nicht mehr als fünf Mann bei sich! Der Häuptling fragte: »Nanu, Eidechse, du bringst nur fünf Leute?« – »Jawohl.« – »Und woran liegt das?« – »Ja, wir hatten es einfach so schwer.« Na, das stimmte ja auch!
Und siehe da, das Chamäleon brachte eine große Menge Menschen! Sogar die brachte es mit, die bei der Eidechse nicht mithalten konnten. Wenn jemand sich krank fühlte, hatte das

Chamäleon gesagt: »Hört, wir rasten hier und gehen erst weiter, wenn ihr euch wohl fühlt.« So waren sie immer weiter vorwärts gekommen, auch die, die bei der Eidechse nicht mehr weiter gekonnt hatten. Und jetzt sah man sie kommen in langen Reihen! Da erklärte der Häuptling: »Ihr seht, die Eidechse hat nicht gut zugehört. Das Chamäleon hat verstanden, was ich gesagt habe; ihr seht, es bringt viele Leute an.«
Darum sollten wir es machen wie das Chamäleon; nicht nur rennen und springen, sondern langsam und stetig fortschreiten, so, wie das Chamäleon die Leute marschieren ließ. So hat es sie nämlich ans Ziel gebracht! Dagegen hat die Eidechse ihren Eifer übertrieben, und dann hatte sie kaum noch jemanden bei sich. Das Chamäleon hatte Erfolg, und darauf kommt es an.

Wie der Ball heiratete

Es war einmal ein Mann, der hatte eine Tochter. Die blieb immer zu Hause, trieb sich nicht herum und trank nicht. Da kam der Hase, um sie zu heiraten, aber sie lehnte ab. Der Buschbock kam, ja, alle Tiere, aber sie lehnte immer ab.
Nun kam aus Lombe eine Schar junger Männer mit ihrem Ball, um zu spielen, zugleich kamen sie aber auch wegen jenes Mädchens. Zuerst trafen sie sich mit der Dorfjugend und machten ein Spiel: Bum! Bum! Bum! Da trat einer gewaltig zu, der Ball flog unmittelbar in das Haus des Mädchens, und da blieb er. Als die jungen Männer kamen, um nach ihm zu fragen, antwortete der Ball: »Ich bin auch ein Mann!« – »Da seht einmal!« antworteten sie, machten sich dann aber allein auf den Heimweg.
Die Nacht brach an, und alle gingen schlafen. Die Verwandten des Mädchens beklagten sich: »Unsere gute, feine Schwester heiratet einen Ball, der überhaupt nichts taugt; warum nur?« Offenbar hatte man die Verwandten, gegen allen Brauch, nicht gefragt. So waren sie mit Recht böse.
Zu Mittag kochte die junge Frau Maisbrei und tischte ihn auf.

Da sagte der Ball: »Na, Frau, mach doch ein bißchen mehr Brei! Du hast zuwenig gekocht.« So bereitete die junge Frau am folgenden Tage eine Menge Brei; aber der Ball verschlang alles auf einmal. Dann meinte er: »Ah, jetzt habe ich doch wenigstens keinen Hunger mehr, wenn ihr nur genug Maisbrei kocht!« Auch am Tage danach schluckte er wieder alles auf einmal hinunter. Die Frau fragte sich: »Will mein Mann denn seine Schwäger niemals zum Essen einladen?« Aber die sprachen nur schlecht über ihn, ebenso wie die andern Leute, das ist so ihre Art. »Ist das denn ein Mann?« stichelten sie. »Der taugt überhaupt nichts!«
Darauf sagte der Ball zu seiner Frau: »Laß uns aufs Feld gehen! Du wirst mir zeigen, wo wir das unsere haben.« So machten sie sich auf. An Ort und Stelle sagte die Frau: »Dieses Feld hier ist es, es ist aber sehr klein.« – »Klein?« fragte er. »Ja, lieber Mann, stimmt das nicht? Dieses Äckerchen ist doch sehr klein!« Und dann zeigte man ihm eine gewaltige Buschstrecke, mehrere Kilometer lang, und wiederholte: »Das da ist das Feld.«
Am nächsten Morgen ging der Ball aufs Feld. Dort kamen Menschen aus ihm heraus, immer mehr, immer mehr, es wimmelte nur so vor Menschen. Sie rodeten das Feld, ackerten, pflanzten, alles an einem Tag! Abends fing es an zu regnen, aber die Arbeit war bereits getan, und die Menschen kehrten dahin zurück, wo sie hergekommen waren.
Als am folgenden Morgen die andern kamen und sahen, was geschehen war, riefen sie: »Leute, der da eingeheiratet hat, der Ball, das ist keiner von denen, denen die Arbeit schwerfällt!«
Da erschien der Ball mit seiner Frau. Vor ihren Augen platzte er. Menschen strömten heraus und bauten Hütten. Und dann stand da ein stattlicher junger Mann, hängte das zerrissene Leder auf und sagte: »Was du da siehst, das war nur meine äußere Hülle. Kümmere dich nicht um jene, die mich verspotteten und fragten: ›Ist das denn ein Mensch?‹ Jetzt siehst du mich, wie ich wirklich bin!« So lebten sie denn glücklich miteinander.
In allen Dingen hast du es nämlich zu Anfang schwer, aber später erlebst du Gutes.

Wie der Hase Elefant und Krokodil tauziehen ließ

Eines Tages machte sich der Hase auf den Weg. Da traf er den Elefanten, grüßte ihn und fragte: »Du, Onkel, wenn ich sage: ›Wir wollen tauziehen‹, machst du dann mit?« Der Elefant fragte belustigt: »Was,. du, Hase, willst mir standhalten?« – »Ja, ich werde dich fortziehen!« Da wurde der Elefant ernst: »Ist das nicht eine schlimme Aussicht für dich? Oder suchst du etwa den Tod?« Doch der Hase antwortete: »Na, Onkel, du bist ja nur zu dick zum Tauziehen.« Da erwiderte der Elefant: »Hase, wie du sprichst, das gehört sich nicht. Das gehört sich einfach nicht!« – »Na gut, dann gehe ich jetzt«, beschloß der Hase das Gespräch, »aber morgen wollen wir tauziehen!«

Als er weiterging, traf er das Krokodil, grüßte es und fragte: »Krokodil, kannst du mich wohl fortziehen?« – »Na, Hase«, bekam er zur Antwort, »du hast mich wohl zu deinem Unglück getroffen? Offenbar bist du heute nicht mit dem rechten Bein aufgestanden!« Aber der Hase beharrte auf seinem Vorhaben, und so verabredeten sie sich gleichfalls für den nächsten Tag. Dann ging der Hase nach Hause und drehte ein starkes, langes Tau. Das brachte er am folgenden Tage angeschleppt.

Das Krokodil war schon da, und er rief: »Also, Onkel, ich binde dir das Tau ums Maul, dann gehe ich dort hinter den Busch. Sobald ich rufe: ›Eins, zwei, drei‹, fangen wir zu ziehen an.« – »In Ordnung«, meinte das Krokodil, und der Hase zog ihm das Tau tüchtig fest um den vorderen Teil des Mauls, das damals weit kürzer war als heute. Dann verschwand er und band das andere Ende des Taus dem Elefanten um den Rüssel. Damals war ein Elefantenrüssel auch längst nicht so lang wie heute. Dann gab er dem Elefanten die gleichen Anweisungen wie dem Krokodil. Wegen der Uferböschung konnten die beiden einander aber nicht sehen.

Der Hase lief in die Mitte, wo ein Gebüsch ihn verdeckte, und

rief: »Eins, zwei, drei!« Das Tauziehen begann. Elefant und Krokodil zogen mit aller Kraft und wunderten sich nicht schlecht über den Widerstand, auf den sie trafen. Der Elefant fragte sich: »Wo hat der denn das Tau angebunden?« Sein Rüssel wurde immer länger! Mit dem Maul des Krokodils verhielt es sich nicht anders.
Da beschloß der Elefant: »Ich muß doch nachsehen gehen, wo der Hase das Tau befestigt hat!« Dasselbe sagte sich das Krokodil. So liefen beide aufeinander zu und bekamen sich plötzlich zu Gesicht. »Ach, dann hat dir der Hase das Tau umgebunden, damit wir gegenseitig ziehen sollten?« fragte der Elefant verblüfft. »Ja, mich hat er an einem Ende angebunden«, bejahte das Krokodil, und dann riefen sie wie aus einem Munde: »O dieser Hase!« Der aber hatte längst die Flucht ergriffen. Geblieben war nur, daß beide jetzt ein langes Gesicht hatten, jeder auf seine Art! Da grollte der Elefant: »Was mir der Hase da angetan hat! Wenn ich ihn sehe, werde ich ihn zerstampfen.« Daher kommt es, daß der Hase dem Elefanten aus dem Wege geht.

Wer ist am verfressensten?

Es war einmal ein Mann, der hatte zwei Kinder. Als die etwas größer wurden, aßen sie, wenn man ihnen Essen kochte, eine Unmenge. Jeden Tag war es dasselbe; beide aßen übermäßig viel.
Eines Tages sagte das eine zum andern: »Bruder, unter diesen Umständen übervorteilen wir uns gegenseitig.« – »Wieso denn das?« – »Ja, wir wissen nie, ob nicht einer mehr bekommt.« Also gingen sie in einen Laden und kauften zwei Nähnadeln. Dann kochten sie einen Topf voll Bohnen richtig gar und beschlossen: »Wir essen nicht mit dem Löffel, um uns nicht gegenseitig zu übervorteilen, sondern wir nehmen dazu die Nadeln.« So nahm jeder eine, und dann spießten sie immer gleichzeitig eine Bohne nach der andern auf.

Schließlich blieb von all den Bohnen nur noch eine einzige übrig. Die aber brachte sie in Verlegenheit. Eine ganze Zeitlang saßen sie davor und fragten sich: »Wie sollen wir diese Bohne nur teilen?« Und siehe da, ein Jäger kam heran und fragte sie: »Na, ihr Jungen, was gibt's?« Sie antworteten: »Mhm, wir haben Bohnen gegessen, aber diese letzte macht uns Schwierigkeiten. Aber da du ein Messer hast, teile sie uns doch in der Mitte!« Der Jäger zog sein Messer und schnitt die Bohne mitten durch. Dann spießte jeder eine Hälfte mit der Nadel auf und aß sie. Aber nun blieb noch ein bißchen Bohnenmehl am Messer hängen! So fragten sie sich: »Wie halten wir es denn damit?« Aber da leckte auch schon der Jäger sein Messer ab und schnitt sich dabei in die Zunge.
Die Frage ist nun: Wer von den dreien – die beiden, die mit Nadeln aßen, und der, der sich in die Zunge schnitt – ist wohl der größte Vielfraß? Die Leute stritten lange darüber, aber dann entschied einer: »Am gefräßigsten ist der Jäger; seine Maßlosigkeit ist schuld, daß er sich in die Zunge geschnitten hat.«

Die Frau, die einen Aufruhr erleben wollte

Es war einmal eine Frau, die hatte eine Tochter. Die Tochter heiratete und blieb bei ihrem Mann. Eines Tages aber kam sie zu ihrer Mutter und fragte: »Mutter, wie verursacht man einen Aufruhr? Wie macht man es, einen Aufruhr hervorzurufen?« Die Mutter antwortete: »Kind, was du da fragst, das fragst du aus Dummheit. Es ist schlimm, einen Aufruhr zu erleben.« Die Tochter aber blieb dabei: »Mutter, ich will mal einen Aufruhr erleben!« Doch die Mutter wies sie ab: »Nein, mein Kind, frag mich das nicht noch einmal!«
Am nächsten Tag ging die junge Frau zu ihrem Großvater und stellte ihm die gleiche Frage: »Großvater, wie machen es die, die einen Aufruhr verursachen?« – »Oho, willst du das denn?«

fragte der. »Ja, Großvater, ich möchte einmal einen Aufruhr erleben.« – »Na gut, was du da suchst, das ist nicht schwer. Komm morgen wieder, dann erklär ich dir's.« Seine Enkelin ging also fort, kam zu ihrer Mutter und rief: »Mutter, du hast mich abgewiesen, da bin ich zum Großvater gegangen; ich will wissen, wie man einen Aufruhr hervorruft, damit ich das auch tun kann!«

Am nächsten Morgen machte sie sich auf, um sich ins Abenteuer zu stürzen, und ging zu ihrem Großvater: »Da bin ich, Großvater!« – »Gut«, sagte dieser und wies sie dann an: »Schlachte das große Huhn dort!« Also fing sie es und schlachtete es. Man brachte ihr Zwiebeln, Öl und Fett, und der Großvater befahl weiter: »Brate das Huhn!« Das tat sie mit größter Sorgfalt, danach kochte sie Maisbrei, während ihr Mann auf der Veranda saß, damit beschäftigt, eine Matte zu flechten. Jetzt hieß es: »Nun deck den Brei gut zu, aber bring ihn nicht etwa deinem Mann, sondern irgendeinem von den anderen Männern, und zwar ins Haus. Dann koch Brei mit Spinat und bring eine Schüssel davon deinem Mann. Dann wirst du einen Aufruhr erleben!«

Die junge Frau schöpfte den Maisbrei in eine schöne Schüssel und brachte ihn zu irgendeinem anderen Mann. Der wunderte sich nicht schlecht, als sie das Essen hereinbrachte! Sie aber trat an ihn heran, kniete nieder, wie es die Frauen tun, wenn sie ihrem Mann zu essen bringen, und sagte: »Ich bitte zu Tisch, Herr. Kommen Sie bitte zum Essen!« Er bedankte sich sehr und sagte sich: »Sie muß sich irgendwie meiner erinnert haben, daß sie mir diese Mahlzeit gebracht hat.« Die junge Frau aber kehrte zum Großvater zurück und bereitete den Brei mit Spinat für ihren Mann.

Als sie dieses Essen ihrem Mann hineintrug, da schrie er: »Aha, ich soll Brei mit Spinat essen, und deinem Liebhaber hast du Brei mit Huhn gebracht?« Und schon hagelten die Schläge. Ja, er schlug sich sogar mit dem Mann, der das Huhn gegessen hatte! Andere eilten diesem zu Hilfe, es gab einen Riesenkrawall, mehrere Menschen kamen ums Leben. Die junge Frau, die einmal einen Aufruhr erleben wollte, bekam es mit der Angst zu tun. Sie lief zu ihrer Mutter: »Mutter, ich habe

einen Aufruhr verursacht!« – »Siehst du«, antwortete die Mutter, »du hast es ja so gewollt; was dir dein Großvater geraten hat, konnte nur so ausgehen.« Man nahm die junge Frau fest und sperrte sie ein, weil sie den Tod mehrerer Männer verursacht hatte. Fünf Jahre Gefängnis bekam sie, und als sie entlassen wurde, wollte sie so etwas nie wieder tun . . .
Im Leben muß man sich gut verhalten. Wenn du einen Aufruhr erleben willst, und man rät dir ab, aber du hältst dich nicht daran, dann wirst du ja sehen, was für dich dabei herauskommt!

Das verschwundene Wild

Zwei Jäger gingen einmal auf die Jagd und streiften umher, jeder mit seinem Gewehr. Da plötzlich geschah es, daß ein Tier auf sie zulief und zwischen ihnen beiden durchbrechen wollte. »Wie sollen wir auf dieses Tier schießen?« fragte sich der eine Jäger. »Gebe ich einen Schuß darauf ab, gefährde ich dann nicht meinen Kameraden?«
Der andere überlegte genauso, aber dann meinten beide: »Ach was, ich schieße einfach!« So drückten beide zugleich ab, und das Wild fiel nieder. Sie liefen hin, fanden aber nichts als Blut! »Nanu, wo ist denn das Tier, das wir geschossen haben? Hier ist es doch gefallen, aber nichts als Blut ist geblieben?« Sie wunderten sich über die Maßen, denn alles war ringsum von Blut bespritzt, nur das Tier fanden sie nicht. So kehrten sie heim ins Dorf.
Als sie dort die Geschichte erzählten, antwortete man ihnen: »Nun, habt ihr denn nie eine Laus gesehen? Wenn jemand beim Kämmen eine Laus entdeckt und sie zwischen zwei Fingern zerdrückt, findet er dann den Körper der Laus noch?« – »Nein«, antworteten sie, »da bleibt nichts als Blut zurück.« – »Na, seht ihr, genauso ging es mit euerm Wild!«

Wie Vater und Sohn es einander schwermachten

Ein Mann hatte einen Sohn; dem befahl er: »Mein Junge, schau ja nicht in den Krug da!« Auch den andern Kindern verbot er, in den Krug zu sehen. Aber als der Vater am nächsten Tag weggegangen war, da schaute der Sohn trotzdem in den Krug. Plötzlich kroch eine Schlange heraus, der Wasserpython seines Vaters! Er kroch ins Freie, schlängelte sich bis an den Fluß, platsch! und fort war er.

Schon unterwegs hatte der Vater Herzklopfen bekommen, und als er heimgekehrt war, merkte er natürlich sofort, daß seine Schlange fort war! Er rief die Kinder zusammen und hielt ihnen vor: »Ich habe euch doch gesagt: Schaut nicht in den Krug! Was jetzt? Ich will unbedingt meine Schlange wiederhaben!« Dann wandte er sich an den Jungen, der schuld war, und wiederholte: »Du mußt mir unbedingt meine Schlange zurückbringen!« – »Ach, Vater, vergib mir doch!« bat dieser, aber der Vater blieb hart: »Nein, nur wenn du meine Schlange bringst.«

So ging der Sohn denn davon. Am Wasser tauchte er unter, während der Vater am Ufer stehenblieb. Dabei sang der Junge:

»Komm doch wieder, Schlange meines Vaters,
laß dich sehen, Schlange meines Vaters,
Wasserpython, Schlange meines Vaters,
du Viper, du Schlange meines Vaters!«

Er fing eine und prüfte sie: »Sie ist es nicht«, und warf sie fort. Etwas platschte ins Wasser, er schwamm hin, fing eine andere Schlange, prüfte sie: »Sie ist es auch nicht«, und warf sie fort. Dazu sang er sein Lied: »Komm doch wieder, Schlange meines Vaters...« Wieder fing er eine: »Die ist es nicht.« Er warf sie weg, suchte weiter, sang dabei sein Lied, fing wieder eine: »Die ist es!« Er brachte sie an Land und gab sie seinem Vater zurück; dabei dachte er aber, die Anstrengung, die sein Vater ihm auferlegt hatte, sei mehr als groß gewesen.

Bald darauf ging dieser Junge auf Vogelfang aus und brachte einen Vogel nach Hause, dem weder die Flügel noch die Beine beschädigt worden waren. Da sagte der Vater: »Bring den Vogel doch einmal her, damit wir ihn ansehen können!« Der Junge gab ihn dem Vater mit den Worten: »Da ist er, Vater.« Der Vater besah sich den Vogel, aber als er ihn zurückgeben wollte, schwirr! fort war er. Nun war das Unglück groß! »Vater, meinen Vogel!« rief der Sohn. »Wie soll ich das denn machen?« fragte der Vater. Der Junge beharrte: »Vater, meinen Vogel! Du muß ihn unbedingt zurückholen!« Als der Vater sich weigerte, fügte er hinzu: »Aber ich mußte dir deine Schlange wiederholen! Aus dem Wasser habe ich sie geholt, aus dem Wasser mußte ich sie zurückbringen! Jetzt such du mir auch meinen Vogel, Vater! Es gibt ja genug Vögel, aber ich will nun einmal meinen wiederhaben!«

Der Vogel war inzwischen auf einen Baum geflogen. Der Vater wollte den Baum fällen, aber schon war der Vogel aufgeflogen und hatte sich außer Reichweite des Vaters niedergelassen; dabei sang er noch! Nach vergeblicher Jagd mußte der Vater es aufgeben. Die Leute sagten zu ihm: »Du hast dich seltsam verhalten. Du hättest deinem Sohn vergeben und dir sagen müssen: Es ist ein Kind. Aber du hast deinem Jungen große Anstrengungen auferlegt, die einfach zuviel waren. Jetzt versucht er natürlich, dich ebenso leiden zu lassen.« Der Vater wollte Einwendungen machen, aber man blieb dabei: »Nein, Großer, du bist derjenige, der sich seltsam verhalten hat.« So behielt schließlich der Vater unrecht.

Mukoshis seltsame Abenteuer

In einem Dorf lebte einmal ein junger Mann bei seinen Schwestern. Eines Tages hatten seine Schwestern es über, daß er immer bei ihnen mitaß, und sie sagten: »Du mußt jetzt heiraten!« Also machte er sich auf, kam in ein anderes Dorf, heiratete ein Mädchen und blieb lange dort, ein ganzes Jahr. Dann sprach

er:»Wir wollen in meine Heimat zurückkehren.« Das taten sie und blieben dort.
Nun war Mukoshi ein großer Trinker. So ging er am nächsten Tage ins Nachbardorf und trank, trank, trank den ganzen Tag über, so daß er nicht mehr nach Hause zurück konnte. Er ließ aber seiner Frau Bescheid sagen! »Liebe Frau, morgen früh komme ich.« Dann trank er weiter. Der Bote richtete das auch pünktlich aus, und die Frau sagte nur: »Es ist gut.«
Mukoshi ging am nächsten Morgen los, überquerte den Bach in der Mitte zwischen beiden Dörfern und näherte sich seinem Hause. Da war doch das ganze Dorf davor versammelt! Er trat hinzu. Hier lag ein Toter, dort ein Toter, vor allem in den Eingangstüren, auch im Hause seiner Mutter. Die Mutter selbst war tot, die Schwiegermutter war tot, sogar der Häuptling war tot!
Mukoshi fragte sich: »Nanu, sind die Leute so einfach gestorben? Was tue ich denn nun?« Er nahm eine Klinge und meinte: »Ich will doch mal sehen, ob sie wirklich schon tot sind! Wenn ich einen Einschnitt mache und kein Blut herauskommt, dann sind sie schon länger tot; tritt aber Blut aus, sind sie eben erst gestorben.« So ging er zu seiner Schwiegermutter und machte mit der Klinge einen kleinen Einschnitt in den Oberschenkel. Da wurde sie plötzlich wieder lebendig, und auch alle andern Leute im Dorf erhoben sich wieder und waren auf einmal gesund!
Aber einige Dorfbewohner kamen und klagten ihn an: »Du hast unberechtigt deine Schwiegermutter angefaßt; das ist eine Schande! Komm mit zum Häuptling!« Dort gab es langes Palaver, dann entschied der Häuptling: »Dafür, daß du deine Schwiegermutter berührt hast, mußt du zwei Rindenbehälter voll Honig Strafe zahlen.« – »In Ordnung«, sagte Mukoshi und ging nach Hause.
Am folgenden Morgen lief er in den Busch, und schon kam ein Honigspürer geflogen und zwitscherte vor ihm her. Er ließ sich von ihm zu einem Bienenstock führen und holte mit Leichtigkeit genug Honig heraus, um zwei Rindenbehälter zu füllen. Er sagte sich: »Es wäre doch schade, den Rest drin zu lassen«, und so hatte er zum Schluß vier Behälter gefüllt! Mit denen

machte er sich auf den Heimweg. Auf halbem Wege kam ihm der Gedanke: ›Die Schwiegerfamilie hat mir doch nur zwei Gefäße voll Honig dafür auferlegt, daß ich die Schwiegermutter angefaßt und Schande verursacht habe. Die beiden andern Gefäße beschweren mich nur unnötig. Ach, ich werde sie einfach leer essen!‹ So setzte er sich mitten im Busch nieder, nahm den Honig und aß, aß, aß, bis die beiden Behälter leer waren.
Aber von dem Honig, den er gegessen hatte, bekam er bald großen Durst, die Kehle war ihm wie ausgetrocknet. Da gelangte er beim Weitergehen an eine Wasserstelle und trank nach Herzenslust. Dabei streckte er aber die Zunge heraus. Plötzlich tauchte ein Wels auf und biß sich darin fest. Mukoshi zog und zog, um sich von dem Fisch zu befreien; aber die Zunge riß ab, und der Wels schwamm sogleich damit fort. Mukoshi stand da, ohne Zunge, und fragte sich: »Ach, was tue ich denn jetzt?« Er begann den Wels zu verfolgen, der sich wieder seinesgleichen zugesellt hatte. Überall setzte er ihm nach, um seine Zunge wiederzubekommen. Das machte ihn furchtbar müde. So betrat er einen Stall und schlief dort.
Am Morgen setzte er die Verfolgung fort. Endlich kam er an eine Stelle, wo Leute den Fluß mit Reusen abgesperrt hatten. Dort hatte sich auch der Wels gefangen, aber Mukoshi durfte ja die Reusen nicht selbst herausziehen; so setzte er sich und wartete, bis die Leute kamen, denen sie gehörten. Als die ihn von weitem sahen, riefen sie einander zu: »Seht, da ist jemand!« Dann grüßten sie Mukoshi, aber er nickte nur als Antwort. Das fanden sie sonderbar, aber was hätte er sonst tun sollen? Er öffnete den Mund und winkte ihnen hineinzusehen; da merkten sie, daß ihm die Zunge fehlte. Er zeigte auf die Reusen, und sie zogen die erste heraus, in der sich ein großer Wels befand, den gaben sie ihm. Er aber lehnte ab, ebenso den zweiten Fisch, den man ihm geben wollte, und deutete nur immer auf die Reuse, in der sich sein Wels befand. »Also, holen wir die zuerst heraus!« sagten die Leute und gaben ihm dann den Wels. Er schnitt ihn auf, nahm seine Zunge heraus, steckte sie in den Mund und sagte: »Mit diesem Wels, den ihr hier seht, habe ich eine ziemliche Rundreise gemacht!« Sie meinten: »Na, dann geh mal erst essen!«

Mukoshi brach auf und sah bald in seiner Marschrichtung Rauch aufsteigen. Er ging näher und traf dort ein Alterchen, das dabei war, Bohnen zu kochen. Da bat er: »Gebt mir doch einen kleinen Topf, damit ich meinen Wels darin kochen kann.« Als das Alterchen das hörte, rief es: »Oh, ich esse Wels sehr gern! Können wir nicht den Wels gegen Bohnen tauschen?« So gab es ihm Bohnen, und Mukoshi gab ihm den Wels. Dann nahm er seine Bohnen, füllte sie in einen Topf und ging davon.

Als er wieder auf der Straße war, fiel ihm plötzlich der Topf auf die Erde, und die Bohnen sprangen heraus. »Ihr Leute, was mache ich denn jetzt?« fragte er erschrocken. »Nein, was die Bohnen da angerichtet haben! Jetzt geht's mir aber schlecht. Ach, ich kehre zu dem Alterchen zurück und hole mir meinen Wels wieder, wo doch die Bohnen jetzt verschüttet sind.« Dem Alten berichtete er: »Ach, alle Bohnen sind verschüttet, und der Topf ist zerbrochen; was soll ich denn jetzt tun, wo ich noch nicht gegessen habe?« Freilich fand sein Vorschlag, den Wels zurückzuholen, keine Gegenliebe. So gab es eine lange Auseinandersetzung, und Mukoshi mußte mit leeren Händen fortgehen.

Auf dem Heimweg fand er, daß die Bohnen aufgegangen waren und schon Blätter trugen! »Na, da will ich doch noch einmal zu dem Alterchen gehen und um eine Hacke bitten, damit ich die Bohnen jäten kann!« Aber als er mit der Hacke zurückkam, da waren die Blätter schon vertrocknet und die Bohnen reif zur Ernte! »Nun muß ich doch gleich einen Korb holen und meine Bohnen ernten«, sagte er und ging noch einmal zurück zu dem Alterchen.

Inzwischen kam ein Elefant und fraß alle Bohnen auf. Als Mukoshi kam, beschloß er: »Jetzt folge ich dem Elefanten, der das getan hat!« Wirklich setzte er ihm nach und holte ihn bald ein; da lag er und schlief! Mukoshi kroch in den Elefanten hinein und fand auch seine Bohnen, jetzt aber schon gekocht und gar. »Und was tue ich jetzt?« fragte er sich. »Ach, bevor ich wieder hinauskrieche, will ich doch etwas mitnehmen, damit die Leute mir auch glauben, wenn ich ihnen erzähle, daß ich im Innern eines Elefanten war!« So zog er sein Messer, packte die

Leber und wollte eben etwas abschneiden, da erhob sich der Elefant und setzte sich in Marsch. Aber dort, wo er aus dem Busch hinaustrat, da standen Jäger bereit. Als sie das große Tier kommen sahen, gaben sie Feuer, und der Elefant fiel. Die Jäger liefen hinzu, um ihn aufzuschneiden, und arbeiteten sich bis dahin vor, wo Mukoshi steckte. Er kam in ganzer Größe heraus und sprach: »Da seht einmal, wie ihr mir mein Haus zerstört habt! Euer Stammesbruder hat sich ein Haus gebaut, und ihr zerstört es ihm. Wo soll ich denn jetzt schlafen?«
Der Jäger, der den Schuß abgegeben hatte, staunte sehr: »Ach, so war das, was ich erlegt habe, jemandes Haus?« Damit waren die Leute in einer verzwickten Lage: Sie hatten ein Wild aufgeschnitten, das einem andern gehörte! Das galt damals als schweres Vergehen, das sie die Freiheit kosten konnte. So gingen sie miteinander zum Häuptling und besprachen das alles. Mukoshi gewann den Rechtshandel. Man mußte ihm auch seinen Honig lassen, denn die Sache stand ja deutlich zu seinen Gunsten: »Ihr habt euerm Stammesgenossen das Haus zerstört.« So ging er denn nach Hause, und die andern blieben da.

Der Mann, der alles schon wußte

Es war einmal ein junger Mann, der wollte sich nichts sagen lassen. Sobald andere ihm etwas erklären wollten, fiel er ihnen ins Wort und rief: »Ich weiß das selber!« Die Erwachsenen mahnten ihn: »Junge, hör doch erst mal zu!« Aber er blieb dabei: »Ach, ich weiß das doch selbst, ihr braucht mir nichts zu erklären.«
Nun gut, dieser Alles-besser-Wisser heiratete eines Tages und blieb dann, der Sitte folgend, zunächst bei den Schwiegereltern, um ihnen bei der Feldarbeit zu helfen. Der Schwiegervater kam also und erklärte ihm: »Mein Alter, morgen gibt es folgendes zu tun: Ihr geht auf das Feld da hinten zur Arbeit und pflanzt Süßkartoffeln auf dem langen Hochbeet.« – »Aber Vater«, wandte der junge Mann ein, »erklär mir das doch nicht,

ich weiß schon!« – »Hm, mein Alter, auch du weißt nur das, was man dir erklärt.« – »Nein, ich weiß es schon!« So war nichts mit ihm anzufangen.
Da fragte sich die Schwiegerfamilie: »Was tun wir denn da? Wir wollen doch einmal sehen, ob dieser Mann wirklich alles weiß.« Also kochten sie Maisbrei, legten Fleisch mitten hinein, schlossen die Öffnung wieder und glätteten sie sorgfältig mit dem Spachtel, so daß der Brei wieder die übliche Kugelform hatte. Dann trugen sie ihn auf und riefen den Schwiegersohn zum Essen. Er kam auch, sah das Wasser zum Händewaschen, sah den Brei, vermißte aber die Zukost und fragte: »Warum setzt ihr mir denn nur Maisbrei vor, ohne jede Zukost?« Seine Frau antwortete: »Ja, wo ist denn die Zukost?« Er besah ärgerlich das Essen und fragte wieder: »Warum gebt ihr mir den Maisbrei ohne Zukost?« Seine Frau sagte begütigend: »Nun, iß ihn doch einfach so!« Aber er beharrte auf seiner Ablehnung: »Nein, ich esse keinen Brei ohne etwas dazu, wie ihn eure Mutter gekocht hat; ich nicht!«
Die andern dachten bei sich: ›Aha! Du, der du meinst, du wüßtest alles, du weißt nicht einmal, wo das Fleisch ist!‹ Aber sie hüteten sich wohl, es laut zu sagen. Inzwischen waren die andern Angehörigen eingetroffen, setzten sich zu Tisch und begannen zu essen. Kaum hatten sie ein paar Bissen vom Brei genommen, da kam plötzlich das Fleisch zum Vorschein! Und unser Mann konnte sich nicht enthalten zu fragen: »Ach, dann war das Fleisch da drinnen?«
Da sagte der Schwiegervater zu ihm: »Höre, mein Alter, es ist eine Schande, wie du von dir sprichst. Jeder Mensch muß sich etwas sagen lassen, denn jeder hat seine Grenzen. Wir sagen dir: ›Tu dies oder das‹, aber du antwortest: ›Ich weiß, warum sagt ihr mir das denn? Gibt es vielleicht etwas, das ich nicht wüßte? Ich weiß alles!‹ Nun haben wir diesen Maisbrei gekocht mit allem, was dazugehört, und dachten, du würdest schon wissen, daß das Fleisch drin ist. Aber du kommst, weist die Mahlzeit zurück und fragst: ›Soll ich etwa Brei ohne Zukost essen?‹ Aber was sollten wir denn tun? Wir durften dir doch nicht sagen, daß sich das Fleisch darin befand! Als deine Angehörigen kamen, fingen sie an zu essen und fanden es sogleich, während

du nur fragen konntest: ›Was macht ihr denn da mit mir?‹ Darum, mein Junge, ist es mit deiner Weisheit nicht weit her!« Da hatte er nichts zu antworten und knirschte nur mit den Zähnen.
In Wahrheit sind wir alle auf das Wissen der andern angewiesen.

Der ungetreue Schwager

Es waren einmal zwei junge Männer, die waren reisende Händler. Als die Zeit für die nächste Reise herankam, füllten ihnen ihre Frauen je einen Sack bis oben mit gestampftem Mehl, damit sie unterwegs immer zu essen hätten. Dann machten sie sich auf. Unterwegs sagte der eine zum andern: »Du, auf dem Hinweg, während wir einkaufen, werden wir immer von deinem Mehl essen. Sobald es alle ist, fangen wir dann mit meinem an.« Der andere war's zufrieden.
So zogen sie von Dorf zu Dorf, unterhielten sich gut, kauften überall Hühner ein, und in ihrer Unterkunft kochten sie sich Maisbrei und aßen. Aber der Mehlsack des zweiten blieb zugebunden, von Beginn der Reise an. So verging ein Tag nach dem andern. Als sie ihr Ziel erreicht hatten, kauften sie noch einmal eine Menge Hühner, dann besorgte sich jeder ein Stück Fleisch, und sie aßen es zu ihrem Brei. Nun war der Mehlsack des ersten geleert, und der Verabredung nach hätte der andere von seinem Mehl geben müssen.
Aber als sie auf der Heimreise waren, da sagte dieser: »Von meinem Mehl hier bekommst du nichts zu essen! Ich weigere mich!« Der erste fragte: »Aber du, auf dem Hinweg haben wir doch mein Mehl gegessen; wie kannst du dich da weigern?« Doch der andere blieb dabei: »Mein Mehl nehme ich wieder mit nach Hause; du bekommst davon nichts ab. Hilf dir durch, so gut du kannst!« Sein Gefährte konnte nur fragen: »Ach, wie konntest du mich nur so irreführen?«
So setzten sie ihren Weg fort und stritten sich immer wieder. Der erste kaufte sich Maniok, röstete etwas davon und aß es.

Der mit dem Mehl aber blieb hart. Sein Gefährte mußte sich abends immer etwas kaufen, und als sie daheim anlangten, war er jämmerlich abgemagert. Aber dann ging er sofort vor Gericht und sagte: »Ihr Häuptlinge, ich habe einen Streitfall mit meinem Gefährten.« Sie fragten ihn nach den Umständen, und er erzählte ihnen alles, wie es gewesen war. Da fragte einer der Ältesten: »Seid ihr nicht Schwäger?« – »Doch«, antwortete er, »wir haben in dieselbe Familie eingeheiratet, aber jeder von uns hat seinen eigenen Hausstand.«

Da verkündete einer der Ältesten das Urteil: »All die Hühner, die er gekauft hat, sind jetzt dein; du nimmst sie ihm und läßt ihm nur drei davon.« So verlor der junge Mann fast alles, und der andere verkaufte die Hühner. Dann kehrten sie heim.

Nach einiger Zeit borgte sich der, dem die Hühner zugesprochen worden waren, bei seinem Schwager ein Axt aus. Als er aber damit hacken wollte, brach sie entzwei. Da rief der Eigentümer: »Das kommt vor die Ältesten!« Dort verklagte er seinen Schwager und fügte zuletzt hinzu: »Und er hat mir meine Hühner fortgenommen!« Da wiesen ihn die Ältesten zurecht: »Nein, sondern du hast sein Mehl gegessen! Und die Axt braucht er dir nicht zu bezahlen; geh dir nur selbst eine neue schmieden! Du hast damals versucht, deinen Gefährten auf der Handelsfahrt zu töten; er sollte verhungern, aber Gott hat ihm geholfen. Du wolltest ihn unterwegs verlassen, da sollte er Hungers sterben, und du wolltest seinen Besitz nehmen. Du hast ein böses Herz!« Da wagte der junge Mann nicht mehr aufzublicken.

Wie ein kleiner Vogel den Löwen tötete

Eines Tages hatte der Löwe großen Hunger. Da hörte er von fern jemanden rufen: »Bidinda, bidinda!« – »Wer ruft denn da dauernd: ›Bidinda‹? Ich will doch mal nachsehen.« Also lief er los, immer der Stimme nach, sah aber zuerst niemanden und fragte erstaunt: »Nanu, was ich da immer gehört habe, kam das nicht von hier? Wer war denn das, der so gerufen hat?« Als er genauer hinsah, entdeckte er einen ganz kleinen Vogel. »Ah, bist du der Bidinda?« fragte der Löwe. »Ja, und wer bist du?« – »Ich bin der Löwe. Aber wie kannst du kleiner Kerl, du reiner Garnichts, so einen Riesenlärm machen mit deinem Bidinda, bidinda?« Und in seinem Ärger schnappte er ihn und wollte ihn fressen.

Nun ist der Bidinda ein ganz kleiner Vogel, kaum so groß wie ein Spatz, und der Löwe dachte natürlich, er könne ihn mit einem einzigen Bissen verschlingen, vielleicht sogar ohne zu kauen. Aber als er sich das Vögelchen ins Maul geworfen hatte, da fing es plötzlich an zu wachsen! Der Löwe winselte nicht wenig, denn mit dem Runterschlucken war es nichts. So versuchte er, den Vogel auszuspucken; aber da war er schon so groß wie ein Rebhuhn! Hin und her wand sich der Löwe, um ihn loszuwerden. Der Vogel aber wuchs weiter, so daß dem Löwen der Kiefer zerbrach. Bums, fiel er zu Boden und bekam keine Luft mehr, und bald war es aus mit ihm. Da wurde der Vogel plötzlich wieder so klein wie vorher, kam aus dem Maul des Löwen heraus und flog davon. Der Löwe aber lag ausgestreckt da und war tot.

Da warnten die Angehörigen des Löwen einander: »Paßt auf, mit dem Vögelchen da hat man's schwer! Hört nicht auf seine Stimme, wenn es Bidinda ruft, auch wenn das noch so laut ist! Denn es kann euch in die größten Schwierigkeiten bringen. Seinetwegen fällt ein mächtig großer Löwe kraftlos nieder, während es selber unbeschädigt davonkommt, ohne auch nur eine Feder verloren zu haben!«

Ähnlich kann es auch manchem Schläger ergehen. Plötzlich unterliegt er jemandem, den er nicht ernst genommen hat.

Wie die Ginsterkatze die Schwester des Hasen heiratete

Es begab sich einmal, daß der Hase eine Schwester hatte. Sie wuchs ganz prächtig heran, und der Hase nahm sich vor: »Wer meine Schwester heiraten will, der muß vorher mit mir ringen. Wirft er mich zu Boden, kann er sie bekommen; aber wenn er das nicht schafft, sondern ich ihn zu Boden werfe, dann bekommt er sie nicht!« Bald erschienen dann auch die Freier.

Als erster sagte sich der Elefant: »Ich werde gehen und jenes Mädchen heiraten.« Er machte sich auf, und als er beim Hasen eintraf, sprach er: »Wie ist das, Hase, ich möchte deine Schwester heiraten.« Der antwortete: »Nur, wenn du vorher mit mir ringst!« So stellten sie sich zum Kampfe auf. Die Schwester des Hasen aber setzte sich auf einen Stuhl und begann zu singen:

»Wirf ihn zu Boden, he, ihr beiden Kämpfer!
He, mein Bruder, wirf ihn zu Boden, ihr beiden Kämpfer!
He, mein Bruder, wirf ihn zu Boden, ihr beiden Kämpfer!«

Und da wurde der Elefant auch schon zu Boden geworfen: Bums! »Du bekommst sie nicht«, entschied der Hase, und der Elefant zog davon. Dabei murmelte er: »Mit dir hat man's nicht leicht!«

Dann beschloß der Buschbock: »Ich will sie heiraten.« Er rief den Hasen herbei und sagte: »Ich komme, um deine Schwester zu heiraten.« – »Nur, wenn du zuerst mit mir ringst!« Also stellten sie sich auf, die Schwester sang: »He, mein Bruder, wirf ihn zu Boden ...!«, eine Staubwolke erhob sich, aber noch standen beide. Wieder sang sie, da, ein Bums! Und der Buschbock machte sich davon.

Danach erklärte das Warzenschwein: »Ich gehe heiraten.« Beim Hasen angekommen, sprach es: »Ich komme, um deine Schwester zu heiraten.« – »Ringen wir!« Und die Schwester sang: »He, mein Bruder, wirf es zu Boden!« Da lag es auch schon auf der Erde. Wirklich, der Hase besiegte alle Tiere!

Doch siehe da, die Ginsterkatze erschien: »Ich will das Mädchen heiraten.« Als die Schwester des Hasen die Ginsterkatze erblickte, sagte sie: »Der da muß mein Mann werden!« So kam es, daß sie nicht bei der Sache war, als die beiden Kämpfer Stellung nahmen. Wohl sang sie wie immer ihr Lied, aber da fiel der Hase auch schon! Er erhob sich, klopfte sich den Staub ab und erklärte der Ginsterkatze: »Du wirst mein Schwager.« So heiratete schließlich die Ginsterkatze die Schwester des Hasen.

Wie man die richtige Frau findet

Es war einmal ein junger Mann, der machte sich auf, um zu heiraten. Da unterwies ihn sein Großvater: »Wenn du gehst, nimm diese Bohnen hier mit; dann kannst du sehen, ob eine die richtige Frau ist oder nicht. Kommst du zu einer Frau und wohnst zunächst auf Probe bei ihr, dann gibst du ihr davon und sagst: ›Koch mir die Bohnen!‹ Werden die Bohnen schrumpelig, sobald sie zu kochen beginnen, bittest du sie: ›Hol mir ein paar heraus, ich möchte essen.‹ An ihrer Antwort kannst du erkennen, ob es die rechte Frau ist.« Der Enkel war's zufrieden, nahm die Bohnen und ging.
Im nächsten Dorf traf er ein Mädchen, wurde mit ihr einig und schlief bei ihr. Am Morgen sah er seine Frau lange an, nahm dann seinen Quersack, holte Bohnen heraus und gab sie ihr: »Liebe Frau, koch mir doch ein paar Bohnen. Ich habe richtig Hunger darauf und würde sie gern essen.« Die Frau setzte die Bohnen aufs Feuer, das Wasser wurde heiß, ja, es wallte schon einmal auf. Da bat er: »Ach, gib mir doch ein paar Bohnen; mir ist ganz schwach vor Hunger.« – »Oh, du Väterchen, das ist doch nicht möglich! Die Bohnen da, wie soll ich davon nehmen, die sind doch noch nicht gar! Wie kannst du nur so hungrig sein? Das ist doch nicht möglich! Nein, so ein Mann!« Als die andern das hörten, fragten sie: »Was ist denn los?« Sie er-

klärte: »Ach, dieser Mann will schon Bohnen haben.« – »Was, wo du sie gerade erst in den Topf getan hast?« – »Ja, er hat einfach übertrieben. So etwas gibt's doch nicht!« Da befahl er: »Hol mir die Bohnen heraus!« Sie gehorchte, er packte sie zusammen, steckte sie in den Quersack, und aus war's mit der Probeehe.

Als der Mann weiterzog, traf er eine andere Frau. Er wurde mit ihr einig und schlief bei ihr. Nun erlegten deren Brüder ein Stück Wild und brachten es an, zerlegten es und gaben ihrer Schwester einen Teil. Sie zerschnitt das Fleisch, füllte es in den Topf und setzte ihn aufs Feuer. Als das Fleisch zu kochen begann, bat der Mann: »Gib mir doch ein bißchen Fleisch, hol mir ein wenig aus dem Topf, ich hab solchen Hunger!« Die Frau antwortete: »Aber das Fleisch ist doch noch ganz roh, wie soll ich dir da etwas herausholen, nein, laß doch! Du bist aber seltsam!« – »Ach, liebe Frau, gib mir doch etwas!« – »Nein, wie denn nur? Das Fleisch ist doch noch nicht gar!« Sie kochte noch Maisbrei, und dann konnte der Mann essen. Trotz dieser Erfahrung blieb er noch eine Nacht dort.

Am nächsten Tag sagte er: »Koch mir doch heute ein paar Bohnen, ich habe gar kein Verlangen nach Fleisch; aber Bohnen würde ich sehr gern essen.« Er gab ihr Bohnen, und sie setzte sie auf. Als das Wasser zu kochen anfing, sagte er: »Du, hol mir doch ein paar Bohnen heraus.« Sie rief: »Ach du, das ist doch nicht möglich!« Die andern fragten: »Wovon sprecht ihr da?« – »Ach, es geht um die Bohnen; ich soll ihm schon ein paar zu essen geben, und sie sind noch nicht gar.« – »Na, so ein Mann!« staunten die andern; »das ist doch nicht die Möglichkeit!« Da sagte er: »Aus, Schluß!« Er stand auf, goß den Inhalt des Topfes durch einen kleinen Korb, so daß alles Wasser ablief, nahm die Bohnen, packte sie ein und ging davon. Dabei sagte er: »Nein, diese Frauen! Aber so sind sie.«

Bei der Weiterreise traf er wieder eine Frau und schlug ihr vor zu heiraten. Sie stimmte zu, und wirklich heirateten sie, und auch die Schwiegereltern hatten ihn gern. Wieder bat er: »Ach, liebe Frau, koch mir doch die paar Bohnen hier, denn ich habe großen Hunger darauf.« Gut, sie setzte die Bohnen sofort auf. Wenig später bat er: »Du, gib mir doch schon ein paar Bohnen,

ich habe solches Verlangen danach.« Ohne ein Wort zu sagen, stand die Frau auf, schöpfte ein paar Bohnen auf einen Teller, legte einen Löffel dazu, kam damit, kniete nieder und gab sie ihm. »Ach nein, schütt sie wieder in den Topf«, wies er sie an. Sie folgte, und die Bohnen wurden gar, platzten auf, und sie aßen und tranken.
Als sie müde geworden waren und schlafen gingen, tat der Mann, als habe er Durchfall bekommen, und beschmutzte das Lager. Dann jammerte er: »Ach, jetzt ist die Matte ganz besudelt; was tue ich denn nur?« Da stand seine Frau mitten in der Nacht auf, während alles schlief, ging zum Fluß, wusch die Matte aus, ließ sie trocknen und kam damit zurück. »Na, du hättest doch auch am Morgen waschen gehen können«, meinte er. »Ja, aber es war doch zuviel«, antwortete sie, »und außerdem habe ich die Matte wegen der Läuse gewaschen, die darin waren.« Da stellte er fest: »Jetzt habe ich die richtige Frau geheiratet, genau wie mir mein Großvater gesagt hat.« Und sie führten eine gute Ehe.

Die Rache des Mungos

Eines Tages gab eins von den Tieren die Losung aus: »Alle Mütter müssen sterben! Haben sie nicht als erste Schuld daran, daß wir sterben müssen? Also töten wir sie alle!« Und tatsächlich ließen sich die anderen überreden, Hase, Buschbock und wie sie alle heißen, und brachten ihre Mütter um. Nur der Mungo nahm seine Mutter und versteckte sie jenseits des Flusses, ohne daß die andern es merkten. Dort kochte sie ihm Maisbrei, sie aßen, und dann kehrte er ins Dorf zurück. Die andern hatten bald alle Vorräte aufgegessen, und dann begann der Hunger zu herrschen; aber der Mungo stahl sich immer wieder fort, überquerte den Fluß und rief dann seine Mutter mit einem Liedchen:

»Wehe, o du Frau des Ehrenmannes, die du mir das Mahl bereitest,
die du mir das Essen richtest: Höre deinen Sohn!«

Dann antwortete seine Mutter, und er traf sich mit ihr. Sie hatte eine Menge Maisbrei und Bohnen gekocht, und er aß sich satt. Als er wieder im Dorf ankam, fand er die andern vom Hunger gequält vor. Als sie ihn sahen, fragten sie: »Nanu, Mungo, du siehst ja so fröhlich aus, weshalb denn?« – »Ach, ich bin nur ein paar kleine Früchte essen gegangen, nur ein paar«, antwortete er. Und um die andern irrezuführen, brachte er das nächste Mal ein paar kleine Feigen aus dem Busch mit und zeigte sie ihnen. »Ach, du bist Feigen essen gegangen«, meinten sie; aber in Wahrheit aß er ja immer bei seiner Mutter. Auch als ihn mal jemand unterwegs traf und fragte: »Nanu, du, wohin gehst du denn? Komm, laß einmal sehen!«, da antwortete er: »Ach, nur Feigen suchen.«

So ging es eine ganze Weile gut; er schlich sich davon, suchte seine Mutter auf, sang sein Lied, aß und kehrte zurück, ohne daß es auffiel. Aber dann sah er eines Tages das Wiesel, das vor Hunger ganz krumm dalag. Er sprach es an: »Du, Wiesel!« – »Ja?« – »Wenn du mich einmal begleiten willst... Aber nichts sagen!« Und so nahm er es am nächsten Tage mit, sang sein Lied, überquerte den Fluß und fand Maisbrei für zwei vor. Ach, wie das Wiesel da aß! Er ermahnte es noch einmal: »Siehst du, sag ja nichts davon! Das wäre schlimm. Sonst können wir nicht mehr bei meiner Mutter essen. Verstanden?« – »Ja«, antwortete das Wiesel. Und als sie satt waren, kehrten sie zurück.

Am folgenden Morgen schickten die andern den Mungo in die Stadt, einen Fußball zu kaufen. Sie gaben ihm Geld, und der machte sich auf den Weg. Kaum war er fort und die andern unter sich, da verriet ihn das Wiesel: »Der Mungo, den ihr da seht, der hat seine Mutter versteckt! Gestern waren wir bei ihr und haben Maisbrei gegessen.« – »Wie ist denn das möglich!« riefen die andern und beschlossen, etwas zu unternehmen.

Am nächsten Tag brachen sie auf, während der Mungo noch auf Fußballkauf war, und kamen an den Fluß. Wer sollte nun singen? »Erdwolf, sing du!« Er schrie: »Wähää!« – »Nein, so geht das nicht«, sagten die andern; »Buschbock, sing du!« Er rief: »Wähe!« – »Nein, so auch nicht.« Dann kam das Wiesel dran, das ja den Mungo singen gehört hatte, und diesmal antwortete die Mutter. Sie überquerten den Fluß und fanden eine Menge Maisbrei vor, für jeden eine Mahlzeit! Sie aßen und aßen; sodann aber packten sie die Mutter ihres Gefährten, töteten sie und schnitten ihr den Kopf ab. Das Blut ließen sie in einen Topf mit Bohnen fließen und nahmen ihn mit, um den ahnungslosen Mungo davon essen zu lassen.

Der aber hatte unterwegs schon an seinem Herzklopfen gemerkt, daß etwas nicht in Ordnung war, und hatte gerufen: »Ach, meine Mutter ist tot!« So lief er, so schnell er konnte, kam ins Dorf, gab den anderen den Fußball und eilte, während sein Herz voll Jammer war, zum Flußufer. Dort sang er sein Lied, aber alles blieb still. Er sang wieder, nichts rührte sich. Da durchquerte er den Fluß und fand den Rumpf seiner Mutter. Den Kopf hatten die anderen mitgenommen. Er weinte und weinte. Schließlich begab er sich zur Kröte und forderte sie auf: »Du mußt mir wahrsagen; die anderen Tiere haben meine Mutter ermordet.« Die Kröte überlegte ein Weilchen, dann antwortete sie: »Hm, die Gedächtnisfeier für deine Mutter, die mußt du mitten im trockenen Gras feiern. Du suchst eine Stelle, wo ringsum große Gräser sind, in der Mitte aber nur kleine, und wo es ein Erdloch gibt, groß genug für dich. Da jätest du ringsum das Gras sorgfältig aus oder trittst es nieder. Wenn du fertig bist, braust du Bier, und dann rufst du die andern: ›Heute ist die Gedächtnisfeier für meine Mutter, kommt alle und tanzt mit!‹ Ich werde auch kommen. Wenn sie dann tanzen, zünden wir ringsum das Gras an. Wenn das Feuer näher kommt, kriechst du in das Erdloch.« – »In Ordnung«, sagte der Mungo, ging und bereitete den Platz vor. Dann weichte er Hirse ein, setzte sie zum Gären an und braute sein Bier.

Am Sonnabend war alles bereit. Da lud der Mungo die anderen ein: »Heute feiere ich das Gedächtnis des Todes meiner Mutter.« Hase, Kudu und alle die anderen Tiere versammelten sich an der angegebenen Stelle, jeder mit seinem Trinkgefäß, und dann begannen sie zu trinken. Der Mungo hatte ein ganzes Faß hingeschafft; so hatten sie genug Bier, und bald waren die ersten betrunken.

Als sie schliefen, kam die Kröte: »Mungo, bleib du mal hier und schlag die Trommel; ich werde das Gras anzünden.« Sie nahm ihre Fackel und fing am äußersten Ende an, das Gras in Brand zu setzen. Dann hüpfte sie ringsum weiter und steckte alles an. Mitten drin aber wirbelte die Trommel, und der Mungo kündigte an: »Jetzt werde ich den Tod meiner Mutter besingen. Ihr dürft währenddessen aber nicht nach oben blicken. Senkt den Kopf und seht nach unten!« Das taten die Tiere auch wirklich. Nur der Kudu merkte etwas, richtete sich auf, da war ringsum alles rot! »Das Rote da, ist das ein Feuer?« fragte er dumm. »Nein, das sind Regenwolken, nichts als rote Wolken«, beruhigte ihn der Mungo. »Senkt nur wieder den Kopf!« Indessen hüpfte die Kröte immer weiter, und nun stand alles ringsum in Flammen. Wind kam auf und fachte die Flammen an. Als sie immer näher kamen, richteten sich alle auf: »Wir sind eingeschlossen, sind in der Falle!« schrien sie. Der Mungo verschwand in seinem Erdloch. Die anderen aber, vor allem die Betrunkenen, verbrannten mit Haut und Haar, keins von den Tieren entkam. Als der Mungo am Morgen sein Erdloch verließ, da lagen sie alle ringsum starr und steif. Die Kröte aber kam und sprach: »Siehst du, ich habe dir gewahrsagt, was du tun solltest. Gehorche immer, wenn ich dir wahrsage. Sieh, so hast du deine Mutter beweint.«

Warum die Fledermaus die Sonne haßt

Das Kind der Fledermaus war einmal schwer krank. Da beschloß sie: »Ich will einmal zur Sonne gehen, damit sie mir wahrsagt.« Sie flog los. Nach einer guten Weile traf sie die Sonne und bat: »Du, Sonne, wahrsage mir doch!« – »Was gibt's denn?« fragte diese. »Ach, mein Kind ist todkrank.« Aber die Sonne weigerte sich: »Ich bin schon lange auf und muß meinen Weg fortsetzen. Wenn ich dir jetzt helfen wollte, kämen die Menschen in Schwierigkeiten. Du müßtest eben früher aufstehen.« So kehrte die Fledermaus unverrichteterdinge heim.

Dort traf sie ihr Kind in großen Schmerzen an. Wieder machte sie sich auf den Weg, um die Sonne wenigstens am nächsten Morgen anzutreffen. Schnell wie der Wind flog sie! Aber als sie ankam, war die Sonne eben aufgegangen. Noch einmal bat die Fledermaus: »Wahrsage mir doch, mein Kind ist todkrank!« Aber die Sonne antwortete: »Wenn ich einmal aufgegangen bin, dann ist es zu spät. Wollte ich dir jetzt wahrsagen, müßten viele Menschen sterben. Noch früher aufstehen mußt du, so spät würdest du nur Kummer verursachen. Ich kann leider nichts für dich tun.«
Als die Fledermaus nach Hause kam, fand sie ihr Kind tot. Da sagte sie: »Was mir die Sonne da angetan hat, das ist sehr schlecht. Nie wieder will ich ihr begegnen, es sei denn, jemand scheucht mich auf. Von jetzt an halte ich mein Hinterteil nach oben, den Kopf nach unten.« Und wirklich schläft die Fledermaus bis zum heutigen Tage in dieser Haltung, solange die Sonne am Himmel steht, und zwar, weil die Sonne sich geweigert hat, für das Kind der Fledermaus zu wahrsagen.

Wie die Freundschaft zwischen Schlange und Chamäleon endete

Vor langer Zeit schlossen Schlange und Chamäleon Freundschaft. Während nun das Chamäleon nach Hause ging und dort blieb, braute die Schlange Bier für ihren Freund und lud ihn dann ein, aber auch andere Leute, diesen und jenen. Sie kamen und nahmen Platz. Als nun das Chamäleon einen im weißen Hemd sah, gleich hatte es auch ein weißes Hemd an. Dann bemerkte es einen in Gelb, und schon trug es dieselbe Farbe. Bald darauf konnte man sehen, wie es blau wurde. Während sie ihr Bier tranken, trug es immer ein Hemd in der gleichen Farbe wie der, neben dem es saß. Jetzt sah es einen im roten Hemd, und schon trug es selber auch Rot. Da fragte die Schlange: »Aber Freund, weshalb tust du denn das?« – »Ach, dafür habe

ich keinen besonderen Grund«, antwortete das Chamäleon. Aber die Schlange ärgerte sich darüber, daß ihr Freund sich dauernd verwandelte. Dann kehrten alle Gäste heim, und die Schlange blieb allein zurück.
Bald darauf ging auch das Chamäleon Bier brauen und lud seine Freunde ein. So kamen die Ältesten des Dorfes und auch sein Freund, die Schlange, und sie begannen Bier zu trinken. Da ging die Schlange austreten und kam wieder zurück. Sie tranken weiter, dann ging sie zum zweitenmal hinaus und häutete sich an der Rückwand des Hauses, gut gesättigt von dem Bier, das sie getrunken hatte. Die abgeworfene Haut ließ sie dort liegen, drang ins hohe Gras ein und begab sich nach Hause. Die anderen, die weitertranken, mußten dann auch mal hinaus, kamen aber sofort zurückgelaufen: »He, Chamäleon!« – »Ja?« – »Dein Freund ist gestorben!« Das Chamäleon ging nachsehen. Wirklich, da lag sein Freund und war tot! »Ach, das ist ja schrecklich, daß mein Freund hier bei mir gestorben ist!«
Da kamen auch schon die Angehörigen der Schlange, nahmen das Chamäleon fest und behaupteten: »Siehst du, du bist's, du hast unserm Bruder den Tod gebracht mit deiner Einladung! Siehst du, hier bei dir ist er gestorben! Du hast ihm Gift ins Bier getan, das ist's!« So wirbelte die Angelegenheit gewaltig viel Staub auf, und das arme Chamäleon fragte sich: »O weh, was tu ich denn jetzt?« Man verlangte von ihm eine Entschädigung für den Tod seines Freundes: »Du hast zweitausend Geldstücke zu zahlen, ein Gewehr und einen Haufen Kleider.« Unermüdlich war das Chamäleon dabei, alles zusammenzutragen. Es brachte schließlich die Sachen angeschleppt und gab den Angehörigen der Schlange Bescheid: »Versammelt euch, ich habe beschafft, was ihr mir auferlegt habt.«
Doch, seht einmal, da im Gras, da kommt doch sein Freund an! »Freund, ich bin kerngesund«, sagte die Schlange, »ich bin nicht gestorben, sondern habe mich nur gehäutet. Damals bei mir hast du Naturwunder vollbracht; dies ist das Naturwunder, das ich verrichtet habe.« Zuletzt meinte die Schlange noch: »Deine Sachen nimm nur wieder an dich, Chamäleon; du brauchst mir nichts zu entrichten.« Da fügte das Chamäleon

hinzu: »Und was ist mit unserer Freundschaft? Mit der ist's aus!« Seitdem verstehen sich Schlange und Chamäleon nicht mehr so gut. Ihre Freundschaft aber ist daran gescheitert, daß sie ihr zu viele Belastungen auferlegt haben.

Wie der Bock mit der Hyäne fertig wurde

In einem Dorf war einmal ein Bock mit seiner Ziege und zwei Zicklein. Dieser Bock hatte die Gewohnheit, weit entfernt vom Dorf zu grasen, und alle Leute fürchteten, die Hyäne werde eines Tages die ganze Ziegenfamilie fressen. Deshalb rieten sie dem Eigentümer, den Bock anzubinden, damit er seine Familie nicht mehr so weit fortführen könne; denn da werde die Hyäne über sie herfallen: »Sie hat schon alle Hunde gefressen, jetzt sind deine Ziegen als nächste dran!« Aber der Eigentümer antwortete: »Dieser Bock macht mir große Schwierigkeiten, der hat schon jede Art Strick zerrissen.« Trotzdem versuchte er's immer wieder, ihn anzubinden.

Eines Tages war der Bock wieder einmal freigekommen und mit Frau und Kindern losgezogen. Er führte sie weit fort vom Dorf, dorthin, wo er wußte, daß es schönes Gras gab. Sie kamen glücklich an, fraßen sich satt und gingen dann in den Schatten eines Baumes, um dort zu ruhen. Da näherte sich die Hyäne. »Wen könnte ich denn heute fressen?« fragte sie sich. »Ach, ich werde einmal mit dem Bock anfangen!« Und schon war sie da.

Da sah sie, daß der Bock wiederkäute; sie sah die Ziege an, die tat dasselbe, und ebenso die Zicklein. »Was eßt ihr denn da?« fragte sie erstaunt. »Wir essen Weisheit und Klugheit«, antwortete der Bock. »Ach, deshalb seid ihr so schlau, weil ihr Weisheit und Klugheit eßt!« rief die Hyäne. »Aber über mich lachen alle Tiere, weil ich so dumm bin und mir Weisheit und Klugheit fehlen. So gebt mir doch auch Weisheit und Klugheit zu essen, damit ich klug und weise werde und die Tiere mich achten!«

Da antwortete der Bock: »Alle Weisheit und Klugheit, die wir bei uns hatten, haben wir schon gegessen; die andere ist weit entfernt von hier, im Dorf, wo wir wohnen.« – »Dann schick doch deine Kinder, daß sie mir etwas holen!« schlug die Hyäne vor. »Jawohl, Herr«, antwortete der Bock und befahl dann seinen Kindern: »Habt ihr gehört, was der hohe Herr gesagt hat? Er sucht Weisheit und Klugheit, damit alle Tiere ihn achten. Geht und bringt sie ihm hierher!« Aber ganz leise fügte er hinzu: »Und kommt ja nicht wieder!« So kehrten die Zicklein ins Dorf zurück und blieben dort.

Als sie nach langer Zeit noch nicht wiedergekommen waren, geriet die Hyäne in Zorn: »Wo bleiben sie denn, diese Kinder, die mir Weisheit und Klugheit bringen sollten?« – »Ach, du weißt doch, Herr, wie Kinder sind: sie spielen und vergessen alles. Ich werde also meine Frau schicken, damit sie dir Weisheit und Klugheit holt.« Dann wandte sich der Bock an die Ziege und sagte: »Liebe Frau, geh und hol für den hohen Herrn Weisheit und Klugheit!« Und leise fügte er hinzu: »Aber komm ja nicht zurück!«

Als die Ziege fortgelaufen war, saßen Bock und Hyäne da und sahen einander an. Der Bock kaute immer noch. Da fragte ihn die Hyäne: »Wo hast du denn das her, was du jetzt zerkaust?« – »Nein, hoher Herr«, entgegnete er, »das hatte ich noch im Mund. Man muß nämlich Weisheit und Klugheit gut zerkauen, immer wieder.« – »Und wann kommen die endlich, die sie mir bringen sollten, damit ich sie auch esse?« fragte die Hyäne. Da schlug der Bock vor: »Dann werde ich lieber selbst gehen, hoher Herr, und sie holen.« – »Ja, Bock, lauf schnell!« befahl die Hyäne. Aber der Bock sagte bei sich: »Schnell laufen werde ich wohl, nur nicht wiederkommen.« Und fort war er.

Die Hyäne blieb dort, wartete und wartete, bis die Sonne sich zum Untergang neigte. Da folgte sie den Ziegen bis zum Dorf. Dort angekommen, traf sie unter einem Baum den Bock. Er war angebunden! Sie trat an ihn heran und rief: »Ah, du hast mich belogen! Jetzt sollst du aber etwas erleben!« Doch der Bock antwortete: »Ich wollte dir ja Weisheit und Klugheit brin-

gen, aber sieh doch, sie haben mich festgehalten und angebunden. Was sollte ich denn da machen? – »Na, dann will ich dich mal fressen«, kündigte die Hyäne an. »Gut«, sagte der Bock, »nur laß mich zuerst noch meine Totenklage anstimmen, denn ich habe keine Brüder, die das tun könnten.« Und schon begann er zu meckern: »Määh! Määh! Määh!« Die Leute wurden aufmerksam: »Warum schreit denn der Bock so?« Aber andere antworteten: »Ach, das ist nur wegen des Stricks, mit dem er angebunden ist.« So kam niemand ihm helfen.
Schließlich fragte die Hyäne: »Bist du nun bald fertig? Ich will dich nämlich fressen!« – »Ja, ich bin fertig«, antwortete der Bock. »Aber wie klagt man denn bei euch, hoher Herr, wenn jemand stirbt?« – »Willst du hören, wie wir die Klage anstimmen?« fragte die Hyäne. »Ja, hoher Herr, wenn du erst ein bißchen klagen könntest, damit wir es hören?« schlug der Bock vor. Da begann die Hyäne zu heulen: »Uuwi! Uuwi! Uuwi!« Die Leute im Haus hörten das und riefen: »Die Hyäne frißt den Bock auf!« Sie nahmen Speere, Pfeil und Bogen und eilten hinaus. Ehe die Hyäne sich's versah, waren die Leute schon da, warfen mit Speeren nach ihr und schossen mit Pfeilen. Mehrfach getroffen, fiel sie zu Boden: »Ach, Bock, ich sterbe.« Da sagte der: »Laß dich nicht mit unsereinem ein, der Weisheit und Klugheit gegessen hat; du ziehst dabei immer den kürzeren.«

Die Söhne des Adlers

Es war einmal ein Häuptling, der legte sich den Namen Adler zu. Als ihm ein Sohn geboren wurde, sagte er: »Adler ist Adler, Huhn ist Huhn. Du bist mein Sohn, ich bin Adler, also bist du auch Adler.« Nach mehreren Jahren bekamen dieser Häuptling und seine Frau eine Tochter, und immer, wenn er mit seinen Kindern plauderte, schärfte er ihnen ein: »Ihr seid Kinder des Adlers.«
Nun hatte dieser Häuptling einen Freund, der kam von fern her, da, wo die Sonne aufgeht. Er war reisender Händler und

kam regelmäßig; dann wohnte er im Hause des Häuptlings Adler. Eines Tages schlug er ihm vor: »Mein Freund, gib mir doch deinen Sohn, damit ich ihn zum Kaufmann ausbilde.« – »Gut, sobald er groß ist«, sagte der Häuptling. Als der Freund das nächste Mal wiederkam, fand er den Sohn erwachsen und nahm ihn mit, weit fort, bis dahin, wo die Sonne aufgeht. Danach bekam der Häuptling noch einen Sohn. Als der heranwuchs, schärfte er auch ihm ein: »Du bist ein Adler! Du hast auch noch einen älteren Bruder, aber der ist dorthin gezogen, wo die Sonne aufgeht.«
Nachdem wenige Jahre vergangen waren, starb der Häuptling Adler, und einige Tage darauf auch seine Frau, so daß ihre Kinder, Bruder und Schwester, allein blieben. Ein Neffe des Häuptlings heiratete dann die Tochter, fing aber bald an, sie schlecht zu behandeln; er schlug sie und beschimpfte sie. Da meinte der Bruder: »Liebe Schwester, da wir so leiden müssen, werde ich meinen großen Bruder suchen gehen.« – »Wie willst du den denn erkennen?« fragte die Schwester, »denn als du geboren wurdest, war er schon fortgezogen.« – »Ach, ich werde einfach in jedem Dorf fragen, in das ich komme.« So machte er sich auf und ging. Im ersten Dorf fragte er die Leute, aber sie kannten seinen Bruder nicht. Im nächsten Dorf war es dasselbe: »Wir haben noch nicht einmal den Namen gehört.« So war er Monat um Monat unterwegs, immer gen Sonnenaufgang.
Einmal gelangte er zu einem großen Dorf, als es Nacht wurde. Dort traf er viele Leute an, die zum Tanz gingen. Die Trommeln wirbelten die ganze Nacht, man tanzte bis zur Dämmerung. Die Dorfbewohner hatten Mitleid mit ihm und gaben ihm zu essen. Dann kam die Zeit, wo der Häuptling den Leuten beim Tanzen zusehen wollte, um den besten Tänzer zu belohnen. Auch der Fremde beteiligte sich, tanzte und sang sein Lied, und der Häuptling belohnte ihn mit einer Ziege. Dann zog der Junge weiter.
Auch im nächsten Dorf eilten alle Leute zum Tanz, um sich vom Häuptling auszeichnen zu lassen. Der Jüngling wandte sich an den Häuptling und bat: »Herr, ich möchte auch tanzen.« – »Ja, laßt ihn!« riefen die Leute; »wir wollen sehen, wie

man anderswo tanzt!« Die Trommel wirbelte, er trat vor und begann zu singen: »Seht, ich bin ein Adler! Seht die Federn, ich bin ein Adler! Seht die Flügel, ich bin ein Adler! Seht den Schnabel, ich bin ein Adler!« Dazu tanzte er. Da sprang der Häuptling auf und fragte: »Der da tanzt, wer ist das?« – »Häuptling, das ist jener Fremde.« – »Er soll noch einmal vortreten und tanzen, damit wir es sehen!«

Da trat der Jüngling wieder vor, die Trommel wirbelte auf, und er stimmte sein Lied an: »Seht, ich bin ein Adler! Seht die Federn, ich bin ein Adler! Seht die Flügel, ich bin ein Adler!« Als der Häuptling das hörte, da fiel auch er ein und sang: »Seht den Schnabel, ich bin ein Adler! Seht die Augen, ich bin ein Adler! Seht die Fänge, ich bin ein Adler!« Dann fielen der kleine und große Bruder einander in die Arme und weinten. Darauf sprach der Häuptling: »Das ist mein kleiner Bruder! Bringt zu trinken, schlachtet Ziegen und anderes Vieh! Ich veranstalte ein Freudenfest von drei Tagen. Die Söhne des Adlers vergessen einander nicht, selbst wenn sie unter Hühnern leben: Adler ist Adler!«

Danach kehrten sie zum Dorf ihres Vaters zurück, verjagten jenen verbrecherischen Neffen und setzten den jüngsten Bruder als Häuptling ein. Der älteste Bruder aber kehrte in das Dorf heim, in dem der Freund seines Vaters gelebt hatte; denn dieser hatte sonst keinen Sohn.

Warum die Bachstelze in den Dörfern wohnt

Vor langer Zeit kam die Bachstelze, um im Dorf ihre Wohnung zu nehmen. Da fragten sich die Leute: »Warum verläßt sie denn den Busch, um bei uns im Dorf zu wohnen?« Aber keiner wußte es. Was war wohl der Grund dafür, daß sie in den Häusern der Menschen nistet und man sie nie im Busch antrifft, wo man alle andern Vögel sieht?

Nun, es begab sich einmal, daß sich der Löwe, die Schlange und der Hund zu Gott auf den Weg machten, um sich zu be-

schweren. Der Löwe sprach: »Ich will fragen, warum ich immer nur ein Junges habe.« Die Schlange sagte: »Ich will mich erkundigen, aus welchem Grund er mir Beine verweigert hat.« Der Hund meinte: »Ich will wissen, warum ich immer klein bleibe, während die anderen Tiere viel größer werden.«
Sie kamen zu Gott und fragten ihn. Da antwortete er dem Löwen: »Du hattest immer nur ein Junges, ich werde dir mehrere gewähren.« Dem Hund versprach er, ihn größer werden zu lassen, und auch der Schlange sagte er Beine zu. So gingen die drei befriedigt schlafen.
Da kam die Bachstelze und machte Gott Vorhaltungen: »Wirklich, Herr, wenn der Löwe immer zwei Junge auf einmal hat, werden sie im Busch viel zu zahlreich sein, und wo bleibt dann der Mensch? Er wird stets verjagt und wird sich nirgends mehr ergehen können. Jawohl, und auch der Hund, wenn er größer wird, dann wird er die Menschen umbringen. Und gibst du der Schlange Beine, dann wirst du sehen, wie die Menschen überall verjagt werden. Bis in die Dörfer wird die Schlange sie verfolgen, um sie zu fressen.« Tatsächlich hörte Gott auf das, was die Bachstelze sagte, und als die drei am nächsten Morgen kamen, da beschied er sie abschlägig: »Nein, ihr bekommt nichts!«
Darauf zog die Bachstelze aus dem Busch fort und ins Dorf, um immer bei den Menschen zu wohnen. Sie wollte nicht mehr in den Busch, weil sie bei Gott gegen die anderen Tiere gesprochen hatte. Darum flüchtete sie sich zu den Menschen und meinte: »Wenn sie mich aufnehmen, ist es gut. Ich bin für sie eingetreten, darum darf ich auch in ihren Häusern wohnen und meine Jungen bekommen.« Und so ist es bis heute.

Wie ein Häuptling sich verhalten sollte

Es war einmal ein Häuptling, aus dessen Dorf zogen viele Leute fort und ließen sich anderswo nieder; sie flüchteten gewissermaßen. Da ging er zum Stammeshäuptling, der über

Soldaten verfügte, und sagte: »Häuptling, ich hätte gern, daß deine Krieger meine Leute zurückholen.« Da erzählte ihm der Stammeshäuptling folgende Geschichte:

»Sieh, ich weiß von einem Mann, der hatte in seinem Hause ein Feuer angezündet, an dem er sich wärmte. Draußen regnete es stark. Und siehe da, ein anderer Mann kam, völlig durchnäßt vom Regen, zitternd vor Kälte. Er wollte in das Haus eintreten; aber der Besitzer fragte: ›Na du, wie willst du denn hier noch herein? Wie du siehst, ist es hier zu eng.‹ – ›Wieso zu eng?‹ fragte der Ankömmling. – ›Na, du siehst doch, wie eng es hier zugeht! Da kannst du nicht mehr durch.‹ – ›Aber Freunde, ich komme um vor Kälte! Ich fiebere schon.‹ – ›Na, wenn dich das Fieber erwischt hat, habe denn ich dich in den Regen geschickt?‹ Der so sprach, war der Häuptling; die Sache betrifft dich also auch!

Nun, jener Mann setzte sich draußen hin. Im Hause aber, wo der Häuptling war, entwickelte sich viel Rauch und belästigte alle. Da befahl er einem Jungen: ›Nimm den Klotz hier und wirf ihn hinaus! Von dem kommt der viele Rauch.‹ Der Junge tat das, und eine Weile hatten sie Ruhe; aber dann rauchte es wieder, diesmal war ein anderer Klotz schuld! Der Häuptling befahl: ›Wirf ihn hinaus!‹ Das geschah. Aber der Mann, der zitternd da draußen saß, hob die beiden Klötze auf und legte sie zusammen. Ein Windstoß ließ im Hause des Häuptlings von neuem das Feuer rauchen, und man warf wieder einen Klotz hinaus, nun schon den dritten! Der da draußen hob ihn auf und hatte schon bald ein helles Feuerchen; aber im Hause des Häuptlings ging das Feuer aus, weil es nicht mehr genug Nahrung hatte.

Da sagte der Häuptling: ›Ach, ich will doch auch an das schöne Feuer da gehen!‹ Aber als er sich dazusetzen wollte, wies ihn der Mann heftig zurück: ›Mach, daß du wegkommst, du hast mich ja auch fortgeschickt!‹ Der Häuptling fragte: ›Hast du etwa das Holz geschlagen?‹ Der andere entgegnete: ›Habe ich dich etwa darum gebeten? Ganz und gar nicht, du selbst hast es hinausgeworfen!‹ So blieb jener Häuptling ohne Feuer, obwohl das sein Brennholz gewesen war.

Ebenso steht es mit dir«, schloß der Stammeshäuptling seine

Belehrung. »Ich kann deine Leute nicht von dort zurückrufen, wo sie hingegangen sind. Du wirst schon wissen, warum sie sich zerstreut haben; ich weiß es nicht. Aber als Häuptling darfst du die Leute in deinem Dorf nicht verärgern; sonst ziehen sie weg. Wenn sie einmal fort sind, ist es schwer, sie zurückzuholen; denn inzwischen haben sie sich anderswo eingelebt.«

Wie sich der Hase Fleisch verschaffte

Als der Hase noch mit dem Leoparden zusammenlebte, hatten sie beide einmal großen Hunger. Da fragten sie einander: »Was tun wir nur? Wir verhungern noch!« So gingen sie aufs Feld und brachen Mais. Sie rösteten ihn, aber dann wollten sie ihn so nicht essen: »Was können wir uns denn als Zukost verschaffen?«
Da hatte der Hase einen Einfall. Er flocht einen großen Korb, und als er fertig war, brach er Mais, dann nahm er den Leoparden, seinen Onkel, und legte ihn unten in den Korb, bedeckte ihn sorgfältig mit Maishülsen, und obendrauf legte er eine Menge Mais. Dann machte er sich auf den Weg.
Als er eine Anzahl Affen traf, trat er an sie heran und rief: »Mais zu verkaufen, Mais zu verkaufen!« Die Affen kamen mit und sammelten sich um den Korb herum. Sie kauften und kauften, bis der Mais alle war. Dann sagte der Hase: »Das da ist auch Mais, was ihr da seht, aber ganz großer, nicht wie der kleine, den ihr da habt. Aber er muß noch geschält werden.« Die Affen wollten es nicht glauben, aber der Hase wiederholte: »Das ist ganz großer Mais, der kostet auch mehr.« Als die Affen sich über den Korb beugten, um genauer zu sehen, rief der Hase: »Faß, mein Hund!« Der Leopard sprang auf und riß eine Menge Affen; die anderen nahmen reißaus. Hase und Leopard zerstückelten ihre Beute und füllten damit den Korb, so viel Fleisch hatten sie jetzt.
Zu Hause angekommen, aßen die beiden das Affenfleisch zu ihrem Mais. »Na, Onkel, bist du zufrieden?« fragte der Hase.

»Ja, du bist mir über«, meinte der Leopard. »Ach, Onkel, man braucht nur ein bißchen Verstand zu haben«, erwiderte der Hase. Wirklich, das ist die Art des Hasen, er hat es an sich, den andern überlegen zu sein. Durch seinen klugen Einfall konnten sich die beiden genug zu essen verschaffen.

Der Ginsterkatze Glück und Ende

Ein Mann hatte eine sehr schöne Tochter, die hieß Kamwanya. Als sie erwachsen war, kam jemand und wollte sie zur Frau nehmen. Sie war gerade im Haus; so riefen die anderen: »Kamwanya, Kamwanya, komm und sieh dir den Mann an, der um dich anhält!« Da stimmte Kamwanya drinnen ein Lied an:

»Wer ist denn der Mann da, wer ist denn der Mann da,
Kamwanya, Lumanas Tochter?«

Die andern antworteten, ebenfalls singend:

»Der Buschbock wartet hier, der Buschbock wartet hier,
Kamwanya, Lumanas Tochter.
So komm doch, sieh ihn an, so komm doch, sieh ihn an,
Kamwanya, Lumanas Tochter!«

Sie kam auch ihn ansehen, lehnte aber ab, und er ging davon. Tags darauf kam die Antilope und fragte: »Wie steht es mit dem Mädchen?« – »Sie ist drin im Hause«, antwortete man ihr. – »Ruft sie bitte!« Die anderen riefen: »Kamwanya, komm und besieh den Mann, der da gekommen ist!« Wieder sang sie:

»Wer ist denn der Mann da, Kamwanya, Lumanas Tochter?«
– »Die Antilope ist's, Kamwanya, Lumanas Tochter.
So komm doch, sieh sie an, Kamwanya, Lumanas Tochter!«

Sie kam und lehnte die Antilope ab; die kehrte dann heim. Und siehe da, die Ginsterkatze kam! »Ich komme, um das Mädchen hier zu sehen«, sagte sie. »Es ist drin«, erklärten die anderen. »Ruft sie doch!« bat die Ginsterkatze; und sie riefen: »Kamwanya, komm und besieh den Mann da!« Sie sang wie sonst:

»Wer ist denn der Mann da, Kamwanya, Lumanas Tochter?«
– »Die Ginsterkatze ist's, Kamwanya, Lumanas Tochter.
So komm doch, sieh sie an, Kamwanya, Lumanas Tochter!«

Als Kamwanya den Namen Ginsterkatze hörte, brach ihr das Herz, und sie sagte: »Den Mann muß ich doch ansehen, der da gekommen ist!« Und wirklich, als sie die Ginsterkatze sah mit ihrem schönen, glatten Fell und den prächtigen Streifen, da rief sie: »Welch ein Glück, was für ein schöner Mann ist da gekommen!« Und ohne zu zögern, lächelte sie ihm zu. Die Leute stellten sofort fest: »Sie hat schon zugesagt, seht ihr nicht, wie sie lächelt?« Sofort begannen Kamwanyas Eltern, das Hochzeitsfest vorzubereiten: Mehl, Fleisch, Bier, Kleider. Allen Tieren und Verwandten gaben sie Bescheid: »In dem und dem Monat findet die Hochzeit statt; ihr seid alle eingeladen zu diesem großen Freudenfest!«

Und so kam nach kurzer Zeit der Hochzeitstag heran. Da versammelte sich das ganze Tierreich, alle Vögel und die ganze Menschenwelt, um zugegen zu sein, wenn die Ginsterkatze ihre Frau heimholen würde. Sogleich begann das Fest, es wurde viel gesungen, und man stieß Freudenschreie aus: »Heute heiratet die Ginsterkatze!« Dann umarmte die Ginsterkatze ihre Frau, die schön wie ein Gotteswunder war. Die Leute tanzten, aßen und vergnügten sich. Am Abend traten dann Mann und Frau ins Haus ein, jeder stolz auf den anderen. Kamwanya liebte ihren Mann sehr, und ebenso liebte die Ginsterkatze ihre Frau.

Aber nur wenige Tage vergingen, und die anderen Tiere waren voll Ärger; sie barsten vor Neid auf die Schönheit der jungen Frau. Immer wieder fragten sie: »Warum hat diese Frau uns, die wahren Tiere, abgelehnt und die Ginsterkatze angenommen, diesen Niedrigen unter den Tieren?« So ein Neid, so eine Eifersucht befiel die Tiere, daß sie eine Versammlung abhielten, um die Ginsterkatze zu töten.

Eines Tages sagte die Ginsterkatze: »Ich will doch ein bißchen spazierengehen; hier ist es langweilig.« Aber unterwegs packten die anderen Tiere den jungen Ehemann und töteten ihn; die Leute fanden ihn tot daliegen. Da brachten sie Kamwanya die Trauerbotschaft: »Dein geliebter Mann ist tot.« Sie weinte bitterlich um ihn und weigerte sich, einen anderen zu heiraten. Die die Ginsterkatze umgebracht hatten, gingen also leer aus. So ist es nun einmal, wie das Sprichwort sagt: ›Man neidet dem Waran sein Öl.‹ Die Leute sehen es nicht gern, wenn ein Armer reich wird oder sonst etwas Gutes erfährt, schon beneiden sie ihn und suchen ihn zu vernichten.

Als das Buschferkel fliegen wollte

Es waren einmal ein Buschferkel und ein Geier, die schlossen Freundschaft. Nun hatte die Sache einen Haken: Der Geier schwebte hoch oben in den Lüften, das Buschferkel dagegen, das damals noch ein sehr schönes Gesicht hatte, lebte auf der Erde und konnte seinem Freund beim Fliegen nur zusehen.

Als sich nun der Geier auf einem Baum niederließ, da fragte ihn das Buschferkel: »Freund, wie kann ich denn einmal da oben hinkommen, wo du entlangfliegst? Gib mir doch deine Federn, damit ich auch einmal sehen kann, wie es da oben ist! Ich muß immer hier unten bleiben. Seit ich geboren bin, bin ich noch nie dort gewesen, wo du immer fliegst.« – »Gut, mein Freund«, antwortete der Geier, »ich gebe dir meine Federn.« Man nahm also das Buschferkel, bestrich es mit Teer, und an seine Vorderbeine klebte man die Federn des Geiers. Als das geschehen war, flog das Buschferkel auf! Da warnte der Geier: »Du, flieg nicht höher, als du jetzt bist! Wenn du darüber hinausgehst, ist es zuviel!«

So flog das Buschferkel davon. Ach, war das eine schöne Aussicht! Aber als es so hoch war, wie der Geier gewöhnlich flog, da wollte es immer noch höher. Sein Freund rief: »Flieg nicht höher als ich! Wenn die Sonne zu sehr wärmt, dann schmilzt, was wir dir angeklebt haben, und dann kannst du etwas erleben!« Doch das Buschferkel fand es zu schön, so zu schweben, und es flog immer höher. Der Geier sagte: »Ach, da oben, wo wir das Buschferkel sehen, da wärmt die Sonne zu stark, und

wenn das Angeklebte schmilzt, dann muß das Buschferkel heute sterben.« Und bald darauf schmolz auch schon der Teer, der die Federn hielt. Die Federn lösten sich vom Leib des Buschferkels und fielen ab. Da stürzte das Buschferkel nach unten, huu! Mit dem Kopf zuerst fiel es auf die Erde, so daß sich sein Gesicht völlig abstumpfte und die Schnauze weit klaffte.
Da kam der Nachtaffe, sah das Buschferkel liegen und staunte: »Ach, du, wie hast du dich nur umgebracht?« Vor lauter Staunen riß er die Augen übermäßig weit auf, und von da an blieben seine Augen so riesig. Auch der Ziegenmelker kam und lachte schrecklich über das Buschferkel, weil es auf alle Warnungen nicht gehört hatte. Von diesem Lachen bekam er einen großen Schnabel. Darum also hat der Nachtaffe so große Augen, weil er über das Buschferkel staunte, und der Ziegenmelker hat einen so großen Schnabel, weil er es auslachte.

Wie die Schildkröte es dem Affen heimzahlte

Vor langer Zeit schlossen Schildkröte und Affe Freundschaft. Bald kam der Affe und bat die Schildkröte: »Du, besuch mich doch einmal!« – »Ja, gut.« Wirklich kam die Schildkröte, und man kochte Maisbrei mit Fleisch. Dann brachte man Schemel, und der Affe setzte sich auf den einen; die Schildkröte aber sagte: »Du, ich bin nun einmal sehr klein; und da gebt ihr mir einen so hohen Stuhl! Wie soll ich mich denn darauf setzen, und wie soll ich da essen? Bringt mir doch ein Fell als Sitz oder eine Matte; das genügt schon! Oder wenn ihr das nicht habt, dann kann ich auch einfach auf dem Boden sitzen; das macht mir gar nichts aus.« Aber der Affe meinte: »Nein, setz dich nur auf den Schemel!«
Also wusch sich die Schildkröte die Hände und setzte sich auf den Schemel. Wie sie nun etwas Maisbrei nehmen wollte, da fiel sie in den Brei; und wollte sie den Brei in die Soße tauchen, landete sie im Fleisch. Als sie sich herausgearbeitet hatte, wie sah sie da aus! »Ich gehe«, sagte sie; »du hast mir eine große

Unverschämtheit zugefügt. Ich bin nun einmal klein; aber du ließest mir einen hohen Stuhl bringen, damit ich mich beim Essen nach unten beugen und fallen mußte.« Dann ging die Schildkröte nach Hause, noch ganz von der öligen Soße bedeckt, in die sie gefallen war.
Nach scharfem Nachdenken lud sie den Affen fürs nächste Wochenende ein, und er versprach zu kommen. Am Sonnabend traf er bei der Schildkröte ein. Diese hatte dicht am Flußufer den Maisbrei kochen lassen und alles Wasser weggeschüttet. So konnte sie dem Affen sagen: »Wir haben leider kein Wasser; du mußt dir im Fluß die Hände waschen.« Der Affe ging hinunter zum Fluß und wusch sich. Da man bei uns aber die Hände vor dem Essen nicht abtrocknet, damit der Brei nicht an ihnen kleben bleibt, so wollte auch der Affe mit erhobenen Händen die glitschige Böschung hinaufsteigen, und schon lag er da, überall voll Erde! Er kehrte zum Fluß zurück, wusch sich noch einmal und wollte wieder zum Essen kommen; aber bald lag er aufs neue im Schmutz! Da sagte er: »Also, Schildkröte, du hast sonderbar gehandelt! Mit dem Weg zum Flußufer wolltest du mir wohl das neulich mit dem Brei vergelten! Du hast deinen Spott mit mir getrieben, ich gehe.« Da antwortete die Schildkröte: »Und wie hast du mich behandelt? Ich bin klein, und du gabst mir einen hohen Stuhl, damit ich in die Soße fallen sollte! Jetzt hab ich dir's vergolten, und nun sind wir quitt.«

Die Bedeutung der vier Haarbüschel

In einem Dorfe lebte einmal ein Mann mit seiner Frau und einem Jungen aus der weiteren Verwandtschaft. Eines Tages sagte der Mann zu dem Jungen: »Schneid mir mal die Haare, aber laß vier Büschel stehen!« Das tat der Junge. Da kam die Frau und fragte: »Warum läßt du dich denn so scheren?« Er antwortete: »Das erste Büschel bedeutet: Man darf seiner Frau kein Geheimnis anvertrauen. Das zweite: Ein Junge aus der Verwandtschaft ist nicht dein eigener. Das dritte: In einem

Dorf darf es nicht an Ältesten fehlen. Das letzte: Ein Häuptling kennt keine Gnade.«
Wohl um seine Behauptungen zu belegen, ging der Mann hin, tötete eine Ziege, legte sie auf ein gehacktes Feld und bedeckte sie mit einer Matte. Dann ging er nach Hause und berichtete seiner Frau und dem Jungen: »Ich habe einen Fremden umgebracht.« Abends sagte er dem Jungen: »Komm mit, ich gehe den Toten begraben.« So gingen sie, begruben ihn in der Nacht und kehrten heim.
Am nächsten Tage nahm der Mann seine Frau und verprügelte sie. Sie weinte sehr und rief: »Laß mich, du wirst mich noch totschlagen, genau wie du den Fremden totgeschlagen hast!« Da schlug er sie beinahe tot. Sie floh, lief zum Häuptling und verklagte ihren Mann: »Mein Mann hat einen Fremden erschlagen, er und der Junge haben ihn begraben.« Da rief der Häuptling Soldaten und befahl ihnen, den Mann festzunehmen.
Als sie kamen, hatte der Mann kein Hemd anzuziehen; so bat der den Jungen: »Leih mir doch ein Hemd, damit ich es tragen kann, wenn ich jetzt gehe, wohin man mich ruft.« Der Junge gab ihm eins, und der Mann ging mit den Soldaten fort. Beim Häuptling wurde er mächtig geschlagen und dann eingesperrt.
Am Gerichtstag verkündete der Häuptling sein Urteil: den Tod. Schon griff er nach dem Mann, um ihm den Kopf abzuschlagen, da rief der Junge: »Laßt ihn zuerst mein Hemd ausziehen, damit es nicht blutig wird!« Dadurch entstand eine Pause, die die anwesenden Ältesten zu dem Vorschlag benutzten: »Tötet ihn noch nicht, wir müssen vorher den Ermordeten ansehen, woher er ist!« Also führte der Junge sie zum Grab, sie öffneten es und sahen hinein: Es war eine Ziege, die da begraben lag! Der Häuptling fragte erstaunt: »Dann ist das also der Mann, den du erschlagen haben willst?«
Nun erklärte der Angeklagte: »Ihr seht, beinahe wäre ich wegen nichts gestorben! Darum ließ ich die Haarbüschel stehen, denn seiner Frau darf man kein Geheimnis anvertrauen. Ein Junge aus der Verwandtschaft ist nicht dein Sohn, denn wenn es meiner gewesen wäre, dann hätte er mich nicht das Hemd ausziehen lassen. Im Dorf darf es nicht an Ältesten fehlen;

sonst wäre ich um diese Zeit längst tot, ohne schuldig zu sein. Und ein Häuptling kennt keine Gnade; denn wenn er etwas gesagt hat, dann will er es nicht zurücknehmen.«

Wie die Freundschaft zwischen Helmvogel und Waran ausging

Der Helmvogel oder Turaco, ein ziemlich großer Vogel mit prächtigen roten Schwungfedern, schloß Freundschaft mit dem Waran. So verging ein Jahr im besten Einvernehmen; im zweiten besuchte der Helmvogel den Waran und wurde herzlich begrüßt. Dann fragte ihn der Waran: »Nun, mein Freund, dauert unsere Freundschaft noch an?« – »Aber sicher!« antwortete der andere. – »Na, dann ist's gut.« Und dann rückte der Waran mit seinem Anliegen heraus: »Sieh einmal, Freund Helmvogel, die Zeit der Jugendweihe meiner Kinder ist da. Dort drüben kannst du schon die Einfriedung sehen, wo die Tänze für meine Kinder stattfinden sollen. Aber die Schwiegermutter sagt: ›Ach, da ihr doch so ein gutes Einvernehmen mit euerm Freund habt: Unsere Bräuche verlangen Helmvogelfedern als Schmuck bei der Weihe!‹« – »Federn!« rief der Helmvogel; »Freund, das ist schwierig!« – »Aber unsere Freundschaft besteht weiter?« fragte der Waran. »Jawohl, sie besteht weiter«, antwortete der Helmvogel, und dann ließ er sich vom Waran rupfen. Der Waran nahm die Federn und sagte: »So, das brauchten wir noch.«
Das Fest fand statt, und man tanzte für die Kinder des Warans; der Helmvogel aber blieb auf der Erde und ging zu Fuß. Doch langsam wuchsen seine Federn wieder. Da schüttelte er sich, suchte seinen Freund auf und fragte: »Besteht unsere Freundschaft weiter?« – »Ja, sie besteht weiter!« So flog der Helmvogel heim, und nun war die Reihe am Waran, ihn zu besuchen. Er machte sich auf die Reise, kam glücklich an und wurde freundlich aufgenommen.

Bald darauf wollte der Helmvogel mit ihm sprechen: »Die Einfriedung da drüben ist für die Jugendweihe meiner Kinder; da wird man für sie tanzen. Nun sagt man mir, alle Trommeln seien in gutem Zustand, nur für eine Baßtrommel brauche man als Bespannung die Haut eines Warans. Könntest du uns wohl mit einem bißchen Haut aushelfen?« – »Aber Freund, ich habe doch nur die, mit der ich gekommen bin!« antwortete der Waran. Aber man nahm ihn und zog ihm die Haut ab. Dann fragte der Helmvogel: »Freund, besteht unsere Freundschaft weiter?« – »Ja, sie besteht weiter«, antwortete der Waran. Dann kam das Fest, man tanzte für die Kinder des Helmvogels, und die neu bespannte Trommel dröhnte nur so. Später kam man, um den Waran nach Hause zu bringen, hautlos wie er war; da starb er denn.
Jetzt nahmen die Leute Stellung: »Schuld am Tode des Warans ist nur der Helmvogel; es war eine Grausamkeit!« Da ergriff der Helmvogel das Wort und fragte: »Was sagt ihr da: Grausamkeit?« – »Ja, das war eine Grausamkeit!« – »Worin besteht denn die Grausamkeit?« fragte der Helmvogel wieder. »Als er mir die Federn ausrupfte, da habt ihr für seine Kinder getanzt; und jetzt, wo ich die Haut meines Freundes genommen habe, um auch für meine Kinder zu tanzen, wie habe ich da schlecht gehandelt? Die Grausamkeit ist ganz auf eurer Seite!« Da hatten sie nichts mehr zu antworten; aber seitdem wollen Waran und Helmvogel nichts mehr miteinander zu tun haben. Wenn der Waran ans Ufer kommt, um sich in der Sonne zu wärmen, und merkt, daß ein Helmvogel naht, dann taucht er gleich weg; denn er weiß, wie es damals war. Ja, seinen Freund darf man nicht ausbeuten wollen!

Wie die Schildkröten zusammenhielten

Es war einmal ein Mann, der hatte eine Tochter, und viele Männer kamen, um sie zu heiraten. So machte sich auch der Buschbock auf und hielt um sie an; aber sie wies ihn ab. Die Antilope erschien mit derselben Absicht und wurde ebenfalls abgewiesen. Als die Antilope fort war, kam die Schildkröte, um das Mädchen zu heiraten, und da sie ihm gefiel, stimmte man sofort zu.

Aber die Antilope war damit nicht zufrieden: »Morgen gehe ich noch einmal zu jenem Mädchen; ich will es unbedingt heiraten!« Angekommen, fragte sie: »Wie kommt denn das, Mädchen; mich weist du einfach so ab, und ausgerechnet die Schildkröte ziehst du vor?« Da antwortete die Tochter: »Nein, du gefällst mir auch sehr gut, es liegt an meinem Vater.« Also suchte die Antilope den Vater auf. Der sagte: »Ach, mir ist einer so lieb wie der andere als Schwiegersohn. Machen wir's so: Ihr lauft um die Wette, und der Sieger bekommt meine Tochter. Wann werdet ihr kommen?« – »Am Sonnabend«, schlug die Antilope vor. »Gut, das geht in Ordnung«, schloß der Vater.

Die Antilope ging nach Hause und verkündete: »Diesen Sonnabend ist meine Hochzeit mit jenem Mädchen; es liebt mich und lächelt mir zu!« Als die Schildkröte das hörte, erklärte sie: »Ich komme auch am Sonnabend.« – »Na, dann mußt du dich aber beeilen; sie haben gesagt: ›Wer morgen als erster ankommt, darf das Mädchen heiraten!‹« – »Und wann soll der Lauf losgehen?« – »Morgens vor Sonnenaufgang.« Dann trennten sie sich.

Da berief die Schildkröte alle ihre Verwandten und erklärte ihnen die Angelegenheit. Eine Schildkröte mußte gleich da bleiben, wo sie waren, mit den andern machte sie sich auf und ließ immer nach einer gewissen Strecke eine zurück, und den letzten Posten, dicht beim Hause des Mädchens, nahm sie selbst ein. Die Aufstellung nahm die ganze Nacht in Anspruch. Jede mußte sich verstecken und konnte dann noch etwas schlafen. So gab es überall unterwegs eine Schildkröte!

Noch vor Tagesanbruch machte sich die Antilope auf. Sie traf eine Schildkröte und rannte an ihr vorbei, um als erste bei dem Mädchen anzukommen. Sie lief und sprang, was sie konnte. Nach einer Weile rief sie: »He, Schildkröte!« Da antwortete eine weit vor ihr: »Ich bin hier, du rufst ja von weit dahinten!« Die Antilope raste weiter. Nach einer gewissen Strecke rief sie wieder: »He, Schildkröte!« Weit vor ihr antwortete es: »Ooo, das ist ja ganz dahinten, wo du rufst! Los, vorwärts!« Das ließ sie sich nicht zweimal sagen. Schon hing ihr die Zunge aus dem Maul! An einer Wegabzweigung hielt sie an und rief von neuem: »He, Schildkröte!« Da antwortete es ihr aus dem nächsten Dorf. Und als sie dort ankam, hieß es weit vor ihr: »Ach, von dahinten rufst du! Beeil dich doch!« So erreichte sie endlich das Haus des Mädchens, und wer wartete auf der Veranda? Die Schildkröte! »Na, ich bin schon lange hier und habe bereits Maisbrei gegessen«, sagte sie. Die Antilope wußte nicht, was sie tun sollte, und ließ sich ganz erschöpft fallen.

So heiratete die Schildkröte jenes Mädchen, während die Antilope das Nachsehen hatte. Und warum? Weil die Schildkröten zusammenhielten. Wenn wir Menschen so zusammenhalten, dann können wir Großes erreichen; aber wenn jeder nach seinem Kopf geht, dann müssen wir versagen, wie die Antilope versagt hat.

Dank und Undank der Geretteten

Auf der Suche nach Wild streifte ein Jäger durch den Busch. Da erblickte er eine tiefe Grube, in die ein Mann, ein Löwe und eine Schlange gefallen waren, ohne sich daraus wieder befreien zu können. Alle drei schrien um Hilfe, als sie ihn kommen hörten: »Hilf uns heraus, hier müssen wir sterben!« Er aber zögerte und fragte sich: »Darf ich es wagen, sie alle herauszuziehen?« Aber schließlich entschloß er sich dazu. Als erster kam der Löwe; der bedankte sich sehr und sagte dann: »Du weißt nicht, was dir begegnen mag.« Dann war die Schlange an der Reihe, die sich ebenso bedankte und hinzufügte: »Du weißt nicht, was dir begegnen mag!« Der Mann bildete den Schluß, dankte gleichfalls und betonte noch einmal: »Du weißt nicht, was dir begegnen mag!« Dann gingen sie auseinander, jeder an seinen Ort.

Nun lebte der Jäger, der die drei gerettet hatte, ganz allein im Busch und hatte nicht einmal eine Frau, die ihm hätte helfen können. Das wußte der Löwe; so begab er sich in ein Dorf, wo man gerade ein großes Fest feierte, bei dem viel Lärm gemacht wurde, traf dort die Häuptlingstochter, die sehr schön war, und ergriff sie. Die Leute schrien: »Zu den Waffen, ein Löwe ist im Dorf!« Aber bevor sie sich gesammelt hatten, war der Löwe schon mit dem Mädchen verschwunden. Man suchte lange Zeit, dann gab man die Hoffnung auf und bereitete alles für die Trauerfeier vor.

Aber das Mädchen war nicht tot! Der Löwe war damit schnurstracks zur Behausung des Jägers gelaufen, der ihn gerettet hatte, und sagte zu ihm: »Hier bringe ich dir eine Frau, damit sie dir hilft und dich unterhält, weil du ja hier im Busch so allein bist.« Der Jäger bedankte sich, und als er sah, wie ungemein schön das Mädchen war, da gewann er es schnell lieb, und sie lebten eine Zeitlang glücklich miteinander.

Da kam eines Tages jener Mensch, den der Jäger aus der Grube gezogen hatte, durch den Busch und traf die Häuptlingstochter bei ihrem Mann. »Ach, du hast jetzt eine Frau«, bemerkte er; aber dann erkannte er sie und stotterte: »A-a-aaber was ist denn das? Na, ihr Leute, das ist ja gut! Da hast du was Schönes getan!« Er lief spornstreichs zum Häuptling und meldete ihm: »Deine Tochter, die du schon verloren gabst, ist bei dem und dem; ich habe sie im Busch gesehen, sie ist nicht gefressen worden! Der Mann da hat sie zur Frau genommen.« – »Führ uns sofort dahin«, befahl der Häuptling, »damit wir sehen, ob du die Wahrheit sagst.« So erschien bald eine ganze Schar vor der Behausung des Jägers, und als man die Häuptlingstochter bei ihrem Mann antraf, da ging alles weitere schneller, als man erzählen kann: Der Jäger wurde festgenommen, verprügelt und dann ins Gefängnis geschafft, wo es von Ungeziefer nur so wimmelte. Mit großer Bitterkeit sagte er sich: »Das verdanke ich also dem Mann, den ich aus der Grube gerettet habe! Der geht hin, verrät mich und bringt mich ins Elend! Hätte ich ihn dort dringelassen, dann wäre er längst tot.«

Da sah er plötzlich, wie eine Schlange in sein Verlies kroch. Er begann zu zittern und dachte: ›Jetzt werde ich gefressen‹, aber die Schlange sagte: »Hab keine Angst, Freund; hast du mich

denn vergessen? Ich bin die Schlange, die du aus der Grube gezogen hast!« Dann erklärte sie ihm: »Ich werde jetzt die Häuptlingsfrau beißen; aber du nimm dieses Heilmittel! Damit kannst du ihr das Leben retten!« Er bedankte sich, die Schlange verschwand und führte ihren Plan aus.
Bald darauf erhob sich ein großes Geschrei im Dorf. Man rief alle Medizinmänner und Heilkundigen zusammen, um die Häuptlingsfrau zu behandeln, aber nichts half, es wurde nur immer schlimmer, und schon rechnete man mit ihrem Tode. Da erhob der Gefangene seine Stimme und schrie: »Ich habe ein Mittel gegen den Schlangenbiß; laßt mich nur heraus!« Manche fürchteten, er wolle nur entfliehen; aber die Ältesten entschieden: »Da es sich um das Leben der Frau des Häuptlings handelt, müssen wir es ihn versuchen lassen; vielleicht will Gott uns durch ihn helfen.« So schickte man Soldaten, die ihn in Ketten anbrachten; aber der Häuptling befahl: »Macht ihn los, damit er sich an die Arbeit begeben kann!« Als das geschehen war, trat der Jäger an das Bett der Sterbenden, machte ihr in jedes der Gliedmaßen zwei Einschnitte und rieb ihr dort das Mittel ein, das er von der Schlange hatte. Dann warteten alle, ob seine Behandlung Erfolg haben werde.
Und wirklich dauerte es nur kurze Zeit, dann richtete sich die Häuptlingsfrau auf, ja, sie lief sogar umher! Ihr Mann fragte sie: »Wie fühlst du dich denn?« – »Sehr gut«, antwortete sie, »ich habe überhaupt keine Schmerzen mehr!« Da staunten die Leute nicht schlecht, und der Häuptling sprach: »Diesen Mann müssen wir freilassen; das ist ein tüchtiger Mensch, denn er hat meine Frau gerettet.« Er gab ihm auch seine Tochter wieder, die der Löwe geraubt hatte. Mit ihr lebte er glücklich zusammen, und sie bekamen viele Kinder, um die Zukunft des Volkes zu sichern.
So geht es im Leben zu: Auch wenn du jemandem Gutes tust, wird er es dir ein andermal mit Bösem vergelten. Schlange und Löwe erwiesen sich dankbar; nur der Mensch nicht.

Wie ein Junge die Ungeheuer ausrottete

Es war einmal ein Mann, der lebte allein mit seinem Sohn. Nun litt aber das Land damals unter einer schlimmen Hungersnot, denn zwei Jahre lang war kein Regen gefallen. So begab er sich in den Busch, um etwas Eßbares aufzutreiben. Da traf er im Hügelland auf Häuser, aber nicht ein Mensch war zu sehen. Als er genauer hinblickte, sah er ganze Reihen von Mais- und Hirsespeichern da stehen! Darin befanden sich Erdnüsse, Süßkartoffeln, Yamswurzeln, Bohnen und noch anderes neben dem eigentlichen Inhalt. Der Mann kroch durch das sehr enge Eingangsloch in einen der Speicher und verschlang heißhungrig, was er darin fand; jedoch als er merkte, daß sein Bauch gefährlich zu schwellen begann, da machte er, daß er hinauskam, und ging heim.

Als er ins Dorf kam, staunten die Leute nicht schlecht über seinen Bauch, der nur so glänzte! Sie fragten sogleich: »Wie kommt es, daß du dich satt essen konntest?« Aber er bestritt das: »Nein, ich bin gar nicht satt, mein Bauch ist immer so.« Da ließen die Leute ihn zufrieden, wußten aber ganz gut, daß er etwas zu essen gefunden hatte.

Nach ein paar Tagen ging er wieder, sich auf anderer Leute Kosten satt zu essen. Diesmal ließ er sich viel Zeit. So kam es, als er gerade hinaus wollte, daß ein Sturm losbrach; die Bäume bebten, ja selbst die Häuser drohten fortgerissen zu werden. Der Himmel überzog sich schwarz, und in der Ferne stieg eine gewaltige Staubwolke auf. Ungeheuer mit roten Augen, bewaffnet mit Keulen, in die Steine eingelassen waren, kamen herangerast.

Da saß nun der gute Mann ganz schön in der Patsche! Er zitterte am ganzen Leibe und dachte: ›O weh, heute muß ich sterben, nur weil ich so gefräßig war!‹ Mit Mühe zog er sich nach draußen und lief dann geduckt durch die Büsche davon, so schnell er konnte, während ihm das Herz bis zum Halse schlug.

Er konnte sich gerade noch retten. Aber im Dorf erzählte er niemandem von der Gefahr, in der er gesteckt hatte.
Doch sein Sohn, der Mitingo hieß, bat ihn immer wieder: »Laß mich doch einmal mit in den Busch gehen; ich möchte ihn auch kennenlernen!« Schließlich gab der Vater nach, und so brachen sie eines Tages gemeinsam auf. Als sie zu den Speichern kamen, erklärte der Vater: »Hierhin gehe ich immer zum Essen. Aber du mußt dabei gut aufpassen, denn der Eingang zu jedem Speicher ist eng, und wenn du darin steckenbleibst und die Eigentümer dich erwischen, dann schlagen sie dich tot.« Dann drangen sie in einen Speicher ein und aßen nach Herzenslust. Dabei ermahnte der Vater seinen Sohn wieder: »Paß nur gut auf, denn wenn du so weiterißt, dann bleibst du eines Tages stecken!«
Da plötzlich hörten sie den Sturm sich erheben, und der Vater rief: »Schnell hinaus, wenn wir bleiben, ist's unser Tod! Jetzt kommen fürchterliche Geschöpfe, denen diese Speicher gehören. Darum habe ich dir gesagt, du sollst gut aufpassen und dich nicht zu voll stopfen, damit du nicht erwischt wirst.« Vater und Sohn ergriffen eilig die Flucht und kehrten heim, von Herzen froh über das reichliche Essen, während die andern alle unter der Hungersnot litten. So gingen sie immer wieder zum Essen dorthin; aber der Junge hätte gern immer noch mehr gegessen.
Eines Tages waren sie wieder im Dorf der Ungeheuer, die wie immer fortgegangen waren. Diesmal kroch jeder in einen andern Speicher, und schon kaute der Sohn mit vollen Backen. Der Vater rief ihm noch einmal zu: »Mitingo, paß nur gut auf beim Essen; vergiß nicht, was ich dir gesagt habe!« Aber der hörte gar nicht hin. So kam es, als die Zeit zur Rückkehr gekommen war und der Vater ihn rief, daß er mit dem Bauch im Eingang hängenblieb. Sosehr er auch versuchte, sich hindurchzuzwängen, es ging einfach nicht. Da rief er: »Vater, komm, zieh mich heraus!« Aber trotz allem Ziehen gelang es nicht, ihn hinauszuschaffen; sein Bauch war einfach zu dick! Und schon hörten sie den Sturm losbrechen, der die Rückkehr der Ungeheuer anzeigte.
Noch einmal redete der Vater dem Jungen zu: »Was habe ich

dir gesagt? Heute siehst du es. Gib dir alle Mühe herauszukommen, denn die sich da nähern, kennen kein Erbarmen!« Und er sang:

»Mitingo wird heute gefressen, gefressen.«

Mitingo hatte große Angst, als er die Ungeheuer kommen sah, und sang:

»Vater, hilf mir! Die Unholde nahen,
bewaffnet mit Keulen!«

Aber der Vater ergriff die Flucht, wobei er immer das Lied sang, verschwand unter den Bäumen, kehrte ins Dorf zurück und meldete: »Mein Sohn ist von Ungeheuern gefressen worden.«

Der Sohn hatte die Ungeheuer inzwischen genau betrachten können. Ihre Augen glühten wie Sterne, ihre Beine waren dicht behaart, und auch auf der Brust sproßte ihnen das Haar wie frisches Gras, nachdem man das alte abgebrannt hat.

Mitingo zitterte am ganzen Leibe und dachte: ›Beim Andenken meiner Mutter, heute muß ich sterben.‹ Aber die Ungeheuer legten nur die Lasten ab, die sie getragen hatten, ihre Beute an Menschen und Tieren, und ruhten sich dann aus. Danach aßen sie und unterhielten sich.

Währenddessen litt Mitingo in seinem Speicher furchtbar unter Blähungen. Sosehr er sich auch mühte, sie zu unterdrücken, es war einfach unmöglich, und er mußte einen fahrenlassen. Einige der Ungeheuer sagten: »Hier riecht es nach Menschen«, aber die andern hatten noch nichts gemerkt und stritten das ab. Da faßte Mitingo wieder ein wenig Mut und dachte: ›Sie haben mich noch nicht entdeckt.‹ Aber nach kurzer Zeit plagte ihn wieder sein Bauch, und alle Mühe, das Rumoren zu unterdrücken, war vergeblich. Es dröhnte nur so! Die Ungeheuer rochen es und meinten: »Ah, hier gibt es aber etwas, das gut riecht!« Und als dem Jungen gleich darauf wieder etwas entfuhr, riefen sie: »Herrschaften, das ist ein feiner Duft; aber wo kommt er nur her?« Alle zeigten nach oben, konnten aber nichts entdecken, bis es bei Mitingo wieder losging, und gleich ein paarmal hintereinander. Da riefen sie: »Ihr Freunde, das Ding, das diesen feinen Duft ausströmt, steckt da in dem Speicher; denn jedesmal, wenn es darin ein Geräusch gibt, folgt

gleich hinterher der Duft!« So begannen sie zu suchen: »Wenn wir es finden, dann können wir immer diesen guten Geruch genießen!«
Mitingo kauerte sich in einer Ecke zusammen, wurde aber bald entdeckt. Er zitterte vor Furcht und sagte: »O weh, wegen meiner Gefräßigkeit werde ich heute selbst gefressen.« Die Ungeheuer zogen ihn mit Gewalt heraus und riefen: »Kommt, seht, also ist es dieser Mensch hier, der guten Geruch zu verbreiten weiß!« Dann sagten sie zu ihm: »Hör einmal gut zu, du Mensch, wir wollen, daß du uns zeigst, wie du diesen schönen Duft hervorbringst.« – »Mit dem Hintern«, antwortete er, aber das verstanden sie nicht, denn die Ungeheuer haben ja kein Loch im Hintern. Da zeigte er es ihnen, und weil er vorher soviel wie möglich unterdrückt hatte, ging jetzt ein so gewaltiger Pups los, daß sie davon richtig eingenebelt wurden. Das gefiel ihnen sehr, sie lobten ihn und erklärten: »Uns hat Gott anders geschaffen, er hat uns nicht die Gabe verliehen, so einen guten Geruch hervorzubringen wie du.« Da dachte Mitingo: ›Vielleicht wollen diese Geschöpfe mich doch nicht fressen‹, und faßte wieder etwas Mut.
Nun machte eins der Ungeheuer einen Vorschlag: »Freunde, wir wollen auch so werden wie dieser Mensch! Wenn er uns so macht, wie er selber ist, dann wird es uns in unserm Dorf nie mehr an guten Gerüchen fehlen, meint ihr nicht?« Die andern stimmten zu, und so wandten sie sich an Mitingo: »Hör gut zu, Junge, was wir dir sagen: Du sollst uns so machen, wie du selbst bist, damit wir auch so einen guten Geruch verbreiten können wie du.« Da kam Mitingo ein Gedanke: ›Das ist die Gelegenheit, mich zu retten!‹ Laut sagte er: »Das ist überhaupt nicht schwierig, denn auch wir werden so geboren wie ihr; danach erst macht man uns ein Loch in den Hintern.« – »Ausgezeichnet«, stimmten die Ungeheuer zu; »dann mach uns das nur gleich, damit wir keine Zeit verlieren; wir möchten sofort duften!«
Nun erklärte Mitingo: »Zunächst müßt ihr einen großen Fischspeer besorgen, denn ihr seid ja selbst auch groß. Danach brauchen wir Feuer, und zwar am Ufer eines Teichs, denn dort müssen wir die Sache durchführen.« Sie waren einverstanden,

besorgten alles Nötige, begaben sich ans Ufer und zündeten ein Feuer an. Mitingo folgte ihnen dorthin und wies sie an, den Speer im Feuer zum Glühen zu bringen. Alle waren eifrig dabei, aus Liebe zu dem Geruch. Das Feuer loderte hoch auf, und der Speer war bald glühend rot.

Da rief Mitingo den Häuptling und sagte: »Es gehört sich, mit ihm zu beginnen, er hat den Vorrang.« Der Häuptling kam heran, bückte sich, Mitingo nahm den Speer aus dem Feuer und stieß ihn ihm zwischen die Hinterbacken, so daß es nur so zischte; dann warf er ihn ins Wasser. Dabei erklärte er: »So macht man's bei uns.« Bei allen andern vollzog er die gleiche Handlung, so daß bald überall auf dem Wasser Ungeheuer herumtrieben. Schließlich war nur eins noch übrig, das es mit der Angst bekam und fragte: »Warum ist denn von all unsern Verwandten, die du behandelt hast, noch nicht einer ans Ufer gekommen?« – »Sie werden gleich alle zusammen an Land steigen«, antwortete Mitingo und durchbohrte auch das letzte Ungeheuer. Alle kamen um, denn der Speer hatte ihnen Lunge und Leber zerrissen. So war der Junge gerettet!

Als er nach Hause kam, staunten die Leute sehr, denn sein Vater hatte ja berichtet, die Ungeheuer hätten ihn gefressen. Dann begab sich das gesamte Dorf zum Ort der Ungeheuer, um das zu verzehren, was sie an Nahrung in den Speichern und auf den Feldern hatten. Die Leute hatten genug zu essen, bis das Hungerjahr zu Ende ging. Mitingo aber empfing viel Lob für seine Klugheit.

In ein Krokodil verwandelt

Es war einmal ein Mann, der hatte eine Frau und fünf Söhne. Die Söhne wuchsen prächtig heran, so daß es eine Freude war. Dicht bei ihrem Hause befand sich ein Teich, in dem sie täglich badeten und im Wasser Fangen spielten.

Eines Tages waren alle Jungen wieder einmal zum Baden gegangen, und als sie genug gespielt hatten, sagten sie: »Kommt,

wir gehen heim!« Sie stiegen ans Ufer und zogen sich an; nur der Älteste weigerte sich, herauszukommen. Die anderen redeten ihm gut zu, aber er lehnte rundweg ab. Und während die jüngeren Brüder dabeistanden, sproßte ihm plötzlich ein Krokodilsschwanz! Sie staunten nur so. Er aber tauchte unter und verschwand völlig. Da liefen die Brüder ins Dorf und berichteten alles ihren Eltern, und alle wunderten sich über die Maßen.
Nach dieser Geschichte wollten die kleinen Brüder des Krokodils im gleichen Teich baden. Als sie eines Tages wieder im Wasser waren, ergriff das Krokodil den Zweitältesten, schleppte ihn fort und fraß ihn auf; die andern ergriffen die Flucht. Als die Eltern hörten, was geschehen war, wurden sie sehr traurig. Dann aber sagten sie den verbliebenen Söhnen: »Ihr dürft auf keinen Fall mehr in diesem Teich baden; euer ältester Bruder bringt euch sonst noch alle um!« Aber nach ein paar Tagen hatten die Jungen das vergessen, ließen sich vom Wasser verlocken und gingen wieder baden. Da kam auch das Krokodil, packte einen andern, schleppte ihn fort und fraß ihn auf. So erwischte es nach und nach alle, bis nur noch der Jüngste übrigblieb.
Da überlegten die Eltern: ›Wir müssen einen Weg finden, das Krokodil zu töten, sonst frißt es auch noch den letzten, und wir bleiben kinderlos zurück, als wären wir unfruchtbar.‹ So schliff der Vater einen Spieß auf beste zu und ging dann mit dem Jüngsten ans Wasser, wo sich der älteste Sohn immer aufhielt. Dann wies er den Jungen an: »Jetzt mußt du ihn rufen, damit er kommt und ich ihn töten kann; denn seit langem vergeht er sich gegen Recht und Ordnung.« So trat der Sohn ans Ufer des Teiches und begann zu singen:

»Echse,
Echse, komm und zeig dich!
Echse, komm zum Vater,
Echse, komm zur Mutter,
Echse!«

Wirklich näherte sich das Krokodil dem Ufer. Da traf der Vater es mit dem Speer, und es starb. Von dem Tage an kehrte in ihrem Haus wieder der Friede ein, weil der unheilbringende Ahnengeist zur Strecke gebracht worden war, der in den Ältesten gefahren war und ihn verwandelt hatte.

Die Eier der Gottesanbeterin

Vor langer, langer Zeit lebte in einem Dorf ein Waisenjunge, der war jämmerlich arm. Nichts als Lumpen trug er, schlief in der Asche, und zu essen hatte er nur, was er erbettelte. Sein Körper war immer voller Asche, und er hatte unter schrecklichem Juckreiz zu leiden. In solchem Elend wuchs der Junge auf, bis er schließlich ins heiratsfähige Alter kam. Alle seine Gefährten waren schon verheiratet, nur er nicht. Wohin er auch kam, zog man sich schon von weitem von ihm zurück und rief: »Weg mit dir, trag deinen Fluch anderswohin!« Der junge Mann geriet an den Rand der Verzweiflung, denn überall im Dorf schalt man ihn: »Dieser Nichtsnutz von einem Jungen!«

Eines Tages packte ihn der Zorn, er nahm sein Bündel und rief: »Heute mache ich mich auf und suche mir eine Frau. Ich sehe ja, daß man erst dann geachtet wird, wenn man eine Frau hat, sonst ist man einfach ein Narr, muß bei den anderen sein Essen erbetteln und bringt ihnen nichts als Unruhe ins Haus.« Und tatsächlich brach er auf. Er wanderte und wanderte, aber nach drei Tagen ging sein Mundvorrat zu Ende. Trotzdem wanderte er auch am vierten Tag weiter, aber als es Abend wurde, befand er sich mitten in einer Einöde. Da fragte er sich: »Wo soll ich denn heute nacht schlafen?« Kaum hatte er den Gedanken ausgesprochen, da hörte er auch schon Löwen brüllen. Dem Jungen wurden die Knie schwach, und er zitterte am ganzen Leibe. Er sagte sich: »Heute werde ich gefressen, nur weil ich gern heiraten wollte!«

Aber wie der Schöpfer so zu helfen pflegt: Als der Junge vorsichtig durch das Gesträuch zu blicken versuchte, sah er in einiger Entfernung Rauch aufsteigen. Da wurden seine Knie wieder fest, und er meinte: »Vielleicht bedeutet der Rauch, daß es dort ein Haus und Menschen gibt, dann bin ich gerettet.« Und schon lief er eilig los; ihr wißt ja selbst, wie schnell man vorankommt, wenn man in Not ist oder sich beim Pilzesuchen verlaufen hat.

Als er näher kam, stellte er fest, daß der Rauch aus einer stroh-

gedeckten Hütte aufstieg, und obwohl er noch gar nicht an der Hütte angelangt war, blieb ihm schon von dem Gestank, der von dem Schmutz und den Exkrementen ausging, die überall auf der Veranda herumlagen, die Luft weg. Aber der Junge ging trotzdem hin zu der Hütte und klopfte an. Da antwortete ihm von innen die schwache Stimme einer Greisin: »Komm herein, mein Kind!« Er trat ein, aber bei jedem Schritt beschmutzte er sich, denn überall lag Unrat. Als er sich umblickte, sah er ein uralte Frau auf einem Fell liegen. Ihr Körper war übersät mit Wunden und Schwären, und neben ihr türmte sich ein Aschehaufen von vielen Jahren. So mußte der Junge natürlich wieder in der Asche schlafen.
Am nächsten Morgen bat ihn die Alte: »Mein Kind, feg doch mein Haus, schöpf mir Wasser und schlag Brennholz, und zuletzt wasch mir meine Wunden aus.« Ohne zu zögern, tat der junge Mann alles, was die Greisin erbeten hatte. Er wusch sie ganz und gar, salbte sie mit Öl und trocknete ihr den Kopf. Danach sprach er zu der Greisin: »Großmutter, jetzt ziehe ich weiter. Laß es dir gut gehen!« Da fragte die Alte: »Wohin gehst du denn, mein Kind?« – »Ich suche mir eine Frau«, antwortete er. Die Alte sagte: »Ich danke dir für alles, was du für mich getan hast, aber ich habe nichts, was ich dir geben könnte.« Dann zog sie ein sehr schmutziges Bündelchen hervor, in dem sechs Eier einer Gottesanbeterin waren, und reichte sie ihm mit den Worten: »Nimm die Eier, öffne sie aber erst, wenn du an einem See bist, keinesfalls, solange du nur Busch um dich hast!« Der junge Mann sagte: »Dankeschön, laß dir's gut gehen, ich breche jetzt auf.«
So wanderte er weiter, aber im Herzen fragte er sich unaufhörlich: ›Was hat es nur mit den Eiern der Gottesanbeterin auf sich? Warum befahl mir die Alte, sie erst an einem See zu öffnen? Vielleicht ist etwas Gefährliches darin?‹ So sagte ihm sein Herz schließlich: ›Brich doch eins auf, dann siehst du, was darin ist. Vielleicht trägst du sie nur zu deinem Unglück!‹ Und wirklich, als er einen Baumstamm liegen sah, setzte er sich bequem darauf zurecht und zerbrach eins der Eier. Da kam ein sehr schönes Mädchen heraus, ich glaube, hier auf Erden kommt kein anderes seiner Schönheit gleich. Aber sobald es

aus dem Ei heraus war, bat es um Wasser. Und der junge Mann, der kein Wasser hatte, bemühte sich ganz vergeblich. Zuletzt ging das junge Mädchen in Flammen auf, und nur Asche blieb zurück.

Der junge Mann packte die anderen Eier ein und ging weiter, wobei er sich Vorwürfe machte: »Ich bin ein Narr, warum nur habe ich das Ei zerstört!« Er lief und lief, aber schließlich unterlag er doch wieder den Einflüsterungen seines Herzens, und er zerbrach ein zweites Ei. Auch diesmal stieg ein Mädchen heraus, noch schöner als das erste, aber es verbrannte ebenfalls. So vergeudete der junge Mann in seiner Dummheit nach und nach fünf von den Eiern, nur ein einziges blieb ihm noch. Da nahm er sich zusammen und sagte: »Zerbreche ich auch das noch, dann habe ich nichts mehr.« Er schritt kräftig aus, aber bis zum Wasser war es noch weit.

Wieder war ein Tag vergangen, und als der junge Mann sich diesmal umblickte, lag vor ihm eine große glänzende Fläche: nur Himmel und Wasser sah er. So schnell er konnte, eilte er vorwärts, und es dauerte nicht lange, da hatte er das Ufer eines Sees erreicht. Er bereitete eine Tüte aus Blättern als Trinkgefäß vor, und als er dann das Ei zerbrach, kam ein Mädchen heraus, das alle vorigen an Schönheit übertraf. Noch hatte sie nicht um Wasser gebeten, da reichte er es ihr schon, und als sie ausgetrunken hatte, füllte er sein Trinkgefäß immer wieder von neuem, bis die Schöne sich völlig beruhigt hatte. So wunderschön war die junge Frau, daß man sie nicht lange ansehen konnte, ohne vom Leuchten ihrer Augen und vom Glanz ihrer Zähne geblendet zu werden. Wer sie betrachtete, dem blieb vor Staunen der Mund offen stehen ob soviel Schönheit.

Danach kam noch alles mögliche aus den Eierschalen: Rinder, Schafe, Ziegen, Hühner, Häuser, Felder, Diener, alles, was wir Menschen gern haben möchten. Der Waisenjunge heiratete die junge Frau und trat die Herrschaft über seinen Besitz an. Als die Leute aus seinem Heimatdorf von dem Ruhm des Jungen hörten, kamen sie, ihm zu dienen, und bewunderten die Schönheit seiner Frau alle Tage. Er lebte gut mit ihr, denn die beiden liebten einander sehr, und sie hatten viele Kinder.

Wie der Hase die Königstochter bekam

Es war einmal ein König, der hatte eine sehr schöne Tochter. Ihr Ruhm verbreitete sich weit und breit im Lande, und so erschienen Häuptlinge, Häuptlingssöhne und Edle in großer Zahl, um das Mädchen zu heiraten. Als der König sah, wie viele es waren, dachte er sich einen Plan aus. Er berief eines Tages all die Freier zu sich und kündigte ihnen an: »Ihr alle, die ihr meine Tochter heiraten wollt, ich sage euch eins! Nur der bekommt sie zur Frau, der einen Pfeil durch den Baum dort zu schießen vermag.«

Da versammelten sich die vielen Freier, um ihr Glück zu versuchen. Als erster kam der Elefant. Der König sprach zu ihm: »Schlaf erst einmal, morgen werden wir dann zu dem Baum gehen.« Das tat der Elefant auch, und am anderen Morgen rief man das Volk zusammen, damit jeder zusehen konnte, wie der Elefant die Königstochter erwarb. Die Leute strömten in Scharen herbei, um das einmalige Schauspiel zu genießen. Die ganze Stadt war auf den Beinen! Man hätte nicht mehr auf den Boden spucken können, so drängten sich die Leute. Und wo man allenfalls die Jungen gesucht hätte, da glänzten überall die Glatzen der Alten.

Bei dem Baum angekommen, sah man, wie dick er war. Zwei Männer hätten ihn nicht umspannen können! Der König befahl seinen Dienern: »Gebt dem Elefanten Pfeil und Bogen, er fängt an!« Der Elefant warf sich in die Brust, trompetete und rief: »Ich bin's, der Bäume entwurzelt und die Erde erbeben läßt!« Breitbeinig stellte er sich hin, legte den Pfeil auf die Sehne, zielte und schoß; aber der Pfeil prallte gegen den Stamm und fiel dann zu Boden. Die Leute sagten: »König Elefant hat versagt.«

Der Löwe war als zweiter an der Reihe. Beim Aufstellungnehmen rühmte er sich: »Ich bin der Leu, niemals brülle ich am Tage, aber aller Welt jage ich Furcht ein. Ich bin der mit dem breiten Brustkorb!« Er sandte seinen Pfeil ab, aber auch der Pfeil des Löwen prallte am Baum ab und fiel zu Boden. Und wieder rief das Volk: »König Löwe hat versagt.« Da schlich sich der große Herr Löwe davon und beklagte seine Niederlage.

So versuchte sich nun ein Freier nach dem anderen, bis schließlich nur noch der Hase übrigblieb. Zu dem sagte der König: »Du kommst morgen dran, denn es dunkelt schon.« Da fingen die Leute an zu lachen und sprachen: »Warum soll sich denn der kleine Kerl auch noch bemühen? Wo Große wie der Elefant versagt haben, da sollte er es schaffen?« Der Hase aber dachte bei sich: ›Wenn ich mich dumm anstelle, muß ich mich vor der ganzen Menge schämen. Ich muß mir also etwas Gutes einfallen lassen.‹ In der Nacht suchte er die Termiten auf und erklärte ihnen: »Freunde, ich bin in einer großen Verlegenheit. Fast verschlägt es mir die Sprache, ich weiß mir in der Sache nicht zu helfen. Und so bin ich gekommen, um mit euch zu reden und zu fragen, ob ihr mir wohl helfen könnt.« Dann legte er ihnen dar, wie sie den Baum aushöhlen sollten, und die Termiten antworteten: »Das ist ja genau die Arbeit, die wir suchen, damit retten wir uns gleichzeitig vor dem Hunger!« Während der ganzen Nacht höhlten sie den Baum von innen her aus und ließen nur die dünne Rinde stehen.

Eine Nacht, die großen Ereignissen vorangeht, ist schnell vergangen, und schon tagte es. Der Hase hatte in seiner Unterkunft kein Auge zugetan, sondern immer nur gedacht: ›Wenn die Termiten den Baum nicht ausgehöhlt haben, dann muß ich mich morgen vielleicht schämen!‹

Als es hell geworden war, versammelten sich alle Leute, und der Hase hatte unter dem Spott zu leiden, den sie über ihn ausgossen. Dann mußte er sich aufstellen. Er legte den Pfeil auf, spannte, schoß – und ohne die geringste Schwierigkeit sauste der Pfeil durch den Baum hindurch! Die Leute, die das sahen, waren völlig verblüfft. Manche hielten sich vor Staunen die Hand vor den Mund. Zuletzt gab der König seine Tochter dem Hasen zur Frau.

Das meinten die Alten, wenn sie sagten: ›Ein Finger allein faßt keine Laus‹ oder: ›Der Hase ist ein Elefant.‹

Wie der Hase die Jungen der Löwin fraß

Es war einmal eine Löwin, die hatte drei Junge. Da kam der Hase und sagte: »Tante, ich kann sehr gut Brei kochen, laß mich doch für dich kochen. Du kannst erst damit anfangen, wenn du von deinem Streifzug heimkommst, und darunter haben meine Vettern, die du geboren hast, doch sehr zu leiden. Ich will auch bei ihnen bleiben und auf sie aufpassen.« Die Löwin fragte: »Ist es dir ernst?« – »Jawohl, Tante«, antwortete der Hase. Zuerst war die Löwin mißtrauisch, aber dann stimmte sie zu und ging auf die Jagd. Der Hase blieb bei den Jungen, und als die Löwin zurückkehrte, brachte er ihr eins nach dem anderen zum Stillen. Zuletzt holte er, was er für sie gekocht hatte, und die Löwin aß. So verging der Tag.

Am nächsten Morgen ging die Löwin wieder jagen. Der Hase aber fragte sich: »Was tue ich jetzt?« Er tötete eins der Löwenjungen und fraß es auf; so blieben nur noch zwei. Als die Löwin kam, brachte er ihr zuerst ein Junges zum Stillen, dann das zweite und zuletzt noch einmal das erste. Es trank noch einmal; dann gingen sie schlafen.

Tags darauf ging die Löwin in den Busch. Als der Hase allein war, tötete er wieder einen seiner Neffen und verspeiste ihn zum Maisbrei, so daß nun nur noch einer übrigblieb. Als seine Tante zurückkehrte, nahm er das eine Junge, brachte es ihr, und es trank. Er nahm es fort, brachte es ihr wieder, und es trank noch einmal. Aber als der Hase es zum drittenmal brachte, da wollte das Junge nicht trinken. Die Löwin fragte: »Nanu? Warum trinkt es denn nicht?« – »Tante, sicher kommt das daher«, antwortete der Hase, »daß die drei eben schon eine Menge gegessen haben.« – »Du lügst!« rief die Löwin, aber der Hase beteuerte: »Nein, Tante, sie sind wirklich satt!« So legte sich die Löwin schlafen.

Am folgenden Tag tötete der Hase den letzten seiner Neffen und aß ihn auf. Dann nahm er eine Peitsche, schlug damit auf den Boden, riß sich eine Menge Haare aus und legte sich dann einfach hin. Als die Löwin kam, sah sie überall auf dem Boden Kampfspuren und über die Veranda verstreut Hasenhaare. »Nanu, Hase!« rief sie. Der klagte: »Tante, heute hatte ich einen schlimmen Kampf auszufechten; es ging auf Leben und Tod! Sieh nur, wie sie mir die Haare ausgerupft haben! Meine Neffen haben sie gefressen! Auf dem Weg dort sind sie fortgegangen. Wie habe ich gelitten, als sie meine Neffen fraßen! Und mit der Peitsche hier haben sie mich tüchtig geschlagen.« – »Welchen Weg haben sie genommen?« fragte die Löwin noch einmal, und der Hase zeigte ihn ihr. Die Löwenmutter aß nur ein wenig, dann lief sie los, suchte und suchte, fand aber nichts. Kein Wunder, wo doch der Hase ihre Jungen gefressen hatte. Unermüdlich suchte sie weiter.

Später ging auch der Hase auf die Suche und kam in ein Dorf, in dem andere Tiere lebten. Die waren beim Ballspielen, und nach jedem Tor, das fiel, jubelten sie: »Wir haben die Kinder des Löwen gefressen, kein Härchen haben wir gelassen!« Das war natürlich nur Spiel, aber der Hase achtete gut darauf! Schnell kehrte er zur Löwin zurück und berichtete ihr: »Tante, heute habe ich die gefunden, die deine Kinder gefressen haben! Ich kam dazu, als sie Ball spielten, und dabei rühmten sie sich: ›Wir haben die Kinder des Löwen gefressen, kein Härchen haben wir gelassen!‹ Das sind sie! Sie haben meine Neffen gefressen, und mich haben sie ausgepeitscht! Endlich habe ich sie gefunden!« – »Gehen wir!« rief die Löwin. Aber der Hase sagte: »Damit es gelingt, muß ich dir einen Strick um den Hals binden.« Das tat er, und dann brachen sie auf. Als die beiden ins Dorf kamen, hieß es: »Seht, der Hase kommt mit seinem Hund!« Er band die Löwin an eine Stütze des Hauses, und da blieb sie und beobachtete, was vor sich ging.

Die jungen Leute machten sich wieder ans Ballspielen, und bald sang die eine Seite: »Wir haben die Kinder des Löwen gefressen«, bald sang die andere den gleichen Vers. Der Hase rief: »Tante, hör nur! Tante, hör nur!« Dann warf er den Ball dorthin, wo sein ›Hund‹ wartete, lief hinterher, band die Löwin los, warf den Ball zurück und rief: »Faß, mein Hund!« – Da gab es unter den jungen Leuten in jenem Dorf ein großes Sterben. Zum Schluß sagte der Hase: »Siehst du, Tante, die hier waren es, die meine Neffen getötet haben.« Dabei war der Hase es selber gewesen, der die Jungen der Löwin gefressen hatte!

NACHWORT

Im Auftrag König Leopolds II. von Belgien schloß der englische Reisende und Abenteurer Henry Stanley in den Jahren vor 1884 mit Hunderten von Häuptlingen des Kongobeckens sogenannte Schutzverträge ab und verschaffte dem belgischen König auf diese Weise im Herzen Afrikas ein riesiges Territorium. Leopold II. hatte es als seinen Privatbesitz betrachtet und ›Kongo-Freistaat‹ genannt. Im Jahre 1908 sah er sich nach anhaltenden Unruhen und Aufständen zum Verkauf an den belgischen Staat gezwungen, der das Gebiet bis 1960 als Kolonie Belgisch-Kongo verwaltete. Am 30. Juni 1960 erlangte die Demokratische Republik Kongo mit der Hauptstadt Kinshasa, dem früheren Leopoldville, staatliche Selbständigkeit. Seit 1971 heißt das Land, nach einer altüberlieferten Bezeichnung für den sonst als Kongo bekannten Fluß, Zaïre.
Mehr als die Hälfte des Landes ist von tropischem Regenwald bedeckt, in dem auch die Reste der als Urbevölkerung betrachteten Pygmäen leben. An den Rändern des Kongobeckens löst sich der Regenwald zunächst in Galeriewälder längs der zahlreichen Flüsse auf, dann in Savannen, Grasland und in den Gebirgen in laubabwerfenden Trockenwald. Die Mehrzahl der Bevölkerung, achtzig Prozent, gehören zu den Bantu, die sich in etwa 200 ethnische Gruppen untergliedern. Einige Bantu-Sprachen, das Lingala, das Kongo und das Luba, werden von zahlenmäßig großen Völkern gesprochen und erlangten darüber hinaus im Zusammenhang mit den überall in Afrika zu beobachtenden sprachlichen Integrationsprozessen als öffentliche Umgangs- und Verkehrssprachen Bedeutung. In den städtischen Zentren des Ostens, den Ballungsräumen des Kupferbergbaus und der Kupferverarbeitung sowie überhaupt in Be-

reichen, in denen viele Menschen unterschiedlicher ethnischer Herkunft zusammengekommen sind, wird vorwiegend Swahili gesprochen, ohne daß in Zaïre eine eigentliche ethnische Basis dafür besteht. Als Amtssprache dient Französisch.
Zaïre verfügt über reiche und vielfältige Bodenschätze, vor allem in der südöstlichen Provinz Shaba, dem ehemaligen Katanga. Damit bestehen günstige Bedingungen für die industrielle Entwicklung. Bergbau, vor allem Kupfer- und Kobalterzeugung, ist einer der wichtigsten Wirtschaftszweige. Dennoch erweist sich Zaïre noch immer als ein wenig entwickeltes Agrarland. Zwar leben fast vierzig Prozent der etwa 30 Millionen Einwohner heute in Städten oder stadtnahen Gebieten, aber vor allem der große Teil der bäuerlichen Bevölkerung in der Weite des Landes ist noch tief in der traditionellen Lebensweise verwurzelt. Naturalwirtschaft ist in Zaïre nach wie vor verbreitet sowie eine enge Bindung an das althergebrachte, künstlerisch hochstehende Handwerk.
Obgleich sich die kulturellen und künstlerischen Überlieferungen der Völker Zaïres nicht wesentlich von denen anderer Völker der Region unterscheiden, haben doch vor allem die bedeutenden Staaten Kongo und Luba in besonderem Maße prägend auch auf Kunst und künstlerische Tätigkeit gewirkt. Neben stilistischen Besonderheiten von Masken und Schnitzereien, die nicht selten eine stärker hervortretende repräsentative Funktion zeigen, sind die prachtvollen Flechtarbeiten mit farbenfroher Ornamentik besonders erwähnenswert.
Die volksliterarischen Überlieferungen vieler in der heutigen Republik Zaïre lebenden Völker, ihre Märchen, Geschichten, Rätsel, Sprichwörter oder Lieder, sind zum guten Teil, und zwar meist in französischer Sprache, veröffentlicht. Der vorliegende Band erfaßt ausschließlich Märchen der Sanga, einer der zahlreichen kleineren Völkerschaften im Südosten Zaïres. Die Konzentration auf das Erzählgut eines einzigen und zudem vergleichsweise kleinen Volkes ist ungewöhnlich in einer Märchenreihe, die darum bemüht ist, einen differenzierten Eindruck von den erzählerischen Traditionen des jeweils vorgestellten Landes zu ermöglichen. Gerechtfertigt wird diese Ausnahme allerdings durch die kulturhistorische Bedeutung,

die der hier publizierten Sammlung zukommt. Es ist die erste größere Veröffentlichung von Sanga-Märchen, und den Übertragungen liegen Aufzeichnungen zugrunde, die in den letzten beiden Jahrzehnten vorgenommen wurden. Wohl in den meisten Fällen dürfte es sich dabei um die jeweils erste schriftliche Fixierung der Geschichten handeln. Besondere Beachtung verdient, daß die Erzählungen unmittelbar aus der Originalsprache übernommen wurden, ohne Verwendung einer (afrikanischen oder europäischen) Mittlersprache, denn das ist heute in Afrika durchaus kein alltäglicher Vorgang mehr.

Ethnisch wie sprachlich zählen die Sanga im weiteren Sinne zu den Luba. Manche Forscher, so der britische Bantuist Johnston, klassifizieren die Sanga-Sprache als Süd-Luba, eng verwandt mit dem im Norden Sambias gesprochenen Honga. Sicher jedenfalls ist, daß die Sprachen aller in der Provinz Shaba lebenden Völkerschaften, neben den Sanga gehören dazu auch die Shila, Kudu, Temba, Lamba und Hushi, zur Gruppe der Luba-Lunda-Sprachen, und das heißt zur großen Gruppe der Bantu-Sprachen, gerechnet werden müssen. Sollten die von der Sprachwissenschaft seit langem beobachteten Integrationsprozesse zu wenigen nationalen Sprachen anhalten, die von staatlicher Seite und durch die wirtschaftliche Entwicklung unmittelbar wie mittelbar gefördert werden, muß man mindestens für wahrscheinlich halten, daß in näherer oder fernerer Zukunft auch das Sanga, das von einigen Hunderttausend gesprochen wird, nicht nur an Bedeutung verliert, indem es im Gebrauch auf die häusliche Sphäre beschränkt bleibt, sondern in einer der großen zaïrischen Bantu-Sprachen aufgehen wird. Bedenkt man dabei, daß sprachliche Integration nicht zu trennen ist von vergleichbaren Vorgängen auf geistig-kulturellem Gebiet, dann bedeutet das Festhalten des bislang allein mündlich überlieferten Erzählgutes der Sanga, und zwar in den überlieferten sprachlichen Formen und noch aus intimer Kenntnis der traditionellen Erzählsituation und -atmosphäre, die Bewahrung eines Stücks kulturellen Erbes, das über kurz oder lang in dieser Gestalt nicht mehr existieren wird.

Wolfgang Hammer, Herausgeber und Übersetzer des Bandes, lebt seit Jahren in Likasi, einer relativ großen Stadt der Provinz

Shaba, inmitten des Kupfergürtels. Er ist dort in kirchlichem Dienst, vor allem als Leiter einer Schule, tätig. Seine Übersetzungen geben die Geschichten, die er von afrikanischen Gewährsleuten erzählt bekam, unbearbeitet, das heißt so wieder, wie er sie gehört hat. Gelegentliche leicht erkennbare Zusätze wie: ›Das ist hier so üblich‹ oder ähnliche dienen der Erklärung von Details, die dem europäischen Leser unbekannt sind, und stellen keinen Eingriff in die Erzählsubstanz dar. Wolfgang Hammer hat etwa die Hälfte der in diesem Band zusammengestellten Geschichten selbst gesammelt, der andere Teil wurde von seinem afrikanischen Freund Kasweshi beigetragen. Kasweshi, der in einem Dorf aufwuchs, aufs beste also vertraut mit dem traditionellen Leben der Sanga, wirkt als Pastor in jener inzwischen auch von der Industrie geprägten Region und ist zugleich darum bemüht, die kulturellen Überlieferungen seines Volkes zu erhalten.
Blieb bei den hier gesammelten Märchen und Geschichten an Authentizität auch soviel gewahrt, wie bei der Übernahme in ein anderes Medium, die Schriftform, eben möglich ist, blieb bei der Übertragung in eine fremde Sprache auch die Eigenart des Originals weitgehend erhalten, so muß man sich jedoch vergegenwärtigen, daß den einzelnen Aufzeichnungen bzw. Übersetzungen nicht etwa in irgendeiner Form standardisierte Fassungen zugrunde liegen, sondern die jeweilige Variante eines Erzählers. Die Themen und Inhalte, die in den Geschichten zur Sprache kommen, stammen, wenigstens teilweise, schon aus sehr alter Zeit. Auch die Erzählweise entspricht einem von der jeweiligen Gemeinschaft mehr oder weniger deutlich ausgeprägten Standard. Dennoch bleibt Erzählen immer ein schöpferischer Vorgang, der Erzähler bringt auch sich selbst ein, bewußt und unbewußt. Abgesehen von seinem Können, prägt er die Geschichten auch durch seine soziale und geistige Haltung, seine Diktion, unter Umständen sogar durch seine momentane emotionale Gestimmtheit.
Das Territorium, in dem die Sanga leben, eine weite, hügeliggebirgige Savannenlandschaft, wird im Nordwesten vom Flußlauf des Lubudi begrenzt, im Südwesten vom Lulua. Im Zentrum des Landes fließt der Lualaba, und der Lufira begrenzt

die Region im Osten wie Nordosten. Nach Ansicht von Frobenius und anderen Forschern sowie in Übereinstimmung mit bestimmten Überlieferungen bei den Nachbarvölkern der Sanga wanderten diese wie die übrigen Völker der Luba-Gruppe schon in vorhistorischer Zeit aus südöstlicher Richtung in dieses Gebiet ein. Die sozialökonomische Ordnung, die gesellschaftlichen, politischen und kulturellen Verhältnisse bei den Sanga entsprechen den für die Bantu-Völker dieser Region charakteristischen Strukturen und Prinzipien. Wie die meisten Bantu-Völker sind auch die Sanga vorwiegend Bauern, die Hirse, Mais, Maniok, Bataten, Bohnen und Yams sowie verschiedene Gemüse anbauen. In der Savanne waren früher Brandrodungen üblich. Die Dörfer der Sanga bestehen aus einem Komplex von rechteckigen Häusern und dazu Speichern zur Aufbewahrung der Feldfrüchte. Die Viehhaltung beschränkt sich im wesentlichen auf Kleinvieh, vor allem Ziegen und Hühner, sowie Hunde. Neben dem Ackerbau, der Jagd und gelegentlich etwas Handel bestimmte auch der Fischfang in den überaus fischreichen Flüssen und Seen des alten Katanga, heute Shaba, das tägliche Leben der Sanga. Nach der traditionellen Arbeitsteilung, die heute wohl nicht mehr in der Form erhalten ist, hatten die Männer neben Jagd und Fischfang die Vorbereitung der Felder (das Roden u. a.) zu übernehmen. Sache der Frauen war dagegen das Säen und Pflanzen sowie die Pflege und Ernte der Kulturen. Hier liegt übrigens auch die soziale Ursache für die einst sehr verbreitete, auch heute noch bestehende Polygamie: Je mehr Frauen ein Mann hatte, um so mehr Arbeitskräfte standen ihm zur Verfügung, und damit erhöhte sich der wirtschaftliche Ertrag.

Betrachtet man die vorliegende Märchensammlung unter thematischem Aspekt, so fällt im Vergleich zu den Überlieferungen vieler anderer Bantu-Völker auf, daß sich Historisches, abgesehen von einigen Anspielungen, kaum direkt niedergeschlagen hat. Diese Feststellung berücksichtigt durchaus, daß einige in den Geschichten vorhandenen historischen Bezüge, die dem Sanga-Erzähler und seinen Zuhörern Vertrautes bezeichnen, für uns dunkel bleiben. So ist beispielsweise anzunehmen, daß die Namen der handelnden Personen wie in den

Märchen anderer Bantu-Völker keine reinen Phantasiebezeichnungen sind. Entweder handelt es sich auch in den Sanga-Erzählungen um Namen historischer Gestalten, die inzwischen mehr oder weniger in Vergessenheit geraten sind, oder es sind Bezeichungen, die durch ihren semantischen Gehalt bestimmte Assoziationen auslösen bzw. auszulösen vermochten. Nun geht aus Äußerungen Kasweshis hervor, daß Berichte über ›die Geschichte des Stammes, seine Entstehung und die großen Helden, die ihn durch die Jahrhunderte geleitet haben‹ ebenfalls zum Repertoire der Sanga-Erzähler gehört haben müssen. Daß sie in unserem Band fehlen, ist zu beklagen. Sicher geriet manches inzwischen in Vergessenheit, anderes wurde unseren Sammlern vielleicht deshalb nicht erzählt, weil Inhalte dieser Art heute nicht mehr von so hoher aktueller Bedeutung sind. Trotzdem bleibt zu der Vermutung Anlaß, daß Themen, die in anderen Bantu-Überlieferungen häufig wiederkehren – Berichte von Wanderungsbewegungen etwa, von kriegerischen Auseinandersetzungen oder vom Auszug unzufriedener Volksteile –, für die Sanga keine oder wenigstens keine so wesentliche Bedeutung besaßen.
Ihr Leben vollzog sich überwiegend in der Dorfgemeinschaft. In dieser dominierten die Häuptlinge und, gewissermaßen als Korrektiv für deren Macht, die Ältesten. Einen eigenen Staat hatten die Sanga nicht gebildet, unterlagen in der Beziehung offenbar immer wieder fremden politischen Einflüssen, wobei sie ihre ethnische Eigenständigkeit über Jahrhunderte behaupten konnten. Das Fehlen einer über die Dorfgemeinschaft hinausgehenden Dominanz, die vergleichsweise weniger herausragende Stellung der Sanga im ethnischen System der Region, in der sie leben, könnte eine Ursache dafür sein, daß in ihren erzählerischen Überlieferungen im Laufe der Zeit andere Fragestellungen größeres Gewicht erhielten. Auffällig ist jedenfalls, und das verstärkt die eben ausgesprochene Vermutung, wie sehr in den vorliegenden Geschichten all das akzentuiert ist, was den Fortbestand der ethnisch-sozialen Gemeinschaft sichert, so die Rolle des Häuptlings und, als dessen Partner, aber auch Gegenspieler, die der Ältesten, die Ehrfurcht vor den Alten und schließlich die Achtung vor dem Vater. Diese

Tendenz ist nicht nur in solchen Märchen deutlich erkennbar, in denen Personen aus dem genannten Kreis auch die Handlungsträger sind, zum Beispiel ›Wie ein Häuptling sich verhalten sollte‹ oder ›Der blinde Vater als Retter‹, sondern auch in Geschichten, deren Handlungsverlauf zunächst andere Erwartungen weckt, beispielsweise die vom Jäger Kapanza (›Der Ältesten Wort darf man nicht übertreten‹).
Die Lunda, auf die im Märchen ›Wie es Mwenze bei den Lunda erging‹ angespielt wird, hatten einst ein bedeutendes Reich errichtet, das seine Blüte und größte Ausdehnung im 16. und 17. Jahrhundert erlebte. Zahlreiche kleinere Völker, darunter wohl auch die Sanga, gerieten damals in seinen Machtkreis. Auch unter den Einfluß des im 15. Jahrhundert entstandenen Staates der Luba (sie spielen in der Erzählung ›Bwalya‹ eine Rolle) könnten die Sanga geraten sein, denn ihr Siedlungsgebiet befand sich etwa zwischen beiden Staaten. Im Unterschied zu den patriarchalisch geordneten Verhältnissen der Sanga herrschten im Staat der Luba wie im Lunda-Reich matrilineare Einflüsse vor. Um die davon ausgehenden politischen Wirkungen abzufangen und nicht noch tiefer in den Bannkreis jener Staaten zu geraten, war möglicherweise eine Stärkung der eigenen Machtverhältnisse erforderlich, in deren Dienst man sicherlich auch das Erzählen stellte. Einige Geschichten, in denen der Sohn in auffälliger und ungewöhnlich eifernder Konsequenz zur Mutter hält, deren Erzählabsicht aber deutlich auf die Hervorhebung der Rolle des Vaters zielt, erwecken diesen Eindruck, zum Beispiel ›Der blinde Vater als Retter‹ oder ›Der Rat des Vaters rettet vom Tode‹, in der sogar die geschiedene Frau ihrem erwachsenen Sohn, als er sich in Not befindet, an den Vater verweist. Die Erzählung ›Den Leuten bleibt nichts verborgen‹ enthält eine Verurteilung des Inzests, genauer der Geschwisterehe, wie sie aus der Dynastie der Luba bekannt ist. Auch hier könnte die Bekräftigung der bei den Sanga bestehenden Art und Weise des Zusammenlebens aus der Ablehnung des Fremden gewonnen worden sein, dessen Einfluß man sich entziehen wollte.
Im Märchen ›Der blinde Vater als Retter‹ ist von portugiesischen Händlern die Rede, die Gewehre verkaufen. Auch zu

den Portugiesen können schon in früher Zeit Kontakte aufgenommen worden sein. Seit dem frühen 16. Jahrhundert unterhielt Portugal intensive Beziehungen, darunter auch Handelskontakte, mit dem am Unterlauf des Kongo, weit vom Gebiet der Sanga entfernt gelegenen Kongoreich. Möglicherweise ist es über die Lunda zu Berührungen mit den Portugiesen gekommen.

In der Geschichte ›Die Söhne des Adlers‹ übergibt ein Vater den ältesten Sohn einem befreundeten Händler aus dem Osten zur Ausbildung. Ähnliche, wenngleich weniger präzise Bemerkungen über Handelskontakte mit dem Osten fallen auch in anderen Märchen. Von der Ostküste Afrikas, ausgehend vom heutigen Tansania und Kenia, wanderten Jahr für Jahr Karawanen weit ins Innere des Kontinents, auch ins heutige Zaïre, um Handel zu treiben. Die Trägerkarawanen – alle Waren wurden den weiten Weg über ausschließlich von Menschen transportiert – brachten Perlen, Waffen und Luxusgüter, Stoffe orientalischen, später auch amerikanischen und europäischen Ursprungs, manchmal auch bestimmte Lebensmittel – nebenbei natürlich Neuigkeiten, Wissenswertes – und tauschten dafür Elfenbein und Sklaven ein. Im Verlaufe der Jahrhunderte wurden so Mengen von Elfenbein und eine große Zahl von Sklaven überall im Orient verkauft; zu einem geringen Teil war aber auch die swahili-arabische Oberschicht der ostafrikanischen Stadtstaaten am Erlös des Handels beteiligt. Ob die Erzählungen unseres Bandes nun mit diesen Handelsbewegungen im Zusammenhang stehendes Geschehen direkt spiegeln oder ob sich nur vom Hörensagen gespeiste Berichte auswirken, spürbar wird jedenfalls, daß auch die Sanga mit einem der faszinierendsten Ereignisse der afrikanischen Geschichte in Berührung gekommen sind.

Mit Vergnügen entdeckt man in den Märchen der Sanga bekannte und weitverbreitete Märchenmotive wieder, etwa das vom Tischleindeckdich in ›Die Schüsseln der Schlange‹ oder das Motiv vom Wettlauf der Tiere, der hier zwischen Schildkröte und Antilope ausgetragen wird (›Wie die Schildkröten zusammenhielten‹). Auch viele Märchenfiguren sind uns aus der eigenen Tradition vertraut: böse Schwiegermütter oder das

schöne Mädchen, verräterische oder kluge Königstöchter gibt es hier ebenso wie Schlauberger, ungetreue Liebhaber, kluge Herrscher und weise Ratgeber – die Aufzählung könnte leicht fortgesetzt werden. Ähnlich ist ebenfalls die Verteilung von Eigenschaften, die auch bei uns negativ oder positiv bewertet werden, auf Männer und Frauen. So werden auch bei den Sanga Geschwätzigkeit oder Boshaftigkeit eher mit Vertretern des weiblichen Geschlechts verbunden, Feigheit oder Mut, Ehrgeiz und Egoismus häufiger den Männern zugeschrieben. Andererseits ist bekannt, daß sich Wertung auch ins Gegenteil verkehren kann, nämlich dann, wenn die gleiche Geschichte nicht von einem Erzähler, sondern von einer Erzählerin vorgetragen wird. So gibt es vom Märchen ›Das blinde Ehepaar‹ auch eine Variante, in der nicht die Frau weiterhin mit Blindheit geschlagen bleibt, sondern der Mann.
Wie überall in Afrika nehmen auch bei den Sanga Tiererzählungen einen hervorragenden Platz ein. Hier besonders fallen Gemeinsamkeiten mit den Überlieferungen anderer Bantu-Völker auf, vor allem mit den Tiergeschichten der ostafrikanischen Bantu. Den Hasen als erfolgreichen Schlaumeier, der selten um eine List verlegen ist, die kluge Schildkröte als Ratgeberin trifft man zum Beispiel auch bei den Swahili der ostafrikanischen Küste. Löwe, Krokodil, Perlhuhn, Ziegenmelker und viele andere Tiere spielen hier wie dort ganz ähnliche Rollen. Handelt es sich dabei also um Gemeingut einer Reihe von Bantu-Völkern, hat trotzdem jedes Volk seine Überlieferungen in ganz eigener Weise geprägt. So scheint es, daß in den Tiererzählungen der Sanga die Konflikte oft mit größerer Härte und Konsequenz ausgetragen werden, denken wir beispielsweise an unsere Titelgeschichte vom Buschferkel (›Als das Buschferkel fliegen wollte‹) oder ›Wie sich der Milan zerreißen ließ‹.
In manchen Märchen klingt noch etwas von jenen uralten Vorschriften und Tabus an, von denen einst die Beziehungen zwischen Mensch und Natur geregelt wurden. Sie dienten der Bewahrung eines geordneten, von zielloser Zerstörung freien Verhältnisses, das auf gleichen Rechten und Pflichten für beide Seiten beruhte. ›Die Rache des Honigspürers‹ enthält An-

klänge der Art, ebenso ›Der Jäger und der Jagdgeist‹. In anderen finden sich Hinweise auf magische Praktiken, namentlich solche, die mit den verschiedensten Jagdzaubern zusammenhängen und auf Sicherung der Beute wie auf Versöhnung der Natur und des Opfers gleichermaßen zielten, beispielsweise, wenn auch nur noch dunkel, im Märchen vom ›Trockenfisch‹. Der ätiologischen Erzählung ›Woher kommt es, daß wir Wasser haben?‹ liegen alte kosmologische Vorstellungen zugrunde, während in Geschichten wie ›Der Waisenjunge am Teich der Toten‹ Spuren des Ahnenkults und der Rolle der Toten in der traditionellen Vorstellungswelt erkennbar sind. In dem Märchen ›Der ausgeliehene Körper‹ und einigen anderen werden Hinweise auf rituelle Tänze gegeben, wie sie zum Beispiel bei Tod und Begräbnis üblich waren.
Ein Weltbild, das von dem Prinzip der Beseeltheit aller Dinge ausgeht und das überall in Afrika verbreitet war, prägte alle diese Vorstellungen. Danach herrscht zwischen Mensch und Natur eine organische Beziehung, alles Bestehende ist gleichermaßen lebendig, mit einer Seele begabt. Mensch und Naturerscheinungen, Lebende und Tote, Vergangenes und Zukünftiges kommunizieren miteinander, sind Bestandteile eines ewigen Kreislaufes. Aus einer solchen Sicht sind denkende und handelnde Tiere genauso selbstverständlich wie denkende und handelnde Menschen. Die Verwandlung des einen in den anderen ist ebenso möglich wie die Übertragung menschlicher Eigenschaften und Verhaltensweisen auf Tiere und umgekehrt. Und schließlich sind auch Berge, die sich öffnen, oder die Personifizierung von Übermächtigem als Geist, Dämon usw. keinesfalls verwunderlich.
Das Ensemble der Märchengestalten hat hier seinen Ursprung, aber auch die Erzählungen selbst sind auf diesem Boden entstanden, gewissermaßen als Beispiele, die zur Erklärung oder Erhaltung jener eben benannten Ordnung zwischen Mensch und Tier, Natur und Kosmos dienten. In diesem Sinne konnte es einst als weiser Rat gelten, den letzten Fisch zurückzubringen, nachdem schon ein reicher Fang getan war (›Der Trockenfisch‹), oder mußte es richtig erscheinen, nicht allen Honig zu nehmen, den der Honigspürer angezeigt hatte

(›Die Rache des Honigspürers‹), Beute ehrlich zu teilen (›Der Jäger und der Jagdgeist‹), denn jede Verletzung des ›natürlichen Gleichgewichts‹ beschwor Unheil oder gar Untergang herauf.

Von diesem Ursprung her wird auch der grundsätzliche Unterschied zwischen Tiermärchen und Tierfabel verständlich. Während die Übertragung menschlicher Eigenschaften und Verhaltensweisen auf Tiere im Tiermärchen noch als logische Konsequenz jener ursprünglichen Weltsicht erkennbar ist, geschieht in der Tierfabel Vergleichbares gewissermaßen erst nachträglich und ganz bewußt, zwar ebenfalls in didaktischer Absicht, die aber nicht – wie letztlich beim Märchen – im Zusammenhang mit der Erklärung der Welt steht.

Erzählen war in Afrika von jeher stärker als anderswo an die Vermittlung einer belehrenden Botschaft geknüpft, schon deshalb, weil lange Zeit der gesamte geistige Besitz eines Volkes mündlich weitergegeben wurde. Aber seit den in die Vorzeit zurückreichenden Anfängen sind Jahrtausende vergangen. Nicht nur alte Denkinhalte wurden inzwischen von neuen Erfahrungen, neuem Wissen teils überlagert, teils ergänzt oder ersetzt, auch das Erzählen stellt mittlerweile für Erzähler wie Zuhörer ein Vergnügen dar, ohne daß es deshalb seine belehrende Aufgabe eingebüßt hätte. In dem Maße, in dem sich im Laufe der Zeit Belehrung mit dem Wunsch zu unterhalten verband, wurde aber auch der Weg frei für den spielerischen Umgang mit den überlieferten Erzählinhalten und Erzählformen.

Die Märchen der Sanga stellen in dieser Hinsicht keine Ausnahme dar. Unverkennbar ist auch bei ihnen die Absicht, belehrend zu unterhalten, unterhaltend zu belehren. Dabei fällt auf, daß der Schwerpunkt – das eine Mal mehr spielerisch (›Der Fischer und der Häuptling‹), mitunter aber auch unverblümter (›Den Leuten bleibt nichts verborgen‹) – auf der Übermittlung ethischer Normen liegt. Interessant ist, daß auch Kasweshi im Ergebnis seiner Überlegungen zur Funktion der Märchen im Leben seines Volkes die besondere Bedeutung der ›sittlichen Unterweisung‹ hervorhebt. Allerdings gedieh, der belehrenden Absicht ungeachtet, auch bei den Sanga so manches zum sensationellen Ereignisbericht, zur heiteren Episode oder zur komischen Begebenheit – aus Lust am Fabulieren, und das bestätigt, wovon die Märchen dieses Bandes auch sonst ein beredtes Zeugnis ablegen, daß auch bei den Sanga Freude am Erzählen und Spaß beim Zuhören auf keinen Fall geringgeschätzt werden.

Rainer Arnold

WORTERKLÄRUNGEN

Bangwa: ein mythologischer Vogel.

Batate: Süßkartoffel (Ipomoea batatis. Poir.), südamerikanisches, als Nahrungsmittel angebautes Gewächs mit stärke- und zuckerhaltigen Wurzelknollen, das früh in vielen Teilen Afrikas Verbreitung fand.

Borassuspalmen: Fächerpalmen, hier vermutlich Borassus flabelliformis L.

Brautpreis: Bei allen afrikanischen Völkern ist es Sitte, den Brauteltern eine Art Entgelt für die Aufwendungen der Erziehung und den Verlust einer Arbeitskraft zu zahlen. Das kann als Geldzahlung, durch die Übergabe von verschiedenen Waren oder von Vieh geschehen. Bei den Sanga war außerdem das Abarbeiten des Brautpreises im Gebrauch.

Buschbock: Rhaphiceros campestris Thunbg.

Buschferkel: Potamocherus porcus oder eine andere Spezies; ein dem Schwein ähnelndes Wildtier, das als Jagdbeute sehr geschätzt ist.

Duiker: Cephalophus grimmi Gray; auch Ducker genannt; wegen seiner Eigenart, sich schnell zu Boden zu werfen, um sich in der Deckung zu verbergen.

Elen: Taurotragus oryx Pall.; Elenantilope.

Ginsterkatze: Genetta spec., zur Familie der Schleichkatzen gehörendes kleines nachtaktives Raubtier, etwa 50 cm lang, das vorwiegend in Südfrankreich und Spanien zu Hause ist. Vermutlich handelt es sich in den Geschichten hier um die Afrikanische Zibetkatze, Civettictis civetta.

Häuptlingshof: Der Häuptling, seine Frauen und Kinder bewohnten einen Komplex von Häusern für sich, zu dem noch

Speicher, Gästeunterkünfte, nicht selten auch eine Versammlungs- und Gerichtshalle gehörten.

Haus: Bei den Sanga war und ist das Rechteckhaus gebräuchlich. Nach traditioneller Bauart weist es zwei Längs- und zwei Stirnwände auf, die aus einem mit gestampfter Erde aufgefüllten Holzgerüst bestehen. Das grasgedeckte Giebeldach wird aus Astgebälk errichtet.

Helmvogel: Turacus spec., deshalb auch Turaco genannt; hier vermutlich Turacus leucotis, der Weißwangige Helmvogel, ein großer, schwarzgrüner, in Gesellschaften lebender Vogel. Ein auffallend weißer Federschopf auf seinem Kopf gab ihm den Namen.

Kreide, magische: Bei rituellen Handlungen bestand ein sehr verbreiteter Brauch darin, Gesicht und Körper mit Kreide oder Kaolin zu bemalen oder ganz zu bedecken, z. B. bei Beschneidungs- oder Initiationsritualen. Schutz vor dem Dämonischen und den Geistern, aber auch Kommunikation mit ihnen ist der religiöse Sinn dieser Praktiken. Kreidestückchen gehörten oft auch zu den magischen Utensilien der Zauberer (›Medizinmänner‹).

Maniok: Manihot utilissima Pohl; auch Kassawa oder Kassada genannt; seit ihrer Einführung aus dem tropischen Amerika nahezu überall in Afrika verbreitete und vielfach dominierende Nahrungspflanze, deren stärkehaltige Wurzelknollen gestampft, gebacken, geröstet oder gekocht gegessen werden und auch gut lagerfähig sind; die Blätter werden als Gemüse verwendet.

Mungo; Zwergmungo: Mungos spec., zur Familie der Schleichkatzen gehörende kleine tagaktive Raubtiere, etwa 50 cm lang. Ob der schon den alten Ägyptern bekannte Mungos ichneumon gemeint ist, sei dahingestellt. Der eigentliche Mungo (Mungo mungo) kommt in Afrika nicht vor.

Reinigungsfeier: in den altafrikanischen Religionen wie im sozialen Brauch verankerte kultische Handlungen und Zeremonien, die zur Versöhnung der Götter, Dämonen, Ahnen führen sollen sowie zur rituellen Herstellung eines religiös aufzufassenden Zustandes der Reinheit.

Schmied: In vielen afrikanischen Gesellschaften spielten die Schmiede eine besondere, oftmals einflußreiche Rolle, da ihnen magische Fähigkeiten zugeschrieben wurden. Ihre Wohn- und Arbeitsstätten betrachtete man als vom Unheimlichen umgebene Orte von beinahe religiöser Weihe.

Termitenhügel auf dem Rücken: Was in der Geschichte (›Der Neid der Sitzengebliebenen‹) zur Täuschung geschieht, spielt an auf die in Afrika heute noch vorherrschende Sitte, Säuglinge und Kleinkinder in einem Tuch auf dem Rücken zu tragen.

Wasserbock: Cobus spec., eine Antilopenart.

Webervogel: vermutlich der Feuerweber (Pyromelana franciscana), ein zur Familie der Webervögel gehörender, etwa spatzengroßer Vogel ganz Afrikas.

Yams: Dioscorea sativa L.; Dioscorea alata L. und andere Arten, deren große, stärkereiche Knollen als Nahrungsmittel dienen.

Zähne, gefeilte: Neben anderen körperlichen Veränderungen wie Tatauierungen und Schmucknarbenbildung war auch das Verändern der Zähne durch Feilen eine weitverbreitete afrikanische Sitte. Vor allem die Schneidezähne wurden spitz gefeilt, bei manchen Völkern auch vollständig ausgebrochen. Die Sitte, die mit Sicherheit in mythologischen und religiösen Vorstellungen wurzelt, verband sich später mit Schönheitsideal und Mutprobe.

Ziegenmelker: Caprimulgus spec., ein etwa amselgroßer Dämmerungs- und Nachtvogel, der in Europa, Asien und Afrika verbreitet ist. Alle Ziegenmelker lassen nachts einen eindringlich-eintönigen Gesang hören, weshalb der Vogel oft mit abergläubischen Vorstellungen in Verbindung gebracht wurde; Ziegenmelker bauen kein Nest.

Zukost: eine scharf gewürzte Soße aus Fleisch, Fisch, Gemüse u. a., meist mit Palmöl bereitet. Zusammen mit dem aus Hirse, Mais, Yams oder Maniok bestehenden und als Sättigungsgrundlage dienenden breiartigen Gericht bildet sie die traditionelle, auch bei den Bantu-Völkern übliche Nahrung.

LITERATURAUSWAHL

Bibliographie ethnographique du Congo belge et des régions avoisinantes. Bruxelles 1933.

Canetti, E.: Wald und Jagd bei den Lele von Kasai. In: Masse und Macht. Frankfurt/M. 1980.

Friedrich, W.: Geographie der Eingeborenen in der mittelafrikanischen Savanne. Köln 1932.

Frobenius, L.: Atlantis. Volksdichtung und Volksmärchen Afrikas. Band 12. Dichtkunst der Kassaiden. Jena 1928.

Derselbe: Ethnographische Notizen aus den Jahren 1905 und 1906. 1. Völker am Kwilu und am unteren Kasai. Frankfurt/M. 1985.

Grevisse, M.: Les traditions historique des Basanga et de leurs voisins. Bulletin du CEPSI.2. 1946/7. S. 50–84.

Hadelin, R.: 40 contes de la région des Bassanga (Katanga). Brüssel 1937. (Artes Afrikanae, 7).

Keszthelyi, T.: Afrikanische Literatur. Versuch eines Überblicks. Berlin und Weimar 1981.

Loth, H.: Kongo, heißes Herz Afrikas. Geschichte des Landes bis auf unsere Tage. Berlin 1965.

Lumumba, P.: Congo – my Country. With a foreword and notes by Colin Legum. Translated by Graham Heath. London 1963.

Meinhof, C. (Hg.): Afrikanische Märchen. Jena 1917.

Mendiaux, E.: Histoire du Congo. Bruxelles 1961.

Merlier, M.: Le Congo. De la Colonisation belge à l'indépendance. Paris 1962.

Risz, H.: Herz Afrikas zwischen den Zeiten. Reportage aus dem Kongobecken. Berlin 1974.

Roland, H.: Récits historiques des Basanga. Congo 1/1. 1938. S. 82–91.

Schweinfurth, G.: Im Herzen Afrikas. Reisen und Entdeckungen im zentralen Äquatorial-Afrika während der Jahre 1868–1871. Ein Beitrag zur Entdeckungsgeschichte von Afrika. Leipzig 1875.[3] 1918.
Wiese, B.: Zaire, Landesnatur, Bevölkerung, Wirtschaft. Darmstadt 1980.

VERZEICHNIS DER ABBILDUNGEN

Die Abbildung auf dem Schutzumschlag zeigt einen Ausschnitt aus einem Raphia-Plüschteppich der Bakuba, Zaïre.

INHALT

MÄRCHEN DER SANGA

Die Abbildungen zeigen Kult- und Gebrauchsgegenstände aus Zaïre, die einen Eindruck vom materiellen und geistigen Leben der Völker dieses Landes in der vorkolonialen Zeit vermitteln sollen. Sie stehen nicht in unmittelbarem Zusammenhang mit einzelnen Märchen. Wir danken dem Museum für Völkerkunde in Leipzig für die freundliche Bereitstellung der Objekte.

ISBN 3-378-00251-4

Zweite Auflage
Lizenz Nr. 396/265/38/90 LSV 7378
Gesamtherstellung: Druckhaus Aufwärts, Leipzig III/18/20 · 2620
Schrift: Times
Gesamtgestaltung: Hans-Jürgen Keßler
Fotos: Karin Wieckhorst
Printed in the German Democratic Republic
Bestell-Nr. 812 223 4
01380